선학동 나그네

이청준 전집 15 중단편집
선학동 나그네

초판 1쇄 발행 2017년 7월 10일

지은이 이청준
펴낸이 우찬제 이광호
펴낸곳 ㈜**문학과지성사**
등록번호 제1993-000098호
주소 04034 서울 마포구 잔다리로7길 18(서교동 377-20)
전화 02)338-7224
팩스 02)323-4180(편집) 02)338-7221(영업)
전자우편 moonji@moonji.com
홈페이지 www.moonji.com

ISBN 978-89-320-2095-2 04810
ISBN 978-89-320-2080-8(세트)

이 도서의 국립중앙도서관 출판예정도서목록(CIP)은 서지정보유통지원시스템 홈페이지(http://seoji.nl.go.kr)와 국가자료공동목록시스템(http://www.nl.go.kr/kolisnet)에서 이용하실 수 있습니다. (CIP제어번호: CIP2017014286)

이청준 전집 15

선학동 나그네

문학과지성사

일러두기

1. 문학과지성사판 『이청준 전집』에는 장편소설, 중단편소설, 그리고 작가가 연재를 마쳤으나 단행본으로 발간되지 않은 작품과 미완성작 등을 모두 수록했다.

2. 전집의 권별 번호는 개별 작품이 발표된 순서를 따르되, 장편소설의 경우 연재 종료 시점을, 중단편소설의 경우 게재지에 처음 발표된 시점을 기준으로 삼았다. 단, 연재 미완결작의 경우 최초 단행본 출간 시점을 그 기준으로 삼았다. 중단편집에 묶인 작품들 역시 발표된 순서대로 수록하였으며, 각 작품 말미에 발표 연도를 밝혀놓았다.

3. 전집의 본문은 『이청준 문학전집』(열림원) 발간 이후 작가가 새롭게 교정, 보완한 내용을 충실히 반영하여 확정하였다. 특히 미발표작의 경우 작가가 남긴 관련 자료에 근거하여 수록하였음을 밝힌다.

4. 전집의 각 권에는 작품들을 수록하고 새롭게 씌어진 해설을 붙였으며 여기에 각 작품 텍스트의 변모 과정과 이청준 작품들의 상호 관계를 밝히는 글을 실었다. 이 글은 현재의 문학과지성사판 전집의 확정 텍스트에 이르기까지 주요한 특징적 변모를 잘 보여준다.

5. 이 책의 맞춤법은 국립국어연구원의 '한글 맞춤법'에 따르는 것을 원칙으로 하되, 띄어쓰기의 경우 본사의 내부 규정을 따랐다. 단, 작품의 분위기에 영향을 준다고 판단되는 방언이나 구어체 표현 · 의성어 · 의태어 등은 작가의 집필 의도를 살려 그대로 두었다(괄호 안: 현행 맞춤법 표기).
   예) ①방언 및 의성어 · 의태어: 밴밴하다(반반하다) 희멀끄럼하다(희멀겋다) 달겨들다(달려들다) 드키(듯이) 뚤레뚤레(둘레둘레) 뎅강(뎅궁) 꺄장꺄장(꼬장꼬장)
   ②작가의 고유한 표현:
   -그닥(그다지) 범상찮다(범상치 않다) 들춰업다(둘러업다)
   -입물개 개얹고 아심찮게도 목짓 편뜻 사양기
   ③기타: 앞엣사람 옆엣녀석 먼젓사람 천릿길 뱃손님 뒷번
   그리고 나서(그러고 나서) 그리고는(그러고는)

6. 이 책의 외래어 표기는 국립국어연구원의 '외래어 표기법'에 따라 바꾸었다. 단, 작품의 제목이나 중요한 어휘로 등장하는 경우에는 원본을 그대로 살렸다.
   예) ①맘모스(매머드) 세느(센) 뎃쌍(데생) ②레지('종업원'으로 순화)

7. 이 책에 쓰인 문장부호의 경우 단편, 논문, 예술 작품(영화, 그림, 음악)은 「 」으로, 단행본 및 잡지, 시리즈 명 등은 『 』으로 표시하였다. 대화나 직접 인용은 큰따옴표(" ")와 줄표(—)로, 강조나 간접 인용의 경우 작은따옴표(' ')로 묶었다.

차례

선학동 나그네 — 남도 사람 3　7

빈방　43

살아 있는 늪　108

흐르지 않는 강　162

해설 불행한 인간의 자기 증명/조연정　373

자료 텍스트의 변모와 상호 관계/이윤옥　394

선학동 나그네

— 남도 사람 3

남도 땅 장흥에서도 버스는 다시 비좁은 해안 도로를 한 시간 남짓 내리 달린 끝에, 늦가을 해가 설핏해진 저녁 무렵이 되어서야 종점지인 회진(會鎭)으로 들어섰다.

차가 정류소에 멎어 서자 막판까지 넓은 차 칸을 지키고 앉아 있던 일고여덟 명 손님이 서둘러 자리를 일어섰다. 젊은 운전기사 녀석은 그새 운전석 옆 비상구로 차를 빠져나가 머리와 옷자락에 뒤집어쓴 흙먼지를 길가에서 훌훌 털어내고 있었다.

사내는 맨 마지막으로 차에서 내려섰다. 차에서 내린 다른 손님들은 방금 완도 연락을 대기하고 있는 여객선의 뱃고동 소리에 발걸음들이 갑자기 바빠지고 있었다.

사내는 발길을 서두르지 않았다.

그는 배를 탈 일이 없었다. 발길을 서두르는 대신 그는 이제 전혀 할 일이 없는 사람처럼 한동안 밀물이 차오르는 선창 쪽 바다만 바라보고 있었다. 하다간 뒤늦게 무슨 할 일이 떠오른 듯 눈에 들어오는 근처 약방으로 발길을 황급히 재촉해 들어갔다.

약방에서 사내는 이마에 저녁 볕 조각을 받고 앉아 있는 젊은 아낙에게 박카스 한 병을 샀다. 거스름돈을 내주는 여자에게 그가 물었다.

"아주머니, 요즘 물때가 저녁 만조겠지요?"

"그러겠지라우. 보름을 지낸 시가 잊그제니께요. 지금도 하마 물이 거의 차올랐을 텐디요?"

거스름을 내주며 묘하게 게으르고 건성스러워 들리는 사투리의 여자에게 사내가 다시 재우쳐 물었다.

"선학동 쪽에 하룻밤 묵어갈 만한 곳이 있을까요? 옛날엔 그쪽 길목에 술도 팔고 밥도 먹여주는 조그만 주막이 하나 있었던 걸로 기억합니다만……"

여자는 그제서야 쉰 길을 거의 다 들어서고 있는 듯한 사내의 행색을 새삼 눈여겨보는 듯했다. 하지만 그녀는 어딘가 짙은 피곤기 같은 것이 어려 있는 사내의 표정과 허름한 몰골에 금세 흥미가 떨어지는 어조였다.

"손님도 아마 선학동이 첫길은 아니신가 본디, 그야 사람 사는 동네에 하룻밤 길손 묵어갈 곳이 없을랍디요. 동네로 건너가는 길목에 아직 주막도 하나 남아 있고요……"

사내는 박카스 병을 열어 안엣것을 마시고 나서 곧 약국을 나왔다. 그리고는 이내 선창 거리를 빠져나가 선학동 쪽으로 늦은 발길을 재촉해 나서기 시작했다.

서쪽 산마루 위로 낙조가 아직 한 뼘쯤 남아 있었다.

"서둘러 가면 늦진 않겠군."

사내는 혼자 중얼거리며 걸음걸이에 한층 속도를 주었다.

……이곳을 지난 것이 30년쯤 저쪽 일이던가. 그때 기억에 따르면 선학동까지는 이 회진포에서도 아직 10리 길은 족히 되고 남은 거리였다. 해안으로 그 10리 길을 모두 걸어 닿아야 할 필요는 없었다. 이쪽 길목에 아직 주막이 남아 있다면, 그 선학동을 물 건너로 바라볼 수 있는 주막까지만 닿으면 되었다. 하다못해 선학동 포구를 내려다볼 수 있는 돌고개 고빗길만 돌아서게 되어도 그만이었다.

하지만 해 안으론 어쨌거나 선학동을 보아야 했다. 선학동과 선학동을 감싸 안고 뻗어 내린 물 건너 산자락을, 그 선학동 산자락을 거울처럼 비춰 올릴 선학동 포구의 만조(滿潮)를 놓치지 말아야 했다.

사내는 갈수록 발길을 서둘러댔다.

한동안 물깃을 따라 돌던 해변길이 이윽고 산길로 변하였다. 선학동으로 넘어가는 돌고개 산길이 시작되고 있었다. 왼쪽으로 파란 회진포의 물길을 내려다보며 산길은 소나무 숲 무성한 산굽이를 한참이나 구불구불 돌아나가고 있었다.

솨— 솨—

솔바람 소리가 제법 시원스럽게 어우러져 들었으나 갈 길이 조급한 사내의 이마에선 땀방울이 송글송글 돋아났다.

붕—

왼쪽 눈 아래로 때마침 포구를 빠져나가는 완도행 여객선의 바쁜 뱃길이 그림처럼 내려다보였다. 사내는 여객선의 긴 뱃고동 소리에조차 공연히 마음이 쫓기는 심사였다. 그는 그 여객선과 시합이라도 벌이듯 허겁지겁 산길을 돌아들었다.

하지만 여객선의 속력과 사내의 걸음걸이는 처음부터 상대가 될 수 없었다. 배는 순식간에 포구를 빠져나가 넓은 남해 바다를 향해 까맣게 섬 기슭을 돌아서고 있었다.

사내도 이젠 거의 마지막 산굽이를 돌아들고 있었다. 선학동 쪽으로 길을 넘어설 돌고개 모롱이가 눈앞에 있었다.

사내는 새삼 표정이 긴장되기 시작했다. 산길이 제법 높아 그런지 저녁 해가 회진 쪽에서보다 아직 한 뼘 길이나 더 남아 있었다. 이제 마지막 산모롱이를 하나 올라서고 나면, 거기서 다시 오른쪽으로 길게 뻗어 들어간 선학동 포구의 긴 물길이 눈앞을 시원히 막아설 것이었다. 거기서 그는 보게 될 것이다. 장삼 자락을 길게 벌려 선학동을 싸안은 도승 형국의 관음봉(觀音峰)과 만조에 실려 완연히 모습 지어 오를 그 신비스런 선학(仙鶴)의 자태를. 그리고 재수가 좋으면 어쩌면 듣게 될 것이었다. 그 도승의 품속 어디선가로부터 둥둥둥둥 포구를 울리며 물을 건너오는 산령(山靈)의 북소리를, 그리고 그 종적 모를 여자의 한스런 후일담을……

사내는 억누를 수 없는 기대감 때문에 발걸음마저 차츰 더디어져가고 있었다.

하지만 사내에겐 오래 망설여댈 여유가 없었다. 그는 긴장한 자신을 달래기 위해 심호흡을 한번 크게 내뱉고 나선 이내 성큼 성큼 마지막 산모롱이를 올라섰다.

순간 — 사내의 얼굴 표정이 크게 흔들렸다.

눈앞에 펼쳐진 풍광이 너무도 의외였다.

돌고개 너머론 또 한 줄기 바다가 선학동 앞까지 길게 뻗어 들어가 있어야 했다. 물이 있어야 할 곳에 물이 없었다. 바닷물은 언제부턴지 돌고개 기슭에서부터 출입이 끊겨 있었다. 돌고개 기슭과 관음봉의 오른쪽 산자락 끝을 건너 이은 제방이 포구의 물길을 끊어버리고 있었다. 포구는 바닷물 대신 추수가 끝난 빈 들판으로 변해 있었다. 들판 건너편으로 옹기종기 집들이 모여 앉은 선학동의 모습이 아득히 떠올랐다. 비상학(飛翔鶴)의 모습은 자취를 찾을 수 없었다. 둥둥…… 관음봉 지심(地心)에서부터 물을 건너 울려온다던 그 산령의 북소리도 들려올 리 없었다. 변하지 않은 것은 다만 장삼 자락을 좌우로 길게 펼쳐 앉은 법승 형국의 관음봉뿐이었다. 그 기이한 관음봉의 자태도 포구에 물이 차올라 있을 때의 얘기였다. 마른 들판을 싸안은 관음봉은 전날과 같이 아늑하고 인자스런 지덕(地德)과 풍광을 깡그리 잃고 있었다. 그것은 다만 들판을 둘러싸고 내려앉은 평범한 산줄기에 불과했다.

사내는 모든 기대가 한꺼번에 무너져 내린 듯 그 자리에 털썩 몸을 주저앉히고 말았다. 그리고는 이제 잃어버린 선학동의 옛 풍정을 되새기듯 아쉬운 상념 속을 헤매 들기 시작했다.

선학동(仙鶴洞) — 그곳엔 옛부터 기이한 이야기 한 가지가 전해오고 있었다. 이야기는 포구 안쪽에 자리 잡은 선학동의 뒷산 모습으로부터 연유한 것이었다. 그 산세가 영락없는 법승의 자태를 닮고 있었기 때문이다. 마을 뒤쪽으로 주봉을 이루고 있는 관음봉은 고깔처럼 뾰죽하게 하늘로 치솟아오른 모습이 영락없는 법승의 머리통을 방불케 하였고, 그 정봉을 한참 내려와 좌우로 길게 펼쳐 내려간 양쪽 산줄기는 앉아 있는 법승의 장삼 자락을 형용하고 있었다. 선학동 마을은 이를테면 그 법승의 장삼 자락에 안겨든 형국이었다. 그런 데다 마을 앞 포구에 밀물이 차오르면 관음봉 쪽 산심의 어디선가로부터 둥둥둥둥 법승이 북을 울려대는 듯한 신기한 지령음(地靈音)이 물 건너 돌고개 일대까지 들려오곤 한다는 것이었다.

마을 터가 상서롭게 일컬어져온 것은 말할 나위가 없었다.

그러나 마을 사람들에게 보다 더 관심이 가는 일은 선대들의 묏자리를 위해 관음봉 산자락 가운데서도 진짜 지령음이 솟아오르는 명당(明堂) 줄기를 찾는 일이었다. 마을엔 옛부터 그 지령음이 울려 나오는 곳에 진짜 명당이 숨어 있다는 말이 전해져오는 데다, 사람들은 그 명당을 찾아 조상의 뼈를 묻음으로써 관음봉의 음덕(陰德)을 대대손손 누리고 싶어 했기 때문이다.

뿐더러 관음봉 산록에 명당이 있다 함은 이 마을을 선학동이라 부르게 된 데에도 또 하나 깊은 내력이 있었다. 산의 이름이 관음봉이라 한다면 마을 이름도 마땅히 관음리 정도가 되는 게 상례였다. 그러나 마을은 옛부터 이름이 선학동이라 하였다. 까닭인

즉, 마을 앞 포구에 밀물이 차오르면 관음봉이 문득 한 마리 학으로 그 물 위를 날아오르기 때문이었다. 포구에 물이 들면 관음봉의 산그림자가 거기에 떠올랐다. 물 위로 떠오르는 관음봉의 그림자가 영락없는 비상학의 형국을 자아냈다. 하늘로 치솟아 오른 고깔 모양의 주봉은 힘찬 비상을 시작하고 있는 학의 머리요, 길게 굽이쳐 내린 양쪽 산줄기는 날개의 형상이 완연했다.

포구에 물이 차오르면 관음봉은 그래 한 마리 학으로 물 위를 떠돌았다. 선학동은 날아오르는 학의 품 안에 안긴 마을인 셈이었다.

동네 이름이 선학동이라 불리게 된 연유였다. 그리고 그런 연유로 관음봉의 명당은 더욱 굳게 믿기고 있었다. 명당을 얻기 위해 관음봉 일대에 묻힌 유골은 헤아려낼 수도 없을 정도였다.

그러나 이제는 그 포구에 물길이 막혀 있었다. 관음봉의 그림자가 내려 비칠 곳이 없었다. 포구의 물이 말라버림으로 하여 이제는 더 이상 관음봉이 한 마리 선학으로 물 위를 날아오를 수 없게 된 것이었다.

관음봉은 이제 날개가 꺾여 주저앉은 새였다. 그것은 이제 꿈을 잃은 산이었다.

사방은 어느새 저녁 어스름이 짙게 젖어 들어오고 있었다. 어스름이 내려 깔린 들판 건너로 관음봉의 무심한 자태가 더욱 황량스럽게 멀어져갔다.

솨— 솨—

솔바람 소리가 시시각각으로 짙은 어둠을 몰아왔다.

사내는 그제서야 자리에서 일어섰다. 그리고 비로소 생각이 난 듯이 뻗어 내려간 들판과 어둠 속으로 눈길을 천천히 훑어 내리기 시작했다.

이제 여자의 소식을 만날 희망 따윈 머리에서 깡그리 사라지고 없었다. 고을 모습이 너무도 많이 달라져 있었다. 선학동엔 이제 선학이 날지 않았다. 학이 없는 선학동을 여자가 일부러 지나쳤을 리 없었다.

하지만 이젠 날이 너무 어두워지고 있었다. 그리고 기왕 날을 잡아 나선 길이었다. 주막에서 하룻밤을 묵어갈 수밖에 없었다.

약국 여자가 일러준 대로 주막은 금세 찾아낼 수 있었다. 산길이 들판으로 뻗어 내려간 솔밭 기슭에 10여 가호 정도의 작은 마을이 하나 새로 생겨나 있었다. 포구를 막아 들판이 되면서 길목 따라 생겨난 마을인 듯했다.

사내는 휘청휘청 힘없는 걸음걸이로 산길을 내려갔다. 주막은 마을 초입께에 마른 버섯처럼 낮게 쪼그려 붙어 앉아 있었다. 초가지붕을 인 옛 그대로의 모습이 어슴푸레 기억 속에 되살아났다. 사내는 그 음습하고 쇠락한 주막집 사립문 안으로 무심히 들어섰다.

"주인장 계십니까."

사내의 인기척 소리에 어두운 부엌 쪽에서 이내 한 중년 연배의 아낙이 치맛자락에 물 묻은 손을 훔치며 나타났다.

얼핏 보아하니 기억이 전혀 떠오르지 않는 얼굴이었다. 주막집 주인이 바뀐 모양이었다. 하기야 그 무렵에 이미 쉰 고개를 훨씬 넘어서고 있던 주막집 노인이었다. 30년이면 강산이 변해도 세 번은 변했을 세월이었다. 그때의 노인이 아직 주막을 지키고 남아 있을 리 없었다.

"목 좀 축일 수 있겠소?"

그는 별 요량도 없이 아낙에게 말했다.

"약주를 드실라고요?"

아낙은 왠지 그리 달갑지 않은 어조로 그에게 되물어왔다.

"그럽시다."

사내는 거의 건성으로 대꾸하고 나서 마루 위로 털썩 몸을 주저앉혔다.

"갖다 놓은 지가 며칠 돼서 술이 좀 안 좋을 것인디 그래도 괜찮겄소?"

아낙은 마치 술을 팔기 싫은 사람처럼 한 번 더 다짐을 주고 나서야 부엌 쪽으로 몸을 비켜 나갔다.

아낙의 태도는 웬일인지 늘상 그런 식이었다.

잠시 후, 아낙이 초라한 목판 위에다 김치보시기 하나와 술 주전자를 얹어 내왔을 때 사내가 다시 아낙에게 말했다.

"어떻게, 저녁 요기도 좀 함께 부탁드릴 수 있겠소?"

아낙은 이번에도 주막집 여편네답지 않게 심드렁한 소리로 되물어왔다.

"왜, 이 골이 초행길이신게라우?"

"예, 초행길이나 다름없습니다. 그래 오늘 하룻밤을 여기서 아주 묵어갔으면 싶소만……"

내친김에 사내가 다시 밤까지 묵어갈 뜻을 말했으나, 아낙은 역시 마음이 금방 내켜오지 않는 표정으로 그의 눈치만 살피고 있었다.

"왜, 묵고 가기가 어렵겠소?"

사내가 재차 묻고 들자 아낙은 그제서야 마지못한 듯 반허락을 해왔다.

"글씨…… 요샌 밤을 묵어가신 손님이 통 없어놔서요. 상 차림새도 마땅찮고 잠자리도 험할 것인디, 그래도 손님이 좋으시다면 할 수 없지라우."

사내는 그래도 상관이 없노라고 했다. 그게 돈 받고 남의 시중 들어주는 남도 사람들의 소박한 자존심이나 결벽성 때문이거니 여기며 그 역시 마음속에 크게 괘념을 않으려 했다.

"선학동 포구가 그새 모두 들판이 되었는데도 형편들은 그리 나아지질 못한 것 같군요."

사내는 기둥 하나 너머로 부엌일을 서둘러대고 있는 아낙에게 망연스런 어조로 말하며 혼자 술잔을 비워내기 시작했다. 그런데 그 소리가 인연이 되어 사내와 아낙 사이에 오간 몇 마디가 뜻밖의 인물을 불러내고 있었다.

"글쎄, 우리 같은 길갓집 살림이야 고을 인심에 기대 사는 처진디, 들농사가 는다고 그런 인심까지 함께 늘지는 않는갑습디다."

주막집 아낙은 사내가 말한 뒤 한 식경이나 지나서 솔불 연기

사이로 구정물통을 한 손에 들고 서서 잠시 지난날의 주막일을 푸념 섞어 들춰냈다.

"그야, 한 10여 년 전엔 포구 일 때문에 공사판 사람들이 줄을 서가며 찾아들 때도 있긴 했지만, 그것도 그저 그 한때뿐 공사가 끝나고는 그만 아니었겠소."

"선학동에 학이 날지를 못하게 됐으니 그런가 보군요."

아낙의 푸념에 사내는 문득 들판 건너 어둠 속에 싸여들고 있는 관음봉 쪽을 건너다보며 아직도 반혼잣말처럼 무심스레 말했다.

"선학동은 이제 이름뿐 아닙니까? 관음봉이 그림자를 드리울 물을 잃었으니 학이 이제는 날아오를 수가 없지요. 그래 학마을에서 학이 날지를 못하게 됐으니 인심이 그렇게 말라든 거 아니겠소……"

그런데 그때.

"포구 물이 말랐다고 학이 아주 못 나는 것은 아니라오."

덜컹하고 안방 문이 열리며 느닷없는 목소리가 튀어나왔다. 말꼬리를 잇고 나서는 품이 여태까지 문 뒤에서 바깥 얘기를 귀담아듣고 있었음이 분명했다. 주인 사내쯤 되는 것 같았다.

그는 어느새 등불까지 켜 들고 인사말도 없이 불쑥 손에게로 다가왔다. 그러고는 다시 심상찮은 소리를 덧붙여왔다.

"하기야 이 포구의 물길이 막힌 뒤로는 우리도 한동안 그리 생각을 했지요. 물이 마른 포구에 진짜로 관음봉이 그림자를 드리울 수는 없었으니께요. 하지만 요샌 사정이 다시 달라졌어요…… 노형은 보실 수가 없을지 모르지만 이 물도 없는 포구에 학이 다시 날기 시작했으니께요……"

주인 사내는 말을 하면서도 왠지 이쪽 표정을 무척이나 세심하게 살피고 있는 기미가 역력했다. 하더니 그는 마침내 어떤 확신이 선 듯, 그래 어느 구석인가는 오히려 시치밀 떼고 있는 듯한 어조로 손의 호기심을 돋우고 들었다.

"연전에 한 여자가 이 동넬 찾아들었지요. 그 여자가 지나간 다음부터 이 고을에 다시 학이 날기 시작했어요…… 헌디 손님도 아마 오래전부터 이 선학동의 비상학 얘길 알고 기셨던 모양이지요?"

……죽었던 학이 다시 날기 시작했다? 한 여자가 이 고을을 찾아들고 나서부터?

사내에게 비로소 어떤 질긴 예감이 움직여오기 시작했다. 사내의 말투는 어딘지 이미 이쪽 맘속을 환히 꿰뚫고 있는 것만 같았다. 그리고 일부러 그의 궁금증을 충동질해오고 있는 것 같았다. 하지만 그보다 사내가 긴장한 것은 그가 켜 들고 온 희미한 불빛 아래로 주인 사내의 얼굴을 보았을 때였다. 불빛에 드러난 사내의 얼굴엔 이미 초로의 피곤기 같은 것이 짙게 어려 들고 있었다. 하지만 그는 금세 사내의 불거진 광대뼈와 짙은 두 눈썹 모습에서 까맣게 잊고 있던 한 소년의 모습을 떠올릴 수 있었다.

그는 긴장감 때문에 가슴이 새삼 두근거려오기 시작했다. 그리고 그런 경우에 늘상 그래 왔듯이 목소리를 잔뜩 낮추었다.

"그거 참 듣던 중 희한한 얘기로군요. 아닌 게 아니라 나도 이 선학동 비상학 얘기는 오래전에 한번 들은 일이 있었소마는. 그래 어떤 여자가 이 골을 다녀갔길래 가라앉아버린 학을 다시 날아오르게 했단 말이오."

사내는 선학동을 찾은 것이 허사가 되지 않을 것 같았다.

주인은 손에게 너무도 많은 기대를 갖게 했다. 손은 주인에게 은근히 여자의 이야기를 졸라댔다. 그는 여자가 선학동의 학을 다시 날아오르게 한 사연을 몹시도 듣고 싶어 하였다. 주인은 그러나 거기서부터는 왠지 이야기를 쉽게 털어놓으려 하지 않았다. 그는 손 앞에서 새삼 이야기의 서두를 망설이고 있었다.

"그거 뭐 노형한테는 상관이 되는 일도 아닐 텐디요…… 이따 저녁 요기나 끝내고 나시거든 심심파적으로나 들려드릴까……"

이야기를 잠시 피해두고 싶은 듯 자리까지 훌쩍 비켜버리는 것이었다.

그러나 손 쪽도 이제는 짐작이 있었다. 주인 사내는 손이 그토록 이야기를 듣고 싶어 하는 연유조차도 묻질 않았다. 그러나 그 주인 역시도 어딘지 이제는 손 앞에서 여자의 이야기를 털어놓고 싶은 기미가 역력했다. 작자는 짐짓 손의 조바심을 돋우려는 게 분명했다.

사내의 짐작은 과연 옳았다.

주인 사내는 그새 어디 마을이라도 나간 듯 손이 그럭저럭 저녁상을 물린 다음까지도 통 모습을 나타내지 않았다. 그래 혼자 술청 뒷방에서 막막한 예감에 부대끼던 사내가 참다못해 다시 앞

마루로 나가보니 작자가 또 어느새 소리도 없이 그곳에 돌아와 있었다. 뿐더러 그는 어느새 술상까지 마루로 내받고 있었는데, 그것도 여태 손이 나오기를 기다리고 있었던 듯 빈 술잔 한 개를 남겨두고 있었다. 그리고 비로소 손이 나타나자 그는 이번에도 말이 없이 남은 술잔을 다짜고짜 손 앞으로 채워 건넸다.

손도 말없이 주인 건너편 술상 앞으로 자리를 잡고 걸터앉았다.

보름 지난 달빛이 들판을 가득 내려 비추고 있었다. 등잔불도 없는 술자리가 달빛으로 밝기가 그만저만하였다.

손이 이윽고 술잔을 비워내어 주인에게 건넸다. 그러자 주인도 자기 앞의 술잔을 손에게로 비워 건네며 제물에 먼저 입을 열어오기 시작했다.

"그러니께 지금서부터 한 30년 전 내가 이 집에서 술심부름을 하고 지내던 시절이었지요……"

주인은 이제 앞뒤 사정을 제쳐놓고 단도직입적으로 어렸을 적 이야기를 꺼내었다. 손으로선 다소 갑작스런 이야기가 아닐 수 없었다. 주인이 거두절미 어렸을 적 얘기를 꺼낸 것처럼 손 쪽도 뭔가 이미 예상을 하고 있었던 듯 표정이 그리 설어 보이지 않았다.

"어느 해 가을이던가. 이 집에 참 빼어난 남도 소리꾼 부녀가 찾아든 일이 있었어요. 머리가 반백이 다 되어간 늙은 아비하고 이제 열 살이 넘었을까 말까 한 어린 계집아이 부녀였는디, 철모를 적에 들은 기억이지만, 양쪽이 모두 명창으로다 소리가 좋았지요……"

주인은 제법 소중스레 간직해온 이야기를 털어놓듯 목소리가 차츰 낮게 가라앉아가고 있었다. 주인의 이야기에 말없이 귀를 기울이고 있는 손의 표정도 그럴수록 조급하게 쫓겨대고 있었다. 주인은 그 손이 뭔가 자신의 예감에 부대끼고 있는 기미는 아랑곳도 않은 채 혼자서 이야기를 이어갔다.

"소리는 주로 아비 되는 노인 쪽이 많이 하고 딸아이에겐 아직 소리를 가르치기 겸해 어쩌다 한 번씩밖에 시키는 일이 없었지만서도, 우리가 듣기엔 딸아이의 목청도 노인에 진배없이 깊고 도도했지요. 그 부녀가 온 뒤로 주막은 날마다 소리 즐기는 사람들 발길이 끊일 날이 없었어요. 헌디 노인은 선학동 사람들이 소리를 들으러 이 주막으로 물을 건너오게 했을 뿐 당신이 소리를 하러 주막을 떠나는 일은 한번도 없었어요. 언제고 이 주막에 앉아서 소리를 했지요. 연고를 알고 보니 노인은 그때 이 주막에 앉아 소리를 하면서 선학동 비상학을 즐기셨던 거드구만요. 포구에 물이 차오르고 선학동 뒷산 관음봉이 물을 타고 한 마리 비상학으로 모습을 떠올리기 시작할 때면, 노인은 들어주는 사람이 있거나 없거나 그 비상학을 벗 삼아 혼자 소리를 시작하곤 했어요. 해 질 녘 포구에 물이 차오르고 부녀가 그 비상학과 더불어 소리를 시작하면 선학이 소리를 불러낸 것인지 소리가 선학을 날게 한 것인지 분간을 짓기가 어려울 지경이었지요. 헌디 그렇게 한 서너 달쯤 지났을까요. 노인넨 그동안 맘속으로 깊이 목적한 일이 따로 있었던 거드구만요. 무어라 할까…… 노인넨 그냥 비상학을 상대로 소리만 즐긴 게 아니라 어린 딸아이의 소리에 선학이 떠오르는 이 포구의 풍정을 심어주려 했다고나 할까…… 하여튼지 한 서너 달 그렇게 소리를 하고 나니 노인네 뜻이 그새 어느 만큼은 채워졌던가 봅디다. 계집아이의 소리가 처음 주막을 찾아들었을 때보다도 훨씬 더 도도하고 장중스러워지는구나 싶었을 때였어요. 부녀가 홀연 주막을 떠나가고 말았어요. 그리곤 영 소식이 없었지요……"

주인은 거기서 목이 맺히는 듯 다시 술잔을 비워 손에게로 건넸다. 손은 말없이 그 술잔을 받아놓음으로써 주인의 다음 이야기를 재촉했다.

주인이 다시 이야기를 계속했다.

"그 뒤로 이 선학동엔 부녀의 소리를 잊지 못해하는 사람들이 많았지요. 기약도 없이 떠나가버린 부녀가 다시 한 번 이 고을을 찾아주기를 기다리는 사람도 많았고요. 하여간에 그 부녀의 소리는 두고두고 이 고을 사람들 입에 오르내리는 이야깃거리로 남게 되었어요. 하지만 부녀는 다시 마을을 찾아온 일이 없었고 그럭저럭하다 보니 이 선학동 사람들도 종당엔 부녀의 일을 차츰 잊어가기 시작했지요. 그리고 이 산 밑 포구가 마른 들판으로 변해가고 관음봉이 다시 학이 되어 물 위를 날 수가 없게 된 담부터선 그 부녀의 이야기도 영영 사람들 머리에서 잊히고 말았어요. 헌디 아마 이태 전 봄이었을 거외다…… 그러니께 그때만 해도 벌써 포구가 맥힌 지 7, 8년이 지난 뒤라 소리꾼 부녀는 물론 비상학의 기억까지도 까맣게들 잊고 지내던 참이었는디, 어느 날

느닷없이 여자가 여겔 다시 왔어요……"

주인은 거기서 다시 말을 멈추고 손 쪽을 이윽히 건너다보았다.

이야기가 바야흐로 제 줄기로 접어 들고 있었다. 손 쪽에서도 이젠 더 이상 조용히 예감을 견디고만 있기가 어려워진 것 같았다.

"여자라니요? 그때 그 소리를 하던 노인의 딸아이가 말이오?"

손이 자기 앞에 밀린 술잔을 하나 재빨리 비워내어 주인 쪽으로 건네며 물었다.

"그 여자가 아니라면 누구겠소."

주인은 손의 참견을 가볍게 나무라고 나서 다시 이야기를 계속했다.

"그새 많이 장성을 하였더구만요. 아니, 장성을 했다기보다는 소리에 세월이 많이 배어들었어요. 소리를 배워준 옛날 노인네도 오래전에 벌써 여읜 뒤였고. 허지만 난 금방 여잘 알아봤지요. 여자 쪽도 물론 이쪽을 쉬 알아봐줬고요……"

"무슨 일로 여자가 다시 이 고을을 찾아들었소?"

손이 다시 참을성 없이 끼어들었다. 하지만 주인은 이제 그러는 사내를 굳이 허물하고 싶은 기색이 아니었다.

"그야 우선은 옛날 선학동의 비상학을 한번 더 찾아보고 싶어서였겠지요. 허지만 여자는 이 선학동 학이나 소리하는 것 말고도 진짜 치러야 할 일거리를 한 가지 지니고 왔었소……"

주인은 간단히 손의 궁금증을 무지르듯 말하고 다음 이야기를 이으려 하였다.

그때 손이 또 한번 주인의 말줄기를 끊고 들었다.

"치러야 할 일거리라뇨? 그 여자가 무슨 일거릴 가지고 왔었소?"

예감에 부대껴대다 못한 참견이었다.

주인은 이제 손의 참견을 아예 무시해버리려는 눈치였다. 그는 이제 손 쪽에서 무얼 물어오고 무얼 조급해하든 짐짓 아랑곳을 않으려는 어조로, 또는 누구에겐가 그걸 전하기 위해 오랜 세월을 기다려온 사람처럼 다소간은 무겁고 조급한 어조로 혼자 이야기를 계속해나갔다.

여자에 관한 그 주인의 이야기는 대강 이런 것이었다.

여자는 옛날의 아비 대신 웬 초로의 남정 한 사람과 늦은 저녁길로 주막을 찾아왔다. 그때 그 초로의 남정은 여자의 소리 장단통 하나와 매동거지가 제법 얌전한 나무 궤짝 하나를 등에 지고 왔는데, 그 나무 궤짝은 다름 아닌 여자의 옛날 아비의 유골을 모신 관구였다.

여자는 옛날 소리를 하고 떠돌다가 보성 고을 어디선가 숨이 걷혀 묻힌 아비의 유골을 20여 년 만에 다시 선학동으로 수습해온 것이었다. 그것은 물론 이 선학동 산하에 당신의 유골을 묻어드리기 위해서였는데 그게 당신의 유언인 듯싶었고, 여자로서도 그게 오랜 소망이 되어왔다는 것이었다.

그러나 선학동은 원래부터 명당이 숨어 있는 곳으로 소문이 나 있는 곳이었다. 선학동 산지엔 이미 다른 유골을 묻을 곳이 없었다. 묏자리를 잡을 만한 곳은 이미 모두 자리가 잡혀졌고, 설사 아직 그런 곳이 남아 있다 하여도 임자 없는 땅이 있을 리 없었다. 암장이나 도장이 아니고는 여자는 이내 일을 치를 수가 없었다. 마을엔 이제 여자의 소리와 비상학의 기억을 지니고 있는 사람이 많지 않았다. 여자의 소문을 들은 마을 사람들은 은근히 자기네 산 단속을 서두르고 나섰다. 암장이나 도장조차도 선불리 엄두를 낼 수 없었다.

하지만 여자는 서두르지 않았다. 일을 서두르거나 초조해하는 빛이 조금도 없었다. 여자는 그저 소리만 하면서 날을 보냈다. 해가 설핏해지면 여자의 소리가 주막 일대의 어둠을 흔들었다.

함평천지 늙은 몸이……

여자가 소리를 하고 초로의 남정이 장단을 잡았다. 나이 든 여자의 도도한 목청은 차츰 선학동 사람들을 주막까지 건너오게 하였고, 그 소리는 날이 갈수록 다시 듣는 사람의 애간장을 들끓어 오르게 만들곤 하였다.

여자의 소리가 며칠 그렇게 계속되자 선학동 사람들에게 이상한 일이 일어나기 시작했다. 선학동 사람들 중엔 누구도 아직 여자의 아비에게 땅을 내주려는 사람이 없었다. 하지만 여자의 소리를 들은 사람들은 그녀의 아비가 언젠가는 그곳에 땅을 얻어 묻히게 되리라는 것을 알았다. 그걸 지극히도 당연한 일처럼 생각했다. 그게 누구네 산이 될지도 몰랐고 어떤 식으로 그렇게 일이 되어갈지도 몰랐지만 어쨌거나 사람들은 여자의 소리를 듣고 막연히 그런 생각들을 하고 있었다.

주막집 사내는 더더구나 그랬다. 그는 누구보다도 여자의 소리에서 깊은 암시를 겪어내고 있었다. 그리고 그것이 무엇인지를 스스로 분명히 느끼고 있었다. 그는 다만 때가 오기를 기다렸다. 그리고 어느 날 마침내 그때가 다가왔다.

쑥대머리 귀신형용
적막옥방 홀로 앉아

어느 날 밤 — 그날사 말고 여자는 유난히 힘을 들여 소리를 하였다. 그리고 자정이 넘어서야 여자는 간신히 소리를 그쳤고, 선학동 사람들도 들판을 건너갔다.

마을 사람들이 모두 잠자리를 찾아 들판을 건너간 다음 여자가 마침내 주막을 나섰다. 초로의 남정에게 아비의 유골을 지워 밤길을 앞세우고서였다. 그리고 그것으로 여자는 그만 다시는 주막으로 돌아오지 않았다.

어디엔가 아비의 유골을 암장하고 그길로 선학동을 떠나가버린 것이었다.

"헌디 괴이한 것은 여자가 떠나간 뒤의 이 선학동 사람들이었어요."

주인은 이제 그쯤에서 이야기를 거의 끝내가고 있는 것 같았다. 그는 이제 마을 사람들의 괴이한 태도로 이야기의 마무리를 지어나갔다.

"하룻밤 사이에 여자가 갑자기 동넬 떠나가버렸는디도 그 여자의 일에 대해선 아무것도 서로 묻는 법이 없었거든요. 언젠가는 여자가 으레 그런 식으로 떠나갈 줄 알고 있었던 듯이 말이오. 일테면 사람들은 여자가 어떻게 마을을 떠나간 건지 사연을 모두 짐작한 거지요. 그리고 그편이 외려 다행스런 일이란 듯이 일부러 입들을 다물어준 거라오. 하니까 여자가 그날 밤 그런 식으로 아비의 유골을 숨겨 묻고 간 지가 수년이 지난 지금까지 아무에게도 그곳이 알려지질 않았지요. 글씨, 어떤 사람들은 혹 그곳을 알고 있는지도 모를 일이기는 하지만, 알고 있거나 모르고 있거나 도대체가 그 일에 대해선 말들이 없거든요……"

주인은 그쯤 이야기를 끝내고 나서 손의 기색을 살피기 시작했다.

손은 이제 입을 다물어버리고 있었다.

주인도 손도 거기서 한동안 서로 말이 없었다. 뒷산 솔밭을 스쳐가는 바람 소리마저 어느새 고즈넉이 잦아들고 있었다. 술 주전자도 이젠 바닥이 나 있었다. 한데도 주인에겐 아직 해야 할 이야기가 남아 있었던 것일까. 그는 빈 주전자를 들고 말없이 자리를 일어서서 부엌으로 나가 새로 술을 하나 가득 담아 왔다. 그리고는 손과 자신의 술잔을 채우고 나서 가만히 손 쪽의 표정을 살피고 있었다. 이번에는 뭔가 손 쪽에서 입을 열어올 차례라는 듯 그를 기다리는 기미가 역력했다.

손의 침묵은 의외로 완강했다.

그는 여전히 혼자 생각에만 골몰하고 있었다. 이제는 어떻게 피해나갈 수가 없는 자신의 예감에 입술이 오히려 굳어붙고 있었다.

하지만 그는 결국 주인의 침묵을 이겨낼 수 없었다.

"그 여자 아마 앞을 못 보는 장님이 아니었소?"

말 없는 주인의 강요에 견디다 못해 손이 마침내 한숨을 토하듯 주인에게 물었다. 어딘지 이미 분명한 짐작을 지닌 말투였다. 아니 그는 으레 사실이 그러리라 스스로 확신해버린 듯 주인의 대답조차도 기다리는 표정이 아니었다.

그러자 주인은 여태까지 손에게서 그 한마디를 듣기 위해 그토록 긴 이야기를 했었던 듯 조급한 어조로 시인해왔다.

"아, 그랬지요. 내가 여태 그걸 말하지 않고 있었던가. 그 여잔 앞을 못 보는 장님이었다오. 그래 그 노인이 여자의 앞을 인도하고 다니면서 손발 노릇을 대신해줬지요."

그러나 그 주인의 어조에는 아직도 어딘지 시치밀 떼고 있는 구석이 있는 것 같았다. 그는, 손이 말도 듣기 전에 여자가 어떻게 장님인 줄을 알고 있었는지도 묻질 않았다. 그것은 주인 쪽도 손이 그러리라는 걸 미리 알고 있었거나 아니면 짐짓 그렇게 모른 척해 넘기고 있음이 분명했다.

손 쪽도 주인의 그런 태도엔 새삼 이상스러워지는 느낌이 없는 것 같았다.

말이 오가는 게 오히려 부질없는 노릇 같았다. 두 사람은 다시 내밀한 침묵으로 할 말을 모두 대신하고 있었다. 그러다 이윽고 손 쪽이 먼저 자탄을 해왔다.

"부질없는 일이오. 부질없는 일이에요. 선학동엔 이제 학이 날질 못하는데, 학 없는 선학동에 여자가 아비의 유골을 묻고 간 것이 무슨 소용이 닿는 일이겠소."

손은 그저 그 몇 마디뿐 자탄의 소리가 안으로 잦아지듯 다시 입을 다물고 말았다.

하지만 주인은 이제 그것으로 모든 게 족한 모양이었다.

손은 아직도 여자와 자신의 인연에 대해선 분명한 말이 한마디도 없었다. 하지만 그는 이제 학이 날지 못하는 선학동에 아비의 유골을 묻고 간 여자의 일을 제 일처럼 못내 안타까워하고 있었다. 주인은 그것으로 모든 일이 분명해진 것 같았다. 그리고 그것으로 만족한 것 같았다.

그가 다시 입을 열기 시작했다.

"아니, 노형은 아까 내 얘길 잊었구만요. 여자가 한 일은 부질없는 것이 아니었어. 여자가 간 뒤로 이 선학동엔 다시 학이 날기 시작했다니께요. 여자가 이 선학동에 다시 학을 날게 했어요. 포구 물이 막혀버린 이 선학동에 아직도 학이 날고 있는 것을 본 사람이 그 눈이 먼 여자였으니 말이오……"

주인은 이번에야말로 선학동에 다시 학이 날게 된 사연을 이야기하기 시작했다.

눈이 먼 여자가 누구보다 먼저 선학동의 학을 다시 보기 시작했다……

그것은 어딘지 허황하고 기이한 이야기가 아닐 수 없었다. 하지만 그에게 그런 믿음이 있었기 때문일까. 그는 한번 이야기를 시작하자 이번에는 손 쪽의 기미는 전혀 아랑곳을 않으려는 식이었다. 손님 쪽이 어떻게 이야기를 듣고 있든 그는 필시 자기가 지녀온 이야기들을 모두 털어놓고 말 결심을 한 사람처럼 혼자서 열심히 이야기를 이어나갔다.

손은 다시 입을 다문 채 주인의 이야기에 귀를 기울였다.

주인의 이야기는 한마디로 그 여자가 자신의 노랫가락 속에 한 마리 학이 되어간 이야기였다.

가지 마오 가지 마오
심낭자 가지 마오

여자는 날마다 소리만 하고 지내고 있었다.

한 며칠을 그렇게 지내다 보니, 여자는 그저 아무 때고 하고 싶은 소리를 하는 게 아니었다. 여자의 소리는 언제나 포구 밖 바다에 밀물이 들어오는 때를 맞추고 있었다. 그것도 마치 성한 눈을 지닌 사람이 바닷물이 차오르는 포구를 내려다보는 듯한 눈길로 반드시 마루께로 자리를 나앉아 잡고서였다.

어느 날 해 질 녘의 일이었다. 사내가 잠시 마을을 건너갔다 돌아와 보니 이날도 또 여자와 노인이 소리 채비를 하고 앞마루께로 나앉아 있었다. 주인 사내는 눈먼 여자의 주의를 흩뜨리지 않으려고 무심결에 발소리를 죽이며 사립 밖에서 잠시 두 사람의 동정을 기다렸다.

그런데 사내는 거기서 차츰 괴이한 생각이 들기 시작했다. 여자에게선 이내 소리가 시작되어 나오질 않았다. 여자와 노인 사이에선 한동안 사내가 알아들을 수 없는 기이한 문답만 오가고 있었다. 문답은 주로 여자가 묻는 쪽이었고, 노인은 그걸 듣고 따르는 쪽이었다.

"오늘은 음력 초이틀 물이지요?"

여자가 무엇엔가 열심히 귀를 기울이며 노인에게 물었다.

"아마, 그렇제."

노인이 여자의 얼굴을 들여다보며 다소간 방심스레 대답했다. 그러자 여자가 가만히 고개를 끄덕이며 혼잣말처럼 말했다.

"그새 벌써 물이 많이 차올랐어요. 물이 차오르는 소리가 귀에 들려요."

그리고 나서 여자는 반 마장이나 떨어진 방둑 너머 바닷물 소리가 귀에 들려오는 듯 한동안 더 주의를 모으고 있었다.

사내가 따져보니 아닌 게 아니라 물때가 거진 만조 무렵에 가까워지고 있었다. 옛날 같으면 포구 안으로 밀물이 가득 차올라들 때였다. 하지만 포구는 사라지고 없었다. 바닷물은 오래전에 이미 방둑 너머에서 출입이 막혀버린 터였다. 한데도 여자의 귀는 그 밀물 올라오는 소리를 듣고 있는 모양이었다. 그리고 이젠 여자에게서처럼 자신의 귀에도 그 물소리가 들려오는 듯 지그시 눈을 내리감고 있는 노인에게까지 그걸 자꾸 일깨워주고 있었다.

"어르신 귀에도 이제 소리가 들리시오? 물이 밀려드는 저 소리가 말씀이오."

"그래 내게도 들리는 듯싶네."

여자를 달래는 듯한 노인의 대꾸. 하지만 주인 사내가 정작에 놀란 것은 여자의 다음 물음이었다.

"물소리가 들리시면 어르신도 그럼 그 물 위를 나는 학을 보실 수가 있겠구만요."

여자는 노인에게 묻고 나서 방금 자기 눈앞에서 날개를 펴고 떠오르는 학을 굽어보고 있기라도 하듯 머릿속 정경을 그려 보였다.

"포구에 물이 가득 차오르면 건너편 관음봉이 물 위로 내려와서 한 마리 학으로 날아오르질 않겠소. 어르신도 그걸 볼 수 있으시겠소?"

"그래 인제는 나도 보이는 듯싶네. 이 포구에 물이 차오르고 건너편 산이 그 물속에서 완연한 학으로 떠오르는 듯싶으네……"

노인은 한사코 여자의 뜻을 따라 자신의 눈과 귀를 순종시키고 싶어 하는 대답이었다.

그러자 여자는 정작으로 그 비상학을 좇듯이 보이지도 않는 눈길로 벌판 쪽을 한참이나 더듬어대었다. 그러다 비로소 채비가 제법 만족스러워진 노인 쪽을 돌아보며 비탄조로 말했다.

"아배의 소리는 그러니께 그 시절에 늘 물 위를 날아오른 학과 함께 노닐었답니다."

주인 사내로선 갈수록 예사롭지 않은 소리들이었다. 눈 아래 들판엔 이제 물도 없고 산그림자도 없었다. 게다가 여자는 어렸을 적 아비의 소망처럼 그 물이나 산그림자의 형용을 깊이 눈여겨보았을 리 없었다. 하지만 여자는 이제 눈을 못 보기 때문에 오히려 성한 사람이 볼 수 없는 물과 산그림자를 보고 있는지도 몰랐다. 두 눈이 성해 있는 사람이라면 그 말라붙은 들판에서 있지도 않은 물과 산그림자를 볼 리가 없었다. 있지도 않은 물과 산그림자를 본 것은 그녀가 오히려 앞을 못 보는 맹인이기 때문이었다.

사내의 그런 상상은 차츰 어떤 불가사의한 믿음으로 변해갔다.

> 망망창해에 탕탕(蕩蕩)한 물결이라
> 백빈주 갈매기는 홍요안에 날아들고……

여자가 마침내 소리를 시작하고 있었다. 그런데 사내는 그 여자의 오장이 끓어오르는 듯한 목소리 속에 문득 자신도 그것을 본 것이다. 사립에 기대어 눈을 감고 가만히 여자의 소리를 듣고 있자니 사내의 머릿속에서 오랫동안 잊혀져온 옛날의 그 비상학이 서서히 날개를 펴고 날아오르기 시작한 것이다. 그리고 여자의 소리가 길게 이어져나갈수록 선학동은 다시 옛날의 포구로 바닷물이 차오르고 한 마리 선학이 그곳을 끝없이 노닐기 시작했다.

그런 일이 있은 후로 사내는 여자의 학을 믿지 않을 수 없었다.

여자는 날마다 밀물 때를 잡아서 소리를 하였다. 소리는 언제나 이 선학동을 옛날의 포구 마을로 변하게 하였고, 그 포구에 다시 선학이 유유히 날아오르게 하였다.

그리고 그러다 여자는 어느 날 밤 문득 선학동을 떠나갔다.

하지만 사내는 여자가 그렇게 선학동을 떠나가고 나서도 그녀의 소리가 여전히 귓전을 맴돌고 있었다. 그 소리가 귓전을 울려올 때마다 선학동은 다시 포구가 되었고, 그녀의 소리는 한 마리 선학과 함께 물 위를 노닐었다. 아니 이제는 그 소리가 아니라 여자 자신이 한 마리 학이 되어 선학동 포구 물 위를 끝없이 노닐었다.

그래 사내는 이따금 말했다.

"여자는 어디로 떠나간 것이 아니여. 그 여자는 이 선학동의 학이 되어버린 거여. 학이 되어서 언제까지나 이 고을 하늘을 떠돈단 말이여."

여자가 그토록 갑자기 마을을 떠나가버린 데 대한 아쉬움 때문이었을까. 주막집 이웃들이나 벌판 건너 선학동 사람들마저 사내의 그런 소리엔 그리 허물을 해오는 눈치가 없었다. 선학동 사람들은 여자가 모셔온 아비의 유골을 모른 체해주듯 여자가 그렇게 주막을 떠나가고 나서도 그녀의 사연이나 간 곳을 굳이 묻고 드는 일이 없었다. 뿐더러 주막집 사내가 이따금 그렇게 앞도 뒤도 없는 소리를 지껄여대도 그러는 사내를 탓하려 들기는커녕 오히려 그와 어떤 믿음을 같이하고 싶은 진중한 얼굴들이 되곤 하였다.

손은 이제 완전히 녹초가 되어버린 표정이었다. 이따금 손을 가져가던 술잔마저 이제는 전혀 마음에 없는 모양이었다.

이야기를 끝내고 난 주인 쪽 역시 마찬가지였다. 가슴속에 지녀온 이야기들을 손 앞에 모두 털어놓은 것만으로 주인은 이제 자기 할 일을 다해버린 사람 같았다. 손이 뭐라고 대꾸를 해오든 안 해오든 그로서는 전혀 괘념을 할 일이 아니라는 태도였다.

주인은 완전히 손의 반응을 무시하고 있었다. 뒷산 고개를 넘어오는 솔바람 소리가 아직도 이따금 두 사람의 귓전을 멀리 스쳐가고 있었다. 그 솔바람 소리에 멀리 둑 너머 바닷물 소리가 섞이는 듯하였다.

침묵을 견디지 못한 건 이번에도 결국 손 쪽이 먼저였다.

"주인장 이야긴 고맙게 들었소."

이윽고 손이 먼저 주인에게 말했다. 그의 어조는 이제 아무것도 숨길 것이 없다는 듯 낮고 차분했다.

"하지만 아까 이야기 가운데서 주인장께선 일부러 사람을 하나 빠뜨려놓고 있었지요."

주인이 달빛 속으로 손을 이윽히 건너다보았다.

손이 다시 말을 이었다.

"주인장 어렸을 적에 이 마을에 찾아들었다는 그 소리꾼 부녀의 이야기 말이오. 그때 그 어린 계집아이에겐 소리 장단을 잡아주던 오라비가 하나 있었을 겝니다. 그런데 주인장께선 일부러 그 오라비 이야길 빼놓고 있었지요."

추궁하듯 손이 주인의 얼굴을 마주 바라보았다. 주인도 이젠 더 사실을 숨길 것이 없다는 듯 고개를 두어 번 깊이 끄덕여 보였다.

"그렇지요. 난 그 오라비가 뒷날 늙은 아비와 어린 누이를 버리고 혼자 도망을 쳤다는 이야기까지도 여자에게 다 듣고 있었으니께요."

"그렇담 주인장은 그 오누이가 서로 아비의 피를 나누지 않은 남남 한가지 사이란 것도 알고 있었겠구만요. 그리고 그 어린 오라비가 부녀를 버리고 떠난 것은 차마 그 원망스런 의붓아비를 죽여 없앨 수가 없어서였다는 것도 말이오."

주인이 다시 고개를 무겁게 끄덕여 보였다. 그러자 손이 다시 물었다.

"한데 주인장은 아까 무엇 때문에 부러 그 오라비의 얘기를 빼고 있었소?"

"그야 노형도 그 오라빌 알 만한 사람이구나 싶었으니께요."

주인은 간단히 본심을 말했다. 그러고는 한마디 더 덧붙였다.

"노형이 처음 비상학 얘길 꺼냈을 때 난 벌써 눈치를 챘거든요."

"그렇다면 주인장께선 끝끝내 그 오라빌 모른 척하고 속일 참이었소?"

"아니 그럴 생각은 아니었지요. 난 외려 이 2, 3년 동안 늘 그 여자의 오라비란 사람을 기다려온걸요. 언젠가는 결국 그 오라빌 만나서 이야기를 모두 전해주리라…… 그래야 무언지 내 도리를 다할 듯싶었으니께요."

"그 오라비가 이곳을 찾아올 줄 미리 알고 있었단 말이오?"

"여자가 그렇게 말을 했지요. 혹 오라비 되는 사람이 여길 찾아와 소식을 물을지 모른다고…… 그 여잔 분명히 그걸 믿고 있는 것 같았지요."

"왜 처음부터 그 얘길 안 했소? 주인장께선 벌써 다 이런저런 사정을 속속들이 알고 있었으면서도 말이오."

"그건 그 여자의 부탁이 있었기 때문이오. 그 여잔 오라비가 혹 이곳을 찾아오더라도 오라비가 자기 이야기를 물어오기 전에는 절대 이쪽에서 먼저 입을 떼어 말하지 말라는 부탁이었지요. 오라비가 정 마음이 괴로워 원망을 못 이긴 듯싶어 보이기 전엔 말이외다…… 그래 난 그저 노형의 실토를 기다려온 거지요."

주인은 거기서 잠시 말을 끊고 손의 기색을 살폈다.

손은 이제 다시 입을 굳게 다물고 있었다. 말없이 뜨락의 달빛만 내려다보고 앉아 있는 손의 얼굴에 새삼스런 회한의 기미가 사무치고 있었다.

주인이 그 손의 정한을 부추겨 올리듯 느린 목소리로 덧붙이고 들었다.

"허지만 이야기를 먼저 내놓지 말라던 것은 실상 여자가 남기고 싶었던 부탁이 아니었을 거외다. 여자는 그네의 오라버니가 여길 찾아올 줄도 알고 있었고, 이야기가 나올 줄도 알고 있었으니께요. 여자는 진짜 다른 부탁을 한 가지 남기고 갔다오. …… 오라버니에게 더 이상 자기 종적을 알려고 하지 말아달라고요. ……아깟번에 내가 그 여자는 학이 되어 지금도 이 포구 위를 떠돌고 있다고 말한 적이 있지요. 그건 내가 생각해내서 한 말이 아니오. 그것도 그 여자가 처음 한 말이소. 오라비에게 나를 찾게 하지 마시오. 전 이제 이 선학동 하늘에 떠도는 한 마리 학으로 여기 그냥 남겠다 하시오…… 그게 그 여자가 내게 남긴 마지막 당부였소. 그리고 그 여잔 아닌 게 아니라 한 마리 학으로 하늘로 날아 올라간 듯 그날 밤 홀연 종적을 감춰갔고 말이오……"

이튿날 아침 손은 조반상을 물리자 곧 길을 나설 채비를 하였다.

"그 어른의 묘소라도 한번 찾아가보지 않고 바로 떠나시겠소?"

주인이 그 손에게 무심결인 듯 넌지시 물었다.

주인 아낙에게 인사를 고하며 신발을 꿰신으려다 말고 그 소리에 손이 주인을 돌아다보았다. 뭔가 은근히 추궁을 해오는 듯한 손의 눈길에 주인은 그제서야 좀 서두르는 듯한 어조로 변명처럼 말했다.

"아, 그야 내가 아는 체하고 나설 일은 아니오만, 노형이 원한다면 그 어른의 묘소는 내가 가리켜드릴 수 있어서 말이외다……"

그러자 손은 이미 짐작하고 있었다는 듯 주인을 보고 뜻있는 웃음을 머금어 보였다.

"나도 알고 있었소. 간밤부터 나도 그걸 알고 있었어요. 눈이 먼 여자하고 노인네 둘이서는 워낙 힘이 들 일이었으니까요……"

손은 그러나 곧 고개를 천천히 가로저으며 쓸쓸한 얼굴로 말했다.

"하지만 그 뭐 다 부질없는 일이지요. 당신 생전에 지어 묻힌 한인데 이제 와서 그런들 무슨 소용이 있겠어요. 이대로 그냥 떠나고 말겠소……"

말을 끝내고 나서 손은 이내 몸을 돌이켜 깨끗하게 쓸린 주막 마당을 걸어 나갔다. 주인도 더 이상 그것을 손에게 권하지 않았다. 그는 말없이 손을 뒤따라 사립 앞까지 나왔다. 그러나 그는 아직도 뭔가 미진한 것이 남아 있는 사람처럼 거기서도 쉽사리 손을 보내지 못했다.

"그래, 그 오라비는 그땔 마지막으로 누이를 다시 만날 수가 없었소?"

그가 새삼 손에게 물었다.

"아니랍니다. 그 뒤로도 딱 한번 제 누이를 만난 적이 있었답니다. 한 두어 해 저쪽 일이었지요. 장흥읍 저쪽 어느 주막에서였답니다……"

손은 걸으면서 남의 말을 전하듯 느릿느릿 말했다.

"하지만 그때도 그 오라빈 끝내 자기가 오라비란 말을 못하고 말았답니다. 그 누이가 워낙 눈이 먼 여자였으니까요. 그리고 다시 그곳을 찾았을 땐 종적을 알 수가 없었어요."

주인 사내는 별 할 일도 없이 아직도 어정어정 손의 발길을 뒤따르고 있었다.

손도 굳이 주인의 그 은근한 배웅의 발길을 막지 않았다.

늦가을 아침 햇살이 유난히도 맑았다. 고개를 넘어오는 솔바람 소리도 이날따라 유난히 가지런했다.

두 사람은 이윽고 솔밭길을 들어서고 있었다. 들판과 관음봉이 한눈에 들어왔다.

손은 그제서야 걸음을 멈춰 섰다. 그러고는 뭔가 고개를 넘어서기 전에 주인의 마지막 말을 재촉하듯 말없이 그를 기다리고 있었다. 그러자 주인도 이윽고 그 손의 뜻을 알아차린 듯 마지막으로 물었다.

"그래, 노형은 아직도 그 누이의 종적을 찾아다닐 참이오?"

하지만 손은 이제 오히려 그런 주인을 안심이라도 시키듯 가만히 고개를 저어 보였다.

"아니오, 그도 뭐 이제는 다 부질없는 노릇 아니겠소. 하기야 이번 길도 꼭 그 여자 소식을 만나리라는 생각에서 나선 건 아니지만 말이오. 글쎄 어쩌다 마음에 기리는 일이 생기면 여기나 한 번 더 찾아오게 될는지…… 여기 선학동이라도 찾아와서 학의 넋이 되어 떠도는 그 여자 소리나 듣고 가고 싶소마는……"

그러고는 지금도 그 선학동 어디선가 여자의 노랫가락 소리가 들려오고 있는 듯, 그리고 그 노랫가락 속에 한 마리 학이 되어 물 위를 떠도는 여인의 모습을 보고 있기라도 하듯 눈길이 새삼 아득해지고 있었다.

솔바람 소리가 다시 한 차례 산봉우리를 멀리 넘어가고 있었다.

주인은 거기서 길을 돌아섰다.

그리고 손은 다시 솔밭 사이의 고갯길을 오르기 시작했다.

잠시 후 — 주인 사내가 사립을 들어섰을 때 손도 방금 돌고개

모롱이를 올라서고 있었다.

하지만 손은 이내 고개를 넘어가지 않았다. 주인은 손이 고개를 넘어가기를 사립 앞에서 기다리고 있었다. 모롱이를 올라선 손의 모습은 그러나 한 식경이 지나도록 사라질 줄을 몰랐다.

기다리다 못한 주인이 마침내 모롱이 쪽에서 먼저 눈길을 비켜 돌아서버렸으나 고개 위의 사내는 한나절이 지나도록 그 모습 그대로 주저앉아 있었다.

사내가 고개를 넘어간 것은 저녁나절 해도 거의 다 기울어들 때쯤 해서였다.

손이 고개를 넘기를 기다리며 저녁나절 내내 사립 손질을 하고 있던 주인 사내가 어느 순간 아직도 작자의 모습이 그대로려니 싶은 생각으로 고개 쪽을 바라보니, 그가 문득 모습을 거두고 없었다.

손의 모습이 사라진 빈 고갯마루 위론 푸른 하늘만 무심히 비껴 흐르고 있었다.

그러자 사내는 문득 가슴이 저리도록 허망스런 느낌이 들었다.

그는 고개 위에 손이 모습을 남기고 있는 동안 하루 종일 그 고개 쪽으로부터 어떤 소리가 귀에 쟁쟁하게 들려오고 있었던 것만 같았다. 그것은 옛날에 들은 그 여인의 노랫가락 소리 같기도 하였고, 어쩌면 사내 그자가 한나절 내내 그렇게 목청을 뽑아 내리고 있었던 것 같기도 하였다.

그런데 그 고개 위의 사내의 모습이 사라져버리자 그의 귓가에서도 이제 소리가 문득 그쳐버린 것이었다.

그는 마치 자신이 꿈을 꾸고 있는 것 같았다. 그가 정말로 하루 종일 그 소리를 듣고 있었는지 어쨌는지 분명한 분간을 해낼 수가 없었다.

그러나 그는 굳이 그런 걸 따지려 하지 않았다. 정말로 소릴 들었든지 말았든지 그런 건 굳이 상관하기가 싫었고 또 상관해야 할 일도 없었다.

그리고 사내는 그때 그런 몽롱한 마음가짐 속에서 또 한 가지 기이한 광경을 보았다. 사내가 다시 눈을 들어 보았을 때, 길손의 모습이 사라지고 푸르름만 무심히 비껴 흐르는 고갯마루 위로 언제부턴가 백학 한 마리가 문득 날개를 펴고 솟아올라 빈 하늘을 하염없이 떠돌고 있었다.

(『문학과지성』 1979년 여름호)

빈방

—혹은 딸꾹질주의보

1

"웬 사람이 계속 딸꾹질을 하고 있데요."

새로 들어올 동숙인에 관해 주인아주머니는 별로 긴 설명을 하지 않았다.

그건 물론 주인아주머니의 고의에서는 아니었다. 그날 아침 출근길을 잠깐 가로막고 서서 아주머니는 저녁 안으로 새 방 친구가 들어오게 되었음을 알리고 나서, 지나가는 말처럼 무심히 한마디 덧붙였을 뿐이다.

주인아주머니도 그런 덴 별로 신경을 쓰지 않았음이 분명했다.

그야 아주머니가 그런 걸 미리 알고서 내겐 부러 대수롭지 않은 듯이 얼버무려 넘겼대도 나로선 달리 어쩔 수 없었을 일이었다. 어차피 내 쪽에서 동숙인을 구해 들여놓지 못한 이상 새 방

사람을 정해 들이는 것은 이미 집주인인 아주머니의 뜻에 맡겨진 일이었다. 게다가 그때는 이미 새 학기가 시작된 지 한 달 가까이나 지났을 무렵이어서 뒤늦게 방을 구하러 다니는 사람을 만나기도 어려웠다.

이 집엔 원래 과부댁 주인아주머니와 대학 입시 3년 차 재수생인 그녀의 딸아이가 함께 쓰는 안방을 빼고서도 순전히 하숙생을 위한 방이 네 개나 있었다. 일대에선 어디서나 볼 수 있는 ㄷ자형 한옥으로, 양 날개 쪽 세 개의 방에는 학기가 시작되면서 이미 학생들이 두 사람씩 차례로 나누어 들어와 있었고, 본채 쪽에 거실을 사이하여 모녀의 안방과 마주하고 있는 건넌방이 이를테면 내 독방 차지인 셈이었다. 이미 짐작이 갔겠지만, 굳이 독방을 쓰고자 해서 독방 차지가 된 것은 아니었다. 학생들이 같은 또래 학생이 아닌 나를 괜히 거북해하기 때문이었다. 학생들은 일반인과의 합숙을 꺼려 했다. 그건 녀석들의 허물이 아니었다. 별나게 괴벽스런 성벽이나 남다른 학구열의 소유자가 아닌 담에야 녀석들이 일반인과의 합숙을 꺼리는 건 당연했다. 허물이 있다면 오히려 학교를 끝낸 지 2년이 넘도록 어물어물 아직도 학생들의 하숙가를 떠나지 못하고 있는 내 쪽에 있었다. 학생 시절부터 몸에 익어온 생활 습관이나 자신이 직접 누리지는 못하더라도 아직도 묘한 아쉬움 같은 것이 남아 있는 대학가의 그 활기차고 싱싱한 분위기에 붙잡혀 쉽사리 짐을 싸 짊어지지 못하고 있는 내게 허물이 있었다. 이를테면 나의 그런 어쭙잖은 미련 같은 것이 공연히 아주머니의 영업을 방해해온 셈이었다.

아주머니 마음이 조급해지지 않았을 리 없었다. 내 사정으로만 말한다면 나는 처음부터 독방을 원해 들어오지도 않았지만, 그렇다고 굳이 동숙인을 구해 들여야 할 필요도 없었다. 나로선 이래도 좋고 저래도 상관없는 일이었다.

문제는 아주머니 쪽 사정에 있었다. 새 학기 초 들어서 둘째 번 달 하숙비로 독방 차지 값을 따로 얹어주었더니, 아주머니가 이번엔 내 쪽 부담을 걱정하고 나섰다. 하루빨리 내 부담을 덜어줘야겠다는 것이었다. 아주머니는 결국 사람을 들이고 말 생각이었다.

사정이 그러고 보면 아주머니는 작자의 증세를 알고 있었으면서도 내겐 부러 대수롭잖은 일인 척 얼버무려 넘기려 했을 가능성이 컸다. 아주머니가 설령 그랬다 하더라도 나로선 달리 할 말이 있을 리 없었다. 아니, 이 말은 내가 위인의 증세를 그토록 못마땅해하거나 그걸로 굳이 아주머니를 허물하고 싶어 하는 소리는 아니다. 나는 다만 그때 아주머니가 말한 그의 증세를 그토록 귀담아들어두지 못했다는 걸 말하고 싶을 뿐인 것이다. 나 역시 마음이 조급하고 민망스러워져 있던 터라 어떤 사람이 내 동숙인으로 들어오든 내게는 그때 그런 걸 따져볼 만한 여유가 없었다는 말이다. 그리고 사실 아주머니가 그런 걸 미리 알고 있었다고 해도 위인의 그 증세라는 게 그녀에겐 그렇게 신경이 쓰일 일도 못 되었을지 모른다.

어쨌거나 나는 그래저래 그날 하루 작자의 일 따위는 염두에도 없었다. 작자에 대한 아주머니의 귀띔은 들은 자리에서 금방 잊어버리고 있었다.

그런데, 그날 저녁— 회사가 끝난 뒤 느지막이 취기에 젖어 하숙으로 돌아오는 나를 위인이 먼저 기다리고 있었다.

그리고 그때도 위인은 아직 딸꾹질을 하고 있었다.

"미안합니다. 이거…… 딸꾹…… 주인도 안 계신 방엘 이렇게…… 딸꾹…… 이렇게……"

장단 가락처럼 일정한 간격으로 말길을 끊어놓곤 하는 짓궂은 딸꾹질이었다.

나는 비로소 아침에 들은 아주머니의 말이 생각났다. 그리고 좀 이상한 생각이 들기 시작했다.

—아주머니가 본 이자의 딸꾹질은 그럼 우연스러운 게 아니었단 말인가.

하지만 나는 작자 앞에 그런 내색을 보일 순 없었다.

"아, 아니, 뭐 괜찮습니다. 잘 오셨어요. 어차피 이젠 두 사람 방인걸요."

나는 부러 술기를 과장하며 대범스런 태도로 그를 응대했다.

하지만 그게 사실은 쓸데없는 헛수고였다.

그는 어차피 만년 딸꾹질쟁이였다.

그날 밤 안으로 그것이 곧 밝혀졌다.

작자에게는 딸꾹질 외에도 처음부터 어딘가 이 대학가 하숙촌과는 어울리지 않는 구석이 많았다. 책도 없고 책상도 없이 짐이라곤 그저 낡은 옷 트렁크 하나와 허름한 이불데기뿐인 간단한 행장거지로 보아 첫눈에도 그는 이 거리에 흔한 학생 몰골이 아니었다. 직장을 나간다면 그럴 만도 하겠는데, 턱수염이 부스스한 얼굴 가꿈새나 정갈치 못한 옷매무시 따위로 보아 그나마도 별로 번번스러운 곳은 못 될 듯싶었다.

그야 내게도 그런 위인에 대한 궁금증이 전혀 없었던 건 아니었다.

하지만 나는 위인의 그 빌어먹을 딸꾹질 때문에 말소릴 듣기도 답답했거니와, 그에게 혹 본의 아닌 무안을 주게 될지도 모른다는 나대로의 조심성 때문에 이날 밤은 그저 모든 걸 모른 척 덮어두려 하였다. 술기 때문에도 더욱 귀찮은 생각이 앞서고 있었다. 그래 서로 간단히 통성명을 하고 앞으로 함께 잘 지내보자는 따위의 다짐 정도로 잠자리부터 냉큼 파고들어버렸다. 위인에게도 아마 자신의 딸꾹질을 들키지 않기 위해 그편이 나을 듯싶어서였다.

하지만, 뭐 어떤 사람이 마음씨 고운 데가 없다던가.

"불은 이따가…… 딸꾹…… 이따가 제가 끄지요…… 딸꾹……"

위인이 무슨 심술에선지 내게 불을 끄지 못하게 하였다. 그리곤 아직도 마음속에 무슨 미진한 일이 남아 있는 사람처럼 두 눈을 말똥말똥 자기 이부자리 위에 턱을 괴고 엎드려 있었다.

그러거나 말거나 나는 일단 눈을 감고 잠자리를 잡았다.

딸꾹— 딸꾹—

방 안은 한동안 위인의 그 답답한 딸꾹질 소리만이 일정한 간격으로 깊은 정적을 끊어내고 있었다. 주위가 조용해지고 나니 위인의 딸꾹질 소리는 이제 한밤중의 벽시계 소리처럼 방 안을 가득가득 채워들곤 하였다.

나는 좀처럼 잠을 이룰 수가 없었다. 그 끈질기고 규칙적인 딸꾹질 소리 때문에 머릿속이 점점 더 말짱해져왔다.

그런데 아마 위인도 그걸 알고 있었던 모양이다. 그리고 그는 기회를 기다리고 있었는지도 모른다. 견디다 못해 어느 순간 내가 그로부터 몸을 돌려 누우려 할 때였다.

"어때요…… 윤 선생님 회사 일은…… 딸꾹…… 좀 하실 만합니까…… 딸꾹!"

그는 지금까지 줄곧 그 이야기를 계속해오던 다음이기라도 하듯 느닷없이 내 바깥일을 물어왔다. 어차피 잠이 들기 어려우면 이야기나 좀 나누자는 투였다.

나는 다시 눈을 뜨고 몸을 되돌려 누울 수밖에 없었다. 그의 어조도 어조려니와 작자가 뭔가 이미 나에 관해 알고 있는 듯한 느낌이 들어왔기 때문이다. 그건 물론 주인아주머니에게서 미리 들어두었을 수도 있는 일이었다. 하지만 위인의 차분한 어조에는 어딘지 그보다도 심상찮은 관심기가 느껴져왔다.

"제 회사 일이라뇨, 신문사 일 말입니까? 글쎄요…… 그 뭐 요즘 신문쟁이 일이라는 게 일다운 일이 돼야 말이죠……"

나는 우선 머리맡에 놓인 담뱃갑에서 알담배 한 개비를 뽑아 문 다음 위인의 물음을 얼버무려 받아 넘겼다. 그리고는 이내 무심결인 듯 작자 쪽으로 말머리를 돌렸다.

"한데, 그 뭐 자랑스럽지도 못한 제 회사 애기를 주인아주머니가 미리 말한 모양이지요?"

나에 관해 들은 게 있다면 무얼 어떻게 알고 있느냐는 뜻이었다.

그런데 사실은 바로 거기서부터가 이날 밤 곤욕의 시작이 된 셈이었다.

내가 아예 잠을 단념한 듯 담배를 피워 물고 나서자 그는 마침 내 기회를 잡은 듯 엉뚱한 생기가 돌아오고 있었다. 그리고 그때부터 위인의 그 답답하고도 불가사의한 이야기 취미가 터져 나온 것이었다.

하지만 처음 한동안은 나도 물론 그런 기미를 알아차리지 못했다. 그의 이야기가 번번이 내 예상을 한 발짝씩 넘어서고 있었기 때문이다.

"아주머니한테서 들은 이야기가 아닙니다…… 딸꾹…… 전 처음부터 윤 선생님이 하고 계신 일을 알고 있었으니까요…… 딸꾹."

위인은 우선 그렇게 나의 짐작을 부인하고 나서, 이번에는 아예 잠자리를 거두고 몸을 일으켜 앉았다. 그리고는 이쪽이 묻기도 전에 이야기를 혼자서 이어나가기 시작했다.

"아니, 사실을 말하면 전 윤 선생님의 회사 이야기를 듣고 윤 선생님의 일이 맘에 들어 이렇게 윤 선생님 곁을 찾아왔는지도 몰라요…… 딸꾹!"

복덕방을 찾아갔더니 내 방 이야길 하더라는 것이었다. 그리고 거기서 이미 내 직장 이야길 듣고 단번에 마음을 정했노랬다. 주인아주머니가 사람을 부탁할 때 그것까지 미리 말해둔 모양이었다. 그야 내 방에 사람이 늦어지게 된 게 학생이 아닌 내 일반인 신분 때문이기도 했으니까.

그래 이번에는 내 직장이 신문사라는 점이 당신과는 무슨 상관이 있어 그러느냐는 물음에, 그는 역시 태연스럽게 지껄였다.

"글쎄요, 그건 아까도 말씀드렸듯이 그저 윤 선생님의 일이 제 마음에 들었기 때문인데…… 딸꾹…… 그 뭐랄까요, 신문사 분이라면 제게도 뭔가 듣고 배울 것이 많을 것같이 생각되었다고 할까요."

그러고 나서 그는 새삼 생각이 미친 듯 처음 질문으로 화제의 방향을 이끌어갔다.

"그런데 아깐 회사에 그리 일다운 일이 없으시다고 했던가요? 제가 좀 주제넘은 참견인지 모르겠습니다만, 딸꾹…… 윤 선생님은 왜 그렇게 자신의 일을 부정적으로 말씀하시지요?"

아닌 게 아니라 남의 일에 웬 주제넘은 힐난기까지 섞인 참견이었다.

나는 다시 그쯤에서 작자와의 이야기를 끝내고 싶었다. 작자가 내게 무엇을 원해서든, 그가 미리 나의 일을 알고서 하숙을 찾아든 것부터 마음이 안 편했거니와, 나는 원래가 내 일터가 되고 있는 그 회사 일을 들추는 걸 싫어해온 성미였다. 그건 벌써 견습 딱지가 떨어질 무렵부터 몸에 밴 버릇이었지만, 처음에는 그토록 해볼 만한 일인 듯싶던 신문쟁이 노릇이 이제는 갈수록 시들한 느낌만 들었기 때문이다. 게다가 위인의 이야기는 그 끊임없이 계속되는 딸꾹질 소리 때문에 듣는 사람을 몇 배나 더 피곤하게 만들었다.

"요즘 신문쟁이 노릇이야 출입처 홍보실이나 대변인실하고 데스크 사이에서 하루 한 번씩 심부름꾼 노릇이나 하고 지내는 게 대수니까요. 그게 아니면 기껏 아낙들의 싼 저녁상 차림새나 아이들 놀이터 걱정이나 해주는 게 고작이구…… 그렇다고 그게 무슨 수입이 대단한 호구지책도 못 되구요……"

나는 시들시들 대답을 끝내고 이불자락을 다시 끌어올렸다.

하지만 이번에도 역시 오산이었다.

위인이 아직도 그러는 나를 용납해주지 않았다. 일정하게 솟아오르는 딸꾹질 때문에 연기를 삼킬 수가 없었기 때문일까. 그는 담배조차 피우지 않은 채 좀처럼 몸을 눕히고 들 기미가 안 보였다. 그리고 그 답답하도록 규칙적인 딸꾹질 소리를 토해내면서 한사코 이야기를 계속하고 싶어 했다.

"신문사라는 데가 정말 그런 일뿐이라면 저는 정말 실망인걸요…… 딸꾹…… 하지만 아마 윤 선생님께서 괜히 그런 식으로 말씀을 하신 거겠죠. 그건 아마 두고 보면 곧 알게 될 일이겠지만 말예요…… 딸꾹……"

그러고 나선 또 새삼스럽게 자기소개를 시작하려 하였다.

"그러니 이제 윤 선생님 얘기는 그쯤 해두고…… 딸꾹…… 저도 이젠 제 소개를 좀 드려둬야 실례가 안 될 것 같군요. 여태까진 너무 윤 선생님의 개인사만 들춰대고 있어서 말입니다…… 딸꾹."

그 불편스런 딸꾹질까지 견뎌가면서 무슨 취미가 그러는지 몰랐다.

나는 그 위인의 별스런 취미에 내가 감당할 수 있는 이상의 어떤 심상찮은 기분이 느껴져왔다.

나는 이제 작자의 말에 응대조차 제대로 보내지 않았다. 그리고는 숫제 졸음에 몰린 듯 두 눈을 깊이 감고 있었다. 하지만 작자는 그러거나 말거나 혼자서 이야기를 계속했다. 이젠 특별히 알고 싶은 것도 아닌 터라 눈을 감은 채 대충대충 들어넘긴 위인의 이야기는 그러나 다시 한 번 내 예상을 뒤엎고 있었다.

그는 과연 짐작했던 대로 학생이 아니었다. 학생이 아닐 뿐 아니라 직장인도 아니었다. 그러면서도 그는 하숙비 따위를 걱정해야 할 만큼 생계의 방편이 어려운 처지도 아니었다. 그런데 그의 생계의 방편이란 게 보통 심상치가 않아 보이는 것이었다.

그는 7, 8년 전쯤 학교를 끝내고 나서부터 3년 전에 직장을 잃을 때까지 근 5년 동안을 국내 유수의 전자제품 회사 한 곳에서 성실하고 부지런히 일해왔다 하였다. 그는 회사의 윗사람들이나 동료 직원들 사이에서 다 같이 깊은 신뢰와 능력을 인정받고 있어서, 오래지 않아 회사의 고위 관리직으로 발탁될 꿈을 착실히 키워오고 있는 참이었는데, 그게 그만 어떤 '사소하고도 우스꽝스런 소동'을 계기로 하루아침에 파탄이 나고 말았다는 것이다. 그는 그 사소하고도 우스꽝스런 소동이 어떤 것인지를 말하진 않았지만, 어쨌거나 그 일이 계기가 되어 더 이상 회사와 동료들 곁에 머물러 남을 수가 없게 되었고, 그 후부턴 그저 회사로부터 가끔 필요한 용돈이나 얻어내다 이곳저곳 하숙집을 옮겨 다니며 3년여의 세월을 보내고 있다는 것이었다.

분명히 어떤 곡절이 있음 직한 이야기였다.

나는 은근히 다시 호기심이 동해왔다. 작자가 말한 사소하고도 우스꽝스런 소동이나, 그걸 계기로 전도유망하던 젊은이가 하루아침에 갑자기 반폐인의 행색으로 이런 지저분한 하숙가나 떠돌아다니게 된 데는 필경 그럴 만한 곡절이 있었을 터였다. 하지만 그보다도 더 궁금증이 이는 일은 일단 일자리를 물러나오고 만 위인과 그의 옛 회사와의 관계였다. 액수가 그리 많지 않은 탓도 있었겠지만, 작자의 옛 회사에서는 3년이 다 지난 지금까지도 그가 소용되는 기미만 보이면 아무 명목이나 조건도 없는 용돈을 제깍제깍 불평 없이 보내온다는 것이었다. 작자에겐 원래 혼자 지낼 하숙비와 몇 푼 안 되는 용돈 이외에 돈을 쓸 일이 그리 많지가 않댔다. 그래 회사에다 그걸 자꾸 요구할 필요도 없었겠지만, 어쨌거나 그의 생활은 아직도 그런 식으로 옛날 회사가 거의 책임을 도맡다시피 해온 꼴이었다.

상식적으로는 거의 이해가 가지 않는 일이었다. 그 사소하고도 우스꽝스런 소동이 어떤 것이었는지, 그리고 작자가 회사를 그만두게 된 곡절이 어떤 것이었길래 아직도 그런 기이한 관계가 지속되어오는지, 도시 궁금증이 안 날 수 없었다. 한데다가 작자마저도 웬일인지 거기 대해선 더 자세한 설명을 안 했기 때문에 궁금증은 쉽사리 풀릴 길이 없었다.

하지만 나 역시 단자리에서 사연을 모두 캐내려 들진 않았다.

이런저런 궁금증을 꾹 눌러버린 채 계속 고집스런 침묵을 지키고 있었다. 궁금증에 대한 해답은 뒷날 언제든지 다시 구할 수 있었다. 이제는 우선 잠부터 자둬야 했다. 술기가 깨고 나니 심신이 온통 엉망으로 지쳐났다. 한마디라도 작자를 거들고 나섰다간 언제 이야기가 끝날지 몰랐다.

나는 내처 눈을 감고 있었다.

하지만 작자는 아직도 내가 잠이 들지 못하고 있는 걸 알고 있었다.

"……그야 제가 원해서 한 일이긴 하지만, 어쨌거나 그 우스운 토막극 같은 소동 이후로 전 근 3년 동안이나 이렇게 하숙집을 여기저기 떠돌아다니고 있는 꼴이지요. 하지만 이 빌어먹을 딸꾹질 때문에 하숙을 구하기도 어디 그렇게 쉬운 일이어야 말이지요."

이번엔 결국 그 자신의 딸꾹질까지 제풀에 화제로 올려놓고 있었다.

"실컷 하숙을 정해 들었다가도 이놈의 딸꾹질 때문에 주위가 비어요. 더러는 한 달, 더러는 일주일 만에도 다시 집을 옮겨야 할 때가 많아요. 이번엔 학기가 시작된 지 한 달이나 지나서 방을 구하기가 더욱 어려울 줄 알았지요. 그런데 아마 인연이 닿았던지 용케 윤 선생님을 만났지 뭡니까……"

듣고 보니 그의 딸꾹질은 아닌 게 아니라 보통 증세가 아닌 게 분명했다. 위인은 그것을 묻기도 전에 자신의 입으로 직접 확인시켜주고 있었다.

나는 계속 눈을 감은 채 침묵만 지키고 있을 수가 없었다. 위인의 증세를 일부러 모른 척해온 자격지심 때문이었는지도 모른다. 위인 스스로 자기 증세를 털어놓고 나서는 것이 마치 나를 그 이야기로 유인해 들이려는 것만 같았다. 거기까지 차마 모른 척하고 있을 수가 없었다.

나는 마침내 다시 눈을 뜨고 말았다. 그리고 새삼 위인에게 물었다.

"그렇담 오늘 밤 딸꾹질은 일시적인 것이 아닌가요?"

그런데 그는 이번에도 그러는 나를 한 발짝쯤 앞서나갔다.

"윤 선생님도 참 참을성이 대단한 분이시군요. 딸꾹…… 그 말씀을 겨우 이제사 물으시다니……"

작자는 마치 내 속을 환히 다 꿰뚫어보고 있었던 듯 의뭉스런 웃음을 흘리고 나서는,

"일시적이 아닙니다. 이건 순 악질적인 고질병이에요. 딸꾹…… 벌써 3년이나 자라온 병인걸요."

자기 병증을 한 번 더 선선히 확인해주었다. 그리고는 얼핏 칭찬인지 비양거림인지 분간하기 어려운 소리로 다시 이렇게 덧붙여왔다.

"하긴 윤 선생님도 그건 이미 알고 계셨을 일이겠지요. 그러셨길래 여태 그런 말씀은 한마디도 안 하고 계셨던 거 아닙니까? 딸꾹……"

2

동숙인치고 지승호(池承豪) 씨는 정말 기분 좋은 상대가 아니었다. 나는 한마디로 재수가 썩 없었던 셈이었다. 우선에 그 만년 딸꾹질이라는 게 옆엣사람을 이만저만 답답하고 짜증나게 하는 증세가 아니었다. 세상에 원 이런 병도 있었나 싶을 만큼 어이없는 병증이었다.

하지만 지승호 씨는 그런 증세를 실제로 3년 가까이나 견뎌왔고, 지금도 계속 시달림을 당하고 있었다.

그는 밤이나 낮이나 끊임없이 그리고 규칙적으로 딸꾹질 소리를 흘리고 다녔다. 그것은 증세를 지닌 당사자보다도 곁에서 듣는 사람 쪽에 오히려 더 견딜 수 없는 고문을 가해왔다. 그의 규칙적인 딸꾹질 소리에 때로는 사람들의 말이나 생각을 이어가는 시간 자체가 토막토막 조각으로 잘려나가는 것 같았다.

그의 곁에서 한참만 있다 보면 심신이 온통 녹초가 되어버리곤 하였다.

그러나 지승호 씨를 견딜 수 없는 것은 그의 저주스런 딸꾹질만이 아니었다.

위인의 끊임없는 이야기 취미가 더욱더 사람을 난처하게 하였다.

첫날 밤부터 경험한 일이지만, 위인은 그 짓궂은 딸꾹질의 훼방에도 불구하고 누구보다 이야길 좋아하는 편이었다. 그는 정해놓고 나다닐 직장이 없으므로, 내가 출근을 하고 없는 낮 동안은 날마다 혼자서 빈방을 지켰다. 그리고 하루 종일 딸꾹질로 해를 보내며 내가 퇴근해 돌아오기만을 기다렸다.

게다가 위인의 이야기엔 계기도 필요 없고 순서도 없었다. 내가 싫은 기색을 보이거나 말거나 그런 것도 전혀 상관을 안 했다. 얼굴만 마주하면 그저 아무 얘기나 일방적으로 말을 걸어오곤 하였다. 그래서 나는 때로 일부러 술을 마시고 귀가 시각을 늦추는 일까지 있었다. 그런 날은 또 작자가 나를 참고 기다린 만큼 더욱 더 긴 시간을 시달려야 했다.

도대체 작자의 취미를 이해할 수가 없었다. 한마디로 내가 재수 없는 자에게 걸려든 것이었다.

나는 될수록 입을 다문 채 위인의 일엔 관심이 없는 척 지내는 수밖에 없었다. 그리하여 그 자신의 말대로 그가 먼저 제물에 지쳐나서 하루빨리 다시 방을 옮겨가기를 기다리는 수밖에 없었다.

그의 증세나 주변에 관해서 속으로 혼자 궁금한 대목이 없는 것은 아니었지만, 나는 위인 앞에 선불리 그런 관심조차 내보일 수가 없었다. 위인에겐 될수록 이야기를 걸어올 기회를 줄여나갔다.

하지만 그것도 그리 큰 효과가 없었다. 그러거나 말거나 지승호 씨는 도대체 아랑곳을 안 했다. 작자는 나만 만나면 말을 참을 수가 없는 것 같았다. 그리고 그런 식으로 며칠을 지내는 동안 그의 딸꾹질 증세와 관련하여 한두 가지 희한한 사실들이 드러났다.

내가 알아낸 첫번째 사실은 지승호 씨의 그 질긴 딸꾹질에도 때때로 휴식 시간이 있다는 것이었다. 그것은 그와 함께 지내기 시작한 이튿날째에 벌써 알아차린 일이었지만, 위인의 딸꾹질은 우선 그가 잠을 자고 있는 동안엔 거짓말처럼 증세가 잦아들고 만다는 사실이었다. 그리고 조물주의 특별한 배려가 있었던지 밥을 먹는 시간에도 그의 딸꾹질은 용케 조용히 사그라들었다. 하기야 잠을 자거나 음식을 먹을 때마저 그 짓이 계속된다면 사람이 어떻게 살아남을 재주가 없었다. 그건 이를테면 그의 생존을 위한 조물주의 최소한의 배려요 섭리인 셈이었다.

하지만 보다 더 신기한 일은 그 두 가지 이외에 그의 딸꾹질이 그치게 되는 세번째 경우였다.

하루 이틀 유심히 증세를 살피다 보니, 지승호 씨는 말을 하고 있을 때도 딸꾹질을 안 했다. 아니, 말을 할 때라도 언제나 그의 딸꾹질이 그치는 것은 아니었다. 한두 마디 그저 지나가는 말을 내뱉고 마는 때는 그런 현상이 일어나지 않았다. 그의 증세가 사라지는 것은 그가 어느 정도 자신의 이야기에 몰두하여 계속 소리를 지껄여대고 있을 때였다. 처음에는 마치 딸꾹질과 싸우기라도 하듯 딸꾹딸꾹 토막말을 답답하게 이어나가다가도 작자가 어느 만큼 자기 이야기에 취해들 정도가 되면, 딸꾹질 소리는 어느새 그의 말 밖으로 밀려나가고 그는 문득 증세가 말끔히 사라져 있곤 하였다. 그가 온 지 이틀인가 사흘째가 되던 날 저녁, 나는 한동안 혼자서 이야기에 몰두해 있던 그가 문득 딸꾹질을 그치고 있는 걸 보고 처음엔 오히려 자신이 좀 이상스러워졌을 지경이었다. 하지만 그 뒤로도 눈여겨 살펴보니 그가 이야기에 몰두해 들 때면 번번이 같은 현상이 나타났다.

지승호 씨의 증세와 관련하여 내가 그에게서 알아낸 두번째 사실도, 알고 보면 바로 위인의 그런 증세의 특성과 관련이 있는 것이었다. 그건 오래잖아 그 자신도 내게 확인을 해준 일이지만 내가 그에게서 두번째로 알아낸 사실은 이를테면 자신의 증세에 대한 위인의 그 체념적이고 절망적인 태도였다. 그리고 그 기이하기 그지없는 자기 증세의 치유 방법이었다.

3년 동안이나 이미 갖가지 치료 방법을 시험해본 탓이었을까. 지승호 씨는 우선 자신의 증세에 대해 무척이나 절망적인 태도를 보였다.

그가 오고 나서 첫번째 일요일이었다.

오전 한나절을 줄곧 위인의 딸꾹질 소리에 시달리고 나니 나는 짜증이 나서 거의 미칠 것 같은 기분이 되었다.

"코를 잡고 숨을 참았다가 크게 내뱉어보지 그래요. 그럼 잠시 동안이라도 딸꾹질이 그칠지 알아요?"

견디다 못해 나는 염치불고하고 작자에게 내가 아는 딸꾹질 진정법을 주워대기 시작했다.

하지만 작자는 처음부터 내 말을 신용해오는 빛이 없었다.

"소용없어요, 딸꾹!"

그가 힘없이 웃으며 머리를 저었다.

나는 계속해서 나의 경험과 견문을 들춰댔다.

"그럼 뜨거운 물을 마시고 편안하게 누워서 호흡을 조절해보면 어때요? 보통 딸꾹질엔 그것도 제법 효과가 있는 모양이던데요."

"글쎄요, 횡격막이나 무슨 다른 장기의 이상으로 생긴 증세라면 그럴 수도 있겠지요…… 딸꾹…… 하지만 제겐 소용이 없어요, 딸꾹!"

"횡격막이나 장기에 이상이 없다면, 그럼 증세의 근원조차 아직 알 수 없다는 말입니까?"

"적어도 제 육신 안에서는요, 딸꾹!"

"병원엔 가보셨나요?"

"수도 없이 찾아다녔지요. 제 육신에 이상이 없다는 걸 확인해준 것도 물론 병원에서였구요, 딸꾹. 하지만 병원도 그 이상은 속수무책이더군요. 도대체 제 몸에선 원인을 찾아낼 수가 없다는군요, 딸꾹. 그 뭐 이런 증상은 다른 나라에서도 가끔 발견되는 수가 있다던가요. 영국에선가 어디선가는 이 증세로 수술을 해서 횡격막을 마사지해주기까지 해봐도 소용이 없었답니다. 그러면서 병원 사람들은 절 숫제 임상 실험물 취급이지 뭡니까."

"증세는 있는데, 육신엔 이상이 없다…… 그렇담 그 원인이 육신이 아닌 마음에 있다는 건가요?"

"병원에서는 아마 그렇게 생각하는가 보더군요. 증세의 뿌리가 제 육신보다도 훨씬 더 깊은 곳에 있는 듯싶다구요. 이를테면 무슨 급격한 마음의 충격이나 과도한 긴장감 같은 것 때문일지 모른다구."

"증세가 생길 때 무슨 그런 일이 있었나요?"

"글쎄요, 그런 일이 전혀 없었다고 할 수는 없겠지요. 전에도 말씀드렸지만, 제가 회사를 그만두게 될 때 바로 우스운 일이 한 가지 있었긴 했으니까요. 그리고 이 지랄 같은 증세는 사실 그때부터 발동이 걸리기 시작했어요."

"전 아직 그 얘길 듣지 못했는데, 그때 도대체 어떤 일이 있었습니까."

나는 계속 위인의 심중을 추궁하고 들었다. 하지만 위인은 이때부터 뭔가 마음속에 혼란이 생긴 듯 말투에 자신을 잃어가고 있었다.

"글쎄요, 그게 어떤 일이었는지, 그걸 지금 한마디로 잘라 말하긴 힘들 것 같군요. 뭐 일이 그렇게 대단한 것도 아니었는데, 자칫 오해가 생길 염려가 있어서요. 어떻게 보면 그때부터 제 딸꾹질이 시작된 것도 그저 우연히 시기가 그렇게 되었던 것뿐일 수도 있구요. 그걸 굳이 제 증세하고 연관 지어 말할 순 없을 것 같아요. 우선 제 자신부터 납득이 잘 가지 않는 일이거든요. 하지만 뭐랄까요…… 윤 선생님께서도 언젠가는 결국 알게 되실 일이겠지만, 그걸 굳이 지금 말하라 한다면 요즘 말로 무슨 오기 탱천한 해프닝 같은 소동이었다 할까요……"

자신은 없었지만, 말하는 투로 보아 지승호 씨 자신도 그의 딸꾹질 증세를 어딘지 육신 바깥쪽의 질환으로 수긍하고 있는 듯하였다. 그리고 그 동기에 대해서도 나름대로의 심증은 있는 듯싶었다.

하지만 그는 어딘지 아직도 생각이 분명칠 못한 듯, 어쩌면 또 나의 호기심을 돋우기 위해 일부러 사실을 숨기고 있는 듯 자신의 증세에 자신이 없어했다.

그래 내가 이번엔 좀 우스개 같은 말투로,

"증세의 뿌리가 마음 쪽에 있다면, 치료 방법도 그래야겠군요. 항용들 하는 말론 불시에 사람을 놀래키는 것도 효과가 있다는데, 그런 게 아마 정신 요법에 해당하는 것이겠지요. 어떻게, 제가 한번 시험해봐드릴까요?"

짓궂은 표정을 지어 보였을 때도 그는 그저 심드렁한 표정으로,

"글쎄요, 그것도 여러 차례 시험해본걸요. 하지만 그 뭐 다 부질없는 짓이에요."

힘없이 머리를 저어댈 뿐이었다.

한마디로 지승호 씨는 자신의 증세에 대해 그토록 깊이 절망을 하고 있었다.

그런데 참으로 신기한 일이었다.

그의 절망에도 빛이 있었다. 그는 그 증세의 원인도 분명히 알지 못했고, 그것을 뿌리 뽑을 치유책도 알지 못하고 있었지만, 그런 가운데도 다만 한 가지 딸꾹질을 이겨내는 방법이 있었다.

"이놈의 병은 도대체 치료 방법이 없는 병이에요. 다만 끝없이 말을 지껄여서 잠깐씩 불편을 이겨내는 길밖에는……"

지승호 씨는 그때 그런 절망적인 푸념 끝에 내게 그렇게 호소해왔는데, 그 방법이라는 게 바로 그의 그런 말속에 있었던 것으로, 작자 스스로도 이미 이야기에 열중하고 있을 때는 그 지겨운 증세가 감쪽같이 사라져가는 사실을 알고 있었다. 그리고 그 증

세를 이기기 위하여 그토록 끊임없이 이야기를 쏟아대고 있었던 것이다.

3

지승호 씨의 증세와 그 요령부득의 이야기 취미에 관해 그쯤 이해를 하고 나니 나는 한결 마음이 누어졌다. 그의 집요한 이야기 취미는 이를테면 그 딸꾹질을 쫓기 위한 필사적인 싸움인 셈이었다. 이야기에 열중해 있을 때를 제외하고 음식을 먹거나 잠을 잘 때도 증세가 그친다는 것은 위인도 일찍부터 알고 있는 사실이었다. 하지만 밥을 먹거나 잠을 자는 것은 한정이 있는 일이었다. 딸꾹질을 쫓기 위해 하루 종일 무얼 먹어대거나 송장처럼 밤낮없이 잠만 자고 지낼 수는 없는 노릇이었다. 평상시의 싸움 방법은 쉴 새 없이 말을 지껄여대는 것뿐이었다. 그것은 참으로 지승호 씨 자신과의 종말이 없는 싸움인 셈이었다.

나는 위인이 갈수록 측은했다. 할 수만 있다면 나 역시 어떤 식으로든 그의 싸움을 거들어주고 싶었다. 나는 시간이 나는 대로 위인의 이야기에 귀를 기울여주었다. 그의 싸움을 거드는 방법은 내가 이야기를 하는 것이 아니라 그의 이야기를 들어주는 쪽이었다.

그런데 한 며칠 그렇게 지내다 보니 내겐 마침내 한 가지 희한한 생각이 떠올랐다.

지승호 씨의 딸꾹질을 멈추게 할 수 있는 것은 그의 말이 가장 효과적인 처방이었다. 그렇다면 그의 딸꾹질 증세는 그의 말에 뿌리가 있는 것일 터였다. 지승호 씨에게서 그 말의 뿌리를 뽑아 버린다면 그의 딸꾹질도 뿌리를 뽑아 없앨 수 있을 것 같았다. 위인에게서 그 말의 뿌리를 뽑아 없애도록 하자— 그것은 지승호 씨에게 하고 싶은 이야기가 있으면 무엇이든지 하고 싶은 대로 이야기를 모두 시켜버리는 것이었다. 그가 보고 듣고 살아온 내력들을, 그리고 생각하고 느낀 일들을 남김없이 이야기로 토해 버리게 하는 것이었다. 그리하여 그 작자의 이야기 그릇이 텅텅 비어버리게 하여 더 이상 말을 할 것이 없게 만드는 것이었다.

작자에게 이야기를 남김없이 지껄여버리도록 해주자.

나는 우선 그렇게 결심했다. 그리고 지승호 씨에게도 그런 뜻을 말하고 스스로 협조를 맹세해 보였다.

지승호 씨는 처음 나의 그런 자발적인 협조의 약속에 대해서도 별반 기대를 걸지 않았다.

"글쎄요, 그렇게만 되어준다면 얼마나 좋겠습니까, 딸꾹. 하지만 뭐 별무소용일 겁니다. 그런 식으로도 한두 번 경험을 안 해본 바가 아니니까요, 딸꾹!"

지승호 씨는 그저 몇 순간이나마 증세를 이겨내는 정도로 만족할 뿐 더 이상의 희망은 걸지 않았다. 그도 그럴 것이 그는 이전에도 여러 번 같은 시도를 해보았기 때문이라는 거였다.

지승호 씨가 새 하숙방을 구해 옮기는 일은 이를테면 먼젓번 하숙에서 자신의 이야기가 바닥이 났을 경우에 해당한다 하였다. 지승호 씨 자신의 이야기가 다하고 동숙인 간에 서로 더 이상 상대방의 일에 관심이 없어지게 되면 그는 번번이 다시 새 말상대를 찾아 방을 옮기곤 해왔다는 것이다. 하지만 이 이삼 년 동안 그토록 여러 번 이야기가 다하고 새 말상대를 찾아 하숙방을 구해 옮기고 다녔어도 딸꾹질은 그치지 않았다는 것이다.

지승호 씨의 말에도 일리는 있었다.

하지만 나는 단념하지 않았다.

어차피 이젠 그 길밖에 다른 방법이 없을 뿐 아니라 위인의 그런 고백 가운데에 아직도 쉬 신용할 수 없는 구석이 있었다.

지승호 씨가 지금까지 자신의 이야기를 정말로 깡그리 털어낸 적이 있었는지가 우선 의심스러웠다. 그가 자신의 이야기를 모두 해버리기 전에 상대방에서 그에 대한 관심이 사라졌을 수도 있었고, 혹은 지승호 씨 자신이 아직 그의 맘속 깊은 곳에 숨어 있는 자신의 이야기를 모르고 넘겨버렸을 수도 있었다.

나는 다시 시도해봐야 했다. 그리고 위인의 깊은 곳에 한 톨의 말도 숨어 남아 있지 못하도록, 그래서 그 지승호 씨 자신이 텅텅 빈 말의 껍데기로 남을 때까지 그의 말을 깡그리 털어내야 하였다.

나는 그래 이날부터 다시 끈질기게 작자의 말을 상대해나갔다.

지승호 씨도 나의 그런 노력을 굳이 외면하려 하진 않았다. 증세를 완전히 뿌리 뽑을 희망은 걸 수 없다 하더라도 그 역시 어차피 자기 딸꾹질과의 싸움을 그칠 수는 없었기 때문이다.

위인과 내가 주고받은 이야기는 그러니까 그 후부턴 헤아릴 수가 없었다.

회사를 퇴근하고 나면 나는 아예 집으로 소주병을 사들고 들어와서 밤이 늦을 때까지 위인을 상대하는 것으로 남은 일과를 삼았다.

우리는 우선 서로의 유년 시절에서부터 이야기를 시작했다. 유년 시절서부터 초등학교와 중학교, 대학교까지의 성장 과정(내 쪽의 것은 물론 지승호 씨의 말동무를 위해서였지만)을 차례차례로 더듬어나갔다. 유년 시절부터 이날까지 만나고 헤어진 사람들이나 집안을 비롯한 주변 환경들, 그리고 그것이 아무리 사소한 것이더라도 우리의 기억에 남아 있는 일들은 빠짐없이 모두 말로 엮었다.

그리고 마침내 서로의 개인사에 관한 이야기가 모두 끝났을 때 우리는 다시 직장 경험이나 우리가 이 세상에 대해 느끼고 생각한 것들을 말하기 시작했다. 신문이나 텔레비전 뉴스에 대해서도 말했고, 돈이나 사랑에 대해서도 말했고, 주인집 식구나 하숙 학생들, 심지어 우리가 마시는 술에 대해서도 열심히 말을 했다.

그러나 그런 이야기의 내용 같은 건 아무래도 좋았다. 이야기의 내용은 중요한 게 아니었다. 그것들은 별로 기억에도 남길 필요가 없는 것들이었지만, 그런 이야기들의 내용 가운데는 우선 그의 증세와 특별히 상관되고 있을 만한 것이 없었다. 굳이 말을 한다면 그런 이야기들을 통해 드러난 지승호란 위인의 됨됨이는 역시 지극히도 정상적인 인간으로, 너무나도 상식적인 과거와 너무도 상식적인 사고의 소유자라는 점이었다. 그리고 그의 그런 정상적이고 상식적인 과거나 생각의 내용들 역시 지극히도 정상적이고 상식적인 화법으로 말하고 있다는 점이었다.

그는 모든 게 정상이었다. 가정환경도 그랬고 성장 과정도 그랬다. 회사를 그만둘 때까지의 직장 생활도 지극히 원만한 편이었다. 상사들 간에는 원만한 인간성과 작업 관리 능력에 대한 신임이 두터웠고, 동료들 간에는 또 거기서대로 남다른 우의와 믿음성을 얻고 있어 남의 공일을 대신할 적이 많았다.

지극히도 정상적이고 상징적인 그의 내력엔 딸꾹질 증세와 상관이 될 만한 구석이 없었다.

그러나 그런 이야기의 내용은 별문제가 아니었다.

그에겐 그저 이야기를 시키는 데에 뜻이 있었다. 그래서 이야기의 뿌리를 뽑는 데에 목적이 있었다.

그래 나는 이야기를 거의 작자에게만 시켰다. 나의 과거나 생각들에 관한 화제가 진행되고 있을 때마저도 나는 그에게 더 많은 말을 하게 하였다. 그런 때마저도 이야기는 주로 위인이 이끌어나갔고, 나는 그저 한두 마디씩 거드는 정도로 그의 말을 듣는 쪽이었다.

4

어느덧 그가 온 지도 그럭저럭 한 달 가까운 시일이 지나고 있었다. 그리고 그 무렵 어느 날 저녁 우리는 마침내 우리에게 이야기가 다하고 있음을 깨달았다.

한참 뒤에야 알아차린 일이었지만, 우리는 그 무렵 며칠 동안 너무 한 가지 일에만 이야기를 길게 몰두하고 있었다. 저녁상을 물리고 나면 우리는 으레 깍두기 한 접시와 고등어조림 한 토막 그리고 콩나물국에 멸치볶음 아니면 시금치국에 콩자반 따위로 메뉴가 일정하게 고정되어 있는 그 하숙집 식단에 대한 불평에서부터 우리 이야기를 시작하곤 했다. 그리고 그런 주인집에 대한 불평은 오래잖아 3년째나 대학 입시에 매달려 있는 머리 나쁜 주인집 딸아이와 아랫방 학생들 간의 심상찮은 수작에 대한 흉보지로 발전했다.

남의 흉을 보는 일엔 이야깃거리가 마를 일이 없어서 좋았다. 게다가 우리는 그저 일방적으로 비방만을 일삼는 것이 아니라, 나어린 사람들의 장래에 대한 심각한 우려와 경계의 말들을 잊지 않았으므로 이야기가 더욱 진지해지고 있었다.

하지만 주인집 삼수생과 학생들에 대한 걱정도 며칠을 계속하다 보니 입심이 차츰 시들해졌다. 그래 어느 날 저녁 우리는 누가 먼저랄 것도 없이 서로 간에 좀더 다른 화제를 원하게 되었다. 그리고 그렇게 새로 찾아낸 이야깃거리가 요즘 유행하는 그 난센스 퀴즈 식의 우스개 문답 놀이였다.

"윤 선생, 어느 식인종 둘이 산을 올라가 세상 구경을 하는데 말예요…… 딸꾹."

저녁상을 물리고 나서 한동안 말이 없이 딸꾹질만 계속하고 있던 지승호 씨가 이윽고 먼저 생각이 떠오른 듯 그렇게 물어왔다.

"그때 저쪽 산 아래쪽으로 사람을 가득 태운 기차가 지나가고 있었어요. 그래 한 식인종이 저게 뭐냐고 물으니까, 다른 식인종이 그것을 모르냐고 대답해줬지요. 그런데 그때 그 식인종의 대답이 뭐랬는지 아세요?"

얼마 전서부터 이어 나온 '식인종 시리즈'의 후속편이었다.

지승호 씨는 이제 그 난센스 퀴즈 놀이를 시작하고 있는 것이었다.

그것도 제법 재미있는 착상이었다.

나는 차라리 다행이다 싶었다.

"글쎄요, 뭐라고 했는데요?"

나는 물론 해답을 알고 있었다.

하지만 나는 알은척하지 않았다. 그렇게 되면 일껏 생각해낸 이야깃거리가 그걸로 더 이상 계속될 수 없었다. 난센스 재담 놀이를 즐기는 사람들이 대개 다 그런 예의를 알고 있었지만, 지승호 씨와 나 사이엔 특히나 그런 예의가 필요한 처지였다.

나는 짐짓 신중한 표정으로 위인의 얼굴을 주시하며 그의 대답을 기다렸다. 그러자 그가 의기양양한 어조로 해답을 말했다.

"그 식인종은 이렇게 말했지요. 이 바보야, 저건 바로 김밥이란 거다, 김밥!"

말을 하고 나서 지승호 씨는 제물에 유쾌한 웃음을 터뜨렸다.

나도 그를 따라 큰 소리로 웃었다. 그리고 이번엔 내 쪽에서 문제를 내었다.

"그럼, 이번엔 내가 하나 같은 식인종 시리즈로 묻지요…… 식인종 하나가 거리를 지나가는데 '목욕탕'이라 써 붙인 곳이 있었어요. 그래 그 식인종은 문을 열고 들어갔는데, 금세 다시 그곳을 나오면서 불평을 하는 거예요. 그럼 지 선생, 그때 그 식인종이 뭐라고 불평을 했겠어요?"

'식인종 시리즈' 중의 최신 편이었다.

지승호 씨는 물론 쉽사리 대답을 못했다. 그는 그저 제물에 미리 우스운 대답을 상상한 듯 빙긋벙긋 웃음기만 흘리고 있었다.

"그는 이렇게 투덜댔어요. 젠장 목욕탕인 줄 알고 들어갔더니 식당이잖아!"

난센스 문답 놀이엔 상대방의 대답을 오래 기다리는 것 역시 좋은 태도가 아니었다. 나는 곧 해답을 말했다.

지승호 씨는 한동안 신이 나서 웃어댔다. 그리고 그런 식으로 우리는 이것저것 경쟁적으로 여러 가지 게임을 계속해나갔다. 그런데 한동안 그렇게 게임을 계속해나가다 보니 나는 차츰 이상한 생각이 들기 시작했다.

지승호 씨의 차례에서 꺼낸 이야기는 번번이 내가 알고 있는 것뿐이었다. 따라서 그가 마지막에 내게 물어오는 말들도 번번이 해답을 알고 있는 것들뿐이었다.

하지만 나는 절대로 그걸 미리 알은척하지 않았다. 마지막 해답은 언제나 지승호 씨 자신이 말하게 했다. 나는 번번이 그의 이야기를 처음 듣는 것처럼 즐겁게 웃었다. 그런데 한참 그 짓을 되풀이하다 보니 나는 문득 위인 쪽에서도 내 이야길 이미 다 알고 있는 게 아닌가 하는 의심이 들기 시작했다. 위인 쪽에서도 이미 다 내 질문들의 해답을 알고 있으면서 부러 모른 척 내게 다 대답을 시키고 있는 것 같았다. 그리 생각이 들어 그런지 내가 그 마지막 해답을 말할 때마다 그가 그토록 재미있어하는 모습에도 어딘지 새삼스럽고 공허한 구석이 있는 것 같았다.

나의 그런 의심은 마침내 사실로 드러났다.

"놀부가 죽어서 지옥엘 갔어요……"

다시 이쪽에서 이야기를 소개할 차례가 되어서였다. 나는 그에게 '지옥 시리즈' 중의 일편을 소개하기 시작했다.

"……놀부가 지옥엘 가보니 그곳엔 가지가지 형벌 방법이 마련되어 있었어요. 날카로운 쇠꼬챙이 위를 걸어 다니게 하는 형벌, 뜨거운 물속을 들어가 견디게 하는 형벌, 우글거리는 뱀에게 몸을 물리는 형벌…… 지옥 수문장은 놀부에게 그 여러 가지 형벌 가운데서 한 가지 형벌을 택하라는 거였어요. 그래 놀부가 가만히 보니 공중목욕탕처럼 생긴 큰 오물통에 사람들이 대가리를 뾰족뾰족 내놓고 들어앉아 있는 게 보였어요. 더럽고 냄새가 나더라도 놀부는 그게 그중 괴로움이 덜할 듯싶어 그걸 택했지요. 지옥 수문장도 놀부에게 후회를 하지 않겠느냐 다짐을 받은 다음 그를 다른 사람들처럼 오물통 속으로 들어가게 했어요. 그런데 놀부가 막 오물통 속으로 들어가 콧구멍을 천장으로 쳐들고 앉았을 때였어요. 지옥 수문장이 그 오물통 속 수형자들에게 큰 소리로 명령하는 거예요. 놀부는 그 소리를 듣고 혼비백산 자신의 선택을 원통해하였는데, 그럼 지 선생, 그때 그 지옥 수문장이 뭐라고 명령을 했길래 놀부가 그토록 후회 하게 됐을까요?"

나는 연이어 지승호에게 질문을 던지고 그의 표정을 살피기 시작했다.

그러나 지승호 씨는 이번에도 금방 대답을 안 했다. 그는 또 한 차례 엉뚱스런 이야기의 반전을 상상하며 지레 웃음을 못 참아 하였다. 그리곤 짓궂게 해답을 재촉해왔다.

"지옥 수문장은 이렇게 소리쳤지요. 10분간 휴식 끝! 전원 잠수! 그리고 그 명령이 떨어지자 뾰죽뾰죽 오물덩이 위로 떠올라 있던 수형자들의 머리통들이 일제히 밑으로 사라져 들어가버리는 거였어요."

나는 곧 해답을 말했다.

그리고 지승호 씨는 전례대로 커다랗게 소리를 내며 다시 한 차례 유쾌하게 웃었다.

한데 작자가 그렇게 한참 큰소리를 내며 웃고 났을 때였다.

텅 빈 방 안이 잠시 까닭 모를 침묵으로 휩싸이고 말았다. 그리고 지승호 씨는 웬일인지 갑자기 기분이 심드렁해져버린 듯 허허한 목소리로 내게 말해왔다.

"10분간 휴식이라…… 윤 선생은…… 끄트머리가 아직도 훨씬 인도적인 편이군요, 딸꾹! 하기야 이번 지옥 시리즈는 처음 마무리가 그렇게 되어 있었지요. 하지만 요즘은 그것도 한 단계 발전을 했어요…… 딸꾹."

그는 내게 뭔가 잘못을 고쳐주고 싶은 얼굴로 잠시 입을 다문 채 나를 바라보고 있다가 이윽고 다시 말을 이었다.

"그때 지옥 수문장이 소리친 말은 이랬어요, 딸꾹. 30년 만의

10분간 휴식 끝, 잠수 시작! 딸꾹……"

지승호 씨는 나의 '10분간 휴식'을 '30년 만의' 그것으로 수정해서 말했다. '30년 만의 10분간'은 그냥 '10분간'보다 훨씬 짓궂은 우스갯기가 있었다.

그것은 과연 새판잡이 웃음을 부를 만하였다. 하지만 지승호 씨는 그 말을 하고도 웃지를 않았다.

이번에는 나도 웃음이 안 나왔다. 더 이상 웃음이 나올 수 없었다.

위인은 짐작대로 내가 한 모든 이야기와 그 물음들의 해답을 미리 알고 있었던 게 분명했다. 그러면서도 그는 번번이 시치밀 뗀 채 내게 그것을 말하게 한 것이었다.

우리는 결국 서로가 이미 알고 있는 이야기들을 되풀이하고 있었을 뿐이었다. 그리고 그걸 부러 모른 척 재미있어하고 있었던 것이다.

그것은 마침내 우리의 이야기가 다해버린 증거였다.

나는 비로소 그것을 깨달았다.

지승호 씨도 그것을 깨달았음이 분명했다.

작자에게선 이제 이야기 중에서마저 다시 딸꾹질 증세가 살아나고 있었다.

우리는 더 이상 할 말이 없었다.

우리에게 이야깃거리가 다하고 없음을 알아차리고 나자 지승호 씨와 나는 다시 한동안 허탈한 침묵 속에서 나날을 지냈다.

누구도 먼저 말을 시작하려고 하질 않았다. 우스개 문답 놀이조차 부질없는 헛수고에 불과하다는 걸 알아버린 우리였다. 회사를 퇴근하고 돌아오면 나는 위인과 대작으로 말없이 병 소주 따위나 마시다 일찌감치 잠자리로 들어버리기 일쑤였고, 지승호 씨는 나와 그렇게 술을 마실 때가 아니면 신문 나부랭이를 뒤적이거나 때로는 그저 빈 천장을 쳐다보고 앉아서 끈질긴 딸국질을 견디다가 그대로 자리에 눕기가 예사였다.

하지만 나는 아직도 퇴근 후의 귀가 시각만은 일찍 서둘러 돌아오곤 하였다. 아직도 뭔가 미심쩍은 게 있었기 때문이다. 우리에게 더 이상 할 말은 없는데, 그에게선 아직도 이야기의 뿌리가 뽑혀 나온 것 같지가 않았다.

무엇보다 지승호 씨에게선 아직 딸꾹질 증세가 그치지 않고 있었다. 이야기의 뿌리가 모두 뽑혀 나왔다면 그에게선 그 딸꾹질 증세가 사라져야 했다. 하지만 위인에게선 전혀 그런 기미가 보이지 않았다.

그의 이야기가 아직 끝장이 나지 않은 것 같았다. 위인에게 남아 있는 그 이야기의 뿌리를 뽑아낼 기대감에 나는 아직도 날마다 퇴근 시각을 기다려 서둘러 집으로 돌아오곤 하였다. 그리고 오래잖아 나는 그가 아직도 맘속에 숨기고 있는 이야기가 무엇인지를 알았다.

지승호 씨는 아직 자신의 증세가 시작된 동기나 그 무렵의 회사와 자기 주변의 일들을 말하지 않고 있었다. 그는 일쑤 자신의 딸꾹질 증세가 어떻게 시작되었는지, 그 병인이나 동기를 스스로도 알 수 없었다(그 점에 있어선 병원 의사들조차 전혀 믿을 데가 없었노라고) 하였고, 그 무렵에 있었던 주변 일들에 대해서도, 그저 회사에서 어떤 해괴한 해프닝 같은 소동이 한차례 있었을 뿐이라고 가볍게 말을 얼버무려 넘기곤 하였다.

하지만 차츰 지나다 보니 위인이 아무래도 내게 숨기고 있는 것이 있는 것 같았다. 그가 그토록 자기 증세의 동기를 모르고 있을 턱이 없었다. 그 해프닝 같은 소동이 위인의 말처럼 그저 사소한 일만도 아니었던 것 같았다. 한데도 그런 이야기만 나오면 그는 한사코 아리송한 소리로 말을 얼버무려 넘기려 하였고, 그 해괴한 해프닝에 대해서도 전혀 자세한 설명을 안 했다. 위인의 그런 태도는 오히려 내게 의심을 더해가게 했다.

지승호 씨는 필시 증세가 시작되던 무렵의 회사 일에 관해 내게 일부러 숨기고 있는 것이 있음에 분명했다. 그리고 그가 내게 숨기고 있는 일이야말로 진짜로 그의 증세와 깊은 관련이 있음에 분명했다. 아니 어쩌면 그는 이미 자기 증세의 비밀을 속속들이 다 알고 있으면서도 그에 대한 어떤 말 못 할 사정이나 심적 갈등 때문에 내 앞에 그걸 끝끝내 숨기고 싶어 하는지도 몰랐다.

나는 거의 그런 확신이 들었다. 그래 새삼 그쪽으로 위인을 추궁하고 들기 시작했다.

그러나 역시 알 수 없는 일이었다.

짐작대로 위인은 이번에도 호락호락 입을 열지 않았다.

"제가 뭘 숨기다니요, 딸꾹. 쓸데없는 상상입니다. 전 그저 자신의 생각이 분명칠 못해서 말씀드릴 수 없었던 것뿐입니다, 딸꾹. 도대체 저 자신부터가 앞뒤 연결을 지어볼 수 있는 일이어야지 말이지요. 제 병의 원인은 누구보다도 저 자신이 알고 싶은 거 아니겠습니까, 딸꾹."

자신의 병인이나 동기에 대해서 작자는 끝끝내 말을 흐렸다. 그리고 그 해괴한 해프닝 같은 소동에 대해서도 그는 한사코 나의 관심을 부질없어하였다.

"윤 선생도 참 호기심이 어지간히 짓궂은 분이시군요. 하지만 그 뭐 들려드릴 만한 얘기가 되어야 말이죠, 딸꾹."

다만 그는 언젠가 나의 추궁에 밀리다 못해 꼭 무슨 혼잣말처럼 수수께끼 같은 소리를 몇 마디 이렇게 지껄였을 뿐이었다.

"……옷을 벌거벗은 계집아이들이 떼거리로 방 안에 우글거리고 있었지요…… 딸꾹, 그리고 어느 짓궂은 친구가 그 발가벗은 계집아이들을 향해 유리창 안으로 호스 물을 뿜어댔어요…… 딸꾹. 아비규환이었지요……"

벌거벗은 몸뚱이에 찬물벼락이라면 위인의 딸꾹질과도 어떤 연관을 지어볼 수 있을 법한 그림이었다.

하지만 위인의 말은 그것으로 그만이었다. 물을 맞은 것도 작자는 아니었다. 이야기의 앞뒤를 어떻게 좀 연결 지어볼래도 작자가 더 이상 한마디도 귀띔을 주려질 않았다.

"부질없는 노릇이에요, 딸꾹. 더 이상 얘기할 흥미도 없어요, 딸꾹."

나는 갈수록 조바심이 솟았다. 어떻게 보면 지승호 씨는 진짜 하고 싶은 이야기가 다한 것도 같았고, 어찌 보면 또 아직도 가장 중요한 이야기를 숨긴 채 짐짓 그렇게 내 호기심만 충동질하고 있는 것도 같았다.

게다가 나는 이제 그가 홀연 하숙을 옮겨가버릴 것 같은 심상찮은 불안감마저 겹쳐들기 시작했다. 작자에게 정말로 이야기가 다했다면 그는 이제 다시 다음 이야기의 상대를 찾아 또 한 차례 하숙을 옮겨가야 할 판이었다. 증세의 뿌리가 뽑히지 않은 이상 그는 당연히 그럴 입장이었다.

하지만 나는 이제 그렇게 어물쩍 작자를 떠나보낼 수는 없었다. 나는 기어코 그의 증세의 뿌리를 보아야 했다. 그나마 다행인 것은 그가 아직은 하숙방을 당장 옮겨갈 기미를 보이지 않고 있는 점이었다.

위인에게도 아직은 뭔가 내게 대한 기대가 남아 있었던 것일까. 아니면 이제 그에겐 방을 옮겨 다니는 일조차 부질없는 노릇으로 여겨졌는지 모를 일이었다.

지승호 씨는 그렇듯 자신의 이야기가 다한 뒤에도 별다른 변화의 기미를 안 보인 채 끈질긴 인내심을 발휘하고 있었다.

우리는 결국 다시 이야기를 시작하지 않을 수가 없었다.

나는 아직도 위인에게서 그 마지막 이야기를 만나고 싶은 희망에서, 그리고 그는 임시방편으로나마 우선 자신의 딸꾹질을 끊기 위한 노력으로.

하지만 우리에겐 이미 생각 안에 남겨둔 이야기가 없었다. 이야기는 주변에서 새로 구하거나 꾸며낸 것이 아니면 안 되었다. 그것은 또 다른 말놀음이 되지 않을 수 없었다.

우리는 마침내 한 가지 효과적인 말놀음 방법을 생각해내었다.

수수께끼 놀이가 그것이었다. 그것도 물론 케케묵은 옛날식 수수께끼가 아니라 근자에 세간에 떠돌아다니는 우스개 말장난 놀음 같은 것이었다. 세종대왕의 현대판 직업은— 조폐공사 전속 모델. 세상에서 제일 고약한 패륜아는— 프랑스의 에밀 졸라. 그런 식으로 우리는 한동안 엉터리 수수께끼 풀이로 시간을 보냈다. 그리고 그 우스개 수수께끼 풀이는 오래지 않아 다시 스무고개 놀이로 발전을 거듭했다.

스무고개 놀이는 문제를 숨긴 사람 쪽이나 해답을 풀어나가는 쪽이나 다 같이 주의 집중이 잘 되어서 좋았다. 주의 집중이 잘 되는 탓으로 그것에 열중해 있을 동안은 위인의 증세도 감쪽같이 사라졌다.

—동물성입니까, 식물성입니까.

—우리 일상생활에 필요한 것입니까, 아닙니까.

우리는 시간만 나면 교대교대로 서로 비밀을 숨기고 해답을 풀었다.

그러나 그것도 며칠이 지나자 위인 쪽에서 다시 싫증을 내기 시작했다.

어느 날 밤, 작자는 이상하게도 자꾸 내게 같은 비밀만 숨기고 있었다. 그것도 미상불 기분이 좋지 않은 자신의 딸꾹질이 그의 비밀이었다.

"그건 지 선생의 딸꾹질이로군요, 그렇지요?"

나는 그의 첫번째 비밀을 힘들이지 않고 금세 맞혀냈다.

하지만 지승호 씨는 이날따라 또 자기 차례가 되어서도 나의 문제를 좀처럼 맞혀내질 못했다.

"내 비밀은 일주일에 한 번씩 저녁상에 올라오는 계란 프라이였습니다."

나는 기다리다 못해 제물에 해답을 말해버리고 말았다.

한데 다음번에 다시 그가 비밀을 숨길 차례가 되어 문제를 풀어보니, 이번에도 또 같은 딸꾹질이 나왔다.

"이번에도 또 딸꾹질이로군요. 딸꾹질은 아깟번에도 했지 않아요. 그것 말고 다른 걸 숨겨봐요."

나는 차츰 수상쩍은 느낌이 들기 시작했지만, 작자에게 한 번 더 비밀을 숨기게 해보았다.

그런데 이번에는 보다 더 어이없는 일이 생겼다. 문제를 풀다 보니 이번엔 또 앞엣번에 내가 숨겼던 계란 프라이를 숨기고 있었다.

"아니, 이렇게 정 사람을 바보로 만들고 나서기요? 계란 프라이는 방금 전에 내가 숨겼던 비밀이 아니냔 말야요."

나는 짐짓 화가 난 목소리로 위인을 나무랐다. 그리고 나서 한 번 더 위인에게 다른 비밀을 숨기게 했다. 작자의 심경에 분명 어떤 심상찮은 변화의 조짐이 느껴졌기 때문이다.

다행스러운 것은 작자가 그래도 고분고분 내 요구를 따라준 것이었다.

나는 다시 작자에게 질문을 펴나갔다.

"동물성이오, 식물성이오?"

"둘 다 아닙니다."

"보거나 만질 수 있는 것입니까?"

"그럴 수 있는 건 아니지만 그럴 수 없는 것도 아닐 겁니다."

"그럼 그게 우리 생각 속에만 존재하는 겁니까?"

"아니오."

"우리 생활에 유용한 것입니까?"

"아니오."

질문을 하다 보니 그의 대납은 계속 '아니오' 한 가지로만 일관하고 있었다.

—어떤 지식의 내용 같은 겁니까?

—말로 표현이 불가능합니까?

나는 좀더 고심스런 질문을 계속해나갔다.

그는 여전히 '아니오' 이외의 대답이 없었다. 어떤 때는 내 질문이 채 끝나기도 전에 머리를 미리 가로저어버릴 적도 있었다. 위인에겐 처음부터 아예 아니오밖엔 다른 대답이 없는 듯이 말이다.

아니오. 아니오. 아니오……

나른 도대체 생각의 실마리를 끌어낼 수가 없었다.

"아무래도 모르겠군요. 그래 도대체 비밀이 무업니까?"

나는 마침내 항복을 하였다.

작자는 그제서야 빙긋이 실없는 미소를 흘리며 맥 빠진 소리를 하고 있었다.

"그야 그럴 겁니다, 아마. 실은 나도 그걸 알 수가 없거든요."

나는 얼핏 그 말뜻을 알아들을 수가 없었다. 그래 다시 그에게 물었다.

"지 선생도 알 수가 없다니요. 그게 무슨 소리지요?"

하니까 작자는 다시 천연덕스런 어조로 지껄이고 있었다.

"글쎄요, 난 그냥 아무것도 생각하지 않고 있었으니까요, 딸꾹!"

그리고 그는 언제부턴지 모르게 딸꾹질을 다시 시작하고 있었다.

5

나는 더 이상 참을 수가 없었다.

스무고개 놀이도 이젠 이미 소용이 없었다. 작자는 이제 스무고개 놀이에도 싫증이 난 것이었다. 이날사말고 위인이 그토록 나의 비밀을 알아맞히지 못한 것 역시 우연한 일이 아니었다. 무엇보다 그는 이제 스무고개 놀이를 계속하는 동안에도 딸꾹질을 멈추지 못하고 있었다.

지승호 씨는 이번에야말로 정말 방을 옮겨갈 생각을 하게 될지 몰랐다.

그는 애써 새로운 이야깃거릴 찾으려는 기미도 보이지 않았다.

나는 마침내 한 가지 결심을 하였다.

막상 결심을 하고 나니 나는 왜 여태까지 그런 생각을 못해봤는지 뒤늦은 후회가 일기도 했다.

나는 다음 날 저녁 회사가 끝나는 대로 지승호 씨가 옛날에 근무했다는 전자제품 회사를 찾아 나섰다.

나는 전에 이미 이야기를 들은 일이 있었으므로 위인의 옛날 회사는 생각보다 쉽게 찾을 수 있었다.

전자제품 회사는 제법 널찍한 공장을 거느린 업체였다.

하지만 갈수록 수렁이라고나 할까.

회사를 찾아가서도 나는 지승호 씨에 관해 별로 이렇다 할 이야기를 들을 수가 없었다. 그의 옛 회사 사람들 역시 위에서나 아래서나 위인에 관해선 도대체 입을 열려고 하질 않았다.

"지승호 씨라구요? 네, 몇 년 전에 우리 생산부 쪽에 그런 사람이 있었던 걸로 기억합니다만……"

내가 처음 회사 서무과를 찾아가 그의 재직 사실을 물었을 때 서무과의 직원들은 그나마도 아예 입을 다물었다. 마지못해 하는 투로 위인의 재직 사실이나마 확인을 해준 것은 뭔가 내 쪽의 형색을 수상쩍어하는 듯한 늙은 과장의 조심스런 호기심 덕이었다.

"헌데 그 사람 일은 무슨 연고로……?"

늙은 과장은 앞이라도 가로막고 나서듯 내게 대해 은근히 경계심을 드러냈다.

나는 대뜸 심상찮은 예감이 발동했지만 상대방을 공연히 긴장시킬 필요는 없을 것 같았다.

"아니, 그저 좀 아는 사람 일이라 알아보고 싶은 게 있어서요……"

나는 우선 늙고 의심 많은 과장부터 안심을 시켰다. 그리고는 될수록 공손한 어조로 지승호 씨가 회사를 그만두게 된 사유를 물었다.

하지만 늙은 과장은 여전히 그 영문 모를 경계심을 풀지 않았다.

"글쎄요…… 하도 오래전 일이라서 기억이 잘 나지 않습니다만……"

그는 짐짓 기억을 더듬는 척 한동안 눈을 껌벅이고 있다가 마지못해 하는 어조로 말했다.

"아마, 그 양반 무슨 신병이 생겨서 사표를 냈지요……? 그래요, 그게 그렇게 되었을 겝니다. 딸꾹질 때문이었어요. 딸꾹질 때문에 사표를 냈어요. 참 희한한 딸꾹질이었지요."

"딸꾹질 때문에 사표를 냈다구요? 다른 병은 없었습니까?"

나는 다짐을 주듯 다시 물었다.

"글쎄요, 몸속에 무슨 다른 병을 감추고 있었는진 모르지만 내 기억으론 딸꾹질이 그 양반 사직의 사유였던 것 같아요."

그는 한 번 더 시인을 해왔다.

하지만 아무래도 무슨 말 못 할 곡절이 있었던 것일까, 과장 영감도 거기서부터는 더욱 말대꾸를 꺼리는 눈치였다.

"딸꾹질 때문에 사표까지 내다니, 그거 참 증세가 여간 심하지 않았던 게로군요."

나는 계속 시치밀 떼면서, 그렇다면 작자의 그 딸꾹질이 전에는 없었던 증세였느냐고 물었다. 뿐더러 그의 딸꾹질이 사표를 쓸 무렵에 갑자기 시작된 증세였느냐고도 물었다. 하니까 과장은 표정을 묘하게 일그러뜨리며 자신 없는 목소리로 애매하게 대답을 얼버무렸다.

"글쎄요, 기억이 별로 분명친 않지만, 아마도 그랬길래 그때야 사표를 썼겠지요. 전부터 그랬다면 회살 들어오지도 않았을 거 아니겠소."

그 늙은 과장의 성의 없는 대꾸를 끝으로 나는 그나마도 더 얘기다운 얘기는 들을 수가 없었다.

그러거나 말거나 나는 아직도 겹친 궁금증들을 참을 수가 없었다. 지승호 씨가 사표를 낼 무렵 회사 안에선 그 딸꾹질 말고 그가 사표를 써야 할 특별한 사고나 소동 같은 게 없었느냐, 그가 정말로 딸꾹질 때문에 사표를 썼다면 하필 그 무렵에 그런 딸꾹질이 시작될 무슨 계기 같은 게 있었을 게 아니냐…… 나는 계속해서 이것저것 의심스런 점들을 들추어댔다.

하지만 그런 질문들에 대해선 한마디도 더 시원한 대답을 얻어낼 수가 없었다. 늙은 과장은 그저 애매한 얼굴로 머리를 계속 가로저을 뿐이었다. 자신은 기억에도 없을뿐더러, 그런 특별한 일은 있었던 것 같지 않다는 것이었다. 그리고 그것으로 그는 응대를 끝내고 내게서 그만 몸을 돌이켜세워버렸다.

더 이상 어떻게 해볼 수가 없었다. 분명히 뭔가 석연치 않은 것이 느껴져오기는 했지만, 매달리고 덤빈다고 될 일이 아니었다.

나는 일단 서무과를 나왔다.

그리곤 다시 생산부가 있다는 공장 쪽을 찾아갔다. 계집아이들이 알몸으로 물벼락을 맞았다는 위인의 말이 생각났기 때문이다. 물을 맞은 계집아이들이란 공장 종업원들일시 분명하였다. 그것이 어쩌면 공장 작업장이나 기숙사 방 안에서 생긴 사건일 수도 있었다.

특별한 기술이나 감독 일을 제외하곤 공장 안이 온통 계집아이들 판이었다. 하지만 이곳 사람들하고는 서무과에서보다도 더욱 말거래가 트이지 않았다. 사내들이고 계집아이들이고 도대체 바깥사람인 나에겐 말상대조차 제대로 해오지 않았다.

"글쎄요. 전 모르는 일인걸요."

사내들은 그저 한결같이 고개를 저으며 돌아서버렸고, 계집아이들은 아예 사람의 소리를 듣지도 말하지도 못하는 벙어리들처럼 반응이 없었다. 그새 3년이란 기간이 흘렀으니 그들 가운덴 아닌 게 아니라 지승호 씨의 일을 알고 있지 못한 사람이 태반이기 십상이었다. 하지만 그 종업원들의 한결같은 침묵에는 어딘지 몹시 부자연스런 구석이 느껴졌다. 무관심하기 짝이 없어 보이면서도 오히려 어떤 단호한 적의와 경계심 같은 것이 느껴지는 종업원들의 표정 뒤엔 어쩌면 내가 감히 상상해낼 수도 없는 어떤 거대하고 무거운 침묵의 벽 같은 것이 깊게 도사리고 있는 것 같았다.

하지만 나는 이번에도 달리 어찌할 도리가 없었다. 도대체 누구에게도 말을 제대로 붙여볼 수 없었다. 작업장 근처에서도 마찬가지였고, 기숙사 쪽에서도 마찬가지였다.

나는 쓰디쓴 낭패감을 씹으며 할 수 없이 다시 회사를 물러나

오고 말았다. 무슨 일이 분명 있었긴 한 모양이었지만, 지금 당장은 어쩔 수가 없었다. 일단 집으로 돌아가서 생각을 다시 해보거나 지승호 씨를 좀더 추궁해보는 수밖에 다른 방법이 없었다.

그런데 그런 생각을 하며 내가 막 기숙사 건물 옆을 돌아 나오고 있을 때였다. 기숙사 창문 뒤 어디선가 문득 이상스런 소리가 들려왔다. 여자아이들이 여럿이서 목소릴 가지런히 합창하는 소리였다.

난 처음엔 그 소리를 그냥 등 뒤로 들어 넘기며 정문 쪽을 향해 발길을 무심히 재촉하고 있었다. 하지만 같은 소리가 몇 차례나 반복되어 나오자 나는 어쩐지 그게 나를 겨냥하고 있는 소리처럼 들렸다. 그리고 이내 합창 소리의 말뜻이 내 뇌수 속으로 깊숙이 파고들었다.

—배신자! 지승호는 배신자!

—배신자, 지승호! 더러운 배신자!

계집아이들의 목소리는 분명 그렇게 합창하고 있었다. 그리고 그 소리에 내가 문득 발길을 멈추고 뒤를 돌아다보았을 때, 그들은 어느새 유리창 뒤에서 거짓말처럼 모습을 감추고 없었다.

6

지승호 씨는 이날 저녁 내가 그의 옛 회사를 찾아간 사실을 말하자 내게 몹시 실망을 한 눈치였다.

"결국은 그렇게 되었군요…… 딸꾹!"

그는 차라리 원망스럽기까지 한 어조로 내게 말했다.

"하지만 그러지 않는 게 좋을 뻔했어요, 딸꾹! 윤 선생이 정말로 제 일을 걱정해주고 싶으셨다면 말입니다! 딸꾹!"

체념 조의 말투에는 나를 힐책하는 기미마저 완연했다. 그리고 그것으로 그는 더 이상 그 일을 거론하고 들지도 않으려 했다. 회사까지 찾아가봤으면 알고 싶은 걸 어련히 다 알아봤겠느냐는 듯, 그는 새삼 맥이 빠진 표정으로 천장만 멀거니 지키고 있었다.

하지만 나는 작자가 지레짐작하고 있듯이 아직도 사실을 아는 것이 없었다. 무슨 사실을 알아내기는커녕 갈수록 궁금증만 더해온 꼴이었다. 나로선 이제 무슨 방법을 써서든지 위인에게 사실을 들어야 하였다. 그리고 이젠 불안스러운 대로 위인의 그 무거운 입을 열게 할 방법도 알고 있었다.

"지 선생은 아마 지 선생이 서야 할 편에 서 있질 않았던 것 같더군요."

나는 이미 모든 사실을 알고 있는 듯이 천천히 작자를 추궁해 들기 시작했다. 대놓고 배반자라는 말을 쓰지 않은 것은 그의 괴로움을 덜어주기 위해서였다. 뿐만 아니라 그에게도 아직 변명을 할 구석은 남겨두어야 했기 때문이었다.

일은 역시 내 예상을 빗나가지 않았다.

지승호 씨는 새삼 표정이 흔들렸다. 그러나 그는 마치 자신의 딸꾹질 소리에 정신이 팔린 듯 한동안 더 묵묵히 시간을 기다리고 있었다.

그의 딸꾹질 소리만 흡사 어떤 위험의 순간을 예고해주듯 유난히 심해지고 있었다.

지승호 씨는 한동안 그렇게 자신의 딸꾹질 증세에만 주의를 잔뜩 모으고 있더니 이윽고 어떤 각오가 선 듯 나를 정면으로 건너다보았다. 그리고는 갈수록 증세가 심해지는 그 짓궂은 딸꾹질 소리를 견디며 천천히 입을 열기 시작했다.

"할 수 없군요. 언젠가는 저도 이야길 모두 말씀드릴 참이었지만…… 딸꾹…… 그리고 사실은 그때를 혼자서 기다려온지도 알 수 없지만요. 글쎄 그게 이렇게 일찍 서둘러대야 할 일이 될 줄은 몰랐어요. 딸꾹…… 하지만 이젠 뭐 어쩔 수 없는 일이지요. 윤 선생이 그토록 성미가 급하시니…… 딸꾹."

그는 웬일인지 자신도 굳이 이야기를 피할 생각이 아니었음을 밝히고 나서, 그 회사에서의 자신의 처지를 체념기 어린 어조로 시인해오고 있었다.

"그렇지요, 딸꾹. 전 그때 제가 서 있어야 할 곳에 서 있지 못했어요. 지금 와서 생각하면 전 분명히 그렇게밖에 달리 보일 도리가 없었어요. 그리고 그렇게 자신을 인정해버리는 편이 제 마음도 훨씬 편했구요, 딸꾹……"

그는 내가 이미 모든 사실을 알고 있는 걸로 치고 있음이 분명한 말투였다.

나는 우선 그의 말길을 따라가 보는 게 상책이라 싶었다.

"서야 할 자리에 서 있지 않았다고 자신을 매도하는 것이 어째서 더 마음 편한 일이었을까요?"

나는 그에게 제법 내용을 알고 있는 일인 듯이 천연스럽게 응대해나갔다.

그런데 이때 지승호 씨는 이상하게도 그 거북살스런 어휘를 자신의 입으로 먼저 말해버렸다.

"배신자란 자신의 배신을 시인하고 나서는 데서보다, 그것을 부인하고 싶어 하는 때가 훨씬 고통이 더한 법이거든요, 딸꾹."

"지 선생은 지금 뭔가 자신을 변명하고 싶어 하시는 것 같군요."

"제 나름대론 그래도 제가 있어야 할 자리에 있어보려고 했었으니까요, 딸꾹. 다만 결과가 그렇게 보이질 못했던 것이죠. 하지만 지금 와서 굳이 그걸 변명하고 싶진 않아요. 어차피 제가 그때 그렇게 보였던 입장을 말입니다, 딸꾹."

"그때 지 선생은 도대체 어디에 있었길래요? 그리고 그때 회사에선 무슨 일이 있었어요. 어차피 일이 이렇게 된 바엔 이야길 좀 더 쉽게 하자구요."

나는 더 이상 애매한 추측만을 좇고 있을 수가 없었다. 나는 마침내 노골적인 궁금증을 털어놓고 말았다.

지승호 씨는 그제서야 내가 아직 자세한 사실을 모르고 있음을 알아차린 눈치였다.

하지만 그는 이제 그런 나를 새삼스럽게 탓하고 나설 생각이 없는 것 같았다. 그는 뭔가 좀 짓궂은 느낌이 드는지, 갈수록 극성스러워지고 있는 딸꾹질 속에서 혼자 미소를 흘리고 있었다. 그리고는 어딘지 자조기가 섞인 목소리로 선선히 이야기를 계속해나갔다.

"이야길 쉽게 해도 상관이 없겠지요, 딸꾹. 그런다고 사실이 달라지진 않을 테니까요. 하지만 뭐 대단한 일이 있었던 건 아닙니다, 딸꾹. 윤 선생도 이미 아셨겠지만 그건 어디 신문 같은 데도 난 일이 없었던 조그만 소동이었다니까요. 일이 좀 일 같은 거였으면 그런 데서부터 먼저 떠들어댔을 거 아닙니까, 딸꾹. 그저 한 토막 우스꽝스런 코미디였다고나 할 수 있을지 몰라요…… 딸꾹."

지승호 씨는 일단 그렇게 나의 기대를 비켜 세우고 나서 그 극성스러운 딸꾹질을 견디기 위해 한동안 다시 시간을 기다렸다. 그러다가 이윽고 다시 이야기를 계속했다.

"계집아이들이 좀 극성을 피웠지요, 딸꾹. 애들이 처음엔 한사코 기숙사 방에서 나오려 들질 않았어요. 회사에서들은 여러 가지 설득과 방법을 다 동원했지요, 딸꾹. 하지만 애들은 어떤 회유나 협박의 말에도 도대체 고집이 꺾이질 않았어요. 그러다 나중엔 다 큰 계집애들이 제물에 모두 옷들을 홀랑홀랑 벗어던지고 삼각팬티 한 장과 젖가리개 정도로 맞서 나오는 거였어요, 딸꾹. 참 볼만한 구경거리였지요. 벌거벗은 계집아이들이 기숙사 방마다 그득그득 들끓어대고 있었으니…… 따딸꾹…… 하지만 진짜 볼만한 구경거린 그다음에 일어났어요……"

위인은 머릿속에서 지레 어떤 우스운 정경이 되살아나는 듯 잠시 멍청스런 웃음을 흘리고 있다가 다시 천천히 말을 이었다.

"몇몇 못된 회사 녀석들이 그때 소방 호스를 끌고 와서 애들의 나체가 우글거리는 기숙사 방 안에다 찬물벼락을 쏟아 넣었지 뭡니까, 딸꾹. 그땐 벌써 11월도 다 저물어가는 늦가을이었는데, 벗은 몸에 정신없이 쏟아져 들어오는 물벼락을 맞게 되니 그 꼴들이 어쨌겠어요. 방 안은 갑자기 아우성이 났지요, 딸꾹. 그 물세례 속에서 어떻게 더 버텨낼 수가 있었겠어요. 옷을 찾아 입을 틈도 없었던가 봐요. 녀석들이 꼭 물에 빠진 생쥐들 몰골로 복도로 우르르 몰려나오더군요, 딸꾹. 물론 알몸들 그대로 말예요. 하지만 독이 올라 그런지 녀석들은 부끄러운 줄들도 몰랐어요. 복도로 가득 몰려들 나와서는 알몸으로 한데 엉겨붙어서 대성통곡을 시작했어요…… 소동이란 그저 그런 정도였지요. 그러니 뭐 이 이상은 더 말을 할 필요도 없겠지요. 윤 선생은 눈치가 빠른 분이니까 이 정도면 다 아실 일 아닙니까……"

지승호 씨는 내 반응을 살피려는 듯 거기서 다시 이야기를 거두려는 눈치를 건네왔다.

듣고 보니 과연 희극은 희극이었다. 희극치고도 해괴한 희극이었다.

그러나 나는 아직도 이야기의 연결이 분명치 않았다. 앞뒤를 좀더 캐고 들 수밖에 없었다.

"아이들이 그런 농성을 했다면, 그건 그냥 장난이 아니었을 텐데요. 아이들이 회사 쪽에 내건 요구 조건은 무엇이었습니까?"

나는 지승호 씨의 의사를 무시해버린 채 일의 시말을 처음부터 다시 물어나가기 시작했다.

그러자 위인도 금방 자신이 한 말은 괘념치 않는 듯 말길이 다시 고분고분해졌다.

"물론 요구 조건이 있었지요. 처음엔 공원 봉급 50퍼센트 인상과, 그 봉급 인상 운동에 앞장서 나섰다가 회사 측으로부터 전격 해고를 당한 동료 공원의 복직 요구가 소동의 출발이었어요, 딸꾹."

"그런데 회사 측에서 요구를 잘 들어주지 않으려 했나요?"

"처음엔 물론 그랬었지요. 하지만 일이 점섬 시끄러워지게 되자 회사 쪽도 나중엔 요구에 응할 뜻을 밝혔어요. 그런데 마지막 결정이 늦었다고 할까…… 그때쯤 해서는 농성 요구가 한 단계를 더 앞서가고 있었어요. 차제에 회사가 노동조합 결성을 인정하라는 거였지요, 딸꾹."

"회사엔 그때까지 아직 조합이 없었나요?"

"그때까지뿐 아니라 그 일이 있고 나서도 그건 여전히 될 수가 없었지요. 그것만은 회사 쪽에서 끝끝내 용납지 않으려 했으니까요, 딸꾹."

"그런데 그때 농성 중이던 계집아이들은 무엇 때문에 옷들을 벗었나요. 회사 쪽에서 무슨 그런 술수를 쓰고 있었습니까?"

"아니지요. 그건 어디까지나 애들 자의로 생각해낸 짓이었어요. 회유와 협박을 다 해보아도 애들이 영 말을 안 들으니 회사 쪽에서 녀석들을 강제로 끌어내려 했거든요, 딸꾹. 어쨌거나 녀석들을 우선 기숙사 방에서 끌어내어 한곳에 붙어 있질 못하게 해놓아야 했으니까요. 애들이 미리 그런 기미를 알아차린 거예요. 옷을 발가벗고 있으면 차마 알몸엔 손을 대러 덤빌 수가 없을 줄 안 거지요. 하지만 뭐 밤새워 생각해낸 꾀가 저 죽을 꾀더라고 그게 소방 호스를 끌어들인 격이지요."

우리는 마치 새로운 스무고개 놀이를 하고 있듯이 문답을 끝없이 이어갔다. 맘속을 모두 털어놓을 작정을 한 탓일까. 그래 차라리 마음속이 그렇듯 편해진 것일까. 이날 밤따라 유독 이야기 중에서까지 극성을 떨어대던 위인의 딸꾹질도 이때부턴 기세가 조금씩 누그러드는 눈치였다.

어쨌거나 나는 이제 그것으로 소동의 시말은 대략 짐작할 수 있었다. 하지만 그 소동 가운데서 정작으로 내가 알고 싶은 것은 아직 해답이 나타나지 않고 있었다.

이야기 가운데 아직 지승호 씨의 모습이 안 보였다. 지승호 씨가 그 사건에서 서 있던 자리가 나타나지 않았다.

"그렇다면 그때 지 선생은 어디에 있었습니까."

나는 다시 스무고개 놀이 식의 일방적인 질문 공세를 펴나갔다. 그리하여 마침내 그의 딸꾹질 증세와의 관련이 드러날지도 모르는 사건의 배후를 파고들기 시작했다.

"아, 그야 물론 계집애들의 알몸 때문에 그럴 수가 없었겠지만, 지 선생 말씀대로 그때 지 선생이 서 있어야 할 곳에 서 있질 못했다면 아마도 그 벌거벗은 계집애들이 날뛰어대는 기숙사 방 안은 아니었을 듯싶은데 말입니다."

"그렇지요. 전 그때 그 방 안엔 없었어요."

지승호 씨는 곧 나의 추측을 시인해왔다.

"제가 있었던 곳은 바로 그 방문 바깥 복도였어요."

"복도엔 왜요? 복도에선 무얼 하느라고요?"

"회사 쪽 태도를 전하는 거였지요. 그리고 가능하면 아이들을 설득해보고도 싶었구요. 무엇보다 그 싸움은 이길 수가 없었거든요. 이길 수 없는 싸움은 이쪽에서 아주 머리통이 깨져 터지기 전에 타협에 응하고 나서는 게 나으니까요……"

"싸움에 이길 수 없다는 것은 어떻게 미리 알 수 있었나요?"

"회사 쪽에선 이미 마지막 결정을 내려놓고 있었어요. 애들이 끝끝내 굽혀오지 않으면 집단 해고도 불사할 참이었어요. 그런다고 어떻게 그 아이들을 몽땅 내쫓을 수야 없었겠지만, 어쨌든 피해가 너무 크게 되어 있었어요……"

"……"

"대화의 길을 트는 수밖에 없었지요. 그게 그때 제 생각이었어요. 대화를 트고 서로 얘길 해보자, 그리고 서로 최선을 다해 옳은 타협점을 찾아보도록 하자, 그렇게 일방적으로 떼를 쓴다고 일이 해결될 수 있는 건 아니다, 자칫 잘못하면 이쪽만 당한다…… 하지만 계집아이들은 이미 이성을 잃고 있었어요."

"하지만 지 선생은 무엇 때문에 자신이 그런 설득을 떠맡고 나서야 했지요? 설득의 내용이 옳고 그른 건 차치하고라도, 그 일엔 굳이 지 선생이 나서야 할 이유가 없었을 텐데 말입니다."

"이유가 전혀 없었던 건 아니죠. 그건 회사 쪽에서도 내게 원해온 일이었지만, 아이들이 꾸미려는 조합의 책임자를 저로 정해둔 참이었거든요."

"조합 책임자를 지 선생으로 뽑았다…… 그렇다면 지 선생은 문밖이긴 했지만, 그런대로 있어야 할 곳엔 있었던 셈이군요. 지 선생이 들여보낸 설득의 내용도 회사 쪽 입장만 일방적으로 두둔하려던 건 아니었을 테구 말입니다."

나는 거기서 잠시 지승호 씨의 처지에 위로를 건넸다. 하지만 지승호 씨는 그때부터 더욱 자조적인 어조가 되어갔다. 그는 얼굴에 희미한 미소를 지어 보이며 천천히 머리를 가로저었다.

"아닙니다. 전 결국 있어야 할 곳에 있지 못했어요. 제가 어디에 있었든지 간에 애들에겐 그렇게 보이고 만걸요. 제가 문밖에 그러고 있을 때, 녀석들이 바로 물벼락을 안으로 들여보냈단 말입니다. 녀석들의 물벼락이 제 설득을 회사 쪽의 간교한 음모로 만들어버린 거지요."

"애들이 모두 그렇게 보았단 말입니까?"

"그렇지요. 애들이 물벼락을 맞고 복도로 뛰어나왔을 때, 전 거기 분명한 가해자로 서 있었던 겁니다. 그리고 그때부터 애들도 모두 나를 그렇게 보기 시작했구요."

"변명의 여지는 있었을 거 아닙니까."

"나중엔 가끔 그런 생각도 해봤지요. 하지만 그 당장엔 미처 그런 생각이 날 수가 없었지요. 제 입장이 어떻게 되어가고 있는지조차 생각할 수가 없었으니까요. 그야 그때 제 입장이 어떻게 되어가는 줄 알았다 하더라도 알몸뚱이에다 물벼락까지 당하고 나와 통곡 소리를 합창하고 있는 애들 앞에서 무슨 소리가 나올 순 없었어요. 전 그저 입을 벌린 채 벙어리처럼 멍청하니 서 있기만 했지요. 계집애들한테서 눈길을 피해줄 생각조차도 못하고 말입니다. 제가 그때 바로 배신자의 자리에 서 있었다는 것도 한참 뒤에야 생각난 일이었어요. 하지만 그때는 때가 너무 늦고 만 거죠……"

"……"

"춥겠구나, 추워서 어쩔거나, 사람을 저토록 춥게 하다니…… 무슨 바보 같은 생각이었는지…… 전 그때 다만 그 계집아이들의 물에 젖은 알몸을 보고 무슨 정신 장애자처럼 그런 뚱딴지같은 생각만 되풀이하고 있었다니까요. 허허……"

지승호 씨는 이제 거의 할 말을 다한 듯 허탈스럽게 웃음을 터뜨렸다. 그리고는 한동안 입을 다문 채 나의 반응을 기다리고 있었다.

아닌 게 아니라 그는 이제 그것으로 사건의 내용을 충분히 다 설명해내고 있었다. 그가 서야 할 곳에 서 있지 못했던 오랜 죄책감도 근거가 충분히 밝혀진 셈이었다.

하지만 나는 아직도 모를 일이 있었다. 딸꾹질 증세가 시작된 연유였다.

어거지로 앞뒤를 끌어다 붙이자면 추측이 전혀 안 가는 건 아니었다. 지승호 씨의 눈앞에서 벌어진 그 해괴한 해프닝은 한마디로 그에게서 말을 빼앗아가버렸다고 했다.

그의 말들이 죽어 딸꾹질이 된 건지도 알 수 없었다. 혹은 졸지에 배신자의 그것으로 돌변해버린 자신의 처지를 누구에게 감히 변명조차 해볼 수 없게 된 그의 절망감 역시 그의 증세와 무관할 수 없었다. 이쪽 추궁에 몰리긴 했지만, 자신의 증세가 시작될 무렵의 일을 그토록 길게 이야기하고 있는 데에도 그런 연관을 부인할 수 없었다.

그러나 나는 아직 확신할 수가 없었다.

지승호 씨 자신에게서 분명한 말을 들어야 했다. 그래야 그의 마지막 말의 뿌리를 뽑아낼 수 있었다.

"추워서 어쩔거나…… 지 선생이 그때 그 계집아이들의 추위 걱정만 하고 있었다면, 그럼 그 추위가 지 선생 자신에게로 옮겨와서 딸꾹질 증세를 일으킨 거 아닙니까."

나는 다시 농담조의 말투로 그의 마지막 말의 뿌리를 향해 끈질긴 추적을 계속했다.

그런데 그때 지승호 씨는 나의 그런 농담조의 물음에 뜻밖에 쉽게 시인을 해왔다.

"그렇지요. 어떻게 보면 바로 그 추위 때문이었어요. 그 추운 아이들의 몰골에서 저 자신 그때 이상스런 한기를 느끼고 있었으니까요. 하지만 제 딸꾹질이 거기서 당장 시작된 증세는 아니었어요. 애들의 한기가 내게로 옮겨온 사실을 안 것도 그보다 며칠 뒷날의 일이었구요."

농담조로 물은 말이 진짜 해답을 맞혀낸 격이었다.

그러나 그건 너무도 싱거웠다.

"며칠 뒤에 가서야 증세가 시작되었다면, 소동이 거기서도 아직 끝나지 않았던가요?"

나는 농성의 결말에 대해서도 아직 궁금한 것이 남아 있었으므로 그렇게 질문을 우회했다. 지승호 씨는 그러는 나를 이미 꿰뚫고 있는 듯 대답을 성큼성큼 앞질러나갔다.

"아니에요. 소동은 거기서 끝이 났어요. 하지만 며칠간 뒷마무리가 따랐지요."

"주동자를 색출해내서 내쫓는 일 말입니까?"

"아니, 회사 쪽에서도 그런 짓은 안 했어요. 애들도 그걸로 조합을 만드는 일만은 포기했으니까요. 저에 대한 배신감 때문에 그랬는진 모르지만, 애들은 저 내신 다른 사람을 다시 조합의 책임자로 내세우려는 기미였거든요. 요구한 50퍼센트까진 못 되었지만, 그리고 제물에 회사를 그만둔 애들이 몇몇 있었긴 했지만, 회사 쪽에선 그래도 애들이 처음에 요구해온 봉급 인상도 단행해주고, 봉급 인상을 앞장서 나섰던 동료 공원들도 복직을 시켜줬어요. 회사 쪽 나름으론 대화와 타협을 충분히 시범해 보였던 셈이지요."

"그런데 아직 무슨 뒷마무릴 지을 일이 있었지요?"

"윤 선생은 그때 입사 전이라 모르고 계실 일이지만 신문사들에서 어떻게 기미들을 알아차렸거든요. 그래 며칠 기자 양반들이 회살 귀찮게 드나들게 됐지요."

"그래서 모두 취재들을 해갔나요?"

"취재가 그렇게 충분치는 못했지요. 회사에선 한사코 소동을 조용히 덮어두려 했으니까요. 애들도 나중엔 입들을 쉬쉬 다물어줬구요. 아까 제가 회사와 애들 간에 대화와 타협이 혜택을 효과적으로 잘 시범해 보였다고 말씀드리지 않았어요. 그게 회사 쪽에서 애들한테 내놓은 타협 조건이었지요……"

"지 선생도 취재엔 협조하지 않았습니까?"

"전 더구나 협조가 어려웠지요. 기자 양반들은 나를 점찍고 들었지만 회사 쪽에서도 그걸 미리 알고 있었으니까요."

"지 선생은 그럼 거기서도 지 선생이 서 계셔야 할 곳에 못 섰던 거군요."

나는 지승호 씨의 아픈 곳을 일부러 한 번 더 찌르고 들었다.

하지만 지승호 씨는 이미 그런 소리엔 아픔 따위를 느낄 수 없는 것 같았다.

"글쎄요, 제가 서야 할 곳이 어디였는지, 그때로선 잘 알 수가 없었으니까요. 그땐 제가 취재에 응하는 것이 회사나 종업원들의 이익에 다 같이 도움이 안 되리라는 나름대로의 판단도 있었구요."

지승호 씨는 이제 표정 하나 흔들리지 않고 잔잔한 목소리로 말하고 있었다.

"하지만 제가 그때 그 반대의 생각을 했대도 결과는 어차피 마찬가지였을 겁니다. 사실을 말하자면 전 그때 무슨 생각에서였는지 모르지만, 마음속으로 은근히 기다리고 있었거든요. 제가 나서서 협조는 않더라도 소동의 전말이 어떻게 해서든지 보도되어 나오길 말입니다. 그때 그 기자 양반들도 그만한 취재는 해갔던 셈이구요. 회사에선 일절 책임을 물으려 하지 않았지만, 기자 양반들이 그렇게 자꾸 회사를 드나들던 무렵, 공장 애들 몇몇이 제물에 회살 나가고 말았거든요. 게다가 기자 양반들은 여기저기 사진들도 꽤 많이들 찍어갔구요, 딸꾹!"

"기사가 나오질 않았단 말입니까?"

나의 입사 전 일이기도 하지만 나로선 전혀 그런 기사를 읽은 기억이 없었다. 나는 갑자기 열이 나서 물었다. 그런데 지승호 씨는 정말로 그의 마지막 말의 뿌리가 뽑히려는 것이었을까. 그는 여전히 표정이 조금도 흔들리지 않았다. 하지만 한동안 잠잠하던 그의 딸꾹질이 마지막 발작처럼 다시 그의 말길을 방해하고 들기 시작했다.

지승호 씨는 그 딸꾹질의 훼방질과 필사적으로 맞서고 있었다. 그러면서도 그는 혼잣말을 하듯이 너그럽게 말했다.

"기사는 물론 나오지 않았어요, 딸꾹. 그야 원체 회사 안에서 저희들끼리 잠깐 티격태격 소동을 빚은…… 딸꾹…… 한 작은 회사 안의 일이었을 뿐이니까요. 처음부터 기삿감이 될 수 없는 일이었어요, 딸꾹. 한데도 전 그 무렵 며칠 동안 이상하게 뭔가가 자꾸 기다려지더군요, 딸꾹. 꼭 그걸 찾고 있었다고 할 수는 없지만 번번이 신문 오는 시간이 기다려지고, 거기서 뭔가를 찾아보곤 했어요, 딸꾹. 며칠이 지나도 소식이 없더군요. 그러던 어느 날이었지요. 그날도 물론 기다리던 소식은 없었어요, 딸꾹. 한데 활자가 하나도 박혀 있지 않은 것 같은 그 텅 빈 신문을 들여다보고 있는데, 문득 그 신문지 위로 어른어른 떠올라오는 정경이 있었어요, 딸꾹. 물벼락을 뒤집어쓴 그 계집아이들의 추운 알몸들이었지요, 딸꾹…… 전 갑자기 온몸에 한기가 느껴져 오더군요. 그리고 느닷없이 딸꾹질이 솟기 시작했어요……"

"그래 그때 시작된 딸꾹질이 영 다시 멎질 않았나요?"

"아마 그런 것 같아요, 딸꾹. 하지만 이건 정확한 기억은 아닐지도 모릅니다. 기억이 그리 분명치가 않아요, 딸꾹. 그땐 설마 이렇듯 증세가 오래가리라곤 생각을 못했으니까요. 증세가 멎은 적도 가끔 있었던 것 같구요, 딸꾹. 그리고 아마 그런 식으로 그럭저럭 무심히 하루를 보냈을 겝니다. 기억이 확실한 건 그러니까 그 이튿날 아침잠을 깨고 일어났을 때부터였죠, 딸꾹. 이튿날 아침잠을 깨고 일어나 보니, 아 글쎄 그 빌어먹을 딸꾹질이 새삼스럽게 다시 솟아오르질 않겠어요. 그리곤 내내 이 지경이 되었어요, 딸꾹."

지승호 씨는 이제 그것으로 할 말을 모두 해버린 것 같았다. 그는 거기서 마침내 입을 다물었다. 그리고 아직도 무슨 빠뜨린 이야기가 남아 있지나 않은지 한 번 더 자신의 기억을 더듬고 있는 듯, 한동안 조용히 눈을 감고 있었다.

나도 이젠 그에게서 듣고 싶었던 이야기는 거의 들은 것 같았다.

"그렇다면 그 딸꾹질 때문에 회사를 그만둔 건 정말로 지 선생 자의에서였나요? 회사 쪽에서 혹 권고를 해왔거나 그러길 바라는 눈치는 없었나요?"

한동안 침묵 끝에 내가 마지막으로 그에게 물었다.

그러자 지승호 씨는 비로소 거기에 생각이 미친 듯 그러나 조용히 고개를 가로저었다.

"그야 회사에선 제가 그래 주길 은근히 기다렸는지도 모르지요, 딸꾹. 회사에서 별로 이유도 묻지 않고 사표를 간단히 수리

해줬으니까요. 그리고 이쪽에서 뭘 요구한 것도 아닌데 퇴직금을 세 곱절이나 많이 내줬어요, 딸꾹. 게다가 이곳저곳 병원을 쫓아다니느라 퇴직금을 모두 써버리고 난 다음부턴 무슨 이렇다 할 명목도 없이 제 용돈과 하숙비까지 계속해서 보태오는 처지구요."

그리고 거기서 그는 한동안 말을 끊고 무슨 생각엔가 잠긴 듯하더니 이젠 정말로 더 할 이야기가 없는 듯 말끝을 간단히 줄여버렸다.

"하기야 전 그놈의 용돈 때문에 항상 마음속이 개운칠 못했지만, 어쨌거나 먼저 사표를 낸 건 순전히 제 자의에서였어요."

그런데 지승호 씨는 이제 과연 그것으로 그 깊은 말의 뿌리가 송두리째 모두 뽑혀나간 것이었을까.

신기하게도 지승호 씨는 그때 문득 그 답답하고 끈질긴 딸꾹질 증세가 태풍 뒤처럼 잠잠히 잦아들어 있었다. 마치도 마지막 발작기처럼, 이날 밤따라 유난히 이야기 중에서까지 극성을 떨어대던 작자의 그 딸꾹질이 그의 마지막 말이 끝남과 동시에 거짓말같이 말끔히 사라져간 것이었다. 그리고 지승호 씨는 이제 무겁게 입을 다문 채 그 태풍 뒤끝과도 같은 자신의 정적을 숨을 죽인 채 묵묵히 지키고 앉아 있었다.

7

설명을 할 수는 없지만, 그러나 그 지승호 씨의 증세는 너무도 고질적인 것이었다.

알고 보니 나는 그때 너무 속단을 하고 있었던 것 같았다.

딸꾹질이 다시 살아나기 전에 서둘러 잠자리를 찾아든 덕분이었던지, 지승호 씨는 이날 하룻밤을 그런대로 잠잠히 넘기는 것 같았다.

하지만 이튿날 아침이 되자 작자는 다시 딸꾹질을 시작했다.

나는 전날보다도 그런 위인의 딸꾹질 증세를 더 견디기가 어려웠다.

지승호 씨에게선 이제 분명히 말의 뿌리가 뽑히고 없어진 셈이었다. 위인과 나 사이에도 이젠 더 할 말이 없었다. 한데도 그는 여전히 딸꾹질을 계속하고 있었다. 나는 더 이상 그를 위해 해줄 수 있는 일이 없었다. 작자도 이제 내겐 더 기대를 남기지 않은 듯 혼자서 묵묵히 증세를 견뎠다. 딸꾹질을 견디면서 내내 신문을 뒤적이거나 혼자 상념에만 빠져 지냈다.

하지만 나는 역시 마음이 편할 수가 없었다. 위인에게서 그 말의 뿌리를 뽑아준 것으로 나는 이제 자신이 그의 오랜 삶의 짐을 대신 떠짊어지고 나선 듯 기분이 무거웠다. 회사를 퇴근하고 돌아오면, 나는 그가 신문을 유심히 뒤적이고 있는 것까지 이상하게 신경이 쓰이곤 하였다. 위인이 아직 거기서 뭔가를 기다리고 있는 것 같기만 했다.

하지만 나는 그 지승호 씨나 그의 증세를 위해 아무것도 더 해 줄 일이 없었다. 위인에게서 그 마지막 말의 뿌리가 뽑혀 나온 이상 새삼스레 다시 스무고개 놀이 같은 것으로 돌아갈 수는 없는 노릇이었다.

견디다 못해 나는 어느 날 그의 옛 회사를 한 번 더 찾아가볼까도 생각했다. 들을 만한 얘긴 위인에게서 이미 다 듣고 있는 터였지만, 사정이 딱하다 보니 그런 막연한 궁리까지 해본 것이었다.

하지만 결국은 그럴 필요도 없어지고 말았다.

생각이 떠오른 다음에도 나는 하루 이틀 더 거동을 망설이고 있었다. 이야길 모두 알고 있는 듯하면서도 새삼스레 다시 회사를 찾아가는 일에는 어딘지 두렵고 자신이 없는 데가 있었다.

그래저래 기분이 몹시 찜찜해 있던 내게 마음을 바꿀 구실이 생겼다. 어느 날 나는 별 기대감은 없었지만 선배 기자 한 사람에게 그 지승호 씨의 옛 회사에서 있었던 소동을 알고 있느냐 물어볼 기회가 있었다.

그런데 그는 뜻밖에도 쉽게 그때의 기억을 더듬어냈다. 그리고 그 소동의 시말에 덧붙여 우리 회사에서도 누군가가 취재를 해온 일이 있었을 거라 하였다.

그렇다면 신문엔 왜 아무 데도 기사가 나지 않았느냐고 내가 다시 물으니 그는 핀잔 섞인 어조로 내게 말했다.

"그렇게 하고 싶으면 윤 형이 신문살 하나 새로 차리시지!"

그리고는 다시 나를 비꼬듯 껄껄 웃으며 자신 있는 어조로 덧붙여왔다.

"그렇지만 윤 형도 신문살 하자면 먼저 그런 공장부터 하나 차려 가져야 할걸!"

그것으로 결국 나는 다시 지승호 씨의 회사를 찾아갈 필요가 없게 된 것이었다. 굳이 그곳을 찾아가지 않더라도 마지막 알 것을 알아버린 기분이었다.

하지만 그 선배의 말보다도 정작으로 내가 그의 회사를 찾아갈 필요가 없게 만든 것은 그 지승호 씨 자신이었다.

그날 저녁, 어느 날보다도 기분이 울적해서 집으로 돌아오니, 위인이 그새 홀연 하숙방을 옮겨가버리고 만 것이다.

윤 선생님.

이제 그만 방을 옮겨갑니다.

윤 선생님께서도 아시겠지만 전 이제 이야기가 없어요. 이번엔 저도 제법 희망을 걸었는데, 역시 이렇게 갈 수밖에 없군요……

그가 쪽지에 남긴 작별 인사였다. 사연은 좀더 계속되었다.

—하지만 솔직히 말씀드리면, 윤 선생께선 좀 서두르신 편이었지요. 그래 전 처음부터 윤 선생께 일을 너무 서두르지 마시라고 미리 말씀을 드렸지요. 윤 선생께서 정 절 위해주실 양이면 서두르는 게 해로움이 될 거라구요.

하지만 전 지금 윤 선생님을 원망하고 있지는 않습니다. 윤 선생이 아니더라도 언젠가는 저도 결국 제 마지막 이야길 들려드릴 참이었고, 그러고 나면 또 제 처지가 어차피 이렇게 될 줄도 알고 있었으니까요. 그게 제가 늘 겪어온 일이거든요.

바라고 싶은 것은 다만 제 증세와 관련된 답답한 일들을 윤 선생께서나마 쉬 잊어주실 수 있게 되었으면 하는 것뿐입니다.

하기야 우린 아무것도 서로 기억에 남을 만한 이야기를 했던 것은 아니었으니까요. 전 지금까지도 늘 그래 왔고, 앞으로도 계속 그럴 수밖에 없는 처지지만, 이 빌어먹을 놈의 딸꾹질 때문에 그냥 그렇게 뜻 없이 지껄여댄 말들이 아니었습니까.

모든 걸 잊고 마음 편히 지내십시오. 그리고 이렇게 떠나는 걸 용서하십시오……

그가 남기고 간 하직 인사는 그의 딸꾹질 소리가 마디마디 배어 있는 듯한 그 몇 마디 당부의 말뿐이었다.

회사를 찾아가볼 일뿐 아니라, 그것으로 이제는 작자로 인하여 야기된 갖가지 답답증과 갈등의 뿌리가 한꺼번에 모두 사라진 셈이었다.

하지만 참으로 기이한 일이었다.

나는 그 지승호 씨의 글을 읽고도 아직 마음이 가벼워지질 않았다.

마음이 가벼워지기는커녕 오히려 어떤 무거운 절망기 같은 것이 가슴속 밑바닥 깊은 곳으로부터 서서히 호흡을 방해해오고 있었다.

그리고 아직도 어디선가 그 답답한 딸꾹질을 무한정 계속하고 있을 지승호 씨의 참담한 모습이 뇌리에 떠오르자, 나는 자신도 모르게 숨길을 딸꾹 끊어내고 있었다. 마치도 내가 여태까지 그것을 위인과 함께 힘들게 견디어오고 있었기라도 하듯이. 그리고 그가 떠나가버린 지금에 와서는 그것을 아예 내 것으로 옮겨 받기라도 했듯이 말이다.

(『문예중앙』 1979년 여름호)

살아 있는 늪

1

새벽 4시 차는 정시보다 10분쯤 늦어서 눈에 불을 켜 단 밤 맹수처럼 빗속을 덜컹덜컹 산굽이를 돌아왔다.

길갓집이 되어 비를 맞으며 차를 기다리지 않은 것만도 다행이라면 다행이었다.

"차가 오는군요. 어서 겉옷 좀 내주세요."

칙간 길을 다녀오다 내가 재촉하는 소리에 그때까지도 설마 하고 있던 노인이 후닥닥 방문을 열고 뛰쳐나왔다.

"비도 오고 어두운디 정 그렇게 가야만 하겄냐?"

"차 타고 가는데 비가 상관있어요. 가겠어요."

고집스럽게 말하며 빼앗듯이 겉옷을 건네받고 돌아서는 나를 노인네가 마당을 가로질러 황급히 뒤따라 나오고 있었다.

"그럼 진작에 밥이라도 한술 끓여다가 속을 좀 다스리고 나설 것을. 빈속으로 새벽길을 어떻게…… 쯧!"

노인의 푸념 소리가 채 끝나기도 전에 차가 이내 두 사람 앞으로 다가와 멎어 섰다.

"들어가세요."

부르릉거리는 차 소리 속에 나는 간단히 하직 인사를 고했다. 그러고는 곧 노인을 혼자 어둠 속에 남기고 열리는 차 문 안으로 몸을 실어버렸다.

차는 다시 덜컹덜컹 어두운 빗속을 달리기 시작했다.

이제 가는구나.

나는 비로소 가슴이 조금 트여오는 기분이었다. 차 속은 예상대로 나 이외의 다른 승객이 한 사람도 없었다. 운전석 기사와 출입문 앞자리의 차장 아가씨 한 사람뿐, 차 안은 여태 텅텅 빈 채로였다. 덜컹거리는 차 소리가 그래 더욱 소란을 떨어댔다.

차장 아가씨는 내 행선지조차 묻지 않은 채 그냥 옷 보퉁이처럼 출입구 앞자리에 웅크리고 앉아 졸고 있었다.

나는 그 차장 아가씨와 한 칸 건너 뒤쪽에다 자리를 잡고 앉았다.

이제 가는 거여!

자리를 잡아 앉자, 나는 다시 한 번 속으로 되뇌이며 그동안 까닭 없이 찜찜해 있던 기분을 털어버리기라도 하듯 가슴을 쭉 펴 올렸다. 그러고는 버릇처럼 겉옷 주머니에서 담배를 찾았다.

순간, 아차 싶은 생각이 머리를 스쳤다. 주머니 속에 담배가 없었다. 서둘러 차를 쫓아 나온 바람에 방바닥에 꺼내놓은 담배를 미처 챙겨 넣지 못한 것이었다.

이런 빌어먹을……

나는 갑자기 다시 기분이 언짢아지고 말았다. 그건 그저 예사롭게 넘어가질 낭패가 아니었다.

언젠가도 한번 그런 일이 있었다. 그때도 오늘처럼 새벽차를 타러 서두르다가 담배를 빠뜨리고 나오게 되었다. 그래 담배 없는 새벽 찻길의 말할 수 없는 곤욕을 배웠었다.

손님이 뜸한 새벽차 속에선 어떻게 담배를 구해낼 방도가 없었다. 그렇다고 어디 정류소 같은 데서 차를 내려가 사 올 수도 없었다. 차가 읍내를 넘어설 때까지도 바깥은 여전히 어둠뿐이었다. 문을 연 가게가 있을 리 없었다. 경험이 있는 사람은 알고 있을 일이지만, 속이 비고 날씨가 차가운 새벽녘 찻길에서처럼 담배가 자주 소용되는 때는 드물다. 더욱이 그것이 자기 수중에 없는 물건이고 보면 그 아쉬움은 말할 수 없을 정도다.

이날도 사정이 다를 게 없었다. 네 시간 가까운 새벽 찻길을 꼼짝없이 빈 입으로 견뎌야 할 판이었다.

나는 갈수록 기분이 찜찜해왔다. 예감이 영 좋질 않았다.

담배 한 대를 피워 물어야 나는 비로소 온전히 길을 떠난 기분이 될 수 있었다. 그리고 그 시골 오두막에서의 구질구질하고 번잡스러운 일들을 뇌리에서 깨끗이 지워버릴 수 있었다. 그걸 그러지 못하는 한엔 나는 여전히 그 난처한 일들에서 마음이 벗어져날 수 없었다.

하지만 이젠 어쩔 수 없었다.

허물은 굳이 새벽차를 고집하고 나선 내게 있었다. 그것도 또한 어쩔 수가 없었다. 새벽차를 즐겨 타는 게 허물이 되었다면 그 역시 나로선 어찌할 수 없는 허물이었다. 늙고 가난한 노인네 때문에 어쩌다 한 번씩 있어온 이 20년 동안의 어쭙잖은 고향 나들이 길을 나는 언제나 저녁 어둠과 새벽녘 미명만을 이용해왔으니까.

무슨 원죄 의식 같은 거였다고 할까. 도대체 마을 사람들을 만나기 싫었다. 구질구질한 세간나부랭일 이끌고 노인이 그 마을 길갓집으로 거처를 옮겨간 지도 어언 20년. 그사이 마을 사람들은 이야기를 듣거나 먼 눈여김으로 나를 거의 다 알아보고 있었다. 하지만 노인네의 어려운 형편은 까닭 없이 내게 마을 사람 만나는 걸 거북하게 만들었다.

나는 20년이 지나서도 마을 사람들의 얼굴을 분간하지 못했다. 마을 사람들을 마주치는 게 싫었다. 사람을 만나는 일 자체가 싫었다. 사람들이 내왕하는 밝은 날이 싫었다. 나는 어둠을 타고 집을 들어섰고 어둠 속으로 집을 나섰다.

차에서조차도 사람들이 싫었다.

새벽차를 타는 건 어쩔 수 없는 노릇이었다. 뿐만 아니라 새벽차들은 그 텅 빈 공간에 유독 어둠 속을 달리는 속도감이 커서 좋았다. 새벽차들의 빠른 속도감은 거기에 정비례해서 시골 오두막에 대한 찜찜스런 기분들을 재빨리 씻어갔다. 어둠 속을 달려 나와 3백 리 밖 밝음 속에서 차를 내리면 시골 오두막이나 그쪽 사람들의 기억은 그 어둠의 두께만큼이나 아득히 먼 곳으로 물러나버렸고, 나는 그 어둠을 뚫고 밝은 날 가운데로 새로 태어난 사람처럼 하루를 맞곤 했다.

거기 비해 낮차들은 아는 얼굴을 만날 위험성이 많았고, 게다가 달리는 속도가 너무들 늦었다.

낮차가 속도감이 없는 것은 원래 운전사란 작자들의 무신경한 늑장 탓도 있었지만, 그것은 또 들끓는 손님이나 지루하고 답답한 창밖 풍경들 때문이기도 했다. 장날 거리라도 만나면 낮차들의 늑장은 말로 이루 다 형언할 수가 없었다. 운전사는 무한정 손님을 기다렸고 차 속은 아예 통로까지 막혀버린 장물 거리와 아낙들의 아우성으로 난장판을 이루었다. 양보도 없었고 이해도 없었다. 사람들이 그토록 악착스러울 수 없었다. 그렇게 사람을 피곤하게 만들 수가 없었다.

낮차들은 번번이 그 시골 길갓집의 찜찜스런 기분을 서울까지 고스란히 지녀 가게 만들었다.

새벽차는 그 점에서도 훨씬 위험이 덜했다. 거기다 오늘은 늦가을 비까지 줄줄 내리고 있는 형편이었다. 한 가지 염려는 이런 빗속에서 차가 하필 고장을 일으키게 될지도 모른다는 점이다.

낮차나 밤차나 이 시골길을 다니는 차들은 두 번에 한 번 꼴로 고장을 만나곤 했다. 타이어가 터지거나 주유관이 새거나 어디 무슨 엔진의 한 부분이 연기를 내뿜고 타오르거나…… 차가 산길이나 들판 가운데서 발이 묶여 서버릴 때가 허다했다. 그것은 이 20년 동안 이쪽의 거친 도로 사정이나 그 길을 들고나는 차들의 설비가 거의 나아진 것이 없는 것과 함께 줄기차게 변화를 모르는 일들 중의 하나였다. 차가 고장을 일으켜 서고 말면 승객들은 수리가 끝날 때까지 한 시간이고 두 시간이고 지루한 시간을 참아내거나, 다음 차가 지나갈 때를 기다리는 수밖에 다른 도리가 없었다. 그러나 그런 자동차 고장은 늘 운전사나 차장들로서도 어찌할 수 없는 불가항력적인 일로 말해지곤 하였다. 그래 운전사나 차장은 굳이 손님들 앞에 차의 고장을 미안해할 필요가 없었다.

"이놈의 차가 심통을 부리는 걸 우린들 무슨 용빼는 재주가 있겠소."

운전사나 차장은 오히려 답답한 승객들에게 불평을 퍼붓듯 말하곤 하였다. 새벽차를 탔다가 고장을 만나면 그 어둠 속에서의 답답함과 곤욕스러움은 낮차의 그것에 비할 바가 아니었다.

하지만 나는 그런 새벽차의 고장에 대한 염려에도 불구하고 역시 그편을 이용하곤 하였다. 늦은 낮차를 탔다가 시간을 끌게 되면 서울까지의 하룻길이 자칫 이틀길이 되어버리는 수도 있었기 때문이다. 새벽차를 타고 나서면 그저, 이놈의 차야 오늘만이라도 제발 고장 없이 가다오, 요행을 빌어 맡기는 수밖에 다른 도리가 없었다.

2

차는 깜깜한 어둠 속을 무료스럽도록 일정한 속도로 달리고 있었다.

창문 밖은 까만 어둠의 적막에 뒤덮여 내다보이는 것이 아무것도 없었다. 빗방울이 얼룩져 내린 창문 유리는 바깥을 전혀 내다볼 수 없는 대신, 거꾸로 무한정 제자리 떨림만 계속하고 있는 듯한 텅 빈 차 속을 삭막하게 비춰냈다. 졸린 듯 어두컴컴한 헤드라이트 안으로 구불구불 끌려드는 자갈길과 언뜻언뜻 뒤켠으로 흘러가는 소나무 숲 그림자들만이 그런대로 일정하게 차의 진행을 느끼게 하였다. 운전사나 차장 아가씨는 여전히 서로 말들이 없었다. 차는 마치 운전사와 차장 아가씨(둘은 아직도 새벽 졸음에 빠져 있는 모습들이었다)를 내버려둔 채 저 혼자 터덜터덜 갈 길을 가고 있는 형국이었다.

그런 운전사와 차장의 몰골을 바라보고 있노라니 나는 문득 옛날 생각 한 가지가 머리에 떠올랐다.

어느 해 가을이던가. 비슷한 새벽차를 탄 일이 있었다. 그때도 아마 비슷한 시각의 차를 탔던 듯싶은데, 역시 손님이 나 한 사람뿐이었다.

하지만 그날은 오늘과는 달리 날씨가 맑았고 새벽달도 있었다. 창밖 풍경이 꽤나 인상적이었다. 아침잠에 젖어 있는 창밖 풍경이 하얀 새벽 달빛 아래서 유난히 차갑고 고즈넉해 보였다. 그것은 마치 눈발이 날리는 해변 길과도 같은 착각이 들게 했다. 운전사와 차장 아가씨 그리고 단 한 사람의 승객인 나까지 모두 세 사람을 태운 채 덩치 큰 버스는 별반 미련도 없이 덜커덩덜커덩 달빛 속을 무심히 달리고 있었다. 아무리 달려도 차를 세우러 나타나는 사람이 없었다. 날이 밝아오는 기미도 없었다. 아니 날은 아예 밝을 일조차 없는 것 같았고, 차는 그렇게 무한정 달빛 속을 달릴 것 같았다.

그러자 나는 문득 내가 왜 그 차를 타고 있는지가 의아스러워지기 시작했다. 이 차는 도대체 어디서 와서 어디로 가고 있는 건가, 내가 혹 차를 잘못 타고 있는 건 아닌가.

하지만 나는 이미 기분이 훨씬 은밀스러워져가고 있었다. 그리고 비로소 그 운전사와 차장 아가씨 사이에 어떤 비밀스런 음모의 기미를 느끼며 엉뚱한 상상에 젖어들기 시작했다.

……저 운전사 놈과 차장 년 사이는 도대체 어떤 사이들인가, 그래 저들은 날마다 이런 식으로 단둘이 차에서 밤을 지내온 게 아닐까. 내가 이 차를 오르기 전에 저들은 어디서 무얼 하고 온 건가. 인가도 없는 후미진 산길에서, 이렇게 새벽 달빛이 하얗게 내리깔린 고즈넉한 들판 길에서…… 그렇담 나는 지금 무슨 틈입자의 꼴이 되고 있는 건가. 그래 연놈들은 끝끝내 이런 식으로 날 모른 척해버릴 참인가……

나는 어느새 자신도 그 연놈들의 음모에 함께 끼어들고 싶은 충동을 느끼고 있었다.

덩치 큰 차 안에 사람이 단 셋뿐이란 사실이 나의 기분을 그토록 은밀스럽게 하였다. 뿐더러 그 차갑고 흰 새벽 달빛이, 날이 영영 밝아오지를 않을 것 같은 느낌이, 그리고 그 적막스런 길목 한가운데에서 나만 다시 혼자가 되고 있는 느낌이 나를 얼마든지 음흉스럽게 만들었다.

……그래, 시치밀 떼고 앉아 있는 연놈을 보라니까. 하지만 뭐 그럴 필요는 없어. 안심해도 괜찮아. 난 다 알고 있다니까. 그게 오히려 자연스런 노릇이지. 그 대신 이건 알아야 해. 내가 너희들을 이렇게 부러 모른 척해주고 있다는 걸 말이다. 그걸 하나도 우습게 여기지 않고 있는 내 은밀스런 진실을 말이다…… 그리고……

그런데 그때—

나의 상념에 감응이라도 해오듯 운전사가 느닷없이 차를 세웠다. 그러고는 라이트를 죽이고 운전석 옆문으로 차를 내려갔다. 차에 고장이 생길 때면 으레 보는 일이었다.

하지만 웬일인지 나는 그때 그런 걱정을 하지 않았다. 순간적으로 그저 옳거니 하는 생각이 들어왔을 뿐이다.

운전사 녀석은 문을 내려가 어정어정 차 앞으로 몇 발짝 걸어가다 바짓가랑이 사이를 들춰냈다. 이쪽 눈길은 전혀 아랑곳을 안 했다. 아랑곳을 않는다기보다 오히려 여봐란듯 의젓한 자세였다. 그러고는 마치 눈발이 쏟아져 내리는 하늘을 향해 하품이라도 하듯 하고 서서 오줌 줄기를 유유히 뽑아댔다. 아아 눈이 오는군— 그의 입에서 그런 탄성이 터져 나오고 있는 것 같았다.

오줌 줄기가 그치고 나서도 작자는 한동안 그대로 멍청한 자세를 취하고 있더니 이윽고 한 손을 자신의 배꼽 아래서 털털 흔들어 털어댔다.

조는 듯 가만히 자리에 웅크려 앉아 있던 차장 년 쪽에서 쿡 하는 웃음소리가 들려왔다.

나는 비로소 정신이 들기 시작했다. 나는 연놈에게 완전히 무시를 당한 느낌이었다. 그건 필시 연놈들끼리만 통하는 어떤 음모의 신호일시 분명했다. 하지만 나는 연놈들의 음모엔 끼어들 수가 없었다. 운전사 녀석이 유유히 바지 앞단추를 채우고 나서 어정어정 차 속으로 기어 올라와, 자 인제 가볼까, 하고 라이트를 넣으며 혼잣말처럼 지껄인 말투 속에도 나의 존재 같은 건 전혀 염두에 없었다.

하지만 그건 어쨌거나 싫지 않은 기억이었다. 때도 없이 엉뚱한 눈발을 상상했을 정도로 차창 밖을 하얗게 내리덮은 그 새벽 달빛 때문이었는지 모른다. 내 존재를 깡그리 무시해버린 운전사 녀석의 늑장이 나는 조금도 싫질 않았다. 그래 그런지 나는 그날 아침 어떻게 날이 새고 어떻게 차에서 내렸는지 다른 일들은 거의 기억에 남아 있는 것이 없다. 내가 아직도 기억해낼 수 있는 것은 그 눈처럼 내리깔린 창밖의 달빛과 연놈들의 기이한 음모의 신호처럼 보이던 운전사 녀석의 행작들뿐이다. 그리고 다시 한동안 셋이서 말없이 달빛 속을 달리던 은밀스런 새벽길의 기억들뿐이다.

그것은 참으로 운이 좋은 새벽 여행길이었다. 이날 새벽과 다른 게 있다면 그날은 날이 하얗게 밝았다는 점뿐이었다.

— 오늘도 이렇게 셋이서만 계속 달렸으면 좋으련만. 고장도 나지 않고 손님도 타지 말고……

나는 문득 속으로 중얼대며 버릇처럼 주머니 속을 더듬었다.

그러나 나는 이내 다시 실망했다. 아깟번에 없었던 담배가 이번에라고 손에 잡혀들 리 없었다.

예감이 아무래도 좋질 못했다. 담배 때문에 톡톡히 곤욕을 치를 것 같았다. 유리창을 때리는 빗줄기가 갈수록 드세어지고 있는 것도 기분을 자꾸 암담스럽게 했다.

시계를 보니 차는 여태 30분 남짓밖에 달리고 있지 못했다. 날이 새려면 아직도 까마득한 시각이었다. 드문드문 지나가는 길옆집 그림자들엔 불이 밝혀진 곳이 한 집도 없었다.

뭐 그까짓 담배쯤 가지고……

나는 짐짓 고개를 가로저었다. 그리고 아직 다른 손님이 한 사람도 차를 세우러 나타나지 않는 것으로 마음을 스스로 달래려 했다.

차만 이대로 계속 고장 없이 달려준다면야…… 빗속을 나서기가 역시 잘한 거지. 담배쯤이야 뭐……

나는 그저 차나 고장 없이 달려주기를 바랐다. 그리고 차를 세우러 나서는 사람이 없이 계속 셋이서만 달리기를 바랐다.

하지만 실제로 그런 내 소망은 오래갈 수가 없는 것이었다.

차가 한 5, 6분쯤 더 달려가 작은 마을 하나를 지나칠 때였다. 내 다음으로는 마침내 첫 번 손님이 차를 세웠다.

차가 멎어서자 나는 우선 가슴부터 철렁 내려앉았다. 길가 돌담집 처마 아래서 비를 피하고 서 있던 아낙 하나가 허둥지둥 차 문으로 뛰어들었다. 아낙은 예감대로 사람 몸집보다도 더 큰 마대 가마니를 다섯 개나 계속 끌어올리고 있었다. 그만한 짐이면 이른 새벽차가 아니면 얻어 싣기가 좀처럼 어려울 법하였다. 그래 장사꾼들은 대개 새벽차를 노렸다. 아낙도 그래 비를 오히려 다행으로 여겼을지 몰랐다.

짐을 싣느라 한동안 시간을 지체하고 난 차가 다시 어둠 속을 굴러나가기 시작했다.

"짐을 뒤로 보내요. 사람들 길목 막아놓지 말고."

아낙과 함께 물기가 후줄근한 마대들을 억척스레 뒤쪽으로 끌어다놓은 차장 아가씨가 비로소 졸음기가 가신 듯 주머니 속에서 차표 용지를 꺼내며 아낙에게 물었다.

"저 짐들 모두 영산포까지 가지라우?"

"그런디, 이 차 타면 영산포에서 8시 기차에 늦지 않겠제?"

아낙은 대답 대신 차 시간 다짐부터 하고 들었다.

"염려 말고 차비나 내시요."

차장 아가씨는 건성 대꾸를 하고 나서 제멋대로 차비를 계산해 내었다.

"짐 다섯 개 운임하고 사람 합해서 2천 원 내시요."

"무신? 이까짓 돌이끼 다섯 푸대에 운임을 2천 원이나?"

아낙은 자리도 잡아 앉지 않고 놀란 얼굴로 사정을 하고 나섰다.

"그러지 말고 1,500원만 합시다. 이건 참말로 이문이 없는 장산께…… 그래 저까짓 돌옷 다섯 푸대에다 차비를 2천 원씩이나 물려서 쓰겄소?"

하지만 차장 아가씨의 태도는 그럴수록 단호하고 위압적이 되어갔다.

"사람은 얻다 두고 짐 값만 2천 원이라요? 잔말 말고 빨랑 내요. 사람 차비 천 원하고 짐값 하나에 2백 원씩, 2천 원…… 우린 뭐 찬 맹물 마시고 댕기는 줄 알아요. 빨랑 안 내면 짐들을 모두 내려버리고 말 텡께……"

매정스럽게 잘라 말하고는 비로소 내게도 행선지를 물었다. 아낙에겐 더 타협의 여지를 주지 않으려는 행투였다.

"광주."

나는 군말 없이 광주 차표를 샀다. 아낙은 짐 때문에 영산포에서 열차를 타야 하지만 나는 광주의 고속버스 편이 낫기 때문이었다.

"아니, 차장 아가씨 여기 좀 보아요. 내 이 돌옷 벳겨 모은 걸 가지고 서울까장 갈 것이요. 그런디 이까짓 돌옷을 차비 내고 뭣 내고 서울까장 가고 나면 남은 이문이 뭐가 있겄어. 귀 비고 좆 비고 베낼 것 죄다 베내뿔고 나면 남은 둥치는 머겄냔 말이여."

내게 일을 끝내고 난 차장 아가씨를 향해 아낙이 다시 통사정을 늘어놓기 시작했다.

"이문이라면 그저 몽땅 길바닥에다 차비로 뿌리고 다니는 처지가 아니냔 말이여. 그러니 아가씨 사정 좀 봐줘요. 아가씨가 그런 사정 몰라주면 우리는 대체 무얼 언어먹고 살겄어…… 자 이

것만 받어요…… 아따 나는 전에도 늘상 그렇게 댕겼구만 아가씨가 오늘은 별나게 그래 싸네…… 얼굴은 저렇게 이쁘고 복스럽게 생긴 색시가……"

하대를 해도 상관없을 계집아이에게 당치 않는 존대와 공치사까지 덧붙이고 나섰으나, 차장 아가씨는 그녀가 내미는 찻삯을 보는 척도 않고 말없이 제자리로 돌아가버렸다. 지금 당장은 그러더라도 차비쯤 어련히 받아낼 방도가 없을까 보냐는 시위였다. 아낙이 혼자 그러다 지쳐나서 제풀에 찻삯을 다 내게 되기를 기다리겠다는 심보였다.

아낙은 그럴수록 조바심을 쳐댔다.

"어이 색시, 차장 색시 여기 좀 보드라고……"

틈만 있으면 차장을 향해 말을 붙이려 들곤 했다.

하지만 차장 아가씨는 짐짓 못 들은 척 그때마다 아낙에게 애를 먹이고 있었다. 그리고 그러다가 아낙은 그도 저도 아주 때를 놓쳐가는 것 같았다. 아침이 가까워지고 있었기 때문일까. 그때부턴 차츰 차를 세우고 나서는 손님이 늘어갔다.

아낙과 차장 아가씨 사이의 찻삯 시비가 아직도 매듭이 지어지지 않은 채 차가 어디선가 다시 속도를 줄여 섰다. 이번에는 예비군 복장을 한 청년들 둘이 비에 젖은 몸들을 후닥닥 차 속으로 던져 들어왔다.

차가 다시 움직이기 시작했고, 청년들은 곧 자리를 잡아 앉고 나서 차비들을 치렀다.

오래지 않아 차는 다시 한차례 길가로 멈춰 섰고, 이번에는 각기 보자기에 싼 함지를 하나씩 안아든 아낙들이 셋이나 한꺼번에 차 문을 올라왔다. 차표를 살 때 차장 아가씨와의 사이에 오가는 소리를 들으니 읍내 장거리로 갯엿을 팔러 다니는 엿장수 아낙들이었다. 늘상 대하는 얼굴들이라 그까짓 엿함지쯤 그냥 눈을 감아준 것일까. 이번 여자들은 별 말썽 없이 자신들이 알아서 찻삯을 치렀다.

먼젓번 아낙도 이젠 그저 될 대로 되라는 듯 더 이상 말이 없이 잠잠해져 있었다. 차장 아가씨 역시 그쪽으로는 끝끝내 눈길 한 번 제대로 안 주는 기미였다.

차는 계속 빗속을 달리면서 손님들을 주워 올렸다.

빗속에서도 새벽차를 기다리는 사람들이 의외로 많았다. 새벽부터 무슨 한복 바지저고리를 얌전히 차려입은 노인네도 있었고, 비린내 나는 갯것 광주리를 이고 올라서는 여자들도 있었다.

차는 갈수록 속도를 줄이고 멎어서는 일이 잦았다.

까닭 없이 나는 다시 담배 생각이 간절했다. 담배 생각이 간절할수록 불안스런 예감이 머리를 쳐들었다. 차가 한 번씩 멎어설 때마다 가슴이 철렁철렁 내려앉곤 하였다.

글쎄, 광주까지는 제발 고장 없이 가줘야 할 텐데……

차 안이 점점 소란스러워지고 축축한 기운이 심해진 탓일까. 나는 갈수록 자신이 어떤 깊은 늪 속으로 빠져들고 있는 듯한 답답한 기분이 되어갔다. 나는 그 찜찜스럽던 오두막의 분위기를 벗어나기는커녕 아직도 그 부근 어디에서 마냥 사지를 허우적대고 있는 것 같았다.

3

예감이 너무 방정맞았는지 모른다.

차가 내산(內山)이라는 곳엘 들어섰을 때 결국은 일이 벌어지고 말았다.

내산을 들어서서 그곳 손님들을 모두 태우고 나서도 30대의 젊은 운전사는 어찌된 일인지 차를 얼핏 움직이지 않았다.

우르륵, 우르륵, 덜커덩—

엔진 움직이는 소리가 어딘지 시원칠 못했다.

나는 벌써부터 가슴이 크게 내려앉고 있었다.

우르륵, 덜커덩, 우르륵……

운전사는 엔진 뚜껑까지 열어놓고 한동안 듣기 싫은 소리만 뽑아대고 있었다. 고무 타는 냄새가 차 안으로 가득 차올랐다.

"이 차 못 가겠다."

이윽고 그가 엔진 뚜껑을 덮어버리며 차장 아가씨를 돌아보고 단정적으로 말했다.

"이놈의 차 아까부터 시동이 시원칠 않더니……"

그는 아예 엔진을 꺼버리고 자리에서 일어나 출입구로 나왔다.

"아주 갈 수가 없어요?"

차장 아가씨가 좀 어이가 없다는 듯 싱겁게 물었다.

"어디가 고장인디요. 손을 좀 보고 가면 안 되겄어요?"

하지만 운전사는 어디가 어떻게 고장이 났는지 자세한 설명을 해주지 않았다. 고장에 대한 설명 대신 느닷없이 날씨 불평만 늘어놓고 있었다.

"빌어먹을! 웬 날씬 이렇게 밤새도록 구질구질 비만 내리나."

그러고는 출입문을 활짝 열어젖히고 어디론지 어둠 속으로 빗속을 추적추적 뛰어가버렸다.

나는 한동안 멍청스럽게 앉아 있기만 했다. 다른 사람들도 마찬가지였겠지만, 앞뒤 사정을 아무것도 가려잡아나갈 수가 없었다. 운전사나 차장은 손님들 쪽엔 아무것도 말을 해준 것이 없었다. 차의 고장을 설명해주지도 않았고, 고장을 어떻게 할 것인지 앞으로의 방도도 일러주질 않았다.

그야 손님들도 그간 운전사와 차장 사이에 오간 소리를 들어 사정을 대강은 알고들 있었다. 하지만 아직은 아무도 그것을 실감할 수가 없는 것 같았다.

실감이 가지 않은 것은 나 역시 마찬가지였다. 사고가 너무 갑작스러웠을 뿐 아니라, 운전사나 차장의 행동거지가 그것을 너무 대수롭잖은 일처럼 여기고 있었기 때문이다. 설마하면 이런 식으로 차가 정말 운행을 정지하고 말까. 행여나 하는 바람이 아직도 마음 한구석에 도사리고 있었다.

하지만 차장 아가씨는 마침내 그런 조그만 바람마저도 무참스럽게 꺾고 말았다. 운전사가 사라져간 어둠 속을 부질 없이 몇 차례 두리번거리고 있던 아가씨가 비로소 만사를 단념한 듯 손님들에게 말했다.

"할 수 없네요. 대흥에서 5시에 나오는 차가 있응께 그 차를 기다렸다가 옮겨 타도록들 하시요잉."

이쪽 차 사정은 그새 형편들을 보고 들었으니 설명을 덧붙일 게 없다는 식이었다.

나는 비로소 정신이 들기 시작했다. 결국은 와야 할 일이 오고 만 격이었다. 시계를 보니 이제 겨우 4시 40분. 5시 차가 대흥을 출발해서 여기까지 오자면 앞으로 거의 두 시간 가까이를 기다려야 할 판이었다. 나는 비 뿌리는 어둠 속보다도 가슴속이 더욱 답답하고 황량스러웠다.

그때 누군가가 뒤에서 지레 사정을 동정하듯 조심스런 어조로 차장에게 물었다.

"그래 이 찬 정 못 갈 것 같으냐?"

한복 바지저고리를 얌전히 차려입은 노인네였다.

"안 되겠는가 봐요."

차장 아가씨는 남의 말 하듯 간단히 대꾸했다. 그러나 노인 쪽은 이제 좀 핀잔기가 어린 소리로 차장 아가씨에게 나무라고 들었다.

"차 형편이 정 그러허다면 다음 차라도 좀 일찍 출발시키도록 조철 서둘러야지 무작정 이러고 기다리고만 있을 게냐."

그러나 차장 아가씨는 아직도 미안해하는 기색이 없었다.

"모르는 소린 하들 말아요. 그쪽 차도 출발 시간이 정해 있는디 우리 사정만 생각하고 그걸 어떻게 재촉할 수 있다요?"

되레 이쪽을 나무라는 투였다. 자연히 차장 아가씨와 손님들 사이에 싫은 소리들이 오가기 시작했다.

"그렇다고 그냥 이렇게 가만히만 있어!"

이번에는 예비군복의 청년들이 번갈아가며 노인을 거들었다.

"출발 시간은 앞당기지 못해도 차를 좀 빨리 달려오게 할 수는 있을 거 아냐. 전화나 좀 걸어볼 생각은 않고 되려……"

"이 어두운 빗속에서 전화는 어디 가서 건다요."

"너네 운전사 양반은 어딜 갔길래? 차를 손보지 않을 테건 그런 일이나 좀 서둘러보지 않고…… 그래, 너네 운전사는 지금 어딜 갔어!"

"그걸 지가 어떻게 알아요."

"저것 좀 보라니, 손님들을 멀쩡하게 길 가운데 세워두고 뭘 잘했다고 되려 큰소리는…… 그래 그게 지금 니가 할 경우냐, 이 경우가?"

청년들 쪽의 언성이 점점 더 높아지고 있었다. 그러자 차장 아가씨는 이제 숫제 말상대를 하기조차 귀찮다는 태도였다.

"글쎄, 지가 뭐랬어요. 다음 차 오면 옮겨 태워드린다고 가만히 앉아들 기시라지 않어요…… 이보시라구요. 진짜 답답한 건 손님들보다도 차를 세우고 만 우리들 속이라구요. 가만히 앉아들 있으면 어련히 알아서 보내드릴라구 공연히 남의 일에 감 놔라, 배 놔라……"

예비군복의 청년들도 거기선 차라리 어이가 없어진 듯 입을 다물고 말았다. 그러자 이번에는 청년들이 항의를 대신해주는 동안 가만히 입을 다물고 있던 노인이 다시 나섰다.

"남의 일에 감 놔라, 배 놔라? 그래 이게 어째서 남의 일이냐 남의 일이……?"

차장 아가씨를 나무라고 들던 노인이 끝내는 이도저도 부질없다는 생각에선 듯 자리를 불쑥 박차고 일어섰다.

"다 소용없다. 소용없으니 차비나 물러 내놔. 네가 차 안 바꿔 태워줘도 내가 알아서 타고 갈 테니!"

그는 꽤나 서슬이 시퍼래서 차장 앞까지 다가가 찻삯 환불을 재촉했다. 차장 아가씨도 거기선 더 할 말을 잃은 채 노인의 깐깐한 서슬에 눌려 어물어물 찻삯을 되돌려주었다.

노인은 찻삯을 되돌려 받고 나자 어두운 빗속으로 차를 내려갔다. 그리고 그 노인의 거동에서 다른 손님들도 비로소 자기 할 일들을 생각해낸 듯이 차표 환불을 서두르고 나섰다.

"그러면 우리도 차표를 물러야지…… 이보라고 색시!"

차 안에 남은 손님들 중에서 제일 먼저 차표를 무르러 나선 것은 갯엿 함지를 싣고 올라온 엿장수 아낙들 중의 하나였다.

"우리한테도 찻삯 물러줘야제. 그래야 뒤차가 오면 바꿔 탈 거 아니여."

"그래야제 참! 이 차가 어차피 못 가게 된다면 차표라도 일찍 물러줘야 할 것이 아닌가 말이여."

다른 손님들도 이내 아낙의 요구에 합세를 하고 나섰다.

하지만 차장의 대꾸는 의외로 완강했다.

"차표는 물러서 뭣들 하게요? 뒤차가 오면 지가 어차피 한꺼번에 손님을 인계해드릴 텐디요."

차표를 물러주지 않을 심산임이 분명했다.

시골 차를 탔다가 도중 고장을 만날 때면 으레 당하는 일이었다. 차장들은 그런 때 이런저런 구실로 차표 물리는 것을 피하려 들었다. 그럴 만한 이유가 있는 게 분명했다. 차장 년들은 그래 차가 고장 나 운행이 아주 불가능해질 때마저도 그걸 절대로 단념치 않았다. 게다가 년들은 그런 때도 언제나 손님 쪽의 편의를 내세우기 일쑤였다.

이번 아가씨도 예외가 아니었다.

차장이 다시 일방적인 어조로 손님들을 타일렀다.

"염려들 놓고 그냥 자리에들 앉아 기세요. 뒤차가 오면 어련히 잘 인계를 해드릴라구요."

손님들은 그러나 그런 차장의 설득에도 쉽사리 안심이 안 되는 표정들. 그야 차장 아가씨는 절대로 이쪽 불편이 없게 한다고 장담이지만, 그런 식으로 차장의 말만 곧이듣고 앉았다간 엉뚱한 낭패를 당하기 일쑤였다. 그런 경우 차장들은 대개 자기 회사 차 시간만을 손님들에게 알렸다. 그리고 그렇게 손님을 붙들고 있다가 자기 회사 차에만 손님을 인계했다. 차표를 미리 물러놓지 않으면 다른 회사 차가 먼저 지나가게 되더라도 그쪽 차로 갈아탈 수가 없었다.

차장들은 대개 손님 쪽의 시간이나 급한 용무는 아랑곳을 안 했다.

"색시도 참 답답하구만, 우리도 어채피 다음 차를 탈 텐디 뭣 땀시 한사코 차표를 안 물러줄라고 그래! 왜 우리가 다른 차를 탈까 봐서? 뒤차를 타도 우리가 타고, 차비를 내도 우리 손으로 낼 텐디?"

아낙들은 계속 차장을 졸라댔다.

그때 마침 어디론가 종적을 감춰갔던 운전사가 비를 맞으며 돌아왔다. 작자는 그새 어디 화장실에라도 다녀온 듯 느긋한 거동새로 창문을 반쯤 들어서던 참이었다. 그러다 그는 거기 차장과 손님들 사이에 시비가 붙고 있는 것을 보고는 기분이 몹시 상한 모양이었다.

"이보라구요!"

위인은 마치 남의 일이라도 구경하듯 창문을 반쯤 열고 서서 볼멘소리로 손님들에게 말했다.

"그 앨 그렇게 들볶아댄다구 무슨 소용이 있을 것 같아요? 그 애도 한번 끊어준 차표는 제 맘대로 다시 물릴 수가 없어요. 가만히 기다리고 앉아들 있으면 어련히 알아서 인계해드릴라구…… 너무들 그렇게 못살게 굴지들 말아요. 차를 한두 번 타본 사람들도 아니고……"

칼자루를 쥔 사람답게 몹시 위압적인 어조로 내뱉고 나서 그는 어디 한번 알아서 해보라는 듯 창문을 쾅 닫아버리고 다시 어디론가 사라져버렸다. 마치도 자기 말귀를 못 알아듣는 손님들이 화가 나 견딜 수 없다는 듯, 또는 차표고 뭐고 자기는 다음 차조차도 책임져야 할 사람이 아니라는 듯.

손님들은 다시 말을 잃고 말았다. 입장이 정반대로 뒤바뀐 꼴이었다. 고분고분 사정을 말하고 양해를 구해야 할 사람들이 오히려 호통을 쳐대듯 서슬이 시퍼랬다. 불평을 들이대고 큰소리를 쳐야 할 사람들은 주눅이 들어 고분고분해져 있었다. 손님들 쪽이 오히려 사정을 하고 양해를 구하는 식이었다. 한데도 운전사나 차장 년은 전혀 이쪽 사정을 돌보려 하지 않았다.

나는 마침내 더 이상 가만히 앉아 있을 수가 없었다. 목구멍에서 무엇인가 뜨거운 것이 후끈후끈 치받쳐 올라왔다. 경우가 도대체 이럴 수가 있는가. 손님들을 너무 물로 아는 것 같았다. 물이 아니라는 걸 보여주고 싶었다.

하지만 나는 다시 자신을 좋이 달래는 수밖에 없었다. 때가 너무 늦어버리고 있었다. 불평의 표적이 이미 사라지고 없었다. 운전사 녀석의 마지막 말은 그 손님들에게서 불평의 표적마저 빼앗아가버린 격이었다. 뿐더러 작자 자신이 차장을 대신하여 불평의 표적으로 남아주지도 않았다.

따지고 대들고 할 상대가 없었다.

다른 손님들도 이미 입을 다물고 만 터였다. 이제 나서봐야 사또 뒤의 나팔 격이었다.

나는 다시 체념을 하고 앉아 있는 수밖에 없었다. 칼자루를 쥐고 있는 것은 어쨌거나 운전사와 차장 쪽이었다. 공연히 잘못 설치고 나서다간 오히려 더 낭패나 당하게 될지 몰랐다. 뒤차나 참고 기다릴밖에 없었다.

한데 그런 경우 사람의 지혜란 모두 비슷비슷해지는 모양이었다.

"그래, 다음 차에다 인계만 확실하게 해준다면 차비야 뭐 그게 그거지, 별다른 수가 생길 게 있을라고……"

한동안 입을 다물고 있던 손님 가운데서 누군가 이제 자신을 스스로 위로하는 소리가 들려왔다.

"하기사 운전사 양반이나 차장들도 속은 속답게 상할 거구만요. 우린 그저 차나 바꿔타뿔면 그걸로 그만이지만……"

이어 옆자리의 아낙 하나가 거기 맞장구를 치고 나서며, 오히려 제법 동정기까지 어린 어조로 운전사들의 심중을 헤아려주고 있었다.

"그러니 가만히 앉아서들 기다리는 게 좋겠소. 저 사람들 심사 건드려놓아야 우리한테 이로울 건 아무것도 없응께……"

이번엔 차의 뒤쪽에 앉아 있던 중년 남자의 신중한 충고였다.

모두들 이젠 마음들을 편안히 지어먹으려는 낌새였다. 그중에도 특히 누구보다 마음이 편해진 것은 돌옷 장수 아낙인 듯싶었다. 차장 아가씨와의 운임 시비로 끝내 차표를 사지 못한 그녀에겐 이제 그 덕에 차표 따위를 물러 받아야 할 일조차 없었다.

그녀는 마침내 작정이 선 듯 다섯 개의 돌옷 부대들을 다시 차 밖으로 하나하나 끌어내리기 시작했다. 뒤차가 오더라도 빗속에 짐을 옮겨 실을 일이 이만저만 난감스런 일이 아니겠지만, 그쯤은 이제 불평을 할 건덕지도 못 되었다. 불평을 한대야 들어먹힐 곳도 없었다.

"뒤차라도 빨리 와줘야 할 텐디. 이러다가 영산포에서 기차 시간이나 안 놓치게 될지……"

건너편 쪽 길갓집 처마 밑 의자로 짐 꾸러미들을 끌어내 옮기면서 아낙은 그저 차 시간 걱정이 태산 같을 뿐이었다.

다른 사람들은 그런 걱정도 남의 일만 같았다. 여자 이외의 다른 손님들은 아예 눈을 감은 채 아침잠들을 청하고 있었다. 참을성이 모자란 예비군복 청년들만이 좀이 쑤신 듯 이따금 차 문을 나갔다간 다시 빗줄기에 쫓겨 되돌아오곤 하였다. 차표를 물러받고 나간 첫 번 노인과 돌옷 장수 아낙은 건너편 길가 처마 밑 의자에서 빗줄기를 끈질기게 지키고 서 있었다. 한순간 어디선가 형광 불빛이 반짝 어둠을 밝혀왔다. 나는 혹시 담배 가게가 아닌가 했지만 불빛이 켜진 곳은 저만치 길가의 이발소 안이었다. 새벽녘 어둠 속의 형광 불빛은 더없이 차갑고 황량스러웠다. 불빛에 드러난 이발 가게 안의 풍경도 그랬다. 그 황량스런 이발소 불빛마저 웬일인지 이내 꺼지고 말았다. 어둠이 다시 차 주위를 둘러쌌다. 빗소리가 한층 기승을 떨었다. 참으로 지랄같이도 끈질긴 비였다. 그리고 지랄같이도 지루한 새벽이었다. 시계를 보니 이제 겨우 5시. 담배가 그토록 아쉬울 수 없었다.

4

5시에 대흥을 출발한 차는 6시가 거의 되어갈 때서야 덜커덩덜커덩 내산으로 들어섰다.

우리는 서둘러 차를 옮겨 탔다. 빗속에 결행을 하지 않고 그나마 뒤차가 나타나준 것만도 천만다행이었다. 뿐더러 뒤차에도 손님이 그리 많지 않아 우리는 거의 다 자리를 잡아 앉을 수가 있었다. 돌옷 장수 아낙이 빗속에서 짐을 옮겨 싣느라 애를 좀 먹었지만, 그쯤은 그리 대수로운 문제가 아니었다. 차장 아가씨는 약속대로 환불이 끝난 그 노인을 제외한 앞차 손님들의 찻삯을 한꺼번에 모두 뒤차 안내원에게 계산해 넘겼다.

하지만 차는 거기서도 잠시 더 출발을 지체했다. 두 차 안내원 간에 찻삯 계산이 제대로 맞아떨어지지 않은 때문이었다. 차비를 한 몫에 모두 넘겨받은 뒤차 안내원이 새로 옮겨 탄 손님들의 수를 하나하나 볼펜 끝으로 헤아리고 나서 앞차 차장에게 따지고 들었다.

"니네 차 손님은 열여섯 명이야. 넌 열다섯 명에 8천 원밖에 안 내줬어."

앞차 차장은 태연스러웠다.

"8천 원이면 되았지 멀 그려."

그녀는 짐짓 대범스러운 척 말하고 나서, 그러나 자신도 미처 의식을 못한 듯 그녀가 굳이 손님을 한 몫에 인계해주고 싶어 한 이유가 거기 있었음 직한 소리를 흘렸다.

"남의 고장 차 손님 받으면 으레껏 2할 할인은 있는 법이다. 거기다가 우리 차로 여까장 온 거리가 있거들랑. 그래도 난 4천 원뿐이란 말야."

뒤차 안내원은 그러나 아직도 잘 납득이 안 가는 대목이 있는 것 같았다.

"알았어. 그치만 잠깐만 기다려봐. 사람 수가 잘 안 맞는단 말야."

앞차 차장을 붙잡아놓은 채 그녀는 옮겨 탄 손님들의 차표를 한 장 한 장 다시 자기 것으로 바꿔주기 시작했다.

차는 그게 끝나야 떠나게 될 모양이었다. 그나마 시간이 좀 단축된 것은 그 돌옷 장수 아낙이 자리를 앞쪽에 잡아 앉은 덕이었다.

"아줌마, 저 차에서 이리로 옮겨 탔지요. 차표 좀 주세요."

두번짼가 세번째로 아가씨가 그녀에게 물었을 때 돌옷 장수 아낙은 자기가 차표를 샀는지 안 샀는지조차 기억에 없는지 사 지니지도 않은 차표를 찾느라 공연히 이곳저곳을 뒤지는 척 헛 몸짓을 하였다.

"가만있거라 가만…… 내가 그걸 어따 뒀더라냐……"

차장 아가씨는 아낙보다 눈치가 한 발 앞섰다.

"이봐, 아줌마 차표 샀어?"

뒤차 아가씨가 앞차에게 물었다.

그러자 앞차도 비로소 생각이 떠오른 모양이었다.

"이 아주메가…… 어째 으멍하게 가만히 있었어요. 얘, 이 아주멘 차표 안 샀으니 니가 가믄서 받아. 저기 커다란 짐들도 있응께……"

짐짝까지 일러바치며 한바탕 무안을 주고 나서 앞차 아가씨는 비로소 할 일을 다한 듯 그제서야 안심하고 차를 내려갔다. 뒤차 안내원도 그쯤 만족한 듯 더 이상 그녀를 붙들지 않았다.

"내가 언제 차표를 샀다고 했던가 원…… 표를 안 샀으니 차비를 내려는 사람을 보고는…… 응, 그래 내 지갑을 여그다 뒀구만. 옛다 여기, 차비……"

돌옷 아낙은 그제서야 변명을 하듯 차 속 사람들이 모두 듣게끔 큰 소리로 불평을 늘어놓았다. 그리고 자기는 절대로 차비 따윌 넘보는 그런 경우 없는 짓을 할 사람이 아니라는 듯 간단히 차비를 세어 내줬다.

차 안 사람들은 들은 척을 않은 채 입들을 조용히 다물고 있었다. 다만 그 예비군복 청년 하나가 짓궂게 그 아낙을 두둔하는 척부러 차장을 나무랐을 뿐이다.

"그래 너들은 차표 찾는 거하고 돈지갑 찾는 것도 분별을 못하냐? 나 차표요, 나 지갑이요, 차표면 차표, 지갑이면 지갑이 주머니 속에서 소리들을 할 텐디 말이다. 귀들이 그래 갖고 어떻게 차장질을 해묵겄냐. 그라고 설령 아직 차표를 안 샀다고 어른한티 어디 그런 무안을 주는 법이 있다냐. 그래저래 한 푼이라도 아낄 수도 있는 것이제, 돌옷 팔아 차비 빼기는 그보다 어디가 쉬운 일이어서……?"

어쨌거나 그쯤에서 차는 간신히 다시 떠났다. 창밖은 여전히 어둠이 짙었고, 빗줄기도 기세를 꺾을 줄 몰랐다.

그러나 차가 일단 움직이기 시작하고 보니 숨통이 약간은 트여오는 것 같았다. 비가 오든지 하늘이 내려앉든지 이번 차나 고장 없이 달려가주거라. 서너 시간만 이대로 무사히 지내주면 우선의 곤욕은 끝나게 되리라.

"그런 차 두 번만 타고 다녔다간, 운전사가 대감보다 높은 거 배우겄네……"

"그래서 이런 찻길을 나설 땐 염통하고 쓸갠 다 빼놓고 나서야 겠습디다. 그런 거 모르고 타고 나섰다간 복통 터져서 못 앉아 있어라우."

한 고비 곤욕을 넘기고 난 다음이라 다른 사람들도 우선은 좀 생기가 도는지 느슨한 농담들이 오가고 있었다.

하지만 그런 태평스런 시간은 너무도 짧았다. 내산을 떠난 지 10여 분 남짓 지나서였을까. 한참 고갯길을 올라가던 운전사가 웬일로 또 어둠 속에서 차를 슬금슬금 멈춰 세웠다. 어두운 고갯길에 차를 세울 사람이 있을 리 없었다.

"좀 내려가보거라."

차를 세운 운전사가 고개 쪽 길목을 주시한 채 차장 아가씨에게 말했다. 소리를 좇아 헤드라이트 불빛이 뻗쳐나간 고갯길목을 내다보다가 나는 다시 가슴이 내려앉았다.

고갯길은 한창 도로 확장 공사가 진행 중인 곳이었다. 길이 아무렇게나 파헤쳐진 채 고여든 빗물로 엉망진창이 되어 있었다.

하지만 내가 가슴이 내려앉은 건 그런 험한 도로 사정 때문이 아니었다. 수렁 같은 길목 한가운데에 짐을 잔뜩 실은 삼륜차 한 대가 뒷바퀴를 파묻고 주저앉아 있었다.

사람이 서두르는 기미조차 없었다.

"고구말 싣고 폭삭 가라앉았어요."

빗속을 갔다 온 차장 아가씨가 손님들까지 들으라는 듯 큰 소리로 고했다.

"기사 새끼는 어디 갔어?"

운전사가 다시 차장에게 물었다.

“기사는 자고 있어요. 날이 샐 때까진 어쩔 수가 없대요, 글쎄. 호호……”

차장 아가씨는 뭐가 우스운지 실없는 웃음을 키득거렸다.

“뭐가 어째? 새끼, 배짱 한번 편하구나.”

운전사가 비로소 자리를 일어나 이번엔 자신이 직접 차를 내려갔다.

손님들은 이번에도 말들이 없었다. 사정을 이미 다 알고 있었기 때문이다.

“차 시간 대어 가긴 아예 글렀구만.”

누군가가 거의 신음을 토하듯 중얼거렸을 뿐이다.

운전사는 제 차의 불빛에 의지하여 앞차까지의 길바닥 사정부터 조심조심 살펴나갔다. 그러고는 삼륜차 운전사를 다시 문밖으로 끌어내어 한동안 이야기를 주고받고 있었다.

“안 되겠어. 뒷바퀴가 몽땅 처박혀버렸어. 날이나 좀 밝아올 때까지 이러고 그냥 기다리는 수밖에……”

빗물을 뿌리며 돌아온 운전사가 차장에겐지 누구에겐지 혼잣말처럼 지껄였다.

“원 젠장 미련스럽게 짐을 싣기는……”

그러고 나서 그는 운전석으로 돌아가 아예 핸들에 이마를 기대고 편한 자세로 주저앉아버렸다. 이젠 완전히 절망인 셈이었다. 손님들은 여전히 무거운 침묵뿐이었다.

그런데 그때, 운전사의 처분만 기다리고 있던 손님 하나가 조심스럽게 입을 열었다.

"기사 양반! 이 차로 뒤를 좀 밀어주면 어쩌겠소?"

아깟번 차에서 고집스럽게 찻삯을 환불 받아 내려갔던 한복 차림 노인네였다. 노인도 이번에는 운전사의 비위를 건드리지 않으려는 듯 말씨가 여간 점잖치 않았다.

하지만 운전사는 그 소리에 뒤도 돌아보지 않은 채 핀잔만 주었다.

"그걸 누가 생각해보지 못했겠소. 길바닥 형편이 말이 아니에요. 공연히 잘못 다가들어갔다면 이 차까지 함께 수렁행이란 말예요."

"그럼 그냥 무작정 이러고 날이 밝기만 기다리라는 게요?"

노인이 다시 용기를 내어 추궁하고 들었다.

운전사는 그럴수록 어조가 유유해지고 있었다.

"그러니 내 미리 뭐라고 했어요. 날이나 좀 밝은 다음에 손을 써보자고 말하지 않습디까. 날이 밝을 때까지 기다릴 수밖에 없어요."

"짐이 무거우면 짐을 좀 내리고 차를 움직여보면 안 되겠소?"

노인네 입장이 안되어 보였던지 이번엔 예비군 복장의 젊은이 하나가 거들고 나섰다.

"손이 모자라면 우리라도 함께 거들 텡께 말이오."

하지만 운전사는 여전히 태평이었다.

"안 됩니다. 저 차 기사 양반이 그것도 싫대요. 이 빗속에 그 많은 고구말 어떻게 길바닥으로 내려놓느냐구요. ……자, 그러지

들 말고 날이 밝을 때까지 맘들을 편히 잡숫고 기다리도록 하세요."

작자는 우선 그렇게 손님들을 얼러대고 나서 다시 몇 마디 위협을 덧붙였다.

"하지만 날이 샐 땔 기다릴 수 없는 분이 있으면 걸어서라도 먼저 고갤 넘어가도록 하세요. 난 조금도 말릴 생각 없으니까……"

이번에도 역시 칼자루를 쥔 것은 운전사 쪽이었다. 그것은 그 칼자루를 쥔 자의 여유 있는 배짱이었다.

할 수가 없었다. 운전사에겐 더 이상 희망을 걸 수 없을 것 같았다.

손님들은 다시 입을 다물고 말았다.

이제는 아예 주눅이 들린 듯 연락 차 시간을 걱정하는 사람조차 없었다.

하지만 손님들의 절망은 그 터무니없이 태평스런 운전사 녀석에 대해서뿐이었다. 운전사에 대한 기대가 끊어지자 손님들은 이제 스스로 지혜들을 짜내기 시작했다. 차 속의 침묵은 어쩌면 그 깊은 절망에서 새로운 돌파구를 찾아내기 위한 모색의 시간이었을 수도 있었다.

침묵은 그리 오래지 않았다.

"아, 이제사 생각이 나는디, 이 근처에 아마 공사장이 있을 거구만."

누군가가 다시 소릴 치고 나서는 사람이 있었다. 뒤차를 타고 나온 양복 차림의 중년 남자였다.

"저 고개 우에…… 거기 분명히 이 도로 확장 공사를 하는 인부들 숙소도 있고 작업차도 있어요."

남자는 마치 동조자를 구하듯 들뜬 목소리로 되풀이 말했다. 듣고 보니 그건 확실히 희망을 걸어볼 만한 반가운 소식이었다. 수렁길 저쪽에 차가 있다면, 일이 충분히 풀릴 수 있었다.

"누가 한번 고개를 쫓아 올라가보지그래……"

차 속은 아연 다시 생기가 살아나기 시작했다.

"차가 고개 쪽에 있다면 무작정 이렇게 날이 새기만 기다릴 게 아니라……"

"이런 땐 누구 좀 나이 젊은 사람이 앞장을 서줘야제……"

운전사가 계속 나 몰라라 하고 앉아 있는 동안 손님들은 오래지 않아 저희끼리 그 빗속을 다녀올 사람을 정해나갔다. 말할 것도 없이 예비군복의 젊은이들을 지목하고 하는 소리들이었다. 하지만 그게 되레 부질없는 수작이었다. 예비군복 젊은이들도 지레 다 각오들이 되어 있었다. 이 소리 저 소리 번지기 전에 자신들이 먼저 자리를 일어섰다. 그리고 아직 빗줄기가 요란한 어둠 속으로 순식간에 모습을 감춰 사라져갔다.

한데 고개 너머에 작업차가 있으리라던 남자의 장담은 아닌 게 아니라 공연한 헛소리가 아니던 모양이었다. 예비군복의 젊은이들이 고개 쪽으로 빗줄기 속을 뚫고 사라진 지 10여 분쯤이나 지나서였을까, 삼륜차 건너편 고개 쪽 길목에서 영락없이 덤프 트럭 한 대가 나타났다.

차 속 사람들은 그것으로 이미 길이 뚫리기라도 한 것처럼 안

도의 한숨들을 내쉬었다. 운전사와 차장 아가씨도 그제서야 차를 내려 추적추적 빗속으로 삼륜차까지 뛰어갔다. 그리고 삼륜차와 버스와 덤프트럭 운전사들이 예비군복 청년들과 힘을 합해 작업을 서둘렀다. 트럭에서 밧줄을 내어 앞뒤차를 서로 단단히 묶어 연결하고, 운전사들은 각기 다시 자기 차로 올라갔다. 트럭 쪽이 먼저 발동을 걸고 두 차를 연결한 밧줄이 팽팽해질 때까지 후진을 계속했다.

우르륵, 우르륵……

그러나 그것도 뜻 같지 않았다. 트럭이 더 이상 줄을 끌어당기지 못했다. 삼륜차는 아직 움쩍도 않는데, 트럭은 제자리에서 헛바퀴만 잔뜩 돌아가고 있었다. 이번에는 트럭과 삼륜차가 동시에 발동을 걸고 안간힘을 써댔으나 두 차는 여전히 제자리놀음만 되풀이할 뿐이었다. 수렁에 틀어박힌 삼륜차의 뒷바퀴에선 흙탕물만 살대처럼 뿜어댔다.

"트럭이 빈 차라서 저렇제 쯧쯧……"

숨을 죽인 채 빗속을 내다보고 있던 손님 가운데서 누군가가 맥없이 중얼거렸다.

"이쪽 차는 저렇게 짐을 잔뜩 싣고 처박혀 있는디, 빈 차가 어뜨케 그걸 끌어내? 트럭도 짐을 좀 싣고 와야제, 짐을 말이여……"

삼륜차와 트럭은 그 사이에도 몇 차례 더 헛힘을 뽑고 나더니, 마침내 방법을 달리해볼 수밖에 없었던지 예비군복 한 사람이 이쪽으로 뛰어왔다.

"손님들 중에 남자분들 좀 내려와주십시오."

수렁물에 발을 적시며 첨벙첨벙 빗속을 뛰어온 예비군복 청년이 얼굴로 흘러내린 빗물을 훔치며 차 속을 들여다보고 황급히 말했다.

"삼륜차를 뒤에서 좀 밀어줘야겄어요. 차가 영 움직이질 않어요."

차 속 사람들은 잠시 아무도 반응이 없었다. 이 빗속에 차를 밀라니? 차를 끌어도 안 되는 노릇이 그런다고 어디 가망이 있는 일인가…… 사람들은 지극히 난감한 표정들이었다. 빗속을 내려가 차를 밀어주는 일에 믿음을 가질 수 없는 것이 사람들을 그렇게 만들고 있었다. 혹은 운전사나 차장들에게 너무 주눅이 들어 쉽사리 몸을 움직이고 나설 엄두가 나지 않는 것도 같았다.

하지만 그도 오래 버틸 수 있는 일은 아니었다.

"어서요. 우리 모두 갈 길이 바쁜 사람들인디, 우리가 나서서 도울 수밖에 없어요……"

예비군복 청년이 눈치를 알아차린 듯 설득을 계속했다.

"아까들 보셨지만 길이 바쁜 건 우리뿐이요. 운전사란 사람들은 가거나 못 가거나 큰 상관이 없는 사람들이란 말이오. 저 사람들이 움직여줄 때 우리도 나서서 힘을 합해요, 자……"

청년의 말은 조리가 있고 열기가 넘쳤다. 차 속 사람들도 곧 청년의 설득에 마음들이 움직였다.

"밀어줘야 간다면 밀어주는 수밖에 도리가 없는 일이제. 아닌 게 아니라 정작으로 갈 길이 바쁜 건 운전사들보다 우리들 쪽

인께……"

마침내 출입구 앞에 앉아 있던 중년 사내 하나가 바짓가랑이를 걷어 올리며 앞장서 나섰다. 그러고는 자신이 먼저 차를 내려가려다 말고 차 속을 돌아보며 선동조로 말했다.

"자, 다들 나가줍시다. 이 빗속에 몸이 젖는 건 너나없이들 싫은 일 아니오."

"그러시요들. 우리 여편네들이야 가보나 마나지만 건장한 남정네들은 이런 때 한번 힘을 써보시요들."

"진작에 좀 그래 봤으면 좋겠드니만……"

아낙들까지 여기저기서 거들고 나섰다. 설득은 그것으로 족했다.

남정네들이 하나하나 자리에서 일어나 차를 나갔다. 남정들은 이제 그런 설득이 아니더라도 어련히 알아서 해야 할 일이라는 듯 묵묵히 빗속으로 걸어나갔다. 한복 차림의 노인네마저도 뒤질세라 바짓가랑일 걷어 올리고 있었다. 손님들의 기나 꺾을 줄 알았지 제 몫을 전혀 못 해내고 있는 운전사들을 생각하면 이런 때 그냥 모른 척하고 애를 먹이고 싶어짐 직도 하건만, 남정들의 말없는 거동엔 그런 원망기조차 없었다. 어떻게 보면 너무 무력하고 자기 고집이 없는 사람들이었다. 자존심이나 이해 계산이 경멸스러울 만큼 모자란 사람들이었다. 그래 오히려 마음들이 쉽게 움직여버린 것 같았다. 말이 많은 건 아낙들뿐이었다.

"그래, 우리 여편네들은 그냥 이러고 보고만 있겄소?"

"그라먼 그냥 보고만 앉았제 무슨 노릇을 해볼 수 있겄소."

차를 나가는 남정들 뒤에서 갯것 장수 아낙들이 저희끼리 둘러 앉아 태평스럽게 킬킬대고 있었다.

"거기 마냥 가만히 앉아 있소. 이 빗속을 나가 돌아댕기다간 ×알이나 젖제 이문 볼 일 있겄소?"

"같은 빗속을 나돌아다니는디, 그러믄 남정네들 그것은 안 젖어든답디요, 히히……"

"어따, 이런 판국에 실없는 잡소리들은……"

나도 이제 더 이상은 혼자 버티고 앉아 있을 수가 없었다. 결국은 나도 바짓가랑일 걷어 올리고 자리를 일어섰다. 그리고 그 갯것 장수 아낙네들의 해괴한 농지거리를 뒤로 차를 내려가 앞장서 간 사람들의 뒤를 따랐다.

삼륜차는 그새 앞서간 사람들로 출상 준비가 끝난 상여처럼 주위가 빙 둘러싸여 있었다.

나는 아직 빈틈이 좀 남아 있는 뒷바퀴 곁으로 몸을 끼워 넣었다.

"자, 그럼 다시 한 번 해봅시다. 하나, 둘, 셋 하면 양쪽 다 발동을 걸어요."

앞바퀴 쪽에 달라붙은 예비군복 청년이 급조 작업대를 지휘하며 양쪽 차 운전사들에게 소리쳤다. 그러고는 곧 목청을 다하여 구령을 시작했다.

"하나, 둘, 셋, 으이샤! 하나, 둘, 셋 읏샤! 하나, 둘, 셋……"

예비군복의 구령에 따라 사람들은 저마다의 위치에서 안간힘을 다해 삼륜차를 밀어붙였다. 하나, 둘, 셋— 하나, 둘, 셋—

하지만 이번에도 헛수고였다. 차들은 그저 우르릉, 우르릉, 헛바퀴를 돌리며 흙탕물만 튀길 뿐 앞으로는 한 발짝도 움직여주지 않았다.

패어 들어간 바퀴 자국에 가마때기와 돌멩이를 채워 넣어보았지만 결과는 역시 마찬가지였다. 쏟아지는 빗물과 튀어 오른 흙탕물로 사람들은 이미 신발이며 옷자락들이 엉망진창이 되어 있었다. 하지만 이제 아무도 그걸 괘념하는 사람은 없었다. 네 일이든 내 일이든 사람들은 어떻게든 차를 끌어내려는 집념과 열기로 제정신들을 잃고 있었다. 한복 차림의 노인네까지도 빗속에서 끝끝내 자리를 지켰다. 차를 수렁에서 끌어내지 못하면 꼭 무슨 다른 일통이라도 저지르고 나설 사람들 같았다. 삼륜차가 무거우니 고구말 길바닥으로 퍼 내리라고 했으면 사람들은 능히 그러고도 남을 듯싶었다. 하지만 고구마에 비를 맞힐 수 없다는 삼륜차 운전사의 주장이 그런대로 쉽게 수긍이 간 것일까. 사람들 가운데선 그래도 용케 고구마를 차에서 퍼 내리려는 사람은 없었다. 하지만 나는 빗속에 거의 이성을 잃고 있는 듯한 사람들의 그 일사불란하고도 저돌적인 행동에 오히려 어떤 두려움이 솟아올랐다. 그리고 그 이상스런 열기에 자신도 모를 소름이 끼쳐왔다. 아직 제정신이 남은 건 운전사와 차장 아가씨뿐인 듯싶었다. 운전사와 차장 아가씨는 이번에도 차를 끌어내는 일엔 직접 손을 보태지 못하고 있었다. 운전사는 앞차와 뒤차 사이에 끼어 서서 양쪽 차에다 신호를 보내는 일이 있었고, 차장 아가씨는 차로 달라붙을 자리가 없었기 때문이다. 차장 아가씨는 얼굴로 흘러내리는 빗물만 연방 훔쳐내리며 오도 가도 못한 채 엉거주춤, 수렁 한가운데에 붙잡혀 서 있었다. 그래도 그 운전사와 차장만은 제법 제정신이 남은 온전한 사람 같았다. 무작정 일을 서둘러대려 하지 않는 것도 그랬고, 지독한 흙탕물 속에 아직 제 몰골을 지니고 있는 것 역시 그랬다.

하나, 둘, 셋— 읏샤!

하나, 둘, 셋— 읏샤!

작업대는 아직도 습관처럼 계속 안간힘을 써댔다. 삼륜차는 역시 들썩을 안 했다.

그러자 형편을 따져 결단을 내린 것은 역시 그 운전사 쪽이었다.

"아무래도 안 되겠구만…… 그만둡시다."

양쪽 차에다 참을성 좋게 발동 신호를 보내고 있던 운전사가 드디어 이젠 더 어쩔 수가 없다는 듯 간단히 일을 단념하고 나섰다. 그러고는 아직도 그의 말은 들은 척 만 척 용을 쓰며 구호를 합창해대고 있는 사이로 트럭 쪽 운전사를 향해 큰 소리로 외쳤다.

"돌아가시요, 이젠. 아무래도 빈 차로는 일이 어렵겠소. 돌아가서 차에다 뭘 좀 싣고 와요. 바윗돌이든지 뭐든지, 차에 힘이 좀 태이게 말이요. 길을 이 지경으로 만들어놓은 게 당신들이니 수고스럽긴 하겠지만 도리 없는 일이요."

5

사람들은 다시 버스로 돌아왔다.

운전사가 단념을 하고 난 뒤에도 사람들은, 웃샤 웃샤 몇 차례 더 고집스럽게 용을 써댔으나, 발동을 끈 차체는 이미 물속에 잠긴 바윗덩이 한가지였다. 게다가 나중엔 트럭까지 줄을 거둬 싣고 돌아간 뒤여서 승객들끼리는 달리 무슨 수를 내볼 수도 없었다.

할 수 없이 다시 버스로 돌아온 사람들은 고개 위로 넘어간 덤프트럭이 다시 짐을 싣고 돌아오기를 기다렸다. 짐을 싣고 다시 오라는 이쪽 운전사의 다짐이나 트럭 쪽 기사의 대답이 다 같이 그리 미덥지가 못했지만, 사람들은 어쨌든 그거라도 기다려보는 수밖에 다른 도리가 없는 처지였다.

차 속은 눅눅한 습기와 비릿한 살냄새로 숨을 쉬기조차 거북한 상태였다. 비에 젖은 옷을 벗어버릴 수도 없었다. 섬뜩거리고 축축한 대로 그냥 웅크리고 앉아서 제물에 마르기를 기다리는 수밖에 없었다. 형편이 워낙 난감스러워 보이는지 아낙들조차도 끽소리가 없었다.

창밖은 이제 겨우 희무끄럼하게 어둠이 걷히기 시작했다. 극성스럽던 빗발도 그럭저럭 실비로 바뀌어갔다.

무게를 얹으러 고개를 올라간 트럭은 짐작대로 한 식경이 지나도 돌아올 줄 몰랐다.

기다리는 트럭은 나타나지 않은 채 뒤쪽에서 먼저 차 한 대가 나타났다. 6시에 대흥을 출발해 나온 광주행 버스가 그새 또 우리 차를 뒤쫓아 나타난 것이었다.

하지만 앞차가 길을 막고 서 있는 데에야 뒤찬들 별 수가 있을 리 없었다.

뿡— 뿡—

10여 미터 거리 뒤에서 뒤차는 경적을 두어 번 울리고 나서 차장 아가씨를 앞차로 보내왔다.

"어떻게 된 거예요?"

창문 유리를 열고 내다보니, 앞차 운전사에게 뒤차 차장이 따지듯 물었다. 그러자 그 뒤차 차장에게 앞차 운전사가 나무라듯 소리쳤다.

"보면 모르겄냐? 길이 저 모양이니 날이나 좀 밝아와야겠다. 그러니 니네 차 손님들더러도 그때까지 맘 편히 잠이나 한잠씩 주무시고 계시래라."

더 이상 할 말도 들을 말도 없는 듯 뒤차 차장이 돌아가고, 이번에는 앞차와 비슷한 나이의 뒤차 운전사가 다시 차를 내려 뛰어왔다. 하지만 뒤차 운전사도 이미 사정을 짐작한 모양이었다.

"빌어먹을! 길가에다 아예 수렁창을 팠구만."

그는 저간의 사정을 묻지도 않은 채 앞차 운전사에게 간단히 한마딜 건네고는 삼륜차가 물구덩이에 틀어박힌 데까지 길바닥 사정을 되살펴나갔다. 그러고는 다시 자기 차 쪽으로 돌아가면서 앞차 운전사에게 똑같은 소견을 말했다.

"어떻게 날이라도 좀 밝은 다음이라야겠구만. 잘못했다간 너나없이 모두 발목을 잡히겠어…… 그런데 저쪽에선 몇 시에 첫차가 들어올 건가?"

"글쎄, 나도 지금 그쪽 차를 기다리는 참인데…… 날이 밝더라도 저쪽 차가 와서 끌어주기나 하면 모를까 원……"

앞차 운전사의 느긋한 대답. 듣고 보니 그도 이젠 트럭을 기다리지 않고 있는 모양이었다. 아니 뒤차 운전사에게 트럭 얘긴 꺼내지도 않는 걸 보면 그는 처음부터 그럴 줄 알고 트럭을 보내버린 게 분명했다.

뒤차 운전사도 더 이상 할 말이 없는 모양. 그는 마치 물꼬를 둘러보러 나온 농사꾼모양 어슬렁어슬렁 자기 차로 돌아갔다.

앞차 운전사는 다시 창문을 닫고 운전석 등받이에 등을 기댔다.

차 속은 이제 빈 동굴처럼 잠잠해져 있었다. 주위를 둘러보니 아닌 게 아니라 이젠 그 운전사 녀석의 충고처럼 아예 눈을 감은 채 잠을 청하고 있는 사람도 있었다. 이젠 어떻게 차를 움직여볼 엄두조차 나지 않는 것 같았다. 운전사를 채근하려 드는 사람도 없었고, 늦어진 차 시간 연락을 걱정하는 사람도 없었다. 모두들 그저 날이 새기나 기다리는 것 같았다. 어쩌다 천행으로 하행 버스가 고개 쪽에서 나타나주기나 기다리는 것 같았다. 수렁 속에서 삼륜차를 뽑아내려 할 때의 그 저돌적인 열기들은 갑자기 어디로 가고 이젠 속들이 그처럼 느긋하고 편해 보일 수가 없었다.

나는 다시 담배 생각이 간절해지기 시작했다. 주위를 둘러보니 모두가 눈을 감고 있어서 담배 한 대를 얻을 곳도 없었다. 운전사 녀석까지 눈을 감고 자는지 머리통이 잔뜩 등받이 뒤로 젖혀져 있었다. 앞차고 뒤차고 별다른 기색들이 없는 걸로 보아 그쪽 차 운전사나 손님들도 모두 눈을 처감고 늘어진 모양이었다.

문득 나는 내 주위에서 어떤 거대한 늪 같은 것을 느끼기 시작했다. 바닥을 알 수 없는 깊고 거대한 늪이 나를 서서히 빨아들이고 있었다. 그 늪 속으로 몸뚱이가 끝없이 가라앉아 들어가는 듯한 숨 막히는 절망감이 납답하게 가슴으로 차올라오고 있었다.

이건 참으로 무서운 참을성이다! 무서운 참을성의 달인들이다. 도대체 이 지경이 되어가지고 어떻게 저토록 마음들이 편해질 수가 있단 말인가!

하지만 진짜로 견딜 수 없는 일은 오히려 이때부터 시작되었다.

"끙!"

눈을 감고 길게 뒤로 늘어져 있던 통로 건너편 갯엿 장수 아낙하나가 이윽고 부스럭부스럭 몸을 세워 앉으며 혼잣말처럼 시부렁대었다.

"젠장맞을 — 속을 비우고 나왔더니 허기가 져서 견딜 수가 있어야제……"

그러고 나서 그녀는 이미 눈을 감고 결심을 한 일인 듯 의자 밑에 넣어 둔 갯엿 함지를 통로 쪽으로 끄집어냈다.

딸깍…… 딸깍……

한동안 아낙의 엿덩이 떨어내는 소리가 차 속을 울리더니 이윽고 그녀가 깨어낸 엿 한 덩이를 옆좌석 손님에게 권했다.

"아자씨, 이거 한 뎅이 입에 넣어보시요. 새벽 빗속을 재촉해

나왔더니 속이 너무 허해서 원……"

"뭐 이런 것을…… 보아허니 돈을 살 물건인 모양인디……"

사양하는 체하면서도 옆자리의 사내는 이내 엿덩이를 받아 입에 넣고 우물대기 시작했다.

"잡숴두시요. 돈을 사든지 절구대를 사든지 이놈의 차부터 우선 가줘야 안 하겄소. 돈 살 자린 가보기도 전에 사람이 먼저 허기져 죽겄소."

푸념 끝에 아낙도 엿덩이 하나를 입으로 가져갔다. 한데 그 때—

"거 나도 입 좀 다셔봅시다."

눈을 감고 앉아 있던 이켠 쪽 사내 하나가 부스럭부스럭 상체를 일으켜 앉으며 천연스런 얼굴로 엿을 청했다.

"공엿을 달라고라우? 염치도 좋네. 내 엿은 뭐 맹물로 고아 내린 물건인 중 아시요. 이건 돈 사러 나가는 장거리 물건이요, 장거리 물건."

엿 함지를 다시 밀어넣고 있던 아낙이 더 이상 헤픈 짓을 하기 싫었던지 얀정머리 없이 사내에게 무안을 주었다. 그러자 사내는 무안만 당하고 물러날 수가 없었던지, 변명 섞인 어조로 되받아넘겼다.

"아따, 그 양반! 누가 장거리 물건인 중 몰라서 공엿을 달랩디껴? 나도 그렇게 경우가 없는 사람은 아니요. 돈을 드리면 될 것 아니요. 돈을!"

하고 나선 다시,

"좋시다. 아주머니만 엿이 있는 것도 아니고……"

작자의 말을 곧이들어야 할지 어떨지 몰라 아직도 엉거주춤 거동을 망설이고 있는 아낙을 제쳐두고 다른 자리의 아낙에게 엿을 청했다.

"여보시오. 엿 안 팔겠소? 엿 좀 파시요. 내 그걸로라도 속을 좀 다스려놔야 앉아 있겠소."

"그럽시다. 그럼…… 어째피 돈하고 바꿔야 할 물건 장소 가리고 엿 안 팔겠소."

이미 백동전 한 닢을 찾아 내밀고 있는 사내에게 다른 아낙이 기다렸다는 듯 반기고 나섰다. 아낙은 먼저 사내에게서 백동전부터 받아 넣은 다음 이내 자기 엿판을 끌어내어 갯엿 한 덩이를 깨어 사내에게 건넸다. 그러고는 아예 차 속에다 엿전을 벌일 요량으로 주위를 두리번두리번 다른 손님들의 낌새를 살폈다.

질근덕, 질근덕 —

엿 씹는 소리가 잠시 조용한 차 속을 낭자하게 번져갔다. 그러자 여지껏 자는 척하고 눈을 감고 앉아 있던 다른 손님들까지 부스럭부스럭 기동을 시작했다.

"우리도 엿이나 한 졸금 먹어볼까? 여기, 아주머니, 여기도 엿 좀 주시요."

먼저 예비군복 청년 하나가 두번째 아낙 쪽을 건너다보며 주머니를 뒤적거리기 시작했다. 그리고 거기에 용기를 얻은 듯 다른 사람들도 모두 아낙의 엿판으로 눈길을 던져오기 시작했다.

엿장수 아낙들은 결국 세 사람이 모두 엿판을 열었다. 먼젓번 여자도 나중 여자도, 그리고 그저 아쉬운 눈초리로 차마 용기를 못 내고 히죽히죽 구경만 하고 앉아 있던 맨 나중의 여자까지도 끝내는 기회를 놓칠 수가 없어진 듯 내 먼저 네 먼저 엿들을 깨어 팔기 시작했다.

나중에는 차장 아가씨까지 기웃기웃 다가와서 저의 기사 아저씨를 위해 엿덩이를 사갔다.

앞자리고 뒷자리고 사방에서 입속에 엿 이기는 소리가 찐덕거리고 있었다. 나는 이제 차라리 눈을 감은 채 그 소리를 듣고 있었다. 소리를 듣고 있자니 공연히 내 입속에서까지 찐덕찐덕 엿가락이 들러붙어오는 것 같았다. 입천장과 이빨 사이로 녹은 엿줄기가 질기게 끼어들고 있는 것 같았다.

나는 갈수록 눅적지근하고 거북스러운 기분을 참을 수가 없었다.

나는 다시 사람들이 그 흙탕물 속에서 삼륜차를 끌어내려 할 때의 그 일사불란하고도 저돌적인 열의를 만났을 때처럼 두려운 생각이 솟아오르기 시작했다. 아니 그토록 천연스레 엿들을 먹고 있는 사람들의 여유와 참을성이 차라리 끔찍스러운 느낌마저 들었다. 감은 눈을 떠보기조차 무서워지고 있었다.

사람들은 마치 그런 나를 비웃기라도 하듯 찔끈덕찔끈덕 열심히 엿들을 씹고 있었다.

그러자 문득 어떤 견딜 수 없는 수모감 같은 것이 온몸을 휩싸왔다. 나는 언제부턴가 거기 그 꼴로 참을 수 없는 모욕을 당하고 앉아 있는 것 같았다. 어디서부터 그런 수모가 행해져오고, 누구로부터 그런 모욕을 당하고 있는지 상대를 정확히 집어낼 순 없었다. 그건 어쩌면 손님들 걱정은 처음부터 눈곱만큼도 하지 않는 운전사 녀석 그자 때문인 듯도 싶었고, 혹은 그토록 천연스럽게 엿이나 빨고 앉아 있는 자아망실증 인간들 때문인 것도 같았다. 그것은 어쩌면 운전사 녀석과 손님들이 함께 공모를 하고 있는 결과일 수도 있었다. 작자들의 공모엔 이미 나 자신 어떤 식으로든지 한 다릴 들여놓고 있는 꼴이었다. 작자들의 공모에 그토록 쉽게 걸려들어버린 것도 그랬고, 이것저것 참을 수 없는 일을 견디면서도 마지못해 손발을 끌려다니기는 했을망정 끝끝내 싫은 소리 한마디 못해온 것도 그랬다. 수모와 모욕감을 느낀 것은 오히려 나 자신에 대해서부터일 수 있었다. 화가 난 것은 오히려 그런 나 자신에 대해서였다.

나는 더 이상 가만히 참고만 앉아 있을 수가 없었다. 어떻게든 이 무서운 음모를 깨부숴야 하였다. 무엇인가 내게 정해진 몫을 주장하고 나서야 하였다.

때마침 아낙 하나가 나의 그 마지막 인내의 벽을 허물어뜨리고 나섰다.

"보시오, 젊은 선상님도 그러고 앉아 있지만 말고 입다심을 좀 해보시요."

그나마 아직 눈을 감고 있는데, 통로 맞은편 엿장수 아낙이 문득 내 팔깃을 건드렸다. 눈을 떠보니 어느새 아낙의 손이 내 가슴팍 앞까지 건너와 있었다. 아낙은 여인의 머리채처럼 길게 늘여 뽑은 갯엿 한 줄기를 손가락에 말아들고 히실히실 실없이 웃고 있었다.

나는 금세 피가 거꾸로 치솟아올랐다. 무슨 염치나 자존심커녕 그건 아예 사람이 사람에게 할 수 있는 노릇이 아니었다. 나는 자신이 역겹고 저주스러웠다. 역겹고 무기력한 자기 수모감을 더 참아 넘길 수가 없었다. 목구멍에서 무언가 뜨거운 것이 마구 치솟아올랐다.

"그만두시오. 이게 어디 사람의 꼴로 당할 일이오!"

내밀어온 아낙의 손을 매몰차게 밀어젖히며 나는 불시에 제 분을 못 참은 어조로 아낙을 사정없이 힐책하고 들었다.

"그래 차가 이 지경이 되어 있는데, 그놈의 엿이 어느 구멍으로 들어가겠어요. 이거 참 가만히 보고 앉았자니 복통이 터져 참을 수가 없질 않소. 시간 정해놓고 다니는 차가 요 모양 요 꼴로 주저앉아 있는데, 운전사는 운전사대로 손님들은 손님들대로 도대체 이게 무슨 꼴들이란 말요. 운전사 양반에게 어떻게 차를 좀 가게 해볼 방도를 취하게 한다든지, 사람들이 무슨 제 값의 주장을 내세울 엄두라도 내볼 줄을 알아야지. 사람이 좀 사람값을 생각하긴커녕 그래 이런 때 얼씨구나 좋다, 엿전이나 벌여요? 이러니 저 운전사 양반까지 누구 한 사람 사람 취급을 해주고 싶겠느냐 말이오."

나는 어느새 엿을 권해온 아낙뿐 아니라 나 몰라라 하고 시치밀 떼고 앉아 있는 운전사 녀석과 손님들을 한꺼번에 싸잡아 몰아세우고 있었다. 당한 줄도 모르고 당하는 그 자아망실증 위인들로선 차라리 그게 싸다는 생각도 들었다.

나의 소리가 워낙 크고 갑작스러웠던 탓인지 찔끈덕찔끈덕 엿을 빨고 앉아 있던 사람들은 운전사고 손님들이고 모두 무 캐먹다 들킨 사람들처럼 표정이 어리벙벙해지고 있는 기미였다. 면전에서 갑자기 무안을 당한 아낙은 떼어 쥔 엿덩이를 미처 어쩌지도 못한 채 엉거주춤 나를 건너다보고 있었다.

나는 이제 어차피 내친김이라는 생각이 들었다.

"아주머니도 이제 그만 그 엿판을 덮어놓도록 하세요."

나는 숫제 명령이라도 하듯 엿장수 아낙을 윽박지르고 나서 공박을 좀더 계속해나갔다.

"지렁이도 밟히면 꿈틀한다는데, 원 지금이 엿이나 팔고 앉아 있을 계제요? 그래 여기가 엿들이나 빨고 앉아 있을 자리냔 말이오. 사람 몰골을 하고 태어났으면 시늉이라도 좀 사람값을 해보려 해야지, 그래 이게 어디 사람 몰골로 당하고 앉아 있기만 할 경우들이냔 말이오."

나는 거기서도 아직 내 말이 충분한 설득력을 발휘하지 못하고 있는 느낌이었지만, 그쯤에서 그만 입을 다물었다. 하고 싶은 소리를 그만만 뱉어내고 나도 가슴속이 훨씬 트여오는 것 같았다.

차 안 사람들에게선 짐작했던 대로 역시 아무 반응이 없었다. 모욕을 당한 줄을 아는지 모르는지 아무도 입을 열어오는 사람이 없었다. 등받이에다 길게 머리를 기대고 앉은 운전사조차도 고갯짓 한번 돌려오는 일이 없었다.

나의 공박이 끝나고 난 다음부터 차 속은 한동안 민망스럽도록 조용한 침묵만 흐르고 있었다. 나의 생각을 거들고 나서거나 그것에 호응을 해올 기미 같은 건 더더구나 전혀 기대 밖의 일이었다.

하지만 나는 이제 상관하지 않았다. 나는 무엇인가 꼭 내가 하지 않으면 안 될 듯싶은 일을 방금 해치우고 난 듯한 후련스러움이, 혹은 그것으로 나는 최소한이나마 내가 지녀야 할 사람값을 치르고 난 듯한 홀가분한 기분이 은밀스럽게 가슴으로 스며왔다. 그리고 그 후련스럽고 홀가분한 기분엔, 내겐 어쩌면 차가 가고 못 가고조차도 그리 큰 문제가 아닌 듯싶었다. 사람들이 내게 호응을 해오거나 말거나 그걸 굳이 상관할 게 없었다. 나는 이제 그것으로 더 이상 나서야 할 일도 없는 것 같았다.

나는 그만 팔짱을 끼고 눈을 감은 채 자리를 편하게 고쳐 앉았다.

그런데 그때였다.

나는 무언가 오해를 하고 있었던 것 같았다. 게다가 너무 일찍 마음이 편해지고 있었던 것 같았다.

"사람값이라, 사람값. 그게 참 좋은 말이제……"

조용하기만 하던 차 뒤켠에서 누군지 혼잣소리처럼 중얼거리는 소리가 들려왔다. 좀 전에 내가 아낙네에게 쏘아댄 말을 두고 하는 소리가 분명했다. 그것도 그런 소리를 함부로 내쏟은 내 쪽을 은근히 이죽거리고 있는 기미가 역력했다.

아니나 다를까, 그 소리에 용기를 얻은 듯 이번에는 바로 등 뒷자리의 여자가 노골적으로 나를 지목하고 나섰다.

"글씨 말이오. 우리도 다 제 돈 주고 탄 찬디, 누군 뭐 당한 줄 모르고 답답한 줄 몰라서 이러고들 앉았겄소. 차를 아주 안 타고 댕길라면 모를까, 이나마 차편까지 아주 끊어놓고 말라고……"

그러자 그 소리에 뒤이어 다시 여기저기서 저희끼린 듯 듣기 거북한 말들을 보태나갔다.

"젠장맞을! 우리 골 찻길 나쁜 게 국회의원 잘못 뽑은 허물인 중 알았는디, 인제서 진짜 국회의원 감 한 사람 만났구만그려."

"허기사 우리 같은 시골 무지랭인 제 옷 꼴이 좆이 되는지 찬비를 맞는지도 모르는 놈들잉께……"

"지 몸에 해로울 것인디, 젊은 신사 양반 너무 혼자만 잘난 척 나서지 맙시다. 기분 난다고 무단한 소리 해서 운전사 양반 비위나 건드리리다. 그래 봐야 저 양반한테 혼자 차에서 내리란 소리나 들을 텐께……"

모두가 등 뒤쪽에서 들려오는 소리들이었다. 호응은커녕 비방과 빈정거리는 소리 일색이었다.

어쨌거나 그건 예상하지 못했던 뜻밖의 사태였다.

나는 금세 다시 목구멍 속에서 불덩이 같은 것이 치솟아 올랐다. 하지만 나는 이제 그 소리들 앞에 얼핏 눈을 뜨고 나설 수가 없었다. 눈을 뜨고 그 사람들과 맞서 나설 엄두가 나지 않았다. 눈을 꾹 감은 채 그냥 그대로 참아 넘기는 수밖에 도리가 없었다.

무슨 말로 맞서봐야 먹혀들 사람들이 아닌 것 같았다. 아니 이제는 나 자신 그 사람들 앞에 맞서고 나설 말이 없었다. 맞서고 나설 육신의 기력도 없었다. 내겐 이제 손가락 하나도 움직여볼 기력이 남아 있질 않았다. 온몸이 그저 물 먹은 솜처럼 무겁게 가라앉아 들어가고 있었다.

그렇게 그냥 눈을 감고 있자니 아깟번처럼 또 거대한 늪이 나를 깊이 감싸고 들기 시작했다. 그 늪은 갈수록 거대한 힘으로 나를 끝없이 빨아들이고 있었다. 사지를 버둥거릴수록 그 힘은 더욱더 깊은 늪 밑바닥으로 나를 무섭게 빨아들였다. 내 몸뚱이는 바야흐로 그 거대하게 살아 있는 수렁의 힘 속으로 흔적도 없이 녹아 들어가고 있었다.

"지금은 엿이나 먹고 앉아 있을 계제가 아니라…… 것도 참 말인즉 옳은 말이제. 하지만 지금 이렇게 바보처럼 엿이라도 뺄아 묵고 앉아 있지 않으면 그래 이 차를 등에 짊어지고 고개를 넘어갈 재주라도 내놓으란 말인가……"

이윽고 다시 등 뒤쪽 남자가 나를 이죽거리는 소리가 들렸다. 그리고 그 엿장수 아낙이 아직 엿덩일 손에 들고 있는지, 자신이 엿을 사주겠다는 듯 호기 있게 아낙을 불렀다.

"옛소 아주머니, 그 엿 내게 주시요."

돈까지 치러 건네려는 기미였다.

나는 계속 못 들은 척 눈을 감고 버티었다.

하지만 아낙은 아낙대로 또 내게 무슨 공박할 말이 남아 있었던 것일까. 아니면 자신의 헛친절이 발단이 되어 사람들로부터 내가 너무 당하고 있는 데 대한 민망스러움에서였을까. 그녀는 웬일인지 남자에게 엿을 팔 생각을 안 했다.

"가만 계세요. 내가 언제 엿 팔아달랩디껴? 이건 아까부터 이 젊은 선상님한테 드릴라고 한 것인디……"

그녀는 되레 엿을 사고 싶어 하는 남자를 나무라고 나서 내 쪽을 향해 추근추근 다시 말하기 시작했다.

"여보시오 젊은 양반. 나 좀 보시드라고요. 나 선상님헌테 할 말이 좀 있구만요. 그러니께 이 엿이나 드시면서 내 얘기 좀 들어 보시드라고요."

무슨 수작인지 알 수가 없었다. 그녀는 이번에도 또 내게 엿을 권해오고 있었다. 눈을 감은 짐삭에도 그녀는 다시 내 앞에 엿을 내밀고 있음이 분명했다.

어이가 없기도 하고 난감하기도 하였다. 하지만 나는 역시 못 들은 척하였다. 그러거나 말거나 아낙은 이미 작심한 바가 있는 듯 말을 계속해나갔다.

"보아하니 선상님은 아매 이런 길이 첨인 것 같아서 따로 허물은 말 않겄소. 하기사 이런 일 많이 안 당해본 사람은 이런 때 성질이 안 끓어오를 수도 없을 텐께요. 첨엔 우리도 다 그랬답니다. 하지만 하루 한 번씩 이런 길을 댕기면서 이 꼴 저 꼴 참아 넘기고 사는 사람도 있다요. 여비만 좀 모자라도 차를 내려라 마라, 삐슥한 불평 한마디만 말해도 노선을 죽인다 살린다…… 차를 아주 안 타고 살라면 몰라도 그런 일 저런 일에 어떻게 다 아는 척을 하고 살겄소……"

아낙이 말을 도맡고 있는 동안 차 안에선 그녀를 방해하고 나서는 사람이 아무도 없었다. 시비가 어떻게 되어나가는지 모두들 조용히 둘 사이의 동정만 지켜보는 기미였다. 나는 갈수록 눈을 뜨기가 난처해지고 있었다.

나는 계속 눈을 감고 버티는 수밖에 없었다.

하지만 아낙의 푸념은 그럴수록 더 깊고 거대한 늪 속으로 나를 힘차게 옥죄어들이고 있었다.

나는 이제 그 늪의 숨결과 인력에 빨려들어 자신의 형체조차 느낄 수가 없었다.

그러다 어느 순간 — 나는 자신이 끝없이 분해되어가는 듯한 허망스런 무력감 속에서 문득 그 살아 있는 늪의 마지막 밑바닥이 발밑에 닿아옴을 느꼈다.

그리고 그 늪의 깊고도 견고한 밑바닥에서 나는 마침내 죽음처럼 무겁게 가라앉아 들어간 수많은 사람들의 질기디질긴 삶의 숨결과 그 삶들의 따스한 온기가 조용히 파도쳐 오르고 있음을 느꼈다.

"그런께 선상님도 오늘 일은 다 그런 사람들 처지에 얹어비기고 이거나 한입 빨아 잡숴보시요."

아낙이 아직도 말을 계속하고 있었다.

그러면서 마치 어린앨 어르듯 팔소매를 툭툭 건드리고 있었다.

"자요, 그만…… 이거라도 좀 입을 다시고 나면 속이 행결 주저앉을 것잉께요…… 참말로 사람의 성의가 이만큼 했으면 돈을 내고 사달래도 몇 번은 사줬겠소. 자 그러니 이 여편네 손이라도 좀 그만 부끄럽게 어서……"

(『한국문학』 1979년 8월호)

흐르지 않는 강

즐거운 동업자

어제 하루 내린 비로 강물은 밤사이 눈에 띄게 불어나 있었다.

"돌배야, 오늘은 너 혼자 해라."

귀가 멍멍하도록 요란스런 강물 소리에 한동안 넋을 팔고 서 있던 두목은 마침내 그 거대하고 늠름한 흐름을 참을 수 없어지고 만 것 같았다. 소리를 쳐놓고 두목은 미처 내가 어떻게 할 틈도 없이 풍덩 강물로 뛰어들고 말았다.

어깻죽지 근처에서 몽땅 팔소매를 잘라버린 넝마 조각 같은 두목의 윗도리가 강기슭에 내팽개쳐진 것은 오히려 그의 몸뚱이가 강물에 휩쓸리기 시작한 이후의 일이었다.

"사냥은 안 할래?"

기슭에서 점점 강심 쪽으로 휩쓸려 떠밀리고 있는 두목을 향해 나는 목청껏 소리를 질러보았다.

"뭐, 뭐라고?"

물소리에 귀가 막혀 두목은 이쪽 소리를 잘 들을 수 없는 모양이었다. 두목은 물소리를 이기려고 거친 물결 위로 머리통을 힘껏 젖혀 들며 고래고래 소리를 질러댔다.

"다시 말해봐. 지금 너 뭐라고 했냐?"

"사냥은 안 할 거냐구, 사냥은—"

"뭐? 사냥이 어떻다구? 사냥이라면 오늘은 너 혼자 하랬잖아!"

"나 혼자 사냥을 하라구?"

"그래라. 오늘은 혼자 하그라. 난 여기서 강을 막을 테다. 이놈의 강을 말이다!"

미친 지랄!

강물은 항상 기슭 쪽에서 더 심한 흙탕물을 요란스럽게 휩쓸어 내려갔다.

강심으로 갈수록 그 물빛이 맑아지고 흐름도 점잖아졌다.

강심까지 물빛이 흐린 적은 드물었다. 가뭄에도 흐름이 그치지 않는 것처럼 강의 한가운데 쪽은 언제나 물빛이 맑고 푸르렀다.

두목은 어느새 그 강심의 한가운데에서 머리통을 꺼벅대고 있었다.

위험할 것은 없었다.

그 두목의 머리통은 이제 물살에 휩쓸리지 않고 거의 한곳에 가만히 머물러 있었다.

두목이 좋아하는 짓이었다. 그는 폭포수를 거슬러 올라가는 물고기를 흉내 내듯 강물의 흐름을 거꾸로 거슬러 올라가기를 좋아했다. 제깐엔 지금 그 강물을 거꾸로 헤엄쳐 올라가고 있는 중인 것이다. 흐름이 워낙 거세어 머리통이 한자리에 박혀 있는 것처럼 보일 뿐이었다. 그만만 해도 나로서는 흉내조차 낼 수 없는 굉장한 실력이었다.

하지만 그건 어쨌든 두목의 미친 지랄이었다.

그야 두목의 미친 짓으로 말하면 그런 수영질만도 아니었다. 흐르는 강물을 막겠다는 두목의 생각이야말로 진짜 미친 지랄기였다.

강물을 틀어막겠다는 두목의 말은 그냥 허풍이 아니었다. 불어난 강물만 보면 두목은 웬일인지 멍텅구리처럼 정말로 그 강물을 틀어막고 싶어 발광기를 일으켰다. 더욱이 마을에 새색시라도 들어온 날이면 두목의 발광기는 예외가 있어본 일이 없었다.

가겟거리에 벌써 색시들이 들어오기 시작한 것일까. 강물이 불어난 것을 보고도 두목이 짐짓 불어난 강물을 못 본 체 지나치는 날은 가끔 있었다. 하지만 이 턱거리의 술가게께에 새색시가 나타난 것을 보고도 두목의 거동이 무사한 날은 없었다. 새색시만 보면 두목은 거의 언제나 강물을 틀어막고 싶어 미쳐 날뛰었다. 그리고 정말로 강가의 산기슭으로부터 바윗돌을 굴려 내리고 낑낑거리며 그 바윗돌들을 강상(江床) 깊숙이까지 져다 던졌다.

진짜 미친 지랄이었다. 두목의 그런 지랄기는 우리 턱거리의 모든 마을 사람들에게 적잖이 겁을 주었다. 턱거리 사람들은 두목의 그 이상스런 미친 지랄기 때문에 어른 아이 할 것 없이 모두 그를 두려워했다.

우리 마을 사람들 — 마을 토박이라야 강물 뒤켠 두목네 오두막과 우리 마마상(두목이 우리 어머니를 두고 부르는 말이다), 그리고 그런저런 사연으로 이 강굽이의 횟술집 가겟거리로 흘러들어와 4, 5년 해를 넘기며 가난하게 살아가고 있는 몇몇 가구 정도를 그렇게 쳐서 말할 수 있을 뿐, 그 밖에는 늦봄만큼 찾아들어왔다가 초가을 서늘바람이 스치기 무섭게 전곡이며 의정부며 서울 근방으로 떠나가버리는 가겟거리 사람들, 또는 그 사람들이 초여름께에 강가 판잣집들의 헌 벽과 간판들을 산뜻한 색깔로 다시 색칠할 무렵부터 하나 둘씩 몰려 들어와 한여름 서울 손님들 상대로 술을 팔다가 다시 강가의 간판집들이 쓸쓸한 가을바람 속에 내버려질 때쯤이면 마지막 손님과 함께 제각기 훌쩍 버스를 타고 떠나가버리는 색시들이 오히려 이 턱거리의 눈에 익은 얼굴이요 주인들이었다. 거기다 공휴일이면 으레 한탄강 붕어회나 쏘가리 매운탕을 찾아 자가용을 몰고 오는 멋쟁이 서울 손님들까지를 이 턱거리 인구로 쳐줄 수는 없지만, 주말만 되면 어디선가 얼굴이 벌겋게 되어 휙휙 실없는 휘파람을 불어대며 횟술집 근처를 서성대기 좋아하는 언제나 그 얼굴이 그 얼굴 같은 외출병, 휴가병들은 분명히 우리 턱거리의 빼놓을 수 없는 이웃으로 쳐줘야 할 사람들이었다.

하지만 그 모든 사람들 가운데 진짜 턱거리를 알고 잠시 동안이라도 이 턱거리 사람 행세를 하자면 좋으나 싫으나 한 번쯤은 우리 두목을(최소한 소문으로라도) 마주쳐야 했고, 두목의 그 미친 지랄기를 알고 있어야 했다. 그리고 두목에게 겁을 먹어야만 했다.

두목의 지랄기는 이미 이 턱거리에선 그만큼 유명한 것이었다. 그것은 물론 우리 두목이 이 턱거리 일대에선 누구도 따를 수 없는 능숙한 횟거리 사냥꾼인 데다, 이 강가의 횟술집들 중엔 두목과 내가 잡은 생횟거리를 쓰지 않는 집이 없는 덧도 있었지만, 그보다도 어느 술집에 새색시가 들어온 기미만 보이면 위인이 아예 사냥이나 가겟집 거래는 생각도 않고 나 혼자 잡아 모은 횟거리마저 뱃가죽이 메어질 때까지 사그리 다 먹어치워버릴 정도로 앞뒤 없이 드세기만 한 그의 행투와 성미에 더 큰 이유가 있었다. 횟감과 함께 엄청나게 술을 마시고 그리고 그날 밤은 반드시 그가 새로 온 색시를 끼고 잤기 때문이었다.

색시가 들어온 게 틀림없었다.

— 오늘 밤엔 오랜만에 두목이 또 색시를 끼고 자겠군.

나는 두목을 단념하는 수밖에 없었다. 두목을 단념하고 오늘 하루는 그냥 혼자 사냥을 해야겠다고 생각했다. 두목에게 한번 지랄기가 시작되고 보면 그는 아무도 사람을 곁에 두려 하지 않았고, 혼자서 그 바보스럽도록 미련한 돌등짐질을 하면서 지랄기를 끄고 나야 직성이 풀리는 위인이었다. 그런 날은 물론 횟거리 장사도 말짱 공을 치고 말았다.

횟술 가겟거리에 새색시가 들어왔다 하면 무엇 때문에 두목은 바로 그 색시에게로 가지 않고 미친 지랄기부터 일어나서 강물을 틀어막고 싶어 하는지 아무도 내력을 알지 못했다. 횟거리 장사마저 집어치우고 애꿎은 강물을 상대로 미쳐 날뛰는질 알지 못했다. 마을 사람들도 그것을 알지 못했고 나도 물론 마찬가지였다.

"횟술 가게에 이제 색시들이 오지 말았으면 좋겠다."

"그건 왜?"

"색시만 왔다 하면 우리 장사는 공을 치는 날이다. 두목이 괜히 사냥도 하지 않고 강물만 틀어막겠다고 날치니까 말이다."

"그랬던가? 색시가 들어온 날마다 내가 그러더냐?"

"그렇잖구. 그런데 참, 두목은 왜 색시가 오면 강을 막으려고 하는지 모르겠다. 무엇 땜에 강을 틀어막고 싶어지는지, 강을 틀어막아 뭘 한다구?"

"강을 틀어막아서? 글쎄 그건 나도 모르겠다. 그냥 틀어막고 싶으니까 그러지. 히히……"

언젠가 내가 하도 답답해 물으니까, 두목은 모처럼 쑥스러운 표정으로 바보처럼 그렇게 히히 웃고 말았다. 그걸 보면 두목은 아마 횟거리 집에서 새색시가 들어온 날마다 그 지랄기가 솟는 것을 자신도 잘 모르고 있었던 것 같았다. 색시가 들어오면 어째서 강을 틀어막고 싶어지는지, 그 강물을 틀어막아 무엇을 하려는지, 두목조차도 자신의 생각이나 짓거리들을 분명히 알지 못하고 있는 것 같았다.

그래서 마을 사람들이나 나는 두목의 그 미친 지랄기에 대해 더욱더 알 수 없는 두려움을 지니게 되었는지 모른다. 두목에게 한번 그 지랄기가 시작되고 나면 두목 스스로 사람을 찾아 나설 때까진 아무도 그의 곁에 있을 수가 없었다.

나는 두목을 물 가운데 남겨두고 혼자 상류 쪽으로 발길을 돌렸다. 돌아서다 보니 심술이 나서 다시 두목을 향해 고래고래 악을 썼다.

"그래 오늘은 나 혼자 간다. 그렇지만 내 두목의 속은 벌써 다 알고 있다."

"속을 알아? 네까짓 조부라기가 무슨 속을 알아!"

두목이 머리통을 솟구치며 지지 않고 응수해왔다.

"두목은 오늘 색시를 본 거지? 그래서 오늘 밤 색시를 끼고 자고 싶은 거지? 내 다 안다. 두목이 오늘 사냥을 안 하고 미친 지랄기가 난 거……"

심술스런 소리에 두목은 잠시 허연 이를 드러내며 혼자 물속에서 갤갤 웃고 있었다.

하더니 그는 뭔가 갑자기 비위가 상한 듯 내가 서 있는 강기슭을 향해 미친개처럼 사납게 짖어대기 시작했다.

"꺼져! 썩 꺼지지 못해. 이마빼기 피도 안 마른 새끼가…… 내 쫓아나가 모가지를 비틀어놓기 전에 냉큼 꺼져 없어지란 말이닷. 이 피래미, 미꾸라지, 생쥐, 재수 옴 붙은 둥구미 살뱀 새끼야……"

나는 두목을 버리고 잡목 사이를 헤치며 우리의 '별장'으로 산기슭을 오르기 시작했다.

두목과 나의 사냥 도구들이 그 별장에 숨겨져 있었다.

내가 별장으로 올라가 사냥 도구를 챙겨가지고 오는 동안 두목은 아마 그 강물의 흐름을 거슬러 올라가려는 미친 지랄 끝에 마침내는 해 질 녘의 황소처럼 지쳐나 강을 기어 나올 것이다. 그리고 잠시 동안 이 따갑고 투명한 볕발 속에 벗은 배를 들먹이고 누워 있다 또 하나의 미친 지랄 짓을 시작할 것이다. 허파가 터지도록 숨을 식식거리며 미련스런 돌등짐질을 시작할 것이다.

나는 그 두목이 배가 고파 지쳐떨어지기 전에 사냥을 끝내고 돌아와야 한다. 그리고 사냥거리와 별장에 감춰둔 소주를 꺼내다 두목의 꺼진 배를 채워줘야 한다. 그러자면 오늘도 횟거리 장사는 아예 가망이 없는 날이었다.

하기야 올해 들어 제대로 횟거리 장사를 해본 날은 아직 하루도 있어 본 적이 없었다.

우리는 아직 본격적인 장사를 시작하지 않고 있었다. 아직은 제철이 안 됐기 때문이었다.

턱거리 마을에는 봄과 가을이 없었다. 언제나 여름하고 겨울뿐이었다. 횟술을 먹으러 오는 외지 사람들이 강가 가겟집 색시들과 얼려 홍청망청 취해날 때가 여름이었고, 술손들이 끊기면서 강가 가겟거리가 모두 한산해지면 그때부터가 바로 겨울이었다. 강줄기를 오르내리며 생횟거리 사냥으로 일과를 삼고 그 횟거리를 강가 횟술집들에 나눠 파는 것으로 끼니를 꾸려가는 두목과 나의 형편에선 더더구나 봄가을이 부질없는 계절이었다.

횟거리 사냥은 여름철이 목이었다.

날이 제법 더워져야 했다. 턱거리의 절기로는 빨라도 5월이나 들어서야 제법 여름다운 여름이 시작되었다. 이제 그 5월달론 들어섰다 해도 아직은 초순, 두목과 내가 강물을 살피러 다닌 것도 이제 겨우 며칠뿐이었다.

열흘 전쯤 일이었다. 산비탈이 온통 빨간 진달래빛으로 물들었다가는 어느새 그 고운 꽃빛이 새로 돋아난 연두색 나무순에 파묻혀 사라져버릴 때까지도 강가의 가겟집들은 한동안 문을 열 기미들을 보이지 않고 있었다.

하지만 하루하루 그 연한 산색이 짙은 녹음으로 어우러져가자 강가의 가겟거리는 그동안 긴 잠에서라도 깨어나듯 불현듯 소란스러워지기 시작했다. 탕탕 탕탕, 겨울 동안 찌부러들고 바람에 날린 지붕과 벽과 간판들을 손보는 못질 소리가 강심 멀리까지 울려 퍼졌다. 삐걱거리고 탕탕거리는 소리들은 강을 건너 맞은편 산언덕을 기어오르다 말고 메아리가 되어 다시 강을 건너왔다. 사람들은 산뜻한 빛깔로 저마다 가게 간판을 새로 색칠했고, 가게가 넓지 않은 사람들은 강가 모래 위에 술자리를 마련할 차양막을 내다 손질했다.

강가의 가겟거리는 하루하루 활기가 더해갔다.

그러던 어느 날. 그날은 마침 더 이상 참을 수가 없어진 내가 가겟거리 강가로 나가 자신도 모르게 혼자 기분이 부풀어 가슴을 두근거리고 있을 때였다.

"아아, 여름이 된 게로구나. 이제 여름이……"

느닷없이 등 뒤에서 소릴 치는 사람이 있었다.

보나 마나 두목이었다. 뒤를 돌아보니 두목은 마치 한겨울과

봄을 내내 자고 난 사람처럼 커다랗게 기지개를 켜는 모습으로 나를 보고 웃고 있었다. 이제 여름이 왔으니 횟거리 사냥을 시작하자는 뜻이었다.

우리는 그날로 곧 본격적인 횟거리 사냥 준비를 시작했다. 산속에 숨겨진 우리의 비밀 '별장'을 손질하고 사냥과 취사에 필요한 도구들을 그 별장으로 날라다 숨겼다.

하지만 두목은 아직도 본격적인 사냥을 시작하진 않았다. 가겟거리에 아직도 서울 손님들이 나타나지 않았기 때문이었다. 서울 손님은커녕 가겟거리엔 아직 그 흔하던 술집 색시 한 사람 장사를 시작하러 들어온 기척이 없었다. 가겟거리에 장사가 시작되지 않으면 횟거리 사냥도 헛일이 되었다.

두목은 시험 삼아 강가에서 훑어낸 횟거리 사냥물들을 가겟거리로 내가는 대신 자신의 술안줏감으로 깡그리 다 먹어치우곤 하였다. 예년에도 늘 그렇기는 했지만 그러는 두목은 마치 그렇게 며칠씩 생횟거리를 한꺼번에 먹어치움으로써 자신의 긴 겨울잠에서 깨어나 한여름 장사 준비를 끝내두려는 것처럼 보였다.

두목은 그런 식으로 아직 본격적인 횟거리 사냥을 미룬 채 하루하루 가겟거리의 변화만 기다리고 있었다. 그리고 그러다 간밤엔 또 느닷없이 때 이른 여름비가 강물을 잔뜩 불려놓은 것이었다.

두목이 하필 이런 날을 골라 진짜 사냥을 시작할 리가 없었다.

강심에 떠 있는 두목의 모습이 등 뒤로 사라지고 나서도 강기

숡을 한참 더 거슬러 올라간 골짜기께에 무성한 다래 덩굴로 교묘하게 입구가 가려진 암석 동굴이 나타났다.

나는 가쁜 숨을 가라앉힐 틈도 없이 곧장 다래 덩굴들을 헤집고 동굴 안으로 들어갔다.

간밤의 비바람에도 동굴 안은 언제나처럼 물기 한 방울 없이 말짱했다. 입구 쪽 바위 틈서리에 기다란 고사리 잎 서너 줄기가 너울거리고 있는 것을 빼고 나면 동굴 안은 흙 한 줌, 풀 한 포기 내민 데 없는 깨끗한 돌바닥이었다.

그게 바로 두목과 나의 별장이었다. 별장이란 물론 두목과 나 사이에서만 쓰이는 비밀 말이었다.

두목과 나 사이에는 이 별장처럼 우리 둘만 알아듣고 둘 사이에서만 쓰이고 있는 그런 비밀 말들이 많았다. 두목이라든가 돌배(가끔은 그게 똘배로도 되지만)라든가 그런 호칭부터 그런 식이었다. 두목에겐 덕재란 이름이 있었고 나에게도 돌배나 똘배 말고 종식이란 본이름이 따로 있었다. 하지만 우리 둘 사이엔 언제부턴가 그 덕재나 종식이라는 진짜 이름이 불리는 일이 거의 사라져버리고 말았다. 언제나 두목 아니면 돌배나 똘배였다. 두목이 그러라고 했기 때문이었다.

두목은 내가 자꾸 그를 덕재 형 덕재 형 하고 불러대는 것이 속으로 몹시 거슬렸던 모양이었다.

"인마 덕재 형이 뭐야, 덕재 형이. 가랭이 털 돋을 때부터 쳤으면 제 애비뻘도 되고 남았을 어른한테 함부로 버릇없게."

언젠가 그가 벌컥 화를 내며 나를 얼러매었다.

"……형이라고 하지 않으면 그럼 뭐라고 부르나?"

내가 멋쩍고 겁먹은 얼굴로 따지고 드니까 그는 처음,

"인마, 인연만 좋으면 난 니네 마마상하고도 어떻게 될지 모르니까 미리 아저씨쯤 해둬!"

그런 엉뚱한 소리를 해서 이번에는 나를 화나게 만들고 말았다.

하지만 그는 화가 나서 피이 하고 돌아서려는 나를 붙들고 다시,

"인마, 피이는 왜 피이야. 아저씨라고 부르기가 뭣하면 그럼 우선 두목쯤으로 해둬. 그러지 않아도 난 너한테 꽤 멋있는 두목 노릇을 하고 있는 참이니까 말야."

제풀에 자기를 내 두목으로 낙착지어주고 마는 것이었다. 돌배라는 내 별명도 물론 그 무렵쯤에서 두목이 내게 지어준 것이었다.

"넌 돌배라고 해라. 돌배, 돌배가 뭔 줄 알지? 돌배나무에 열리는 그 쥐불알만큼씩 한 똘배 말이다. 넌 니네 꼰대가 누군지도 모르니까 아무렇게나 들판에 갈겨놓은 씨가 자라서 생긴 돌배 한가지 아냐, 이 똘배야."

그렇게 해서 우리는 어느새 아주 두목과 돌(똘)배가 되어버리고 만 것이다.

두목은 두목이라는 자기의 별명이 '우선'뿐이라고 했지만 아직은 그 두목을 다른 것으로 바꿔 부를 일이 생기지도 않았고, 또 돌배라는 내 별명으로 말하면 이젠 그 내력을 들은 일이 없는 우리 마마상까지 가끔 자기도 모르게 나를 그렇게 부르고 있는 판

국이었다.

두목이나 돌배와 같은 우리 둘 사이의 비밀 말은 물론 그 한두 가지만이 아니지만, 별장이란 말 역시 그런 둘 사이의 비밀 말 중의 하나였다. 게다가 이 '별장'은 또 다른 어느 것보다 유독 철저한 비밀이 요한 말이었고, 그만큼 우리의 사냥에는 소중하고 유용한 곳이 되어 있었다.

별장은 참으로 우리들의 귀중한 재산이었다.

별장은 사냥을 나섰다가 비를 만나면 주막처럼 찾아들어와 비를 피하고 가는 곳이었다. 날이 오래 들지 않으면 술에 취한 두목이 돌바닥 위에 고꾸라져 코를 골아대기도 했고, 어떤 날은 또 늦은 밤 사냥을 나섰다 아예 어디 물기슭이 아니면 이 별장으로 올라와 담요때기 한 장 뒤집어쓰고 밤을 지새우고 가는 때도 있었다. 물놀이 나온 횟술집 색시를 용케도 잘 후려 끌고 가서 사냥질도 잊고 둘이서 한나절씩 그 망측스런 발장난질을 치다 지쳐 돌아오곤 하던 곳도 바로 이 별장이었다.

동굴은 아닌 게 아니라 우리의 사랑채나 별장 한가지였다. 뿐만 아니라 이 별장의 용도는 두목과 나의 각종 사냥 도구와 간단한 취사 용구들의 비밀 보관소로서도 더없이 소중한 몫을 하고 있었다.

물론 별장의 비밀이 새어나간 일은 없었다. 이따금 두목과 함께 이 별장에서 발장난질을 치고 가는 횟술집 색시들도 별장의 비밀에 관해서는 자기 일처럼 입을 여는 일이 없었다. 그것은 아마 두목이 미리 여자들을 그렇게 협박해놓았거나 턱거리 사람이면 누구나 다 그렇듯이 그녀들도 두목에 대해 늘 은근한 두려움을 지니고 있는 때문일 터이었다. 아니면 그 두목이 언젠가 공연한 손장난으로 내 가랭이 사이를 건드려 끝내는 내가 염치없이 정신을 잃고 헉헉거리게 만들어버린 일이 있었는데, 그때 이후부턴 혼자서도 가끔 정신이 아득해지며 숨을 헉헉거리게 될 때가 많았는데도 입으로는 차마 창피하고 치사스러워 그 일을 아무에게도 말을 할 수가 없었던 것처럼, 횟술집 색시들도 두목과의 그 망측스런 장난질이 부끄러워 별장 이야기는 아예 시치밀 떼버리고 있는지도 모를 일이었다.

어쨌거나 오늘도 별장 안은 서투른 사람의 그림자가 스친 흔적을 찾아볼 수 없었다. 짐을 옮겨다 놓은 지도 그새 며칠 되지 않았거니와 어제는 날씨까지 궂었으니 그새 그런 일은 생길 수도 없었다. 간장병, 양은솥, 고추장단지, 소주병, 하다못해 헌 담요때기 한 장까지도 고스란히 그대로 잘 보관되어 있었다.

동굴 가장 안쪽 벽 밑에 차곡차곡 정돈해놓은 사냥 도구들은 새삼 눈길을 꺾어볼 필요도 없었다.

—자 그럼 오늘은 어떤 놈을 써볼꼬?

나는 마침내 사냥 도구들을 하나하나 들춰가며 이날 하루 내 사냥 계획을 추려나갔다.

—세모잽이는 인마 대갈통부터 꼼짝 못하게 눌러놓아야 하는 거야, 대갈통부터 말이다. 세모잽이 대갈통에 찍혔다 하면 똘배넌 그냥 그대로 골로 가는 거야.

—둥구미는 상관없어. 둥구미는 물려봐야 까짓것 간지럼이지

뭐. 놈은 그냥 건어올리기만 하면 돼. 맘 푹 놓고 말야.

세모잽이 대갈통의 독사라도 잡고 나면 기쁨을 참지 못해 공연히 한바탕 연설을 늘어놓곤 하는 그 두목의 기다란 뱀잡이 쇠꼬챙이가 제일 먼저 눈길을 끌어왔다.

두목은 뱀하고는 전생에 무슨 원수라도 지고 난 사람 같았다. 세모잽이고 둥구미(대갈통이 둥그런 독 없는 뱀을 두목은 모두 그렇게 불렀다)고 간에 뱀만 보면 두목은 무조건 껍질을 벗겨낸다. 껍질을 벗긴 뱀을 장어처럼 모닥불에 얹어 먹기도 했고, 어떤 때는 그냥 살아 움직이는 살점을 횟감 삼아 소주와 함께 고추장에 발라 삼키기도 했다.

어느 횟술 가겟집에 새색시가 들어왔다 하면 두목은 유난히 더 그 뱀을 찾아 먹었다. 뱀잡이 쇠꼬챙이가 제일 먼저 내 눈길을 끌어온 것은 두목의 그런 대범스런 용기와 비위짱이 언제나 나를 부럽게 하고 있기 때문이었다.

하지만 나는 결국 쇠꼬챙이를 단념하고 눈이 굵은 그물 뭉치를 챙겨 들었다. 나는 아직 뱀에 대해서 두목처럼 익숙해질 수가 없었다. 사냥도 서툴거니와 뱀을 먹는 것도 아직은 비위에 역겨웠다. 때가 좀 이른 것도 마음에 걸렸다. 두목은 봄뱀은 잡지 않았다. 구멍에서 막 기어 나온 봄뱀은 양기가 말라 먹을 재미가 없다고 했다.

아무래도 그물이 적합했다. 별장 안쪽 벽 아래선 그물이 아니더라도 아직 얼마든지 다른 사냥 도구를 골라잡을 순 있었다. 두목의 물안경과 살창, 훌치기 낚싯줄과 도깨비 물몽둥이통(충격

배터리통), 꿩약, 장어약 등등…… 천렵 수렵을 다 함께 겸할 수 가 있었다. 강물에서 횟거리를 건져내는 일조차 사냥이라고 말하게 된 것은 그래 나온 소리였다. 꿩이나 산비둘기 같은 날짐승을 꾀어 잡거나, 다람쥐, 산토끼, 뱀 따위를 몰아 족치거나, 가물치, 붕어, 쏘가리, 메기 같은 진짜 횟거리를 강물에서 건져 올리거나, 물뭍 가리지 않고 몰아 때려서 우리는 그냥 그 우리들의 비밀 말로 '사냥' 아니면 '사냥거리'라 말해온 터였다. 심지어 두목은 색시를 끼고 자고 싶어져 남의 술자리로 슬슬 여자를 후리러 갈 때까지도 쉽사리 그 사냥이란 말을 입에 담는 판이었다.

그런데 그런 여러 가지 사냥 기구들 가운데에서도 두목이 그중 즐겨 사용해온 것은 물안경과 살창이라 할 수 있었다. 두목은 웬일인지 사냥이 어렵더라도 가급적 도깨비 물몽둥이통을 쓰는 것을 좋아하지 않았다. 더더구나 무슨 약물 같은 것을 물에 풀어 넣는 짓은 사정이 어지간히 난처해지지 않고는 꿈도 잘 꾸려 하지 않았다. 위인은 대개 물안경을 끼고 물속으로 잠겨 들어가 살창질만을 계속했다. 물밑으로 사라졌다 떠오르는 두목의 살창 끝에는 거짓말처럼 늘 탐스럽고 싱싱한 횟거리가 찍혀 올라왔다. 어쩌다 그 창칼질을 쉬는 때라야 두목은 간간이 훌치기 낚시나 그물 정도에 손을 댔다. 하지만 두목의 살창이나 훌치기 낚시는 우선 내 쪽에서도 손이 그리 익숙하지 못할 뿐 아니라, 오늘은 또 물살이 너무 흐리고 거세어 그것들은 사용이 거의 불가능했다.

나는 이윽고 그물을 어깨에 걸어 메고 다래 덩굴 밑으로 별장 입구로 빠져나갔다. 눈부신 햇살이 지금 막 푸른색으로 성장을 끝낸 골짜기의 나뭇잎 위로 소낙비처럼 가득 쏟아져 내리고 있었다.

강가에 도착하자 나는 곧 물살이 좀 덜한 강기슭 웅덩이께서부터 천천히 그물질을 해 올라가기 시작했다. 큰물이 지고 나면 으레 그렇듯이 강기슭 바위틈과 수초 더미 속에는 의외로 물살에 밀린 붕어 새끼들이 많았다. 서울 손님들이 제일 좋아하는 쏘가리란 놈은 아예 기대조차 할 수 없시만, 이런 날도 운만 닿으면 진흙 구덩이에 틀어박힌 눈먼 가물치란 놈이 발밑에서 꿈틀꿈틀 솟아오르는 수도 있었다.

나는 쉴 새 없이 그물질을 계속하며 물기슭을 거슬러 올라갔다. 올라가다 잠시 손을 멈추고 돌아보니 두목이 혼자 떨어져 남은 물굽이가 까마득하게 멀었다.

두목은 이미 강심의 거센 물살에서 헤쳐 나와 그 터무니없는 공사를 시작하고 있는 모양이었다. 가물가물 까만 두목의 모습이 벌써부터 강기슭을 부산하게 오르내리고 있었다.

—틀림없이 주막에 색시가 들어왔어. 두목이 그걸 놓쳤을 리 없지.

나는 공연히 기분이 다시 들떠 오르며 그물질을 하는 손질의 속도가 점점 빨라져가고 있었다. 올해는 또 어떤 녀석들부터 삶은 감자를 만들어놓게 될 건가.

삶은 감자를 짓이기듯 두목이 오늘 밤은 어떤 녀석을 짓이겨놓을 건가.

서울 신사는 물론 아닐 터였다. 서울 신사들은 아직 철이 일러

턱거리까지는 발길을 들여놓지 않고 있었다. 하지만 색시가 들어왔다면 누군가는 오늘 밤 또 두목한테 영락없이 삶은 감자가 될 판이었다. 그게 거의 어김없는 두목의 순서였다.

그야 물론 오늘이라도 서울 신사들이 이 턱거리를 찾아준다면 두목으로서는 게서 더 바랄 일이 없을 것이다. 말이 나왔으니 얘기지만, 그 서울 신사들이야말로 우리 두목이 색시 걸고 내기 술을 마시는 데는 가장 좋아하는 상대였다.

턱거리 횟술집에 새색시가 들어왔다 하면 두목은 괜히 강으로 나가 그렇게 혼자 숨을 식식거리며 미친 지랄 짓을 시작했다. 등짐질을 해다 던져 넣은 바윗돌들이 어느 하룻밤 홍수가 져서 흔적도 없이 휩쓸려 가버려도 두목은 그런 덴 아예 아랑곳을 하지 않았다.

두목이 무작정 그렇게 흐르는 강물과 미친 지랄을 계속하고 있노라면 언제 미리 약속이나 해놓은 듯이 얼굴이 하얀 서울 신사들이 대개 턱거리의 새색시를 이끌고 강가로 나타났다.

서울 신사들과 새색시가 강가로 나와 술자리를 벌이는 걸 보면 두목은 그제야 강물을 헤쳐 나와 어슬렁어슬렁 바지춤을 여며 올리며 염치없이 남의 술자리로 덤벼들었다.

— 거 세월들 참 좋으십니다.

그러고는 뱃심 좋게 남의 술자리로 한데 얼려들어 미련스런 술시합까지 벌여서는 끝끝내 색시를 후려내버리곤 했다.

서울 손님들이 색시를 데리고 강가로 나타나지 않았을 때도 사정은 대략 마찬가지였다. 그런 날은 두목이 또 배가 메이도록 횟거릴 몽땅 씹어 조진 다음 색시가 새로 왔다는 횟술가게로 느지막이 술 시합의 상대를 찾아갔기 때문이었다. 그리고 그 미련스런 술마시기 시합은 강가에서나 가겟집에서나 언제나 결과가 정해져 있었다.

두목이 남의 술자리를 따라 나온 색시를 후려내는 것은 그러니까 언제나 그 무지스런 술 시합을 통해서였다. 말이 나온 김에 두목의 술 실력을 좀 소개해두자면 그건 이만저만 놀라울 정도가 아니었다. 턱거리 사람들은 두목이 한번 가겟집에서 술병을 비워대기 시작하면 지레 질겁을 해서 자리들을 비켜 나가버렸다. 그리고 두목은 원하기만 하면 이틀이고 사흘이고 가겟집 술청 구석에 틀어박혀 무한정 술을 마셔댔다.

가겟거리 사람들은 두목의 그 무지막지한 주량에 너나없이 두려움을 지니고 있었다. 두목 자신도 그런 제 술 실력에 대해선 적잖이 자랑스러움을 느끼고 있었다.

—턱거리 안에서는 날 당할 자가 없지. 술 시합으로 국회의원 뽑는다면 이 동네 국회의원은 물으나 마나 이 두목님이 되셔야지.

두목은 의기양양 그런 장담을 자주 했다. 그리고 가끔 가다간 자신의 위력을 시위하기 위해 남의 술자리까지 끼어들어가 미련한 술 시합을 붙어가지고선 엄청난 술값을 물게 했다.

한두 번은 가겟거리 사람들 중에서도 멋모르고 두목과 술 시합 상대를 나섰다가 혼벼락을 맞은 일이 있었다.

하지만 어느 해 여름이던가.

일요일만 되면 그 무렵 이 턱거리의 횟술 가겟거리에 얼굴을 자주 내밀곤 하던 최 중사라는 제법 술대가 센 위인이 있었는데, 어쩌다 그가 마침 두목과 술 시합을 붙었다가 코가 납작해져 가겟문을 몰래 빠져 도망가버린 일이 알려진 후론 아무도 다시 이 턱거리 안에서는 겁 없이 두목의 술 시합 상대가 되려는 위인이 없었다. 그 최 중사라는 사람은 그때 곁에 앉아 번갈아가며 술잔을 채워주고 있던 가게 색시와 술값을 한몫에 걸고 두목과 겨루기 시작했는데, 한나절 사이에 두 홉들이 소주병 열여섯 개째가 비워나도록 오줌 한 번 깔기러 가지 않는 두목을 보고 마침낸 제풀에 혼비백산 술값이고 색시고 다 팽개치고 다리야 날 살려라 줄행랑을 빼고 말았다는 것이다.

그렇다고 두목이 늘 그렇게 정신없이 술통에만 빠져 지내는 것은 아니었다.

두목은 참으로 부지런하고 솜씨 좋은 횟거리 사냥꾼이었다.

턱거리 횟술집들을 위해서도 그는 이곳에선 없어서는 안 될 인물이었다.

그런데 최 중사 사건 이후부터 두목의 술 시합 상대가 되어준 것은 오직 그 오기만 탱탱했지 어수룩하게 겁이 없는 서울 신사들뿐이었다. 오기 많고 겁이 없다고 서울 손님들을 볼 때마다 시합을 붙으려 덤비는 것도 아니다.

두목이 서울 손님들과 술 시합을 붙고 싶어 하는 것은 예외 없이 강가 가겟거리에 새색시가 들어왔을 때뿐이었다. 그리고 색시가 들어온 날 서울 손님들이 겁 없이 두목 먼저 개시를 하려고 덤벼들 때뿐이었다.

시합이 끝나고 나면 색시를 끼고 가게 되는 것은 언제나 두목 쪽이었다.

텍거리에 색시가 들어오면 그러니까 그 색시의 첫날 잠자리는 두목이 언제나 개시를 해주었다.

— 색시도 오고 서울 손님도 오고…… 그래야 횟거리 장사도 제철을 맞는 건데.

나는 잠시 그물질하던 손을 쉬고 서서 다시 한 번 엉뚱한 소망에 젖고 있었다.

그런데 두목은 이날 그 가겟집 색시나 서울 손님들에 대한 기대가 나보다도 훨씬 더 컸던 것 같았다.

하늘 한복판까지 불끈 치솟아 오른 햇볕이 벗은 뒤통수를 정통으로 내려쬐기 시작했을 때 나는 그쯤에서 그물질을 거두고 두목에게로 돌아갔다.

두목은 내가 별장을 다시 들러 점심 요기에 필요한 간단한 취사 용구들을 챙겨갔을 때까지도 아직 강물의 흐름을 끊어놓겠다는 무지스런 작업을 그치지 않고 있었다.

작자는 내가 물가 모래밭 위에 마른 나뭇가지들을 주워 모아다가 모닥불을 만들고, 그 모닥불 위에 솥을 얹어 작은 횟거리들을 온통 매운탕으로 끓여냈을 때까지도 아직 허기를 아랑곳하지 않는 눈치였다. 고추장투성이의 매운탕 속에 라면 봉지를 털어 넣고 그 라면 가락 하나하나가 손가락처럼 솥 안에 가득 부풀어 올랐을 때서야 두목은 내 성화에 못 이겨 간신히 강물을 빠져나왔다.

하지만 두목은 풀처럼 부풀어 오른 라면 가락투성이의 매운탕

쪽엔 손도 대려 하지 않았다.

"그래 오늘 사냥은 뭐냐?"

위인은 마치 썩은 나뭇등걸처럼 모랫바닥 위로 몸을 풀썩 내던지며 횟거리부터 찾았다. 그리고는 내가 그의 몫으로 남겨둔 횟거리를 이리저리 뒤적이며 볼멘소리로 투덜댔다.

"뭐야 이건. 맨 피래미 붕어 새끼뿐 아냐? 메기수염 할망군 여태도 한 번 못 만나본 거냐?"

메기를 찾고 있는 것이었다. 서울 손님들이 메기 회를 못 먹는 것을 터무니없이 재미있어하는 두목은 유독히 그 메기란 놈을 즐겨 먹었다. 더더구나 가겟집 색시나 서울 손님들에 대한 기대가 많은 날은 반드시 메기 대갈통을 씹고 싶어 했다. 메기 대갈통을 못 씹으면 뱀이라도 먹었다.

오늘은 메기도 없고 뱀도 없었다. 나는 라면 섞인 매운탕을 먹고 두목은 창자만 빼낸 붕어 새끼들을 비늘도 털지 않은 채 고추장에 발라 먹었다.

"가겟거리에 색시가 들어온 거 봤어?"

두목이 횟거리를 으깨 삼키고 나서 입이라도 부시듯 병 소주를 한 모금씩 털어 마시는 것을 보고 내가 은근히 두목의 심중을 튕겨보았다.

"요 피래미 생쥐 같은 새끼가…… 너 죽어?"

두목은 분명한 대꾸를 하지 않았다.

"인제 서울 신사 양반들이 좀 나타나줄 때도 됐는데……"

"……"

두목은 화가 난 듯 숨을 식식거리며 횟거리만 계속 씹어대고 있었다.

그리고 그 횟거리를 모조리 혼자 먹어치우고 나서는 마치 무슨 심한 조바심에 쫓기다가 제 서슬에 화가 돋은 사람처럼 제 힘에 겨워 몸을 불끈불끈 솟구쳐대곤 했다.

두목의 기대나 기다림은 숫제 어떤 폭발점에 가까워져가고 있는 느낌이었다.

하지만 어찌 된 셈이었을까. 두목이 아마 무엇을 잘못 본 것이었을까.

이날 하루 두목과 나의 기대는 끝끝내 허사가 되고 말았다. 두목은 하루 종일 그 흐름을 끊으려는 강물과의 싸움으로 해가 저물었고, 해가 저물 때까지도 강가에는 서울 손님커녕 사람의 그림자 하나 얼씬하지 않았다.

우리는 결국 허탕을 치고 만 셈이었다.

하지만 이제 우리가 그 서울 손님들을 기다리는 일도 실상 그리 긴 시간이 필요 없었다.

서울 손님들

가겟거리 횟술집 강남옥에는 짐작대로 이미 색시가 한 사람 들어와 있었다.

강가에서 허탕을 치고 난 두목이 그 색시를 보러 강남옥까지

쳐들어가지 않은 것은 이상한 일이었다.

두목은 여태도 아직 낯선 서울 손님들의 그림자가 비치지 않는 것을 보고 안심을 해버린 모양이었다. 좀더 서울 손님들을 기다려보자는 심산인 것 같았다.

턱거리 안에서는 그 얼굴이 늘 그 얼굴들이라 어느 횟술 가겟방에 새색시가 들어와 앉았다 해도 이웃 눈들이 어려워 함부로 그녀들을 귀찮게 집적거리고 들 비위짱 좋은 인물이 흔치 않았다. 색시들을 귀찮게 하는 것은 대개 서울 손님들이었다. 서울 손님들이 나타나지 않으면 두목도 혼자서는 잘 횟술 가겟방까지 색시를 보러 가지 않았다. 그날 저녁도 두목은 그 물가에서 오후의 횟거리를 몽땅 다 먹어치웠지만 일부러 강남옥까지 색시를 보러 가진 않았다.

나중에야 알아낸 일이지만 강남옥엔 그러나 그날 이미 색시가 한 사람 들어와 있었다. 이튿날부터는 우리도 곧 본격적인 횟거리 사냥을 시작했으므로 저녁때 횟거리를 들여놓으러 가보면 그만 사정쯤 묻지 않아도 저절로 다 알 수 있는 일이었다. 하지만 두목은 그날부터 그 강남옥을 오며 가며 하루 한두 차례씩 스쳐 다니면서도 유독 그 색시한테만은 아직 제대로 바른 눈 한번 떠보는 일이 없었다. 멀찌감치서 늘 아닌 척한 곁눈질로 색시의 거동만 살피고 돌아갔다. 서울 손님들이 나타나기를 기다리는 것이었다.

그러던 어느 날.

턱거리에 마침내 진짜 서울 손님들이 나타났다. 올해 들어 첫

외지 손님이었다.

5월로 접어들고 나서 두번째 맞는 일요일이었다. 우리는 처음 이날이 일요일인 줄도 모르고 있었다. 두목과 나는 이날도 아침부터 강줄기를 깊숙이 거슬러 올라가며 횟감 사냥에만 열을 올리고 있었다. 두목은 그 능숙한 살창질로 쉴 새 없이 싱싱한 횟거리를 찍어 올렸고, 나는 두목보다는 좀 얕은 물가에서 그런대로 재미있는 그물질을 계속하고 있었다.

두목과 내가 그렇게 한참 강줄기를 거슬러 오르다가 어느 때쯤 해선가 문득 허기를 느끼기 시작했을 때였다. 라면 끓임으로 허기를 끄려고 물을 나오다 보니 저 멀리 우리가 거슬러 온 아래쪽 강굽이의 모래판 위에 누군가가 고운 차양막을 둘러 세우고 있는 것이 보였다.

"옳아, 참! 오늘이 일요일 아니냐."

차양막이 쳐지는 것을 보자 두목은 갑자기 눈빛을 빛내며 소리쳤다.

따져보니 과연 일요일이었다. 그리고 이번 일요일쯤엔 기다리던 서울 손님도 한둘 정도는 나타날 만했다. 어느 약삭빠른 가게주인이 그걸 노리고 미리 차양막을 깊은 강가로 내다 세우고 있는 게 분명했다.

"두고 봐라. 오늘은 틀림없이 나타난다."

두목은 갑자기 미친 지랄기가 돌기 시작했다.

오래지 않아 차양막 근처엔 정말로 이 턱거리 사람들과는 쉽게 구분해낼 수 있는 화려한 남방셔츠 차림의 사내들 몇 사람이 한꺼번에 모습을 나타냈다. 사내들 일행 가운데는 그 강남옥 색시가 틀림없어 보이는 듯한 여인의 조그만 모습까지 뒤섞여 있었다.

서울 손님들이 가겟거리까지만 길을 터주었어도 우리의 장사나 두목을 위해서는 게서 더 고마울 수가 없는 일이었다. 가겟거리까지만 와 있었어도 두목은 아마 이날쯤은 기어이 그 서울 손님들을 보러 강남옥을 찾아갔을 터였다. 그 서울 손님들이 처억 강남옥 색시까지 이끌고 강가로 나와준 것은 두목을 실컷 미치게 하고도 남을 일이었다.

두목은 순식간에 눈빛이 홱 달라져버렸다.

그는 이제 횟거리 장사나 사냥질 따위엔 쥐뿔도 관심이 남아 있지 않았다. 그는 무슨 심술이 잔뜩 돋은 사람처럼 제가 찍어 올린 횟거리를 숨도 쉬지 않고 아구아구 모두 먹어치웠다.

그리고 간간이 입을 부시듯 소주병을 털어 마셔가며 내가 그물질을 해온 붕어며 쏘가리 새끼들까지 다 눈이 벌게서 씹어 조졌다. 중치쯤 되는 메기수염 할망구(두목은 늘 메기를 그렇게 말한다)와 자그만 새끼 장어, 그리고 반짝반짝 비늘 고운 쏘가리 정도를 간신히 한 마리씩 남겨놓고서야 그는 어지간히 직성이 풀린 듯 몸을 벌렁 뒤로 젖혀 누웠다. 그리고는 내가 그 고추장투성이의 매운탕에 라면 봉지를 털어넣어 죽탕을 끓이는 동안 위인은 지친 멧돼지처럼 부풀어오른 배통이를 세차게 들썩거리며 한껏 뜨거운 볕발을 견디고 있었다.

그러다 그는 내가 미처 라면 가락을 다 끓여내기도 전에 느닷없이 다시 발광기가 치솟아오른 듯 몸을 불쑥 솟구쳐 일으키더니, 솥단지고 뭐고 눈에 보이는 대로 마구 발길질을 해버리곤 불에 덴 곰처럼 순식간에 다시 몸을 날려 강물로 뛰어 들어갔다. 강물로 뛰어들어 허우적허우적 물살에 휩쓸리기도 하고 그러다간 어느새 다시 모래판으로 기어 올라와 혼자 춤을 추는지 무당굿을 하는지 알 수 없는 두목의 그 괴상스런 몸짓과 발광기는 거기서도 한동안이나 더 계속되었다.

"돌배야. 이 새끼, 내가 우습냐? 내가 무섭냐? 으흐흐…… 이 똘배 새끼야."

"이 새끼, 오늘 내가 꽥 널 죽여줄 테다. 내가 네 두목이다. 널 잡아먹고 니네 마마상도 잡아먹을 테다. 으흐흐……"

점심 요기도 못한 나를 덥썩 들집어다 모래밭에 메꼰져버리는가 하면 갑자기 목줄기를 꺾어 눌러대며 그 거센 혓바닥으로 마구 가슴팍을 핥아대는 바람에 나는 꼴깍 숨이 끊어질 지경이 되곤 했다. 물론 그런 때 두목이 지껄여대는 소리는 물론 아무 조리도 없었고 뜻도 없었다. 으흐흐, 웃는 소리는 무슨 짐승의 울음이나 신음 소리 한가지였다.

하지만 나는 두목의 그런 발광기를 끝까지 잘 참아주었다. 한두 번 경험한 일이 아니기 때문이었다.

나의 그 끈질긴 인내 끝에 두목은 한참 만에야 다시 제정신이 조금 돌아왔다.

정신이 되돌아오자 두목은 그제야 겨우 강가의 차양막과 서울 손님들 생각이 되살아난 듯 먹다 남은 횟거리들을 주섬주섬 꿰매어 챙겨들었다. 그리고는 흐느적흐느적 차양막이 둘러 쳐진 하류 쪽을 향해 강을 내려가기 시작했다.

강을 내려가고 있는 두목의 손끝에서 먹다 남긴 메기수염 할망구와 쏘가리, 장어들이 햇볕에 비들비들 말라가고 있었다.

차양막 그늘 아래엔 짐작대로 낯선 외지 손님 세 사람과 그 손님들의 술시중을 들고 있는 강남옥 색시가 벌써부터 자리를 잔뜩 어지럽히고 있었다.

두목은 마치 우연히 길을 지나치고 있는 것처럼 어슬렁어슬렁 차양막 쪽으로 발길을 다가갔다.

"세월들 참 좋으십니다."

차양막 앞으로 다가선 두목이 짐짓 바보스런 웃음을 얼굴에 담으며 발길을 멈춰 섰다.

두목의 여유만만한 수작에 차양막 쪽 사내들은 갑자기 경계의 빛이 어린 눈길로 일제히 두목을 주시하기 시작했다.

"어디, 서울서들 오셨습니까?"

두목이 제법 점잔을 빼며 다시 물었다.

"그렇소. 서울서 왔수다."

일행 가운데선 그중 몸집이 굵고 스포츠형 머리를 짧게 깎은 청년이 두목을 잠시 위아래로 훑어보다 말고 귀찮다는 듯 퉁명스럽게 대꾸해왔다. 무슨 상관이냐, 무슨 상관이길래 기분 잡치게 남의 술자리까지 와서 개수작이냐— 사내는 마음속으로 분명 그렇게 말하고 있는 투였다.

썩 꺼져 없어지라는 소리였다.

하지만 두목은 물론 추호도 물러설 기색을 안 보였다. 그는 서울 신사들 다루는 법을 알고 있었다. 그는 점점 더 거동이 한가해지며 비위짱이 늘어갔다.

"서울 손님들이시라구요. 참 좋은 델 찾아오셨습니다."

"좋은 덴 줄 아니까 이렇게 찾아왔수다."

일행 중에선 역시 스포츠형 머리가 활달한 성미인 것 같았다. 빈정거리는 투이긴 했지만 스포츠형 혼자서 시종 두목의 말대꾸를 도맡고 나섰다.

일행 중의 다른 둘은 처음부터 한마디도 말이 없었다. 세 사람 가운데서 가장 키가 크고 마른 친구 하나는 어디선가 전에 가끔 본 듯한 얼굴이 분명한데, 그는 마치 두목의 수작을 처음부터 다 점치고 있기라도 한 듯 비실비실 귀찮은 웃음만 흘리고 있었고, 나머지 키가 좀 작달만하고 얼굴이 갸름한 미남형의 청년은 아까부터 줄곧 그 두목의 수작이 마음에 몹시 켕기는 기색을 감추지 못하고 있었다. 미남형의 청년은 서울 사람치고도 유독 얼굴빛이 창백한 편이었는데, 그 창백한 얼굴빛이 두목에 대한 경계심으로 더욱 싸늘한 긴장기를 띠어갔다. 그는 이 무례스런 침입자가 어서 빨리 눈앞에서 꺼져 없어져주기를 기다리고 있는 눈치가 역력했다. 두목을 상대로 허튼 말대꾸를 계속하고 있는 스포츠형 머리가 되레 마땅찮은 기색이었다.

일행 가운데서 다만 한 사람 — 턱거리 가겟거리에서 이곳까지 낯손님을 따라 나온 강남옥 색시만은 어디서 미리 두목에 관한 소문을 들은 일이 있었는지, 처음부터 생글생글 눈웃음까지 쳐 가며 수작되어가는 꼴을 은근히 재미있어하는 눈치였다.

"좋은 곳이지요. 선생님들은 아마 어딜 가셔도 이렇게 산 좋고 물 좋은 곳은 다시 못 만나실 겁니다. 게다가 이 한탄강 횟물은 어떻구요. 여기 횟물에는 디스토마니 뭐니 그런 게 전혀 없거든요. 난 여기서 근 20년 동안이나 횟거리를 잡아 팔아 먹고 살아온 놈이니까 그 점만은 이 모가지를 내걸고 장담을 할 수 있죠."

두목이 다시 수작을 계속했다.

"댁이 이곳 터줏대감인 게로군."

이번에도 스포츠형 머리였다.

"터줏대감이라뇨. 전 이렇게 시시한 횟거리 장사꾼일 뿐이라니까요. 게다가 이 횟거리 장삿일에도 별로 부지런한 편이 못 된다구요. 워낙에 미련한 술주정뱅이거든요……"

두목은 한껏 겸손을 떨어댔다. 하지만 그게 두목의 순서였다.

"술만 보면 우선 이 목구멍이 바싹바싹 말라붙어 와서 까짓거 장사고 뭐고 횟거리 둘러메고 염치없이 술 냄샐 찾아가게 된다니까요. 순 엉터리 장사꾼이지요. 차라리 흉악한 술주정뱅이에요."

두목은 비굴할 정도로 계속 겸손을 떨어대며, 그래 오히려 은근한 협박기가 깃든 말투로 염치 좋게 지껄여댔다. 요컨대 술자리에 함께 끼어들고 싶다는 수작이었다.

그게 우선은 두목의 목표였다.

차양막 아래 햇볕을 피하고 앉아 있는 사람들 가운데선 이제 아무도 두목의 말에 대꾸를 해오는 사람이 없었다. 두목의 말뜻을 알아듣지 못해서가 아니었다. 두목은 이를테면 자기의 횟감과 손님들의 소주를 서로 바꿔 먹자는 것이었다. 그렇게 해서 우선 술자리부터 끼어들고 보자는 것이었다. 두목이 늘 즐겨 쓰는 방법이었다.

하지만 두목의 그 엉뚱스런 제안에 서울 손님들은 한결같이 서로 말이 없었다. 씁쓰레하고 달갑잖은 표정으로 서울 손님들은 한동안 서로 상대방의 얼굴만 쳐다보고 있었다. 일행 중의 미남형은 이제 힐난기가 완연한 눈초리로 추궁하듯 스포츠머리만 건너다보고 있었고, 지금까지 줄곧 두목의 말대꾸를 도맡아오던 스포츠형 머리도 이제 두목이 그저 한두 마디 실없는 농담이나 하다 지나쳐가는 줄 알았다는 듯 새삼 낭패스런 표정이 되고 있었다. 말라깽이 키다리는 숫제 그 두목이나 동료들한테서마저 눈길을 외면해버린 채 꺼림칙한 무관심을 가장하고 있었다.

불편스런 분위기였다. 그런 불편스런 분위기가 전혀 불편스럽게 느껴지지 않고 있는 것은 오히려 서울 손님들을 따라 나온 강남옥 색시 한 사람뿐이었다. 그녀는 가슴 띠도 두르지 않은 맨저고리 차림에다 아래는 팬티 끝이 아슬아슬 들여다 보일 정도의 짧은 바지를 입고 있었다. 그리고 그 부드럽고 얇은 홑저고리의 양쪽 옷자락을 허리께에다 질끈 동여매고 있었으므로 그녀의 두 젖더미 사이로 고을져 들어간 가슴 골짜기가 유난히 깊은 그늘을 만들고 있었다.

그런데 이 강남옥 색시는 무슨 맘을 먹고 있는지 두목이 나타나도 도대체 겁을 먹은 기미가 안 보였다. 두목만 나타났다 하면 마치 독사의 눈빛에라도 쐰 개구리 새끼처럼 움짝달싹을 못하던 색시들하곤 종류가 달랐다. 겁을 먹기는커녕 지금 이 사내들 사이에 벌어지고 있는 수작이 재미있어죽겠다는 듯 샐샐 장난스런 눈웃음을 흘리고 있었다. 게다가 그녀는 마치 차양막 밖에 햇볕을 받고 서 있는 두목과 나를 놀려대기라도 하듯 무릎을 혼자 세웠다 내렸다 하면서 그 눈이 부시도록 희고 탄탄한 허벅지 살을 태연스럽게 드러내 보이곤 하였다. 색시가 무릎을 세웠다 내렸다 하면서 희고 탄탄한 허벅지 살을 내보일 때마다 번번이 눈길이 난처해지는 것은 오히려 이쪽이었다.

나는 강남옥 색시의 그 묘하게 사람을 홀리는 듯한 무릎 장난에 한동안이나 멍청하게 넋을 빼기고 서 있었다. 전부터도 나는 서울 손님들을 따라 물가로 나온 색시들을 수없이 보아왔지만, 오늘처럼 그렇게 잠깐 잠깐씩 드러나 보인 여자의 속살이 나를 난처하게 한 일은 없었던 것 같았다. 더구나 그 색시가 조금만 몸을 움직여도 그녀의 두 젖더미는 눈이 시리도록 얇은 천 조각 속에서 가늘게 흔들리곤 했는데, 그것은 거의 내 숨길마저 끊어놓을 지경이었다.

하지만 색시는 그런 남의 눈길은 전혀 아랑곳을 않는 태도였다. 남이야 몸살이 나든 말든 그녀는 제멋대로 그 엉덩판 쪽 허벅지가 둥그렇게 되도록 무릎을 세웠다 내렸다 하면서 가슴을 함부로 출렁대고 있었다.

하지만 두목은 역시 두목다웠다. 두목 쪽에서는 아직 그런 색시의 모양새나 행동거지에는 별로 이렇다 할 반응을 나타내지 않고 있었다.

처음 한동안은 두목이 짐짓 색시를 무시해버리고 있는 것 같았다. 두목은 아무런 거리낌도 없이, 그러나 그저 관심이라곤 눈곱만큼도 찾아볼 수 없는 눈길로 얼른 한번 색시를 훑어보았을 뿐 나중에는 필시 그 강남옥 색시가 거기 함께 나와 앉아 있는 사실조차도 염두에 없는 사람처럼 서울 손님들에게만 열심이었다.

"어떻소? 이런 횟거리 서울에선 어디 구경이나 해보았겠소? 하지만 내 이거 돈 받고 팔자는 거 아니오. 술을 너무 좋아하다보니 그저……"

시장 바닥의 생선 장수처럼 횟거리 꿰미를 이마까지 번쩍 들어올려 보이며 말 없는 서울 손님들을 자꾸 괴롭혀댔다. 하더니 그는 더 그런 식으로 얌전하게만 굴고 있을 수가 없었던지 드디어는 그 서울 손님들의 대꾸 같은 건 기다리려고도 않은 채 제멋대로 혼자 일을 결정지어나갔다.

"돌배, 너 이거 물에 가서 칼질 좀 해와라. 너무 잔손질을 볼 건 없구, 배 속만 대충 집어 내버리고 토막을 쳐 오는 거 알겠지, 너?"

햇볕에 비들비들 말라가는 횟거리 꿰미를 내게로 철썩 내던져 주고 나서는 오라지도 않는 차양막 한 모서리로 무작정 몸을 떠밀고 들어갔다. 그리고는 오히려 자기 쪽에서 무슨 큰 인심이라도 쓰는 양 넉살 좋게 떠들어댔다.

"모처럼 먼길들을 오셨으니 맘 푹 놓고 재미있게들 놀다 가시도록 하슈. 우리 골을 찾아주신 분들이람 누구나 이 턱거리의 반가운 손님이니까요. 물론 제 손님도 되구요. 제 그 인사루다가 제 횟거리를 대접해드리고 싶으니 조금만 기다리십쇼."

"거, 횟거린 따로 필요없소. 우리도 벌써 여기 안주를 끓이고 있으니까."

두목이 그쯤 넉살 좋게 나오니까 서울 손님들도 이젠 더 몸을 사리고만 있을 수가 없어진 것 같았다. 일행 중의 스포츠머리가 드디어 무슨 큰 결심이라도 하고 난 듯 두목과 불쑥 맞서 나왔다.

"하지만 보아하니 노형도 어지간히 술은 좋아하는 모양이구랴. 우리 여기서 같이 한잔합시다."

상대방이 싫어하는 눈치건 말건 제멋대로 설쳐대는 두목에게 서울 손님들은 은근히 기가 질리고 있음에 틀림없었다. 상스럽게 웃통을 벗어부친 두목의 그 터무니없이 싹싹한 친절도 서울 손님들에겐 결코 기분 좋은 것일 수가 없었다.

스포츠형 머리는 두목에게 계속 그렇게 당하고만 있자니 참을 수가 없어진 모양이었다. 그는 마치 두목의 기세에 선수라도 치고 나서듯 갑자기 호기스런 아량을 보이기 시작했다.

"하하…… 한국 사람 인심 가운데선 그래도 술 인심하고 담배 인심이 제일이라는데, 술자리 벌이고 앉은 술꾼들이 어찌 술꾼을 그냥 지나가랄 수 있겠소. 하하하."

파장이 다 된 주석처럼 한동안 무료하게 내팽개쳐져 있던 술잔들을 챙기면서 스포츠머리는 이제 제법 허물이 없는 사이나 된 것처럼 두목의 등덜미를 툭툭 함부로 두들겨대었다.

하지만 서울 손님들의 고역은 이때부터가 진짜 본격적인 단계였다. 나는 서울 손님들에 대한 그 두목의 공격 순서나 방법을 환히 다 알고 있었다.

나는 곧 두목이 내던져준 횟거리 꿰미를 들고 물가로 달려갔다.

그리고 잠시 뒤 두목이 시킨 대로 대강대강 칼질을 해가지고 돌아와 보니 짐작했던 대로 두목은 벌써 서울 손님들에 대한 첫 단계 공격을 진행해가고 있었다.

"자, 여기 술잔 받으시우."

"허허, 이러다간 사람이 술을 마시는 게 아니라 술이 사람을 마신다는 말 그대로구려. 숨이나 좀 돌립시다, 원."

"아따, 이 맹물 같은 소주 한 양재기 가지고 뭘 그렇게 엄살이시오, 엄살은."

술컵 대신 아예 물 양재기에다 두 홉들이 소주병을 절반만큼씩 털어 부은 술잔이 두목과 서울 손님들 사이를 쉴 새 없이 오가고 있었다. 서울 손님들 한 잔에 자기도 한 잔씩, 그런 식으로 두목은 거기 있는 것이 모두 자기 술이나 되는 것처럼 매번 빈 양재기를 새로 채워 차례차례 서울 손님들에게 앵겼다. 그리고 그때마다 상대방더러 잔을 빨리 비워내지 않는다 성화를 대고 있었다.

그런 두목의 객기를 어쭙잖게 맞받아주고 있는 것은 아직도 스포츠머리 한 사람뿐이었지만, 두목은 개의치 않고 그 양재기 술잔을 강남옥 색시까지 빠짐없이 모두 돌려나갔다. 그것도 한 바퀴가 돌고 나면 다시 처음부터 새 차례가 시작되는 식이었다.

"마시기 싫으면 넌 이거 안 마셔도 된다. 하지만 정 술을 안 마실 템 넌 그 대신 술을 한 잔씩 건널 때마다 옷을 한 가지씩 벗어야 해. 이게 규칙야. 술 한 잔에 옷 한 가지씩! 그건 여기 계신 선생님들이나 나도 다 마찬가지니까."

두목은 제멋대로 혼자 그런 해괴한 규칙까지 들먹여대며 마구 강남옥 색시를 마구 윽박질러댔지만, 그것은 물론 그 강남옥 색시보다 서울 손님들에 대한 은근한 다그침일시 분명했다.

"아무리! 술 한잔 안 마신다고 이런 벌판 한가운데서 숙녀한테 정말로 옷을 벗으라 하시려구요."

"할 수 없어. 그게 규칙이니까."

"그렇담 할 수 없죠, 뭐. 전 별로 벗을 옷도 없으니까 이리 줘요. 마시겠어요."

정말로 두목의 주문을 따르기가 싫어서였던지 그 강남옥 색시까지도 처음 한두 번은 제법 얌전히 술잔을 비워냈다. 되돌아올 술잔에 지레 겁이 나선지 서울 손님들은 두목의 잔에다 술을 마음껏 채우지도 못했지만, 어쨌든 술잔이 그런 식으로 돌아가다 보니 서울 손님들이 한 잔씩을 마시면 두목은 혼자서 넉 잔을 마시는 꼴이었다.

술잔이 두 바퀴를 돌고 나서 다시 세 바퀴째로 접어들고 있었다. 두목 혼자서 멋대로 정해버린 규칙이긴 했지만, 술잔이 세 바퀴째나 돌기 시작해도 자리에선 농담으로나마 그 술잔 대신 옷을 벗겠다고 나서는 사람이 없었다.

서울 손님들도 주량만은 어지간한 위인들이 아닌 것 같았다. 잔을 비워내는 모양은 가지 각각이었지만, 어쨌거나 두목의 술잔을 끝까지 피하려는 사람은 없었다. 술을 거의 못 마실 듯싶어 보이던 미남형 얼굴마저도 뜻밖에 만만찮은 고집이 있었다.

"아니 잠깐…… 술을 이렇게 마시는 법이……"

그는 사실 술을 그리 좋아하는 편이 아닌 것이 분명해 보였다. 술잔이 앞에 오면 그는 그 술잔이 몹시도 부담스러운 듯 표정이 잔뜩 굳어지곤 하였다. 술잔이 차례를 거쳐갈 때마다 술기가 오르긴커녕 평소에도 흰 얼굴색이 백지장처럼 더욱 하얗게 질려갔다. 술잔 차례가 올 때마다 그의 하얀 얼굴 표정 속엔 금세 가슴 속에서 뭐가 불끈 치솟아 오르려 하고 있는 것처럼, 그것을 느끼면서도 늘 이번만 이번만 하고 간신히 그것을 눌러 참고 있는 것처럼, 곁에서 보기에도 썩 맘이 편할 수 없는 끈질긴 참을성 같은 것이 엿보였다.

하지만 그는 역시 참을성이 대단했다. 아니면 이미 첫 번 술잔이 그의 코앞으로 내밀어졌을 때부터 마음을 그만큼 독하게 먹고 있었던 것인지도 모른다. 뿐더러 웃는 얼굴엔 누구도 침을 뱉지 못한다지 않는가. 두목은 술잔을 내밀 때마다 한사코 그 바보스럽도록 친절한 웃음기를 잃지 않고 있었으므로 아무도 그 두목의 웃는 얼굴에다 화를 낼 수는 없는 노릇이었다. 기분이야 어떻든 내밀어진 술잔에다 화를 내는 것만큼 옹졸스런 위인은 있을 수 없었다. 언제까지나 술잔을 코앞에 내밀고 기다리고 있는 두목의 그 달갑잖은 친절과 미소 공세 앞에선 미남형의 고집도 더 이상 어떻게 버티어볼 도리가 없는 형편이었다. 그는 한동안 코앞에 내밀어진 술잔을 잔뜩 노려보고 있다가는 이윽고 무슨 맹물 그릇이라도 들이켜듯 숨도 쉬지 않고 벌컥벌컥 양재기를 단숨에 비워내버리곤 했다. 그리고는 점점 더 창백해진 얼굴로 아직 한참이나 더 눈앞에서 지워지지 않고 있는 두목의 미소를 재빨리 외면해버리기 일쑤였다.

그런 미남형에 비하면 말라깽이 키다리나 스포츠형은 훨씬 더 여유가 만만했다. 말은 별로 없었지만 말라깽이 키다리는 두목이 건네주는 술잔 같은 것에는 조금도 부담을 느끼지 않는 듯 천천히 여유 있게 고개까지 잔뜩 뒤로 꺾어가며 기분 좋게 양재기 속의 술을 비워내고는, 그 양재기에다 다시 답주를 채워서 점잖게 두목에게로 되돌려 보내오곤 했다.

술을 마시는 데 아직 여유가 있어 보이기로는 스포츠머리 또한 마찬가지였다. 스포츠머리는 키다리처럼 술을 그렇게 유유히 즐기는 편은 아니었지만, 그렇다고 미남형처럼 자기 차례의 술잔에 겁을 먹는 것도 아니었다. 어느 편이냐 하면 그는 좀 억지가 있어 보이기는 했지만 세 사람 가운데선 그중 비위짱이 트인 호기와, 두목과 서로 맞주고받는 너스레로 술을 마시고 있었다.

"노형은 참으로 신선이오, 신선! 산 좋겠다, 게다가 네 것 내 것 가릴 것 없는 술 있겠다, 안주 좋겠다…… 이런 선경에서 먹고 싶은 안주 건져다가 먹고, 마시고 싶은 술 실컷 얻어 마시면서 살아가는 게 진짜 신선살이가 아니고 뭐겠소. 노형이야말로 진짜 이 20세기의 신선이란 말요."

"날 정말 신선으로 만들고 싶으면 그 신선이 네 것 내 것 가리지 않는 게 그 술 말고 또 뭐가 있는 줄 아쇼?"

두목이 제법 스포츠의 말귀를 알아들은 양 슬그머니 덜미를 거

꾸로 짚고 나서면 스포츠형은,

"그게 또 그런 게 있소? 그게 뭐요? 신선이 네 것 내 것을 가리지 않는다는 게?"

금세 다시 어리둥절해지는 척하다가는,

"네 것 내 것 짝을 안 정하고 오신 걸 보니 선생님들도 제법 신선놀음을 아시는 줄 알았더니 그게 아직 뭔 줄을 모르다니 선생님들도 아직은 좀 신선이 덜 되신 모양이구랴. 신선이 네 것 내 것 가리지 않는 건 계집이요 계집! 신선이 어디 네 계집 내 계집 정해 데리고 산다는 얘기 들었소?"

조심성이라곤 없는 무뚝뚝한 말투 속에도 제법 계교를 담을 줄 아는 두목의 응수에 그 엉뚱스런 속셈이 오히려 재미있어 죽겠다는 듯, 요령 좋게 말꼬리를 잘 얼버무려나갔다.

"아하하, 그러고 보니 노형은 실상 우리 아가씨한테 무슨 감정이 있는 거 아니오? 이 아가씨 얘기라면야 뭐 그리 거창하게 네 계집 내 계집을 따질 것도 없는 일일 텐데 말요."

그러면서 그는 그 두목의 재촉 한 번 받지 않고 몇 번에 걸쳐 천천히 자기 차례의 양재기를 비워냈다.

"아가씨한테 굳이 그런 걸 따지자면 이쪽보다는 외려 노형이 더 밑질 일 아니겠소? 우린 그저 가겟거리에서 잠시 시간을 빌려온 것뿐이지만, 노형은 두고두고 이 고을 가겟집 아가씨들한테 단골 주인 노릇을 해오셨을 거 아뇨? 네 것 내 것을 가리자면 이 아가씨 애초 쥔 양반은 외려 노형 쪽이 되어야 할 거 아니냔 말요. 한데 형씨가 먼저 네 것 내 것을 가리지 말자고 나서니 내 원

형씨를 고마워해야 할지 어떨지 알다가도 모를 일이구려."

하지만 뭐니 뭐니 해도 술이라면 역시 두목이었다. 두목은 아까 점심때도 벌써 두 병 가까이나 소주병을 비워냈고, 이번에 다시 술자리에 끼어든 다음에도 그사이 열 번은 넘어 양재기를 비워내고 있었다. 그러면서도 그는 무슨 술도깨비라도 따로 배 속에 들어앉아 그 술을 대신 삭여주고 있는 것처럼 말씨나 거동이 멀쩡했다. 그렇게 술잔을 비워내고 말대꾸를 주고받으면서도 두목은 또 끊임없이 서울 손님들의 술기와 기분 돌아가는 낌새를 유념해보고 있을 터였다.

그럭저럭 양재기가 세 바퀴째를 돌았다. 어지간히 끈질긴 대적이었다.

하지만 그것으로도 술자리는 아직 시작에 불과했다. 두목의 술자리엔 오히려 아직 진짜 순서가 남아 있었다.

두목이 술자리를 통해 마지막으로 노리고 있는 것은 강남옥 색시였다. 서울 손님들을 술로 짓이겨놓고 강남옥 색시를 제 차지로 만들어버리는 것이 두목의 목적이었다.

하지만 두목은 색시 때문에 일을 서두르는 법이 없었다. 그야 물론 두목에겐 늘 그만한 자신이 있었던 탓도 있겠지만, 그는 필요 없이 일을 서두르지도 않았고 속셈을 섣불리 드러내 보이는 일도 없었다. 처음 한동안은 아예 술집 아가씨 따윈 안중에도 없는 듯이 그저 서울 손님들이나 술잔 쪽에만 열심이기가 보통이었다. 그리고 그는 마지막으로 그가 색시를 차지하는 것 못지않게 일이 그렇게 되기까지의 과정을 몹시 소중히 여기고 있었다.

오늘도 두목은 물론 그런 식이었다. 그는 아직도 강남옥 색시에 대해선 그리 깊은 주의가 쏠리는 기색을 보이지 않고 있었다. 술잔을 건너려면 술잔 대신 옷가지를 한 꺼풀씩 벗으라 얼러매 놓고도 정작 그 색시한테서 옷을 벗기는 일에는 흥미가 동하지 않는 모양이었다. 이날은 웬일인지 색시 쪽에서 먼저 무릎을 세웠다 내렸다 하는 이상스런 몸짓으로 두목의 주의를 끌고 싶어 하는 눈치였지만, 두목의 거동은 그래도 여자에 대해선 지극히 대범스런 편이었다.

색시의 괴상스런 발장난질에 몸살이 난 것은 오히려 서울 손님들 쪽이었다.

"얘, 넌 참 눈치도 없는 아이구나. 우린 그래도 썩 점잖은 기회까지 마련하면서 주문을 한 건데, 매번 그렇게 술잔만 비워내고 있니!"

색시가 괴상한 몸짓으로 제풀에 허벅지살을 감아올리며 젖더미를 흔들어댈 때마다 서울 손님들은 그 몇 조각 되지 않은 색시의 옷가지들을 마저 벗겨내버리고 싶어 은근히 조바심들을 쳐댔다.

"그래 그래. 넌 지금 재미가 없는 모양이구나. 그러니 이젠 좀 못 이긴 척하고 술잔을 뛰어 건너보려무나야. 그리고 옷을 하나만 벗으면 되잖니."

두목은 그런 때도 좌중의 관심이 너무 그쪽으로 쏠리지 않도록 색시 쪽을 은근히 가로막고 나섰다.

"가만있거라. 아직은 그렇게 서두르질 않아도 좋을 게다. 네

년이 정 벗고 싶어질 때가 오면 내 방법을 일러줄 테니."

두목의 그런 태도는 양재기 술잔이 그 세 바퀴째 좌중을 돌고 났을 때까지도 역시 마찬가지였다. 본격적인 색시 사냥까지는 아직도 순서가 남아 있었기 때문이었다.

그 양재기 술잔이 세번째 순배를 돌고 나서 다시 또 다음 순배를 시작하려 할 때였다.

"옳아! 이제 보니 술만 마시느라 횟거리 만들어다 놓은 걸 깜박 잊어버리고 있었구만. 제길—"

두목은 마치 내가 벌써 손봐다 놓은 횟거리를 그제서야 막 알아본 듯이 새삼스런 얼굴을 했다. 그리고는 여태까지 그 횟거리를 잊고 있었던 것이 마치 내 잘못 때문이기라도 하듯 공연히 버럭버럭 소릴 질러댔다.

"이 새끼, 너. 횟거릴 만들어왔으면 고추장을 내놔야지, 고추장을! 고추장도 없이 선생님들한테 이런 횟거릴 잡수라는 거야?"

그건 물론 두목이 내게 진짜로 화가 나서 한 소리가 아니었다. 횟거리를 만들어다 놓은 것을 모르고 있었던 것도 아니었다. 횟거리는 실상 술기가 어지간히 오른 다음부터 서울 손님들을 골려댈 순서였다. 그런 걸 두목이 내게 짐짓 핑계를 대온 것뿐이었다.

술자리는 이제 비로소 두목의 그 생횟거리 공세가 시작될 판이었다. 두목의 호통은 이제 그게 시작되고 있는 신호였다.

"자, 그럼 이제 안주도 왔고 했으니 지금부터 진짜로 술을 좀 마셔봅시다."

점심때 라면탕에다 풀어넣고 남은 고추장 그릇을 꺼내 오자 두목은 새판잡이로 다시 새 술자리를 선언하고 나섰다. 서울 손님들에겐 너나없이 누구에게나 곤혹스럽기 그지없는 두목의 생횟거리 공세가 시작된 것이었다.

서울 손님들은 두목의 그 새삼스런 제의에 어이가 없다기보다 이제 차라리 기가 질려버린 얼굴들이었다.

그 서울 손님들의 놀라움은 사실 무리가 아니었다. 그토록 폭주를 계속하고 나서도 눈 하나 깜짝하지 않고 이제부터 새판잡이로 다시 술을 시작하려는 두목의 기세도 살인적인 것이려니와, 그동안 두목에게 반강제를 당하다시피 하면서 곤욕스럽게 마셔댄 것만 해도 서울 손님들은 이제 더 이상 술잔을 입에 댈 엄두가 나지 않을 판이었다.

하지만 술쯤은 또 문제도 아니었다. 술보다도 더 서울 손님들을 질리게 하고 있는 것은 그 생횟거리였다.

턱거리를 찾아온 서울 손님들 중엔 강물고기 생회를 좋아하는 사람이 의외로 많지 않았다. 턱거리까지 회를 먹으러 왔노라는 사람들도 막상 일을 당하고 보면 대개 걸걸한 매운탕이나 고추장 찜 따위를 대신 해 먹고 돌아가기 일쑤였다. 서울 손님만 만나면 두목이 자꾸 생횟거리를 먹이려 드는 것은 바로 그런 서울 사람들의 얕은 비위짱 때문이었다.

두목은 서울 손님들이 생회를 잘 먹지 못하는 것을 이상스럽게 재미있어했다.

유독이나 위인은 서울 신사들이 그 메기회를 먹지 못하는 것을 재미있어했다. 그래서 그는 더욱더 기고만장해서 메기 할망구 회를 자주 먹었고, 그래서 또 굳이 싫다는 서울 손님들에게도 일부러 더 부득부득 메기 토막을 먹여놓고는 혼자서 통쾌해했다.

그런 서울 바람 비위짱이고 보니 이날 손님들 역시 두목의 그 저돌적인 친절이 달가울 리가 결코 없었다. 게다가 창자만 겨우 집어낸 메기 할망구나 길죽길죽한 장어 토막을 보고 서울 손님들의 얕은 비위짱이 온전해 있을 리 없었다.

"우린 여기 매운탕이 있으니까 이걸로 됐소. 횟감은 노형이나 많이 드시구려. 우린 별로 민물고기 회쳐놓은 건 좋아하는 편이 아니니까."

아닌 게 아니라 스포츠머리가 먼저 두목의 친절을 사양하고 나왔다. 말은 그저 좋아하는 편이 아니라고 점잖게 얼버무리고 있었지만 그건 물론 생횟거리를 못 먹는다는 소리 한가지였다. 생회는 못 먹겠다는 소리였다. 하지만 두목은 그 정도 사양으로 간단히 물러서버릴 위인이 아니었다.

"원, 무슨 말씀을! 회를 좋아하지 않으시다니요. 전 선생님들 대접해드리자고 일부러 이렇게 칼질까지 시켜다 놓은 참인데……"

성의를 무시하지 말라, 펄쩍 뛰는 시늉을 하며, 두목은 이번에도 그 서울 손님들을 멋대로 짓주물러대기 시작했다. 그는 남이야 싫어하거나 말거나 우선 그 빨건 아가미살과 고추장이 한데 얼버무려진 메기 할망구 대가리와 술을 가득 채운 양재기를 양손에 각각 하나씩 나눠 들고 누구에게 먼저 이 기막힌 선물을 안겨

줄까 신중하게 첫번 공격 목표를 물색하느라 짓궂은 눈초리를 이리저리 굴려댔다. 그리고 그 서울 손님들 가운데에서 먼저 두목의 눈에 띈 것이 미남형 얼굴이었다.

두목이 이윽고 그 미남형의 남방셔츠 신사를 짓궂게 점찍어 냈다.

"자, 선생. 저 아직 선생의 성함도 모르지만 세 분 중에 선생이 제일 맘에 들었소. 그 왜 색시처럼 얌전하게만 생긴 데다가 말씀까지 없으시니 내 이렇게 안 하고는 몸살이 나 못 배기겠수다. 선생이 제일 먼저 이걸 드시오."

고추장 바른 메기 대가리와 술잔을 함께 미남형 앞으로 내밀었다. 양재기 술에 젓가락도 쓰지 않은 두목의 맨손가락질 안주였다.

미남형의 얼굴에서 다시 술기가 싹 가시고 있었다. 그는 이제 그만 난처하다 못해 화가 치밀어 오르고 만 것 같았다. 색시같이 얌전하다느니 어떠니 하는 소리는 아닌 게 아니라 두목이 만만한 서울 신사들을 약 올리려 할 때 흔히 쓰는 말이었다. 두목한테 그런 소리를 듣고 나면 서울 신사 아니라 누구라도 기분이 좋아 보이는 사람이 없었다.

미남형은 술잔을 받을 생각도 않고 노려보듯 한참이나 두목 쪽을 건너다보고만 있었다.

하지만 그는 두목의 그 무지스럽도록 거칠고 조심성 없는 태도에 눌려 차마 화를 내버릴 수도 없는 것 같았다.

"나 그건 안 먹겠소. 절대로……"

그는 마침내 결심을 한 듯 두목의 술잔을 단호하게 거절했다.

화를 참고 있어 그런지 터무니없이 목까지 메면서 신경질적으로 말소리를 떨고 있었다.

"아니, 무슨 말씀을! 이 좋은 걸 안 잡수시다니요."

두목은 그럴수록 신이 나는 쪽이었다. 그럴수록 부득부득 더 억지를 부리면서 상대방을 괴롭히고 들었다.

"그래 선생은 이게 뭐에 좋은 건 줄이나 아슈? 생메기 대가리 하면 그저 색이지요 색엔 그저 메기 대가리 하나면 그만이란 말요. 글쎄 이거 먹고 난 남자 곁에선 밤잠 제대로 잘 계집 없다니까요."

"댁이나 많이 들고 누구 그 밤잠 좀 못 자게 하지 그래요."

"아따, 그 양반, 남의 호의를 무시해도 분수가 있지. 내 다른 두 분 선생 놔두고 선생한테 이걸 드리는 성의도 모르겠소?"

두목은 술잔과 손가락질 안주거리를 마구 상대방의 코앞까지 디밀어대면서 끝끝내 양보를 않을 기세였다.

"무슨 남자분이 그리 비위짱이 없으세요. 저 같으면 그냥 눈 딱 감고라도 삼켜내겠어요. 그럭하기래도 하세요. 어서요. 싫더라도 남자분이 그만 객기쯤은 있으셔야죠."

강남옥 색시까지 은근히 두목 쪽을 거들고 나섰다.

미남의 입장은 갈수록 태산이었다.

그는 이제 두목에게 대꾸조차 하기가 싫은 듯 고집스럽게 입을 다물어버리고 있었다.

그런데 그때— 보다 못했던지 마침내 스포츠형 머리가 두목을 불쑥 제지하고 나섰다.

"거, 메기 대가리 이리 내슈. 색에 그리 좋은 걸 남 줄 거 없지 않소."

스포츠머리는 성격도 그랬지만 음식 비위 역시 일행 가운데선 그중 나은 편인 듯싶었다. 게다가 그는 자기 일행의 한 사람을 까닭 없이 궁지로 몰아붙이고 있는 두목의 처사에 상당히 화가 치밀어 오른 듯싶었다.

"이 좋은 걸 가지고 괜히 싫다는 사람 붙들고 애를 먹이다니!"

그는 두목의 손엣것을 냉큼 빼앗아가더니 아닌 게 아니라 별 망설이는 기색조차 없이 한입에다 몽땅 집어넣어버렸다. 그리고는 전에도 제법 그런 생횟거리를 즐겨 먹어본 사람처럼 술 한잔 마시고 우둑우둑 메기 대가리 하나를 통째로 다 씹어 삼켰다.

"민물에서 건진 회는 아닌 게 아니라 대가리가 그중 씹을 맛이 있는 편이지."

이번에는 그 스포츠머리가 오히려 자신만만, 두목에 대해 시위까지 하고 나섰다. 하지만 그건 물론 작자의 말처럼 맛을 알아서 하는 소리가 아니었다. 오기 때문이었다. 그렇게라도 좀 두목의 서슬을 꺾어놓고 싶은 서울 손님들 오기 때문이었다.

두목은 물론 그것을 알고 있었다. 그래서 그는 여태까지 그 서울 손님의 터무니없는 오기가 터져 나오기를 기다려온 셈이었다. 그것이 제대로 터져 나올 때까지 박박 약을 올려댄 것이었다.

그러나 스포츠머리는 이제 그 두목에게 점점 더 자신이 생기고 있었다.

"하지만 씹는 맛이라면 원래 대가리보다 아가미를 더 치지 않소? 아가미보다 또 내장 쪽이 더 고소한 편이구요. 어떻소 노형. 그야 방금 대가릴 통째로 먹었으니 아가미도 내가 다 먹은 턱이긴 하지만 창잔 어디다 미리 다 버리고 온 거 아니오? 창자가 없지 않소? 노형은 창잘 별로 좋아하지 않소?"

두목에게 함부로 선수까지 치고 나섰다. 선수를 치려고 하는 소리가 아니고는 섣불리 거기까지 장담을 하고 나설 수가 없었다. 아가미까지라면 몰라도 여태까지 메기 창자를 먹어치운 서울 손님은 없었다. 두목은 물론 아가미도 먹었고 창자를 먹은 일도 많았다. 하지만 두목이 아무리 먹이고 싶어 해도 창자까지 먹일 수 있었던 서울 사람은 본 일이 없었다.

오기나 객기로 보아 스포츠머리는 혹시 창자까지도 쉽게 먹을 수 있을지 몰랐다.

하지만 그건 어쨌거나 상관없는 일이었다. 두목은 그저 지독한 술싸움만 벌일 수 있게 되면 그만이었다.

"똘배, 너 가서 술 좀 더 가져오거라. 술이 떨어져간다. 이번 술은 내가 사는 거다."

두목은 이제 다음 요령이 선 모양이었다. 위인은 아직도 술기운이 훨씬 모자라는 표정으로 나를 불렀다.

"술을 더 가져오긴요. 오늘은 이제 이쯤 해두는 게 좋겠는걸."

구경꾼처럼 짐짓 시들한 표정만 하고 있던 키다리가 모처럼 두목을 말리고 들었다. 하지만 두목이 그 키다리의 말을 들을 리 만무했다.

"무슨 말씀! 이제 겨우 술맛이 좀 날 만한 판 아니오. 안주도 아직 이렇게 남아 있구 말요."

완강하게 말하면서 위인이 내쫓듯이 마구 나를 손짓해댔다.

다른 손님이 없어 그랬던지 차양막 주인한텐 술을 더 가져다 놓은 게 없었다.

나는 차양막 주인 대신 가겟거리 주막까지 술을 가지러 가야 했다.

가겟거리 주막에서 술을 가지고 돌아오니 그새 메기 할망구는 다 처치가 되고 두목과 손님들은 이제 장어를 먹고 있었다. 배 속만 집어낸 채 길쭉길쭉 칼질을 댄 장어 토막에 고추장을 찍어 바른 것이었다.

두목이 그새 무슨 수를 냈는지 메기보다 더 입성이 사나운 장어 토막을 놓고도 이번에는 서울 손님들이 별로 사양을 하는 눈치가 안 보였다.

"모양은 사납지만 빠락빠락 씹히는 맛이 요게 훨씬 낫구만그래."

스포츠머리는 여전히 그 요란스런 허세가 꺾이지 않은 채였고 마른 키꺽다리는 아무래도 어디선가 전에 생횟거리깨나 먹어본 사람처럼

"민물 장언 맛이 좀 아리는 건데…… 이거 많이 먹으면 독 때문에 아릿아릿 졸림기가 올 거요."

두목이 권하기도 전에 넙죽넙죽 제 손으로 장어회 토막을 집어

갔다. 머리 토막이 안 보이는 걸 보면 그것은 아마 맨 먼젓번에 두목이 시범 조로 처분했음이 분명했다.

"전 못 먹겠어요. 이번에 차라리 옷을 벗을래요. 옷을 벗어도 정말 가만 보고들만 계실래요?"

도리질을 하고 나선 것은 강남옥 색시뿐이었다. 하지만 두목은 아직도 강남옥 색시에 대해서는 터무니없이 관대하기만 했다.

"정말 못 먹어? 아깐 뭐 눈 딱 감고라도 그냥 목구멍을 넘기겠다구서. 정 싫으면 술이라도 마셔. 넌 여자니까 특별히 봐주는 거다. 술도 못 마시겠으면 규칙대로 옷을 벗구."

이젠 술을 마시거나 옷을 벗거나 상관을 않겠다는 식이었다.

그건 관대하다기보다 오히려 관심이 덜한 쪽이었다. 두목의 관심은 아직도 서울 손님들 쪽에 집중되어 있다는 증거였다.

두목은 그동안 서울 손님들에게 그런 때 늘상 하는 자기 이야기를 늘어놓다 말길이 도중에 끊겨 있었던 모양이다.

"그런데, 참 아깐 내 두더지 새끼들 얘길 하다 깜박 잊고 있었구만."

그는 강남옥 색시를 젖혀두고 기회를 잡아 다시 그 끊겼던 이야기를 끄집어냈다.

"그러니까 아까 내가 어디까지 얘기했더라? 그래, 이제 생각이 나는구만. 두더지를 기르려면 우선 열 살 안팎 떠돌이 새끼들을 끌어모아다가 주사약을 놓아준다는 데까지였지. 하니까 그렇게 몇 번 주사약을 놓아주다가 녀석들 약맛이 제법 배겨들었다 하면 주사를 딱 끊어버린단 말야요. 그럼 어떻게 되겠소. 재간 없지요. 그때부턴 새끼덜 시키는 대로지. 죽으라면 죽는 시늉이라도 해야지요. 약한테 당해낼 장사는 없으니까."

두더지 시절 이야기였다. 바로 두목 자신이 겪은 어린 시절의 소름 끼치도록 비정하고 험상궂은 추억담 한 가지였다. 게다가 그건 술자리가 막판에 접어들 때쯤 되면 두목이 언제나 막패로 꺼내는 이야기였다.

나는 이제 그만 자리를 물러나야 할 때가 된 것 같았다. 그 두더지 시절 이야기까지 나왔고 보면 술자리는 이제 진짜 막판이었다.

서울 손님들도 지금까진 어지간히 잘들 견뎌온 편이었다. 하지만 이젠 그것도 곧 결판이 날 판이었다.

나는 취사도구와 사냥 기구들을 챙기며 서서히 자리를 뜰 채비를 시작했다. 그야 술판이 곧 끝나고 안 나고는 나로서는 별로 상관할 일이 아니었다. 두목이 서울 손님들에게서 강남옥 색시를 후려낼 수 있느냐 없느냐도 나한테는 관심을 둘 일이 못 되었다. 자리를 빠져나오려는 건 두목의 이야기 때문이었다. 두목의 그 두더지 시절 이야기가 듣기 싫었다.

두더지 시절 이야기를 하고 있을 때는 두목이 그렇게 무서울 수가 없었다. 나는 두목을 누가 뭐라고 말하든, 그리고 두목이 내게 무슨 짓을 하든 그 두목이 두려워지는 일은 별로 없었다. 하지만 두더지 시절 이야기를 하고 있을 때만은 달랐다. 두목은 물론 그 이야기를 할 때도 늘 웃음을 웃고 있었다. 하지만 그것은 아무래도 여느 때하고는 기분이 좀 다르게 느껴지는 웃음이었다. 이제 와선 뭔가 제법 그리워지기까지 한다는 듯 입가를 이상스럽게 씰룩거리며 두목이 그 두더지 시절의 일들을 천연덕스럽게 들춰내고 있을 때면 괜히 이야기를 듣는 사람 쪽에서 먼저 얼굴색이 변해지곤 했다. 나 역시 그런 때의 두목의 전혀 사람이 달라져버린 것처럼 목소리만 들어도 온몸에 소름이 돋곤 했다.

포천 못 미쳐 어떤 기지촌 근방에서였다던가—

두목이 그 열 살 안팎 아이들을 꾀어 모아다가 주사약으로 사람의 넋을 말려버린 녀석 수가 열 명 가까이나 된다고 했다. 주사약을 주지 않으면 녀석들은 미친 들짐승 한가지나 다름없다 했다.

녀석들은 주사약 때문에 밤마다 두목이 시키는 대로 철조망을 뚫는다고 했다. 보초병의 어깨에 걸친 위험스런 쇠붙이도 두려워하지 않고 생쥐 새끼 풀방구리 드나들 듯 부지런히 보급품들을 물어낸댔다. 어떤 때는 귀국이 임박한 제대병 막사를 미리 알아두었다가 오밤중 고향의 단꿈에 젖어 있는 할로 아저씨의 가슴에 칼끝을 들이대기도 한댔다.

두목은 그 자신이 바로 기지촌 두더지로 자라났기 때문에 녀석들을 다루는 요령도 누구보다 밝았댔다.

"가끔은 손아귀 빠져나가고 싶어 하는 녀석들이 있었지요. 하지만 뭐 그런 걸로 걱정을 할 건 없었어요. 가고 싶거든 가라. 가면 모르는 체해둬도 하루가 안 돼서 제 발로 벌벌 다시 기어들게 마련이에요. 주사약이 용설해야지요. 제깐놈들이 그걸 어디서 함부로 손에 잡을 수가 있나요. 녀석들 꼴이 안됐긴 하지만 일부러 하루쯤 약을 굶겨놓지요. 다시는 그런 버릇 꿈도 꾸려 하지 않아요. 녀석들한텐 약이 족쇄지요. 내가 바로 그 무정스런 족쇄에 7년이나 매여 지냈는데 그만 요령쯤 몰랐겠소. 그 세월이 장장 7년 동안이나 되는데 말요."

두목은 바야흐로 그 묘하게 기분 나쁜 입가의 씰룩거림이 한창이었고, 서울 손님들은 위인들대로 그 달갑잖은 두목의 사설에 얼굴빛들이 서서히 변해갔다.

두목은 서서히 녹을 풀고, 서울 손님들은 그 두목의 독기에 쐬어 심신이 모두 뻣뻣하게 마비되어가고 있는 형국이었다.

두목의 독기가 효험을 미치지 못하고 있는 것은 아직도 그 강남옥 색시뿐이었다. 강남옥 색시만이 아직 두목의 이야기를 대수롭지 않게 듣고 있었다. 보다는 오히려 두목의 이야기가 재미있어 죽겠다는 듯 겁도 없이 천치 같은 웃음을 해롱대고 있었다. 그리고 가끔 잊었던 생각이 되살아나곤 하는 듯, 또는 그 희고 탄탄한 허벅지살 사이로 비집고 드는 남자들의 눈길을 작두질해 내버리듯 무릎을 세웠다 내렸다 하는 그 묘한 다리 동작을 버릇처럼 즐기고 있었다.

그러다 그녀는 그 두목의 이야기조차 끝낸 더 기다리려지 않은 채 자리를 벌떡 일어섰다. 그리곤 뭔가 더 참을 수가 없다는 듯 술 취한 두목과 서울 손님들의 주의를 한꺼번에 때려잡아버릴 괴상한 행동을 보여주었다.

"아, 이렇게 술들을 마시고 오줌 누러 가는 사람도 하나 없어."

그녀는 다른 사람들을 위해 그 일을 자신이 대신해주겠다는 듯 비실비실 술 취한 걸음으로 차양막을 떠나갔다.

그러나 그녀는 차양막을 그리 멀리 떠나가지 않았다. 비틀대는 걸음걸이로 열 발도 못 가서 그냥 모래밭 위로 몸을 쭈그리고 주저앉아버렸다.

처음엔 거기서 그녀가 어쩌랴 싶었다. 차양막 정면에선 눈길을 조금 비키고 있었지만, 거기선 여자가 차마 엉덩일 까고 일을 볼 수는 없는 곳이었다. 그런데 어쩌나 싶어 곁눈질로 훔쳐보니 기가 찰 행사가 벌어지고 있었다.

그녀는 엉덩이도 까 내리지 않은 채 그 비좁은 바짓가랑이 사이로 일을 잘도 치러내고 있었다. 이내 모래밭 패는 소리가 차양막 근처까지 요란하게 들려왔지만 그녀는 그도 전혀 아랑곳을 않는 눈치였다.

그건 이따금 남자들이나 하는 짓거리였다. 그녀는 그런 짓거리로 함부로 두목을 도발시키려 하고 있었다. 아니 차라리 두목을 포함한 남정들의 숫기를 한꺼번에 폭삭 꺾어버리고 있었다.

어이가 없어진 것은 오히려 남정들 쪽이었다. 남정들은 차마 알은척을 하고 나설 수가 없는 것 같았다. 사정을 빤히 다 알고들 있으면서도 짐짓 멍청스런 표정들을 하고 있을 뿐이었다.

나도 이젠 그쯤에서 그만 자리를 빠져나오고 말았다.

하지만 사실은 뭐 자리를 빠져나오고 말고 할 것도 없었다. 서울 손님들로 말하면 처음부터 내겐 무슨 관심을 둘 일이 없을 테고, 두목 역시도 이젠 더 이상 내 시중이 필요 없게 된 터이었다.

나는 흘깃 한번 두목의 안색을 살피고 나서 우리의 그 별장 쪽을 향해 천천히 발길을 옮기기 시작했다.

저녁나절 산그늘이 강을 꽤 멀리까지 덮어오고 있었다.

산그늘이 덮어오면 강은 물색이 달라졌다.

긴긴 봄날 일요일 하루해가 낮 한고비를 넘고 있었다.

두목도 이젠 곧 결판을 내야 할 때가 된 것 같았다. 위인은 오늘 서울 손님들이나 강남옥 색시와 함께 가겟거리까지 술자리를 다시 옮겨갈 수는 없게 되어 있었다. 토요일이 아니고는 서울 손님들이 가겟거리에서 밤을 지내는 일이 드물었다. 서울 손님들은 머지않아 이제 차를 타러 가야 할 것이다. 그 서울 손님들이 자리를 일어서기 전에 강가에서 결판이 지어져야 했다. 두목의 결판에는 언제나 그 서울 손님들의 도움이 필요했기 때문이었다.

그야 이제 곧 결판이 나기는 할 것이다.

두목은 지금쯤 아마 그가 열 살도 안 되었을 때 어떤 다리 없는 아저씨의 꾐에 빠져 주사약을 맞게 되던 이야기를 하고 있을 것이다. 그리고 그가 그 무서운 주사약을 도망치려 했다가 하루도 못 가 제 발로 다시 다리 없는 아저씨의 움막으로 기어 들어간 이야기를 하고 있을 것이다. 얼굴이 노랗게 떠서 나이조차 분간할 수 없는 얌전한 두더지 새끼들 앞에서 피를 토하도록 매를 맞은 이야기를 하고 있을 것이다.

— 다리몽댕이까지 잘려나간 꼴에 웬 맷손질은 그리 사나웠던지.

— 주사약 때문에 제 발로 다시 기어 들어온 놈을 뭣 때문에 또 그토록 무서운 매질을 해야 했는지.

그래서 두목은 훗날 자신이 그 두더지 새끼들을 거느리게 되었을 땐 절대로 제 발로 들어오는 놈 매질은 없었노라는 소리를 하게 될 것이다.

— 하루이틀 약을 쉬게만 해주면 그만이었죠. 주사약 하나면 아무도 제 발의 족쇄를 풀어내려는 놈이 없었다니까요.

그리고 그는 아마 마지막으로 눈이 먼 그의 색시와 이 턱거리 강물 기슭을 찾아들어와 자신의 몸에 밴 주사약 독기를 술기로 덮어 씻어낸 이야기를 자랑스럽게 늘어놓게 될 것이다.

그러면 그만이었다. 그것으로 색시의 일은 결판이 지어지게 되어 있었다.

두려운 질투

나는 이윽고 강을 버리고 두목과 나의 별장을 향해 골짜기를 오르기 시작했다.

두목과 서울 손님들의 술자리 모습이 산비탈 뒤로 사라지고 나자 나는 이상스럽게 마음이 조급해지기 시작했다.

나는 까닭 없이 혼자 숨을 헐떡거리며 허겁지겁 동굴 입구까지 올라갔다. 두목이 그런 기분 나쁜 얘기를 꺼내기 전에 얼른 색시를 후려내버렸으면 좋겠다. 그리고 색시는……

결과는 어차피 늘 마찬가지였다. 나는 두목의 실력을 알고 있었다.

그러나 두목은 오늘 너무 시간을 끌고 있었다. 다른 때도 늘 같은 순서를 치르고 있었던 건 사실이지만, 오늘따라 두목은 필요 이상으로 더 늑장을 피우고 있는 느낌이었다. 두목이 괜히 원망스러웠다.

하지만 알고 보니 그건 내가 두목 앞에 몰래 숨기고 있는 것이 있었기 때문이었다.

동굴까지 올라서자 나는 문득 무엇 때문에 지금 내가 그토록 맘이 조급해지고 있는지 까닭을 알 수 있었다.

장소가 은밀한 곳에서는 생각도 곧잘 분명해졌다. 나는 아까부터 내내 버릇처럼 참고 있었던 것이 있었다.

동굴로 들어서면서 주위가 은밀해지자 나는 자신도 모르게 그만 긴장이 풀린 모양이었다. 그 아랫도리 가랑이 사이로 사정없이 힘이 태여들고 있었다.

아랫도리에 힘이 태여들기 시작한 것은 아까 그 술자리 근처에서 강남옥 색시의 망측스런 다리 장난질을 보고 있었을 때부터였다. 작년까지만 해도 전혀 그런 적이 없었는데 별스런 일이었다.

두목이 어느 날 동굴 속에서 심심풀이 삼아 나를 터무니없이 헉헉거리게 해놓은 일이 있은 후부터 걸핏하면 자주 아랫도리에 힘이 태여오곤 했다. 하지만 가겟거리 색시 앞에서 쓸데없이 그렇게 힘이 태여든 것은 이번이 처음이었다.

나는 두목이 두려웠다. 두목 앞에서 그런 아랫도리를 들키지 않을까 지레 겁을 집어먹고 있었다. 까닭을 알 순 없었지만 강남옥 색시 앞에서 그런 곳에 힘이 태이고 있는 것을 보이면 아무래도 두목이 나를 그냥 가만 놔둬줄 것 같지 않았다. 아랫도리에 힘을 태이지 않으려고 속으로 혼자 얼마나 애를 먹고 있었는지 모른다.

두목의 마지막 이야기가 듣기 싫었다는 것도 물론 거짓말은 아니었다. 하지만 내가 두목의 술자리를 피해 나온 것은 강남옥 색시의 그 희한스런 오줌싸기를 보고 이젠 더 이상 아랫도리의 힘을 참을 수가 없어져버린 탓이었다. 아랫도리로 태여드는 힘을 더 이상 참지 못하고 두목의 눈에 들켜버리지나 않을지 두려워졌기 때문이었다.

어쨌거나 이제 두목은 곁에 없었다. 그리고 나는 언제부턴가 그토록 아랫도리로만 태여드는 힘을 손쉽게 풀어버리는 방법을 알고 있었다. 급한 일도 없이 허겁지겁 조급하게 동굴로 서둘러 온 것도 실상은 한시 바삐 그 거북살스런 아랫도리의 힘을 풀어버리고 싶은 엉큼스런 욕심에서였음이 분명했다.

동굴 안은 더할 나위 없이 주위가 조용하고 은밀스러웠다. 아무것도 내 머릿속 생각을 방해하려 들 것이 없었다.

나는 장님처럼 눈을 감고 보고 있었다. 차양막 그늘 저쪽 끝에 강남옥 색시의 모습이 걸려 있었다. 강남옥 색시는 여전히 그 바보 같은 웃음기를 입가에 지어 바른 채 무릎을 올렸다 내렸다 하는 괴상스런 발장난질을 계속하고 있었다. 강남옥 색시의 그 발장난질만 보고 있어도 아랫도리에서는 저절로 찌부듯한 힘이 끊임없이 부풀어 올랐다.

이윽고 그 강남옥 색시가 내 감은 눈 속에서 멀어졌다 가까워졌다 안타까운 요술을 피우기 시작했다. 어느새 그 강남옥 색시 곁으로 두목의 모습이 들어섰다.

두목이 들어서자 강남옥 색시가 이번에는 그 두목을 향해 발장난질을 계속했다.

나는 문득 그 색시가 원망스러웠다. 두목이 미워지기 시작했다.

나는 아랫도리의 힘을 잃지 않으려 발버둥치며 안타깝게 색시의 모습을 찾았다. 하지만 강남옥 색시는 여전히 두목 쪽으로만 발장난질을 계속했고, 두목은 위협하듯 나를 무섭게 흘겨댔다. 그 두목의 머리통이 흡사 그가 먹은 세모잽이 독사 대가리나 메기 할망구의 그것처럼 보였다.

나는 더 참을 수 없도록 두목이 미워졌다. 작자에 대한 그런 미움증은 아까 강가에서부터 이미 씨를 품기 시작한 것 같았다.

두목이 색시를 후려내기 전에 시간을 질질 끌며 서울 손님들을 짓이겨대는 것은 늘 나의 기분을 후련스럽게 해주었다. 나는 언제나 그런 두목의 편이 되어 두목의 배짱을 부러워하고 자랑스러워하였다.

하지만 이날만은 그게 그렇지를 못했다. 강가에서도 나는 노상 두목의 편이었던 것만은 아니었다. 그가 크게 자랑스러웠거나 그에게 일방적으로 당하고만 있는 서울 손님들 앞에 기분이 마냥 편했던 것도 아니었다. 그때부터도 나는 이미 두목에 대한 어떤 미움의 기미를 참고 있었음이 분명했다.

나는 마침내 화가 치밀어 두목을 죽여버리기라도 하고 싶었다. 그 두목을 마음껏 미워하고 마음껏 화를 냈다. 작자를 미워하면

할수록 아랫도리에서 그만큼 세찬 힘이 요동쳤다. 희미하게 멀어져가던 강남옥 색시가 조금씩 다시 내 쪽으로 다가들어 왔다. 그러나 그것은 두목에 대한 내 저주가 조금만 늦춰지면 순식간에 다시 아득하게 멀어져가버리곤 하였다.

나는 두목을 향해 점점 더 미칠 듯이 화를 냈다. 그리고 그 두목에 대한 미움과 노기가 절정에 달해 올랐을 때 내 아랫도리에선 걷잡을 수 없는 속도로 모든 힘이 한꺼번에 재빨리 풀려나갔다. 그와 함께 내 감은 눈 속에 걸쳐 있던 두목과 강남옥 색시의 모습도 거짓말처럼 허망하게 스러져갔다.

두목에 대한 불같은 미움이 순식간에 무서운 죄책감으로 변해 있었다.

이윽고 나는 부르르 몸이 떨려왔다. 두목에게 지울 수 없는 죄를 지은 것 같았다. 두목을 심하게 배반하고 난 기분이었다.

나는 자신이 두려웠다. 두목이 그런 사실을 알면 그는 아마 나를 죽이려 들 것만 같았다. 두목을 그토록 미워해본 것도, 그리고 그가 그토록 두렵게 생각된 것도 모두가 오늘로서 처음 겪는 일들이었다.

두목의 두더지 시절 이야기들이 새삼 두려운 모습으로 떠올라왔다. 그때의 이야기들을 곰곰 돌이켜보면 두목은 아마 맘만 먹으면 능히 나를 죽이고도 남을 위인이었다. 두더지 새끼들을 다룰 때 두목은 절대로 매질을 하지 않았다고 했다. 매를 쓰지 않고도 주사약 하나면 얼마든지 녀석들을 고분고분하게 만들 수 있었다고 했다. 이상스런 일이지만 두목에 대한 그런 절대적인 복종심은 나에게서도 비슷했다.

나는 두목에게 주사약을 맞지 않고도 이미 주사약에 버릇이 들어 있는 꼴이었다. 두목의 뜻을 거역할 수가 없었다. 두목의 뜻을 거역하려 들었다간 정말로 두목이 내게 주사약으로 길을 들이고 싶어 할 것 같았다. 주사약으로 길을 들이려 하기도 전에 진짜 두더지 새끼처럼 간단히 나를 밟아 죽이고 말 것 같았다. 평소 두목이 별로 두렵지 않게 생각되어온 것은 오히려 그 두목에 대한 내 절대적인 복종심을 믿고 있었기 때문이었다.

하지만 오늘은 사정이 달랐다. 두목을 속이고 무모하게 그를 거역한 것 같은 무거운 기분을 떨쳐버릴 수가 없었다. 낌새를 채게 되면 두목이 절대로 나를 용서하지 않을 것 같았다. 지금 당장이라도 두목이 숨을 식식거리며 성난 멧돼지처럼 동굴을 향해 돌진해 오고 있을 것 같았다.

좀이 쑤셔 견딜 수가 없었다.

이윽고 나는 다시 동굴을 빠져나오고 말았다. 그리고 아깟번 두목의 술자리가 내려다보이는 건너편 능선으로 기어 올라가 겁먹은 다람쥐 새끼처럼 차양막 쪽의 기미를 살피기 시작했다.

그새 물론 두목이 별장을 올라오고 있는 기미는 없었다.

이젠 차양막 아래의 술자리도 어느새 파장이 나고 만 모양이었다. 장사가 끝난 차양막 주인이 술자리를 치우고 있었다.

차양막 근처에선 아무도 다른 사람의 모습을 찾아볼 수 없었다. 서울 손님들도 이미 차를 타러 가겟거리로 들어가버린 모양이었다. 두목이 마침내 그 서울 신사 양반들한테서 강남옥 색시를 빼앗아낸 증좌였다.

이내 나는 그 두목과 색시를 찾을 수 있었다. 차양막에서 훨씬 이쪽으로 강을 거슬러 올라온 강물 가운데 사람의 머리통으로 보이는 두 개의 검은 점이 수면을 오르내리고 있었다. 검은 점의 하나는 두목의 머리통일 것이고, 다른 쪽 하나는 강남옥 색시의 그것일시 분명했다. 두 개의 점이 한 군데로 얽혀드는가 하면 이내 수면 아래로 모습이 가라앉아 들어가고, 한동안 모습이 사라졌던 머리통이 물위로 다시 솟아올랐다 하며, 서로 쫓고 쫓기고 하는 꼴이 두목은 지금 강남옥 색시에게 물을 먹여대고 있는 게 틀림없었다.

술을 마시고 물속에서 장난질을 치는 건 좀 위험한 일이 아니었다. 하지만 두목은 뭍에서나 물에서나 술기를 가리는 일이 별로 없었다. 나부터도 우선 그 미친 지랄기가 올라 있는 두목을 가까이했다가 물속에서 숨통이 끊길 뻔한 일이 한두 번이 아니었다.

두목은 전부터도 걸핏하면 나를 번쩍 강물로 집어던져서 정신없이 물을 마시게 하는 못된 취미가 있었다. 별안간에 두목의 기습을 받고 허우적허우적 머리통이 수면 위로 치솟아 올라오면 두목은 배퉁이를 마구 들먹이며 정신없이 그 항아리가 깨져나가는 듯한 왁살스런 웃음소리를 터뜨리고 서 있곤 했다. 그리고는 미처 숨을 돌이킬 사이도 없이 번개처럼 다시 내 머리통을 덮쳐들곤 했다. 그 우악스런 두목의 힘에 짓눌려 들어갔다 간신히 머리를 내밀어보면 이번에도 또 두목이 미리 나를 기다리고 있었다. 숨통이 막혀 들면 물을 마시지 않을 수 없었다. 애원이나 앙탈을 써볼 틈도 주지 않았다.

두목이 연속적으로 그런 우악스런 공격을 계속해오고 있을 때는 영락없이 그런 식으로 나를 죽이고 말 것 같았다. 숨통이 끊어져도 두목은 자기 장난에 취해 그것을 알아차릴 수조차 없을 것 같았다.

혹은 두목이 정말로 나를 죽이려고 그러는 것 같기도 했다.

하지만 두목이 정말로 나를 죽이려 한 건 물론 아니었다. 병이 나도록 물을 먹게 한 일도 없었다. 작자는 미친 지랄기를 못 참아서 그걸 끄기 위해 그러는 것뿐이었다.

어쨌거나 일을 당하는 쪽이 위험하기는 마찬가지였다.

강남옥 색시가 제 발로 강물까지 두목을 따라 들어갔을 리는 없었다. 두목이 색시를 강제로 들쳐메다가 강물로 던졌을 게 틀림없었다.

두 사람의 머리통은 아직도 물오리처럼 수면 위를 쉴 새 없이 들락날락하고 있었다.

수영 경험이 얼마간은 있었던 것일까. 옷을 걸친 채일 텐데도 강남옥 색시가 그만큼 물속에서 견뎌낼 수 있는 것이라도 우선 다행이었다.

나는 다시 가슴이 떨려오기 시작했다. 두목을 몰래 거역하고 있었던 데 대한 두려움이 서서히 다시 머리를 쳐들어오고 있었다.

아무래도 두목은 지금 제정신이 아니었다. 작자가 어쩌면 정말로 강남옥 색시를 죽이려 하는지도 모른다는 생각이 불현듯 머리를 스쳐갔다.

두 사람의 머리통이 문득 움직임을 멈추고 있었다.

강남옥 색시가 마침내 정신을 잃었거나 물을 몹시 퍼마신 모양이었다. 색시 쪽에서 먼저 움직임을 그치자 두목도 이젠 직성이 풀렸는지 이내 그 맥없는 여자의 몸뚱이를 천천히 물기슭으로 끌어내기 시작했다.

강물이 거의 가슴팍 정도까지 얕아졌을 때 두목은 색시의 몸뚱이를 번쩍 물에서 꺼내 올려 어깨 위로 들쳐 짊어졌다. 그리고는 별로 서두르는 기색도 없이 천천히 물을 차며 강기슭을 향해 나오고 있었다.

두목의 어깻죽지 위에 실린 강남옥 색시는 두 손이 앞으로 조금씩 치렁거리고 있었지만 그렇다고 별로 겁을 먹은 것 같지도 않은 두목의 태도로 보아 그녀가 아주 정신을 잃은 것은 아닌 것 같았다. 정신을 잃었대도 그야 두목이 겁을 먹고 일을 서둘러댈 위인도 아니었다.

하지만 알 수 없는 게 있었다. 두목이 강남옥 색시를 물에서 꺼내 올렸을 때 그녀의 몸뚱이는 옷을 하나도 걸치지 않은 알몸이었다. 설마하고 다시 보아도 저녁나절 산그늘 속에 하얗게 떠오른 그녀의 몸뚱이는 실오라기 하나 걸치지 않은 완전한 알몸뚱이였다.

그렇다면 그녀는 두목이 완력으로 몸을 집어던진 게 아니었단 말인가. 아니면 아까 두목이 그 옷 벗는 법을 가르쳐주겠다던 말대로 그녀가 제물에 옷을 벗고 고분고분 강물로 두목을 따라 들어가주기라도 했단 말인가.

그럴 리는 물론 없었다.

색시를 들쳐 업은 두목의 한쪽 손에 그녀의 것으로 보이는 옷가지가 들려 있었다. 두목은 오히려 옷을 입은 채였다. 두목이 물속에서 색시의 옷을 벗겨낸 모양이었다. 위인은 색시를 물속으로 끌고 들어가 물을 먹인 것이 아니라 거기서 그녀의 옷을 벗겨내고 있었던 모양이었다. 그래서 두목은 그가 내게 물을 먹이려 할 때처럼 물 위에서 여자의 머리가 솟아오르기를 기다린 것이 아니라 자신도 색시와 함께 한동안씩 물속으로 모습이 얽혀 들어가곤 했던 모양이었다.

작자가 무엇 때문에 물속에서 색시의 옷을 벗기고 있었는지 알다가도 모를 일이었다. 두목도 함께 옷을 벗은 꼴이라면 그가 가끔 별장까지 데려온 가겟거리 색시들과 수작을 하던 그 해괴한 발장난질을 상상해볼 수도 있었다. 하지만 두목은 옷을 입고 있었다.

알 수 없는 일이었다. 알 수는 없었지만 어쨌거나 기분이 좋을 수도 없는 노릇이었다.

나는 두목에 대한 두려움이 이번에는 다시 참을 수 없는 원망과 미움으로 돌변해갔다. 두목의 등덜미에 업혀 나오고 있는 강남옥 색시의 그 가엾도록 하얀 몸뚱이를 보자 순식간에 내 온몸이 부글부글 끓어올라 당장이라도 작자를 죽여버리고 싶었다. 술자리에서 무릎을 올렸다 내렸다 하면서 쉴 새 없이 짓궂은 발장난질을 치고 있던 강남옥 색시의 모습이 자꾸만 더 생생하게 눈앞을 어른거렸다.

—도대체 작잔 이제부터 저 여잘 어떻게 할 참일꼬…… 강가 모래판에 색시를 뉘어놓고 물을 토해내게 할 줄 알았더니 작자는 거기서도 예상을 빗나가고 있었다. 위인은 색시를 어깨에 둘러 멘 채 계속 모래벌판을 걸어오고 있었다. 모래벌판을 건너서는 다시 강줄기를 끼고 숲길로 들어섰다.

애초부터 남의 눈을 상관할 위인은 아니었지만, 벌거벗은 여자의 알몸을 들쳐멘 두목이 숲길로 모습을 감춰 들어갈 때까지도 길가에는 누구 한 사람 그를 방해하고 드는 일이 없었다. 차양막 주인마저도 이젠 벌써 짐을 챙겨가지고 가겟거리로 들어가버린 뒤였다.

—색시를 도대체 어떻게 할 참일꼬?

두려움과 질투를 참으면서 나는 계속 숲속에 엎드린 채 두목의 거동을 살폈다.

두목이 숲길을 들어서고 있는 방향으로 보아 위인은 필시 우리들의 별장까지 색시를 데려가려는 게 틀림없었다. 하지만 한번 숲속으로 모습이 사라져 들어간 두목은 어느 만큼 길을 오고 있는지 한동안 기척을 찾아볼 수가 없었다.

나는 나뭇가지 사이로 두목의 모습을 찾다 말고 문득 다시 몸을 일으켰다. 그리고는 잽싸게 몸을 날려 동굴로 쫓아 올라갔다.

두목의 동굴에 도착하기 전에 내가 먼저 그곳을 차지해두기 위해서였다.

오늘만은 두목이 강남옥 색시와 그 이상스런 발장난질을 하지 못하도록 지키고 있어야겠다고 생각했다. 두목이 쫓아내려 하더라도 오늘만은 쉽사리 동굴을 비켜나지 않을 결심이었다.
동굴에는 물론 두목이 아직 도착해 있지 않았다.
나는 우선 동굴 안으로 들어가 가쁜 숨부터 가라앉혔다.
숨을 가라앉히고 나서 한 식경이 지나도 두목은 여전히 모습을 나타내지 않았다.
—웬일일까. 올라오다 무슨 일이 생긴 걸까.
나는 동굴 벽 한쪽에 비스듬히 몸을 기대 누운 채 계속 바깥 동정을 살폈다.
얼마나 그러고 있었을 때였을까. 그동안 나는 아마 여기저기 공연한 신경을 쓰다 피곤기가 꽤 심해진 모양이었다. 모처럼 만에 아랫도리의 힘을 시원하게 풀어버린 데도 까닭이 있었는지 모른다. 나는 그만 어슴푸레 잠이 들고 있었다.
누군가가 툭툭 머리통을 걷어차는 바람에 번쩍 눈을 떠보니 두목이 바로 이마 위에서 나를 노려보고 서 있었다.
"너 이 새끼, 왜 사냥질을 않고 여기서 낮잠만 퍼자고 있는 거야."
나는 엉겁결에 눈을 비비고 일어나 앉으며 두리번두리번 두목의 낌새부터 살폈다.
"이 새끼, 냉큼 일어나서 나가지 않구 뭘 그리 멍청하게 두리번거리고 있는 거야."
두목이 다시 한 번 세차게 내 머리통을 걷어찼다.
나는 영문을 알 수 없었다.
두목은 혼자였다.

동굴 안은 그새 눈앞이 꽤 어두워져 있었다. 하지만 아무리 사방을 휘둘러보아도 강남옥 색시의 모습은 찾아볼 수가 없었다. 두목 혼자뿐이었다. 동굴 바깥에도 다른 사람이 올라와 있는 듯한 기미가 보이지 않았다. 알 수 없는 일이었다.

강남옥 색시는 정말로 숨이 끊어져 죽어버린 것이나 아닐까. 두목이 결국엔 변을 저지르고 만 거 아닐까. 작자의 거동이 전에 없이 거칠어 보이는 것도 강남옥 색시의 일이 잘못되어버린 때문이 아닐까.

나는 느닷없이 그런 불길한 상상에 휩싸이며 두목이 의심스러워지기 시작했다.

"강남옥 색시는 어떻게 했어? 강남옥 색시는 어디 있느냔 말야?"

나는 두목에 대한 두려움도 잊은 채 대어들 듯이 색시의 일부터 따지고 들었다.

"뭐, 강남옥 색시? 강남옥 색시가 뭐 어쨌다구?"

두목은 그러나 아닌 밤중에 무슨 홍두깨냐는 얼굴이었다. 강남옥 색시의 일은 이미 염두에도 남아 있지 않은 사람처럼 거꾸로 내게 반문해오고 있었다. 그것도 나는 두목이 일부러 시치밀 떼고 있는 것만 같았다. 나는 틈을 주지 않고 다그치고 들었다.

"강남옥 색시, 두목이 아까 물을 멕이지 않았어?"

"그래 물은 먹였는데."

"그래서 정신을 잃게 해가지고 이리로 떠메고 오지 않았냔 말야?"

"옳아, 그러고 보니 요 조그만 물생쥐 새끼가 몰래 다 엿보고 있었구만! 응, 요 대가리 숨골도 덜 굳은 새끼야."

두목은 드디어 부아가 치밀어오르는 듯 내 머리통을 한 번 더 세차게 걷어찼다. 그리고 강남옥 색시의 일은 그런 식으로 어물쩡 얼버무려 넘길 심사인 듯 우악스럽게 나를 쫓아 몰기 시작했다.

"요 새끼, 죽기 싫음 주둥이 까지 말고 당장 꺼져! 강남옥 색시고 뭐고 지금부터 한짐 푹 주무실 테니까 더 말 시키지 말구. 버르장머리 없는 생쥐 새끼 같으니라고. 또 한 번만 주둥일 나불댔단 봐라."

당장이라도 숨통을 끊어버릴 듯 험악한 기세로 입구까지 나를 내쫓고 나선 몸을 벌렁 동굴 바닥으로 내던져 누워버렸다.

나는 그런 두목의 거동이 갈수록 수상쩍었다. 두목이 무섭고 겁나면서도 그대로 그냥은 참을 수가 없었다.

"난 다 안다! 두목이 강남옥 색시를 죽인 거다! 내가 다 봤다!"

동굴을 향해 소리를 질러놓곤 제풀에 놀라 잽싸게 몸을 내빼기 시작했다.

두목은 그 소리에 다시 몸을 번쩍 일으키는 기척이더니 이내 등 뒤에서 바윗돌처럼 커다란 돌멩이들이 날아오기 시작했다.

"뭐야 이 새끼? 저 새끼가 죽고 싶어 환장했구만. 그래 뒈지고 싶음 뒈지게 해주마. 아나 이 새끼. 이 돌덩이에 맞아 머리통이나 부서져 뒈지거라."

나도 이젠 약이 오를 대로 올라 있었다. 두목의 거센 돌팔매질을 잽싸게 피해 달아나면서 작자를 향해 계속 분통을 돋워줬다.

"까불지 마라, 이 두목놈아! 넌 이제 죽는다. 내가 강남옥 색시를 찾아낼 테다. 강남옥 색시만 찾아내 봐라."

"와하하하."

우악스런 돌팔매질 사이로 두목의 그 항아리가 깨지는 듯한 웃음소리를 들은 것이 마지막이었다.

나는 그만 두목의 그 엄청난 돌팔매질 거리를 벗어나는가 싶었을 때 아차 발을 헛딛고 말았다. 순간, 비탈 아래로 몸뚱이가 사정없이 나동그라지며 머릿속이 금세 깜깜해져버렸다.

두목은 내가 곤두박질을 치기 전에 이미 몸을 돌이켜버렸던지, 아니면 그런 꼴을 보고서도 그냥 우악스런 웃음만 터뜨리다 동굴로 기어 들어가버린 모양이었다.

나는 한동안 정신을 잃고 있었다. 두목이 나를 그냥 팽개쳐 버려둔 채였다.

곤두박질에서 다시 눈을 떠보니 두목의 모습은 여전히 그림자도 보이지 않았다. 하지만 나는 뜻밖의 장소, 뜻밖의 사람 곁에서 눈을 뜨고 있었다. 내가 넘어진 곳으로 쫓아온 것인지, 정신을 잃고 있는 동안 나를 이쪽으로 옮겨다 놓은 것인지 이마에 섬뜩한 찬물기를 느끼며 정신을 차리고 보니, 강남옥 색시가 나를 내려다보고 있었다.

나는 다시 머릿속이 어리둥절했다. 강남옥 색시가 어떻게 지금 내 곁에 이러고 있을 수 있는가. 두목은 그럼 정말로 강남옥 색시를 해치지 않았단 말인가. 이 여자가 어떻게 두목의 손을 빠져나와 여기서 나를 찾아낼 수 있었단 말인가.

"이제 정신이 좀 드니?"

말없이 나를 지켜보고 있던 색시가 비로소 좀 안심이 된다는 듯 조심스런 목소리로 물어왔다.

하지만 그녀는 처음부터 사고를 크게 걱정하고 있었던 것 같지는 않았다. 어딘지 피곤기가 깊이 배어 흐르고 있는 듯한 눈길이 이상스럽도록 잔잔하게 가라앉아 있었다. 그리고 좀더 나를 안심시켜주고 싶은 듯 그 아늑한 눈길 속에 조용한 미소를 떠올려 보이고 있었다.

나는 그녀가 술자리에서 무릎을 올렸다 내렸다 하면서 바보처럼 늘상 실없는 웃음기를 흘리던 때와는 아주 사람이 달라져 있는 느낌이었다. 그래 그런지 이상스럽게도 그녀의 눈길을 바로 받기조차 거북해지고 있었다.

나는 그녀의 물음엔 대꾸도 않고 그녀의 머리 뒤로 시원스럽게 펼쳐져나간 저녁나절의 여름 하늘만 한참 동안이나 멍하니 바라보고 있었다.

"그리고 참, 아깐 뭐 총각이 나를 찾아선 두목을 혼내준다고 하더니 왜 그랬지? 왜 나를 찾겠다고 했지? 아까 그 사람 너하고 친구니?"

그녀가 이윽고 내 시선을 가로막으며 다시 물었다.

나는 이번에도 그녀의 물음엔 대답을 하지 못했다. 대답 대신 슬그머니 몸을 한 번 뒤척여보았을 뿐이었다. 한동안 정신만 잃었을 뿐 몸이 크게 다친 곳은 없었다. 관자놀이와 무릎뼈 근처가 좀 빼근하게 아려왔지만, 특별히 못 견디게 움직임이 거북한 구석은 없었다.

나는 그대로 그냥 몸을 반쯤 일으켜 앉았다.

그리곤 내 쪽에서 외려 강남옥 색시에게 되묻기 시작했다.

"내가 아깐 어떻게 된 거지요? 여기까지 몸이 나둥그러져 온 거예요?"

강남옥 색시 역시 그녀가 내게 물은 말에 대한 분명한 대답을 기다리고 있지 않았던 모양이었다. 그녀는 연거푸 물어대는 내 쪽의 질문에도 그냥 한동안 잔잔한 미소로 나를 내려다보고만 있었다.

햇볕이 시들어가는 저녁나절의 숲속은 새 울음소리 하나 들려오지 않았다. 나는 그냥 강남옥 색시와 무한정 그렇게 조용한 정적 속에 파묻혀 있고 싶었다. 은밀한 정적을 바라면서도 그 정적은 또 이상스럽게 나를 불안하게 했다. 강남옥 색시와 함께 있고 싶은 갈망이 까닭없이 나를 두렵게 해왔다. 정적이 너무 깊었고, 여자의 표정이 너무도 은밀했기 때문이었다. 주위가 조용하면 조용할수록, 색시와 함께 있는 것이 은밀스러우면 은밀스러울수록 나는 터무니없이 두목이 두려워지고 있었다.

햇볕이 이미 시들어버렸는데도 강남옥 색시는 두목과 헤어지고 나서 젖은 옷을 말리고 있었던 모양이었다.

"왜, 이제 집에 가려구? 걸어도 괜찮을 것 같애?"

갑자기 몸을 일으켜 세우는 나를 보고 강남옥 색시가 걱정스런 얼굴로 물었다. 그리고 그녀도 함께 몸을 따라 일어서며 혼잣말처럼 덧붙였다.

"난 아직 옷이 마르지 않았는데…… 하지만 이젠 뭐 그냥 가지. 가는 길에도 말릴 순 있을 테니까."

이번에도 나는 색시의 말엔 대꾸를 하지 않았다. 두목이나 누가 함께 있을 때는 그렇지도 않았는데 그녀와 둘이서만 있다 보니 까닭 없이 거동이 자꾸 거칠어지려고만 하였다. 내심과는 반대로 그녀에겐 괜히 거칠고 무뚝뚝하게 굴고 있었다.

두목하고 이 여자는 도대체 뭐가 어떻게 된 것일까. 두목은 도대체 이 여잘 어떻게 하고 어슬렁어슬렁 혼자서 동굴로 기어 올라온 것인가. 두목하고 이 여자 사이엔 정말로 아무 일도 없었던 것일까.

일이 있었다면 어떤 일이? 어떤 일이 있었길래 두목이 그처럼 쉽사리 여자를 놓아주고 말았단 말인가…… 그런저런 생각을 하다 보니 점점 더 그녀에겐 언동이 부드러워질 수가 없었다. 하지만 나는 차마 그것까지 대놓고 그녀에게 물어볼 수는 없었다. 묻고 싶은 것을 물을 수 없었기 때문에 다른 말은 대꾸조차 하기가 싫었다.

나는 색시의 말엔 뒤도 돌아보지 않고 스적스적 고집스럽게 혼자 산을 내려가기 시작했다.

색시도 말없이 뒤를 따르기 시작했다.

이상스런 것은 그때 그 색시의 머릿속 생각이었다.

색시도 그때 나처럼 두목과의 일을 생각하고 있었던 모양이었다.

"아까 그 두목이란 사람 말야……"

한동안 묵묵히 뒤만 따라오고 있던 색시가 이윽고 다시 말을 걸어오기 시작했다. 내가 묻고 싶은 말을 색시가 제물에 먼저 꼭지를 따준 셈이었다.

"나 그 사람 좀 알고 싶은 게 있는데 니가 말을 해줄래?"

"내가 뭘 말해요. 우리 두목이 어째서요?"

나는 그녀를 잔뜩 무시한 채 여전히 고집스런 걸음걸이를 계속해나갔다. 색시의 부탁 말을 듣고도 나는 뒤 한번 돌아보는 법이 없이 공연히 볼이 부은 소리를 하고 있었다.

강남옥 색시는 그러나 그런 데는 조금도 서운한 기색을 안 보였다.

"얘, 아까부터 왜 자꾸 그렇게 토라진 사람같이 구는 거니? 너한테 내가 뭐 잘못한 거라도 있니?"

은근히 사람을 달래오는 시늉이었지만, 그러는 그녀의 말투 역시 정말로 내 태도가 섭섭하거나 난처해져서는 아닌 것 같았다.

어찌 보면 그러는 내가 오히려 재미있기조차 하다는 듯한 색시의 태도는 그녀가 나를 형편없는 어린애로밖에 취급하고 있지 않다는 증거가 될 수도 있었다.

나는 점점 더 목소리가 퉁명스러워져갔다.

"누가 언제 색시더러 잘못한 게 있다고 했나 머."

"잘못한 게 없으면 그냥 내가 싫어서?"

"……"

"넌 정말 알 수가 없는 애로구나. 지네 두목 얘기 좀 듣자는데 뭘 그렇게 퉁명스럽게만 굴 건 없잖니?"

색시는 숫제 이제 나를 놀려대고 있는 투였다.

"색신 아직 물어보지도 않았지 않아요. 우리 두목이 어쨌다는 거예요."

"왜 내가 묻지 않았어? 물어도 니가 자꾸 시치밀 떼고 말았으면서?"

"뭘 물었어요?"

"니네 두목, 옛날부터 여기 턱거리에 살고 있는 사람이니? 니 어렸을 때부터 말야."

이때다 싶은 듯 색시는 냉큼 첫 질문을 시작했다.

"그래요."

무엇 때문에 색시가 하필 그런 시시한 것을 묻고 있는질 알 수가 없었다. 하지만 나는 색시가 알고 싶다는 것이 그렇게 시시한 데에 우선 마음이 놓여 간단히 대꾸해주었다.

뒤이어 곧 색시의 질문이 계속되어왔다. 하지만 색시의 질문들은 다음번에도 계속 시시한 것들뿐이었다.

"턱거리에 집도 있고?"

"있어요."

"날마다 강에만 나오니? 다른 일은 하지 않고?"

"여름에는 그래요."

"강에 올 땐 항상 너하고만 둘이서?"

"……"

"집엔 누구하고 사는데…… 다른 식구가 있니?"

그런데 그때였다. 나는 이 여자가 무엇 때문에 그런 시시한 것들을 열심히 물어대는지 비로소 짐작이 떠오르는 것 같았다.

이상스럽게 기분이 다시 비틀려오기 시작했다.

그래 색시의 마지막 물음엔 대꾸를 하지 않았다.

그러나 그렇게 한동안 입을 다문 채 묵묵히 길을 가고 있다가 자신도 모르게 다시 쓸데없는 소리를 알은체하고 말았다.

"인젠 알았다. 나 색시의 속을 인제 다 알았어. 색신 지금 우리 두목한테 시집가려고 그러지? 우리 두목한테 시집이 가고 싶어 그러는 거지?"

"호호……"

등 뒤에서 갑자기 콩자루 쏟아지듯 요란스런 색시의 웃음소리가 터져 나왔다.

"아니 뭐라고! 내가 지금 누구한테 시집을 가고 싶은 거라고 그랬어…… 넌 어쩜 그렇게 남의 속을 잘도 찍어내니?"

허리가 끊어질 듯 한동안 낭자한 웃음보를 터뜨리고 난 색시가 이번에는 아예 노골적으로 나를 놀리려 들고 있었다.

"그래 너는 여자가 시집을 간다는 게 뭐가 어떻게 되는 건지도 아니? 여자가 시집을 가면 남자하고 뭘 어떻게 하는 건지 말야."

색시의 지저분한 물음에 나는 물론 대꾸를 하지 않았다. 차라리 내 자신의 얼굴이 뜨거워 대꾸를 할 수도 없었다.

하니까 그녀는 그러는 내가 오히려 재미있어죽겠다는 듯 아직도 한동안 더 시시한 수작을 계속해왔다.

"말해봐요. 여자가 시집을 온다면 너는 남자니까 그 여자하고 뭐가 어떻게 되는지 알고 있는지 말야……"

"……"

"니가 그걸 알고 있다면 혹시 아니. 니 두목님보다 어쩌면 난 그냥 니한테 시집이 가고 싶어지게 될지도 말이야……"

"……"

"어디, 그렇게 부끄러워하지 말고 말 좀 해보라니까. 니가 그걸 말해주면 난 니한테 내 젖을 먹여줄 수도 있다니까. 니가 그걸 원하기만 한다면 말야. 호호……"

갈수록 사람을 난처하게 만들고 있었다. 그게 어쩌면 그녀의 취미인 것 같기도 했다.

나는 끝내 입을 다문 채 발걸음만 부지런히 떼 옮기고 있었다.

그러니 그 강남옥 색시도 마침낸 그만 맥이 풀려버린 듯 제풀에 다시 목소리를 낮추며 정색한 얼굴로 물어오기 시작했다.

"좋아요. 그럼 니 말대로 난 니네 두목한테 시집을 가고 싶은 거라고 하자구. 하지만 내가 시집을 가려면 이런 걸 먼저 알아야잖아. 니네 두목은 정말 내가 시집을 가고 싶음 갈 수도 있는 사람인갈 말야. 니도 물론 알고 있을 테지만 여자가 시집을 가려면 신랑이 우선 총각이어야 하거든. 숫총각은 못 되더라도 적어도 정해놓은 색시가 없는 홀아비 정도는 되어야 하니까 말야."

얼굴 표정은 짐짓 정색을 하고 있었지만, 말은 오히려 아직 짓궂은 장난기를 씻지 못하고 있었다. 놀려대듯 농기가 어린 그 색시의 말투 속엔 아무래도 그 두목에 대한 궁금증 같은 것이 지워지질 못하고 있었다.

그녀는 이를테면 엄벙덤벙결에 두목에 관해 알고 싶은 것을 다시 내게 물어오고 있는 것이었다. 하지만 나는 아직도 그 색시의 물음엔 고분고분 대답을 해주기가 싫었다. 본심을 짚어내기에는 아직도 알쏭달쏭한 대목이 있었지만, 나도 이제 어느 만큼은 색시의 속을 짐작할 수 있었다. 경위야 어찌 됐든 색시의 관심이 그토록 두목에게 기울고 있는 것을 안 이상 색시와 두목 사이에 어떤 일이 있었는지에 대해 더 이상 자세한 이야기를 캐내려 들 필요도 없었다.

—색시는 정말로 두목에게 시집을 가고 싶은 거다.

나는 단정해버리고 나서 잠시 두목의 집에 숨어 있는 그의 색시 생각을 했다.

강남옥 색시는 아마 그것을 알고 싶을 것이다. 그녀는 시집을 가려면 두목이 총각인지 아닌지 그것부터 알아야 한다고 했다. 그야 물론 두목은 총각이 아니었다.

두목의 집엔 그의 색시가 있었다. 하지만 턱거리 안에서 두목의 색시를 본 사람은 몇 사람 되지 않았다. 두목이 마을 사람에게 그 색시를 보이려 하지 않았기 때문이다. 위인의 색시는 눈이 먼 장님이기 때문이었다. 장님이기 때문에 두목의 색시는 제 발로 집 문 앞을 나오는 일이 없었고, 두목도 다른 사람에게 그것을 보이기 싫어하는 것 같았다.

나는 우연히 두목을 따라갔다가 몇 번 그의 장님 색시를 본 일이 있었지만, 나 말고 마을 안에서 누가 또 그 여자를 본 사람이 있는지는 알 수 없었다. 두목의 색시에 대해 쓸데없이 가끔 알은

체하는 소릴 하는 푼수로 보아 우리 마마상(우리 엄마 말이다)도 아마 한두 번쯤은 그 여자를 본 일이 있을지 모른다.

두목의 색시를 생각하자 나는 비로소 기분이 좀 나아졌다.

은근히 강남옥 색시를 골려주고 싶은 짓궂은 계교가 한 가지 떠올랐다.

"우리 두목 총각이 아니람 어쩔래요. 우리 두목집에 가면 이쁜 색시가 있단 말이에요."

나는 문득 생각이 떠올랐다는 듯 퉁명스럽게 씨부려주고 나서 뒤늦게 다시 늦어진 발길을 씽씽 소리가 나도록 바쁜 걸음으로 서둘러 나가기 시작했다.

성하의 강변

그럭저럭 5월이 가고 초여름 절기가 어느새 6월로 들어서고 있었다.

한 달 남짓한 시일이 지나는 사이 턱거리는 엄청나게 모습이 변했다. 가겟거리엔 이틀이 멀다 하고 횟술집 색시들이 줄을 이어 찾아들었고, 주말만 되면 가겟거리 횟술집과 강변 차양막 일대는 취한 서울 손님들과 주막 색시들, 거기다가 근처 부대에서 휴일 외출을 나온 군인들까지 한데 뒤섞여 바글바글 장바닥을 이루곤 했다.

턱거리는 바야흐로 제철 장사가 한창이었다.

두목과 나의 횟거리 장사도 이때부터가 진짜 제철이었다.

내가 두목을 죽이기로 결심한 것은 그러니까 바로 그 턱거리 전체가 본격적인 횟술 장사철로 접어들기 시작한 6월 중순께부터의 일이었다.

두목을 죽일 결심을 하지 않을 수 없었다.

맨 첫 번 이유는 물론 강남옥 색시 때문이었다. 강남옥(두목이나 이웃 사람들에게 그녀는 대개 그렇게 불렸다)이 끈질기게 가겟거리를 떠나주지 않았기 때문이었다.

턱거리를 찾아들어온 색시들은 때에 따라 장사를 시작할 가겟집을 정해보기도 전에 발길을 되돌려 마을을 떠나가버리는 치들이 있었다. 어떤 때는 일주일 만에도 그랬고 어떤 때는 한 달 만에도 그랬다. 오래 견디는 색시는 물론 봄부터 찾아와서 가을까지 버티어내는 경우도 있었다. 하지만 턱거리의 색시들은 본디부터 들락날락 몸을 한곳에 오래 머물지 못하는 버릇들이 있었다. 마을을 아주 떠나지 않더라도 가겟거리 안에서 이곳저곳 장삿집을 옮겨 다니는 것이 예사였다.

그런데 강남옥 색시는 경우가 달랐다. 그녀는 턱거리를 떠날 기미커녕 언제까지나 강남옥 한 집에서 장사 터를 옮겨볼 엄두조차 엿보이지 않았다.

두목 때문이었다. 두목과의 거래가 끊기지 않기 위해서였다.

강남옥과 두목 사이에는 그 강가의 첫날에 이미 무슨 일이 있었던 게 분명했다. 그녀가 두목에게 시집을 가고 싶어 하리라던 내 짐작도 틀린 게 아닌 것 같았다. 서울 손님들과의 내기술 끝에 한번 밤잠을 자고 나면 그걸로 그만 거래가 끝나버리곤 하던 다른 색시들의 경우와는 달리 강남옥은 그 후로도 계속 두목의 부근을 맴돌고 있었다. 두목의 색시 이야기를 귀띔해주어도 소용없었고, 그가 얼마나 거칠고 험상궂은 망나니 사내인가를 일러주어도 아랑곳하지 않았다. 그녀는 언제나 강남옥 한곳에서 두목을 기다렸고 두목을 옭아매려 했다.

하지만 내가 두목을 죽일 결심을 하게 된 것은 그 이유가 물론 강남옥 색시한테만 있는 것은 아니었다. 강남옥 색시에게만 이유가 있다면 내가 죽여야 할 것은 두목이 아니라 색시 쪽이었다. 강남옥이 없어지는 것으로 말썽이 끝날 수 있다면 그야 의당 강남옥 색시 쪽을 죽여야 마땅했다.

하지만 이유는 그뿐이 아니었다.

두목을 죽여야 할 두번째 이유는 바로 두목 자신에게 있었다. 두번째 이유가 강남옥 색시 대신 두목을 죽여야 할 진짜 이유였다. 두목을 죽이지 않으면 그가 먼저 그의 장님 색시를 죽이고 말게 틀림없었기 때문이었다.

두목이 누군가가 그를 죽이지 않으면 그가 먼저 그의 장님 색시를 죽이게 되리라는 짐작을 하기는 어려운 일이 아니었다.

두목은 옛날부터 그의 장님 색시를 데리고 사는 것이 아니라, 그냥 우리 속의 짐승처럼 먹여 기르고 있는 식이었다.

두목이 어떻게 해서 그런 장님 색시를 얻어 살게 되었는지 정확한 내력이 알려진 게 없었다. 두목이 밤 잠자리에서 그의 장님 색시와 그가 술내기에서 빼앗은 가겟집 색시들에 대해서와 같이 서방 노릇을 제대로 해주는지 어떤지도 의심하는 사람이 많았다. 남자 여자가 함께 살면서도 아직 아이 하나 갖지 않은 것으로 보아 두목은 그냥 자기 색시에게 세 끼 배를 채워주는 걸로 서방 노릇을 다해버리는 거라고 말하는 사람도 있었다. 두목의 색시는 실상 제 사내와 피가 섞인 친척뻘이라는 말도 있었고, 두목이 그 두더지 떼를 거느리던 시절, 주사약을 잘못 썼다가 눈을 멀게 한 계집아이가 있었는데, 두목한테 엉뚱한 인정이 있어 그 눈먼 계집아이를 끝끝내 제 지어미로까지 삼아 데리고 다닌다는 소리도 있었다.

두목은 누가 어떤 말을 하든, 어떤 억측을 퍼뜨리든, 눈이 먼 그의 장님 색시에 대해서는 가부간 입을 여는 일이 없었다. 두목이 어떻게 하필 그 눈이 먼 여자를 색시로 삼게 되었는지, 그리고 그가 그런 색시와 어떻게 그토록 긴 세월 말썽 없이 함께 지내올 수 있었는지, 그런저런 조횟속은 전혀 두목 혼자만이 답을 아는 수수께끼였다. 두목에 관한 한 그래도 사정이 밝은 편이랄 수 있는 나까지도 언젠가 한두 번 그 색시가 마루 끝에 나앉아 낮부엉이처럼 보이지도 않는 눈길을 기웃기웃하고 있던 적막스런 모습을 볼 수 있었을 뿐, 두목으로부터는 한번도 두 사람 사이의 이야기를 들어본 적이 없었다.

아무래도 두목은 그의 색시를 데리고 사는 것이 아니라 먹여 기르고 있는 꼴이었다. 제 색시를 놔두고 두목이 그토록 자주 가겟집 색시들을 끼고 잘 수는 없었다. 두 사람 사이에 아이가 하나도 생겨나지 않고 있는 조횟속 또한 거기서 사연을 짐작해볼 수 있었다. 두목은 아무래도 그의 여자에게 사내다운 사내로 지내주지 않고 있는 게 분명했다.

그런데 두목이 그 장님 색시를 데리고 사는 일에 대해 이상스럽게 가끔 혼자 쓸데없는 간섭을 하고 드는 사람이 있었다. 그게 바로 우리 마마상이었다.

—다람쥐란 것이 겨울철엔 장님 마누라 하날 놔두고 눈이 성한 예편네는 모조리 쫓아내버린다더니…… 그 작잔 무슨 다람쥐 넋이 씌었나, 집 안에다 다람쥐 곳집을 쌓아두었나?

—맘 한번 달리 먹으면 팔자 고쳐 잡을 계집이 쌔고 쌨는데 허우대 멀쩡한 사내대장부가 하필이면 그런 봉사 예편네 품을 못 벗어나는 조홧속은 알다가도 모르겠더라……

—하기야 작자한테도 아마 속심은 따로 있을 테지. 무슨 놈의 사내꼭지가 눈봉사 하나 두고 평생 충절을 떠바칠라구. 저러다가 끝에 가선 결국……

두목과 색시를 두고 혼자서 그런 넋두리 비슷한 험담을 씹어뱉곤 하는 마마상이었다. 그리고 마마상은 두목이 필경엔 그 장님 색시를 견디다 견디다 못해 제 여편네를 제 손으로 죽이고서라도 팔자를 고쳐 잡고 말 거라는 것이었다.

마마상이 무엇 때문에 두목의 일에 그런 공연한 간섭을 하고 나서는지 마마상의 속을 알 수 없었다. 그리고 무엇 때문에 그 가엾은 두목의 색시를 더욱더 가엾게 만들어버리고 싶은지도 나로서는 도대체 짐작이 가지 않았다.

하지만 마마상은 정말 두목이 그의 색시를 죽이고 팔자를 고쳐 잡아버리기나 하면 속이 후련할 것 같은 낌새였다. 그리고 강남옥 색시와 두목과의 사이가 그렇고 그렇게 되어가고 있는 낌새를 알아차린 마마상은 그 두목의 색시에 대한 험구와 넋두리가 갑자기 도를 더해갔다.

—흥, 이번엔 그자도 정말 생각이 달라지고 말 계젠가 보구만. 그래 성인 도사가 아닌 담에야 저라고 늘 별수가 있을라구……

—강남옥인지 뭔지, 그년이 어떤 년인지…… 그야 못난 사내 하나 사람 만들어놓겠다면 어느 누가 설마 침 뱉고 나설 년 있을까……

—눈 먼 것 팔자가 불쌍키는 하지만 그도 부부지간이라면 성한 사람 팔자도 좀 생각을 해줘야……

마마상은 거의 단언을 하고 있었다. 강남옥 때문에 두목이 그 눈이 먼 자기 색시를 죽이고 말 거랬다. 마마상 자기만 같아도 옛날에 벌써 그러고 말았으리라는 것이었다.

두목을 죽이지 않으면 위인이 먼저 그의 장님 색시를 죽이리라는 생각이 들기 시작한 것은 그러니까 결국 그 마마상 때문이었다. 마마상의 넋두리를 자주 듣다 보니 어느새 나도 그만 그 두목이 의심스러워지기 시작한 것이었다. 낮부엉이처럼 답답하고 적막스런 그녀의 모습이 정말로 두목을 더 이상 참을 수 없게 만들어버릴 것 같았다. 두목이 정말로 그의 색시를 죽이고 싶어 할지도 모른다는 생각이 들기 시작했다.

하지만 내가 먼저 두목을 죽여야 한다고 결심을 하게 된 것은 다만 그 마마상의 넋두리 때문만도 아니었다.

마마상의 넋두리는 아직 믿을 것이 못 되었다. 위인이 그의 색시를 죽일지도 모른다는 나의 의심이 내가 먼저 그를 죽일 결심으로 변하게 만든 것은 뭐니 뭐니 해도 바로 두목 자신이었다.

강남옥 색시가 나타난 다음부터 달라지기 시작한 두목 자신의 태도가 문제였다. 강남옥 색시가 텍거리를 떠나가지 않고 계속 두목의 주위를 맴돌아대든 말든, 마마상이 그 강남옥과 두목의 장님 색시를 두고 무슨 넋두리를 흘리고 다니든 말든, 두목에게서만 달라진 것이 없었다면 다른 말썽은 생겨날 턱이 없었다.

하지만 두목은 분명 달라져가고 있었다. 무엇보다 우선 강남옥 색시가 나타난 다음부터는 횟거리 장사를 소홀히 하기 시작했다. 사냥질도 열심히 하지 않았고 가겟거리 흥정에도 흐지부지 대충 물건을 넘겨버리기 일쑤였다. 가겟거리에 새색시가 들어와도 술 시합을 벌이려 덤벼들거나 강가로 서울 손님들을 골리러 나가려 하지도 않았다.

그는 대개 골짜기 동굴에서 게으른 낮잠을 즐기다가 해 질 녘이 되면 어슬렁어슬렁 산돼지처럼 강물로 내려와 그 강물의 흐름을 틀어막고 싶어 하는 미친 지랄기로 후줄근히 몸이 지쳐나곤 했다. 그리고 밤이 되면 강남옥 근처에서 그 강남옥의 색시를 끼고 잤다.

강남옥이 나타난 뒤로 두목에게서 달라지기 시작한 것은 횟거리 장사를 게을리하게 된 것만도 아니었다. 강남옥 색시에 대해서만은 정말 장가라도 들려는 사람모양 뒤가 정갈스럽지 못한 태도 역시 이번이 처음 보는 것이었지만, 두목에게 달라진 것은 그 정도가 아니었다. 보다 놀라운 일은 두목이 이제 점점 그의 장님 색시를 돌보지 않게 된 점이었다.

두목은 차차 밤이 되어도 그의 색시가 혼자 지키고 있는 오두막을 비우는 일이 많아져갔다. 강남옥 근처나 어떤 날은 아예 골짜기 동굴에서 밤을 지내고 말 때가 많았다. 두목의 장님 색시가 어떻게 혼자 집을 지키고 지내는지가 궁금했다.

두목이 횟거리 장사일마저 시들해하는 터였으므로 그녀 혼자 집에서 끼니를 끓일 일도 걱정이었다. 두목이 정말로 색시를 죽일 작정을 한 것 같았다.

그러던 어느 날.

이날도 두목은 강남옥 근처에서 술에 취해 집으로 들어가지 않을 눈치였으므로 보다 못해 나 혼자 두목의 색시를 보러 갔다. 색시에게 탕거리 몇 마리와 쌀줌을 들여넣어주기 위해서였다.

그런데 이날 밤 나는 그만 못 볼 것을 보고 말았다. 색시가 인기척을 듣고 문을 나서다 허공을 잘못 디뎌버린 것이었다. 손바닥만 한 마룻장 아래로 몸이 휘청 나동그라진 색시는 한동안 등이 뒤집힌 자라 새끼처럼 사지를 흉하게 허우적대고 있었다.

못 볼 것을 보았다는 것은 그러나 그것이 아니었다. 허우적거리는 색시의 몸뚱이를 부축해 일으키려 했더니 그녀는 무슨 뜨거운 것에라도 닿은 것처럼 나를 펄쩍 피했다. 그리고는 제풀에 벌떡 몸을 일으켜 앉더니 무엇인가 겁을 잔뜩 먹은 사람처럼 보이지도 않는 눈으로 무섭게 나를 경계하기 시작했다. 그녀가 너무 겁을 먹고 있었으므로 다시 손을 대기조차 두려울 지경이었다.

말을 해도 소용이 없었다. 그녀는 사람의 기척을 반가워하는 것이 아니라 거꾸로 사람을 두려워했다. 말을 해도 두려움 어린 경계를 풀 줄 몰랐다. 틈만 있으면 금방이라도 몸을 피해 달아날 태세였다. 인기척에 허둥지둥 허공을 헛딛고 나동그라진 것도 사람을 맞으려서가 아니라 몸을 달아나기 위해서였던 것 같았다.

나는 비로소 분명하게 떠오르는 생각이 있었다. 여자는 내가 자기를 죽이려는 줄 알았던 게 분명했다.

두목은 정말로 자기 색시를 죽이고 싶어 했던 거다— 나는 두목이 자기 색시를 죽이려 했다는 분명한 증거를 본 것이었다.

두목이 그의 색시를 죽이기 전에 내가 먼저 그를 죽여야 한다고 결심한 것은 그날 밤 내가 그것을 보았기 때문이었다.

두목을 죽여야 한다고 작정을 짓고 나니 나는 더욱 두목이 두려웠다.

내가 두목을 죽이기로 작정한 것은 두목이 그의 색시를 죽이려는 기미를 알았기 때문이었다. 두목을 죽이기로 작정한 내 속마음 역시 언젠가는 두목에게 눈치를 채이게 될 위험이 있었다.

기미를 알게 되는 날이면 두목은 물론 그의 색시보다 나부터 먼저 죽여 없애려 할 것이다. 아니 두목을 죽이기로 작정한 그날부터 나는 이미 두목에게 속을 훤히 다 내보이고 있는 듯한 불안스런 기분의 연속이었다. 기미를 알아차린 두목이 내 일거일동을 하나하나 유심히 살피고 있는 것 같았다. 내가 두목을 해치기 전에 두목이 불시에 먼저 나를 덮쳐버릴 것 같았다.

그런 내 기우는 터무니없는 상상이 아니었다.

어느 날 오후였다

두목은 이날도 아침부터 줄곧 동굴 속에만 틀어박혀 물 근처엔 그림자도 나타내지 않고 있었다.

점심때가 훨씬 지나서야 나는 시장기를 메우러 맥없이 동굴로 올라갔다.

멧돼지처럼 배를 들썩거리며 낮잠에 취해 있어야 할 두목은 동굴에서도 모습을 찾아볼 수 없었다.

어디선가 텅텅 산울림 소리가 들려왔다. 수상쩍은 생각이 들어 소리를 따라가보니 두목이 숲을 마구 헤치고 있었다.

보나마나 또 미친 지랄기가 들솟은 것이었다.

그런데 이번 발작은 아무래도 그냥 예사로 보아 넘길 수가 없었다. 팬티 하나만으로 자신의 사타구니를 가리고 있는 두목의 몰골은 그대로 그냥 짐승 한가지였다. 그렇게 벌거숭이 짐승 꼴로 땀을 뻘뻘 흘려대며 정신없이 도끼를 휘둘러대고 있었다.

잘려진 나무 둥치가 골짜기에 즐비하게 넘어져 있었다. 나무를 베어 쓸 일이 있어서가 아니라 그냥 공연한 광기 때문이었다. 골짜기의 나무들까지 그렇게 마구잡이로 찍어 넘기기는 이번이 처음이었다. 아름드리 소나무에 숨을 식식거리며 도끼를 휘둘러대고 있는 그 두목의 모습은 마치 무슨 깊은 원한에 사무친 괴물과도 같았다.

더욱이 놀라운 것은 나의 기척을 알아차린 두목이 문득 도끼질을 멈추고 났을 때의 일이었다. 도끼질을 멈추고 천천히 얼굴을 돌려오는 그 두목의 눈길을 마주치자 나는 그만 가슴이 철렁 내려앉았다. 말없이 나를 노려보는 그 두목의 눈길에 무서운 살기가 내뻗치고 있었다.

나는 자신도 모르게 부르르 몸을 떨었다. 두목은 정말로 사람을 죽이고 싶은 거다! 제 색시를 죽이려는 거다! 나는 속으로 소리를 지르고 있었다.

하지만 그 두목이 이윽고 천천히 몸을 움직여 내게로 걸어오기 시작했을 때는 그것도 아니었다. 아무 말없이, 나를 노려보기만 하면서 한 발짝 한 발짝 천천히 다가들어오는 두목의 손에서 무시무시하게 날이 큰 도끼를 보자, 나는 불현듯 두목이 지금 죽이고 싶어 하는 것이 그의 색시가 아니라는 생각이 스쳐갔다.

나는 우선 다가드는 두목 앞에서 몸부터 피해놓아야 한다고 생각했다. 살기가 완연한 눈빛, 조금만 수상쩍은 눈치가 보여도 와락 몸을 덮쳐버릴 것 같은 위협적인 걸음걸이, 그 모든 두목의 거동으로 보아 그는 지금 나를 노리고 있음이 분명했다.

하지만 나는 몸을 움직일 수가 없었다. 두목이 가까이 다가들수록 번쩍이는 두목의 도끼날에 넋이 홀린 듯 마음과 사지가 한꺼번에 꽁꽁 얼어붙고 있었다.

"사람 살려……!"

오금이 펴진 것은 번들번들 땀에 젖은 두목의 얼굴이 몇 발짝 안까지 다가들고 있을 때였다.

나는 아마 그때까진 숨도 제대로 못 쉬고 있었던 것 같았다. 틀어막혔던 숨통이 간신히 열리면서 제물에 놀란 소리를 떠질렀다. 소리를 질러놓고는 다람쥐 새끼처럼 잽싸게 숲속을 빠져 달아나기 시작했다.

두목은 소리를 지르고 달아나는 나의 등 뒤에서 무도하게도 도끼를 던져왔다. 몇 발짝도 못 도망가서 왼쪽 발치 쪽에 도끼날이 번쩍 나뒹굴었다.

나는 더욱 혼비백산 죽을힘을 다해 뛰었다. 두목이 뒤에서 뭐라고 악을 악을 써대고 있는 것 같았지만, 그런 두목의 소리조차 귀에 담을 여유가 없었다.

붙들려고만 했다면 얼마든지 따라잡을 수도 있었을 텐데 무슨 생각이 들어서였던지 두목이 그 정도로 나를 내버려둬준 것만 해도 천만다행이었다. 작자는 나를 놓쳐버리고 나서 몇 차례 알아들을 수도 없는 욕설을 지껄이다가 나중에는 또 언젠가 그 동굴 앞에서 인정사정없이 돌팔매질로 나를 쫓아대던 때처럼 와하하 우악스런 웃음보를 터뜨리고 있었다.

나는 그 두목의 웃음소리가 들릴락 말락 한 거리까지 멀찍이 몸을 피하고 나서도 아직 안심을 할 수가 없었다. 가슴속이 터질 듯 방망이질이 그치지 않았다.

나는 동굴에도 들리지 않고 그길로 바로 물가까지 내려갔다. 뱃속이 쪼르륵거리는 시장기쯤은 이제 문제도 아니었다. 나는 두목이 정말로 나를 먼저 죽이려 하고 있다는 것을 내 눈으로 직접 확인한 터이었다. 두목의 태도로는 이제 그걸 다시 의심할 여지가 없었다.

두목을 죽이기 전에 그가 불시에 나를 해치려 덮쳐들지도 모른다는 두려움은 이제 쓸데없는 상상에서가 아니라는 것이 분명해진 셈이었다.

그런데 이날 저녁 해가 설핏해진 다음에야 배고픈 멧돼지처럼 어슬렁어슬렁 산을 내려온 두목의 거동은 다시 한 번 나를 어리둥절하게 만들었다.

"이 쬐꼬만 똘배 새끼가, 너 오늘 정말 이 두목님한테 번개 뭐 하는 꼴을 보고 싶어서 그래?"

겁에 질린 표정으로 비실비실 자기 곁을 피해 달아나는 나를 보자 두목은 처음 화부터 벌컥 내었다. 그러나 그 두목이 표정이나 말처럼 진짜로 그렇게 화가 나 있지 않다는 것을 안 것은 바로 그다음 순간이었다.

"이 쬐꼬만 물생쥐 새끼야. 아깐 뭣 땜에 그리 놀라서 도망을 쳤나 말야."

두목은 눈을 커다랗게 부릅뜬 채 한번 더 나를 추궁해왔다. 자기는 그저 장난 삼아 한번 나를 놀래주려 했을 뿐이라는 듯 시치미를 잔뜩 떼고서였다. 하지만 다음 순간 나는 그가 이미 내 대꾸를 기다리고 있지 않음을 알 수 있었다.

"배고프지 않아? 넌 아직 점심도 먹지 않았을 텐데 말야……"

두목이 문득 어조를 부드럽게 바꾸며 혼잣말처럼 자문자답하고 있었다. 그리고 눈길을 슬그머니 강물 쪽으로 빗겨 던지며 웬 하품이라도 기다리고 있는 사람처럼 우두커니 시선을 한곳에 고정하고 있었다. 그 눈빛 속엔 이미 내게 대한 관심 따윈 멀리 사라지고 없었다. 강물만 바라보고 있는 그의 커다란 모습이 이상스럽게 외롭고 쓸쓸해 보였다.

두목에게선 좀처럼 찾아보기 어려운 모습이었다. 두목은 말이나 생각보다 몸과 행동이 앞서나가는 사람이었다. 위인이 무슨 생각에 골똘해 있다든가 그 생각 때문에 일을 망설여본 적은 없었다. 말이나 생각 같은 건 없어도 상관이 없을 사람이었다.

그런데 이날만은 달랐다. 이날은 두목도 뭔가 맘속이 복잡해지고 있는 게 분명했다. 그리고 뭔가 망설이고 있는 게 틀림없었다. 그 혼자 골똘해진 생각 때문에 내게는 더 이상 화를 낼 여유조차 없는 것 같았다.

두목이 그처럼 자신 없는 꼴을 보이고 있는 것도 이날 비로소 처음 보는 일이었다.

"넌 이제 집에 가거라. 횟거리 잡은 거 있으면 강남옥으로 갖다 주고."

두목이 이윽고 나를 돌아다보며 낮은 목소리로 일러왔다.

나는 이제 아깟번처럼 그 두목에게 덮어놓고 겁을 먹을 필요가 없었다. 하지만 두목의 기세가 수그러들었다고 마음을 아주 놓아버릴 수도 없었다. 두목은 스적스적 강물로 걸어 들어가고 나는 횟거리를 어깨에 걸어멘 채 말없이 가겟거리로 향하기 시작했다.

하지만 그것으로 나는 이제 다시 한 번 두목의 속마음을 완전히 꿰뚫어본 것 같았다.

두목이 무엇을 그토록 망설이고 있는지는 묻지 않아도 알 수 있는 일이었다. 위인이 무엇 때문에 그토록 자신이 없어 하는지도 짐작이 가고 남는 일이었다. 산에서의 일은 아예 시치미를 뚝 딴 얼굴로 나를 안심시키려 든 것도 알고 보면 수상쩍기 그지없는 일이었다. 강남옥의 농간에 빠져 그의 장님 색시를 죽이려 하기 때문이었다. 아니 두목의 그 음흉스런 속셈을 눈치채고 만 나까지도 그가 먼저 선수로 없애고 말 생각을 숨기고 있기 때문이었다.

나는 두목이 그의 색시나 나를 해치려 들기 전에 내 쪽에서 먼저 일을 끝내야만 했다. 위인을 해치울 계략을 찾아내야 했고, 그의 색시를 조심스럽게 곁에서 돌봐주어야 했다. 위인 쪽에서 불시에 선수를 쳐오지 못하도록 나 자신의 안전도 항상 주의를 게을리해서는 안 되었다.

그래 나는 이후 그 두목의 일거일동을 더욱 조심스럽게 지키면서, 틈 있을 때마다 위인의 집을 몰래 스며들어가 그의 색시를 돌봐주고 그녀의 안전을 확인해보곤 하였다. 위인을 해치우자면 우선 작자에게서 허술한 틈부터 찾아내야 했다. 하지만 위인은 내게 좀처럼 허술한 틈을 내보이지 않았다. 그렇다고 선불리 완력을 쓰려 드는 것은 위험천만한 짓이었다. 일을 거꾸로 당할 염려가 있었다.

완력이 아닌 계교를 써야 했다. 그것도 두목으로선 전혀 눈치를 챌 수 없는 때라야 했다. 두목이 먹는 것에 장어약 같은 것을 타 넣는다든가, 아니면 깊은 잠에 빠져 있을 때 작자가 즐겨 먹는 세모잽이라도 한 마리 잡아다가 독을 찌르게 하는 방법 따위를 생각해보았다. 하지만 두 눈 뻔히 뜨고 다니는 사람에게 장어약을 먹이기란 아무래도 생각처럼 쉬울 수가 없었다. 일이 만약 실패로 돌아갔을 경우 뒷변명이라도 주워댈 수 있는 쪽은 세모잽이를 쓰는 방법이었다.

그러고 보니 이제는 잠에 빠진 두목을 자주 찾아낼 수 있어야 했다.

그러나 일부러 기회를 잡으려다 보니 두목은 또 이상스럽게 낮잠버릇이 뜸해지고 있었다. 눈치를 알아차린 탓인지 전처럼 불쑥 별장을 찾아드는 일도 드물었고, 어쩌다가 그 별장 잠자리를 찾아 올라갈 때도 나를 그냥 곁에 두는 일이 드물었다. 잠자리를 찾아들었을 때마저도 그는 전날처럼 그렇게 잠이 깊지를 못했다.

한번은 작자가 별장 잠자리로 올라간 것을 보고 한참 뒤에 기척을 살피러 가만가만 뒤를 밟아 가보았더니, 이날은 두목이 제법 안심을 할 수 있을 만큼 기분 좋은 노루잠이 들어 있었다. 내가 동굴로 들어서는 기척도 못 알아보고 잠에 겨운 숨소리만 고르게 뿜어대고 있었다.

하지만 애초 그 두목의 주의력은 잠 속에서조차도 섣불리 안심할 것이 못 되었다. 아니면 작자가 내 기미를 살피기 위해 짐짓 그 잠을 가장하고 기다리고 있었는지도 모른다.

—이쯤만 자주 잠이 깊어졌으면 일이 그리 어려울 게 없을 텐데……

내친김에 뭔가 일을 좀 꾸며볼 양으로 동굴을 다시 돌아 나오려 했을 때였다.

"뭐 하러 왔다가 그냥 살금살금 나가는 거야."

자는 줄만 알았던 두목의 목소리가 등 뒤에서 갑자기 덜미를 붙들었다.

돌연스런 목소리에 기겁을 해서 돌아보니 작자는 아직도 눈을 감은 채였다. 잠에 빠져 있는 듯이 보이던 아깟번 자세 그대로였다. 그냥 그대로 잠 속에서 눈을 떠서 나를 보지 않고도 귀신처럼 내 일거일동이나 속셈까지 빤히 다 알고 있는 것 같았다.

나는 두목에게 점점 더 겁을 집어먹지 않을 수 없었다. 언제 어디서도 두목을 안심할 수 없었다. 잠에 떨어진 두목을 찾아내기도 쉬운 일이 아니었지만, 위인이 설사 내 앞에서 네 활개 죽 뻗고 코를 골아댄다 해도 그것으로 작자를 냉큼 안심해버릴 수가 없는 형편이었다.

겁을 먹을수록 마음만 자꾸 조급해졌다.

하지만 나는 기다리지 않으면 안 되었다. 끈질기게 기회를 기다리는 길밖에 다른 도리가 없었다.

그 기회라는 것은 뭐니 뭐니 해도 두목이 깊은 잠에 빠져들어 있을 때뿐이었다. 안심을 해도 좋을 만큼 두목이 정말로 깊은 잠이 들 때가 어떤 때인가를 몇 번씩 되풀이 확인해보기로 했다. 그러면서 한편으로는 두목이 찾아내지 못한 근처 세모잽이 구멍들을 몇 개씩 미리 탐색해두었다. 때가 오면 녀석들을 끌어내다가 두목의 옷섶 안을 기어들게 할 참이었다.

살아 있는 관목 뿌리나 그 관목의 땅가지들로 입구가 교묘하게 은폐된 세모잽이 구멍들을 찾아내는 것은 그리 어려운 일이 아니었다. 구멍 속에 녀석들이 아직 몸을 사려 담고 있는지 어떤지를 구별해내는 것도 나에게는 식은 죽 먹기 한가지였다. 세모잽이 녀석들이 살고 있는 구멍에선 매끈하게 다스려진 입구의 윤기 외에도 재채기가 쏟아질 만큼 매콤한 독기가 코를 찔렀다. 녀석들이 굴을 비우면 윤기도 독기도 함께 사라져버렸다.

그 독기와 윤기의 흔적으로 나는 매일같이 구멍 속에 녀석들이 아직 몸을 사리고 살고 있는지 어떤지를 몇 번씩 다시 확인해두고 있었다.

그럴 무렵이었다.

나의 계획 가운데는 또 한 가지 뜻하지 않았던 사람의 달갑잖은 간섭이 끼어들기 시작했다. 바로 우리 마마상이었다.

하기야 우리 마마상으로 말하면 이 여자는 처음부터 나의 일엔 입장이 반대일 수밖에 없는 처지였다. 마마상은 처음부터 두목의 색시가 없어져줘야 두목의 팔자가 달리 고쳐질 수 있을 게라고 공연히 그를 편들어오는 쪽이었고, 나는 그 두목의 팔자가 고쳐지는 것보다도 그의 가엾은 색시를 지켜주기 위해 오히려 두목을 없앨 결심까지 하고 있는 처지였다.

하지만 나는 처음 마마상의 그런 말에 무슨 별난 뜻이 있으리라곤 짐작을 하지 못하고 있었다. 두목이나 그의 색시의 일에 마마상이 열을 내야 할 이유가 없었다. 깊은 관심을 두고 한 소리일 수가 없었다. 마마상 쪽에서도 역시 내 속마음을 짐작해보았을 리가 없었다.

한동안 내가 그 마마상을 잊고 있었던 것은 당연한 노릇이었다. 그런데 알고 했든 모르고 했든 그 마마상이 언제부턴가 내 일을 이상스럽게 간섭하고 들기 시작했다.

마마상은 이번만은 두목이 그의 색시를 없애고 팔자를 고치지 않으면 안 될 거라고 했다. 이유는 알 수 없지만 그것은 아마 마마상 자신 일이 그렇게 되기를 바라고 있기 때문인 것 같았다.

마마상은 그 일을 바라고 있는 것만큼 두목이 자기 생각대로 될 것으로 믿어버리고 있는 눈치였다. 두목이 필시 그의 색시를 죽이고 말 거라는 그 무서운 생각 그대로 —

그 마마상이 나를 간섭하고 들기 시작했다는 것은 물론 두목의 색시를 위해서가 아니었다. 두목으로부터 그의 색시를 지켜주기로 한 나를 자꾸만 방해하려 드는 느낌이었다.

무슨 분명한 증거가 있어서가 아니었다. 엉뚱한 시간, 엉뚱한 장소에 마마상이 곧잘 모습을 나타내고 있는 사실, 그리고 그 두목과 색시의 일에 지나칠 만큼 관심이 더해가고 있는 사실 — 처음에는 그저 그런 일들이 내 신경을 조금씩 거슬려왔을 뿐이었다.

어느 날 저녁이었다. 그날 저녁도 두목은 또 강남옥 근처에서 어물어물 밤을 지낼 눈치였으므로 나 혼자 쌀하고 횟거리를 조금 남겨 들고 색시가 기다리고 있는 두목의 오두막을 찾아갔다. 그즈음엔 두목도 이미 내가 그의 집을 자주 드나드는 것을 알고 있었고, 그 자신 그것을 차라리 무방하게 생각하고 있는 눈치였으므로 나 혼자서 그의 집을 드나들면서도 두목에게 그것을 숨길 필요가 없었다. 말은 아직 해본 일이 없었지만, 두목의 색시마저 이제 내가 그 오두막의 마루 끝에 쌀됫박과 탕거리를 매일처럼 조금씩 놓아두고 가는 일엔 어지간히 눈치가 익어진 것 같았다. 언젠가 마루를 나오다 낙상을 한 그녀를 부추기려 할 때처럼 나를 경계하는 빛도 많이 줄어갔고, 가져다 놓은 물건들은 새삼스럽게 내가 말을 일러주지 않아도 빠짐없이 잘 거두어 들여갔다.

그렇듯 그녀는 발자국 소리만 듣고도 벌써 나와 내가 하는 일을 모조리 알아볼 수 있는 것 같았다. 내가 사립을 들어서면 그녀는 이제 제법 방문을 열고 내가 마루 끝에 물건을 놓아두고 다시 사립을 돌아 나올 때까지 말없이 기척을 지키고 앉아 있곤 했다.

그런데 그날 저녁엔 좀 엉뚱한 일이 있었다. 내 일과를 중도에서 간섭하고 나선 사람이 있었다.

두목의 집 가까이 이르러 보니 저녁 어스름 속에 웬 사람의 그림자 하나가 사립문에 바싹 달라붙어 집안 동정을 살피고 있었다.

가까이 다가가 보니 마마상이었다. 마마상은 등 뒤에서 갑자기 모습을 드러내고 나타난 나를 보자 제물에 깜짝 기겁을 하는 표정이었다.

하지만 마마상은 나를 보고 이내 안심이 된 듯 손짓으로 조용하라는 시늉을 해 보이며 다시 그 사립 너머 집안 동정을 유심히 살피기 시작했다.

마마상이 무엇 때문에 그런 시각 그런 곳에서 두목의 집 안을 몰래 엿보고 있는 건지 영문을 알 수 없었다. 마마상의 태도가 수상쩍기 그지없었지만, 나도 또한 그녀가 그토록 숨을 죽이며 열심히 엿보고 있는 집안일이 궁금했다. 어느 결에 나까지 마마상 곁으로 몸을 다붙여들며 두목네 집 안 동정을 살피기 시작했다.

두목의 색시가 마루 끝에 백치처럼 멍청스런 얼굴을 하고 나앉아 있었다. 낮잠에서 갓 깨어난 아낙네들이 흔히 그러듯 두목의 색시는 방금 잠자리를 빠져나온 사람처럼 앞가슴을 아무렇게나 풀어헤친 채였다. 그 풀어헤친 옷섶 사이로 희고 굵은 젖무덤이 어슴푸레 드러나 보였다. 두목의 색시와 같은 여자에게도 그처럼 희고 굵은 젖가슴이 숨겨져 있었다는 사실이 오히려 이상스럽게 느껴질 지경이었다.

그녀가 이따금 더위와 가려움을 느끼는 듯 발작적으로 두 손을 머리로 가져가곤 했다. 가슴을 함부로 풀어헤친 채 부스스한 머리털을 쥐어뜯을 듯 정신없이 헤집어대는 색시의 몰골은 아닌 게 아니라 영락없는 백치 한가지였다. 그리고 어둠에 싸여드는 저녁 하늘을 보이지도 않는 눈길로 기웃기웃 더듬거리고 있는 그녀의 멍청스런 표정은 영락없는 부엉이 한가지였다.

하지만 눈에 띄는 것은 그뿐이었다. 일부러 숨을 죽이며 숨어 엿볼 만한 일은 없었다.

"왜 그래? 무얼 엿보고 있어?"

나는 비로소 마마상을 돌아보며 낮게 물었다. 하지만 마마상은 물론 내게 정직한 대답을 하려 하지 않았다.

"뭘 엿보다니? 넌 그러고 무얼 보고 있길래."

"난 마마상이 그러고 있길래 괜히 그냥……"

"바보 머저리 같은 새끼! 나 때문에 괜히? 나 때문에? 도대체 이런 덴 왜 나타난 거냐? 여긴 대체 뭣 하러 왔어?"

마마상은 목소리를 잔뜩 낮추어 나를 오히려 몰아세웠다.

그래도 사립 너머 색시는 아직 기척을 알아차리지 못한 것 같았다.

"나야 뭐 날마다 이렇게 색시 끼닛거리를 갖다주는 걸 왜. 그래서 오늘도……"

"저 여자 끼닛거릴 네가? 네놈이 왜, 네놈이 두목이냐. 네놈이 저 여자 사내라도 되어서 끼닛거릴 가져 날라?"

"가만 놔두면 두목이 지네 색실 굶겨 죽일 것 같으니까 그러는 거지 뭐……"

나는 아무래도 당장엔 마마상을 이길 수가 없었다. 그래 목소리를 버럭 높이며 그대로 사립을 밀치고 마당 안으로 들어서버렸다.

마루 끝의 색시는 그제서야 무슨 심상찮은 기미를 눈치챈 모양이었다. 내가 사립을 들어서자 그녀는 제물에 놀라서 몸을 화들짝 일으켜 세우더니 그대로 한동안이나 자세를 엉거주춤하고 서서 주의를 잔뜩 사립 쪽으로 곤두세웠다.

나는 그러나 여느 때처럼 천천히 그녀가 서 있는 마루 끝으로 다가가 가져온 물건을 내려놓았다.

"여기 쌀하고 탕거리 갖다놔요."

색시를 안심시키기 위해 일부러 말까지 한마디 건네보았으나, 색시는 내가 다시 몸을 돌이켜 사립을 나와버릴 때까지도 좀처럼 경계심이 풀리지 않는 기색이었다.

사립을 나와 보니 마마상은 이미 자취를 감추고 없었다.

하지만 마마상은 내가 집에 도착한 다음 이날 일의 자초지종을 꽤나 시원스럽게 털어놓았다. 자신이 그런 때 그런 곳에서 내게 두목의 집 안을 엿보다 들킨 것이 몹시 꺼림칙했던 모양이었다. 그런 꼴을 들키고 나서 나를 조용히 하라거나 계속 집 안을 엿보는 따위의 과장스런 거동을 보인 것은 모두 그 면구스러움을 숨기기 위한 공연한 헛수작이었음이 분명했다. 불시에 나타난 나를 오히려 화가 난 척 몰아세운 것도 마찬가지였다. 하지만 마마상은 아무래도 내게 변명을 하지 않고는 속이 편할 수 없었던 것 같았다.

"너네 두목이란 작자…… 워낙 위인이 미련한 인간이라 정말로 제 색시를 제 손으로 죽이려 들지 않을까 싶더라……"

내가 집으로 돌아가자 마마상은 묻기도 전에 자기 쪽에서 먼저 두목의 집을 찾아가 안을 엿보게 된 사연을 털어놓기 시작했다. 두목이 정말로 그의 색시를 죽여 없애버리지나 않았나 색시가 몹시 염려되더라는 것이다. 색시가 아직 무사한지 어떤지도 알아보고, 그녀의 행동거지에 두목의 못된 속심을 눈치챈 흔적이 있는지 어떤지도 알아보고 싶어 그걸 살피러 두목네 집 근처를 맴돌고 있었노라는 것이었다.

"걱정이다, 걱정. 모른 체하고 놔두면 그 위인이 암만 해도 이번에는 일을 저지르고 나설 것만 같은데, 사내의 전정도 전정이지만 앞까지 못 보는 것 신세도 곰곰 생각해보면 가엾고 끔찍스러워서……"

두목네 집 안을 엿본 변명을 적당히 늘어놓고 나서, 마마상은 제법 본심에서 우러난 듯 색시의 걱정을 덧붙였다. 색시의 일이 염려되어 그녀를 살펴주려는 게 두목의 집을 찾아가게 된 동기였노라는 소리였다.

듣기에 따라서는 그럴듯하고 고마운 말이었다. 내가 색시를 위해 두목의 집을 드나드는 것과 다를 바 없는 가상스런 일이었다. 마마상으로서는 그게 그만큼 그럴듯한 변명이 될 수 있었다.

하지만 나는 물론 마마상의 실토를 그대로 다 곧이들어버릴 수가 없었다. 두목의 팔자가 고쳐 잡히기 위해선 그 색시가 먼저 그에게서 없어져줘야 한다던 마마상이었다. 이번만은 두목이 제 색시를 어떻게 하고 말지 모른다고, 두목이 정말로 그렇게 해주기라도 하면 자신의 체증까지 함께 뚫려 내릴 듯 공연히 남의 일을 늘 입에 담곤 하던 마마상이었다. 그러던 마마상이 이번에는 갑자기 색시의 편을 들고 나선 것이다.

간단히 곧이들을 수가 없는 일이었다. 두목을 편들든지 색시를 편들든지, 남의 일에 그토록 열을 내고 덤비는 마마상의 그 엉뚱스런 간섭이 갈수록 수상쩍기만 했다.

하지만 그날과 같은 일이 다만 그 한 번뿐이었다면 나는 간섭이고 뭐고 그녀가 좀 수상쩍은 대로 마마상의 일이 머릿속에서 지워져버리고 말았을지도 모른다.

그런데 알고 보니 마마상은 그게 아니었다. 마마상이 두목의 집 근처를 서성거리며 기웃기웃 색시의 낌새를 엿본 것은 그날 한 번만의 일이 아니었다. 그날 이후부터 나는 색시를 보러 갔다가 두목의 집 근처에서 불시에 마마상을 마주치는 일이 많아졌다.

—아직도 색시가 무사한지 어떤지 걱정이 되어서……

마마상의 변명은 언제나 마찬가지였다.

게다가 그녀는 이제 문밖에 몸을 숨기고 집 안을 몰래 엿보는 것만으로는 호기심이 채워지지 않은 것 같았다. 한번은 그녀가 아예 사립 안으로 들어가 색시를 괴롭히고 있다가 내게 수작을 들킨 일까지 있었다.

두목의 색시는 실상 눈만 못 보는 것이 아니라 진짜 백치 한가지였다. 마마상이 집 안까지 들어가 있던 날의 색시는 그 몰골이나 거동이 유난히 처연스러웠다. 언젠가처럼 옷매무새를 아무렇게나 풀어헤친 모습으로 마루 기둥에 멍청히 등을 기대고 앉아 있던 색시는 내가 그 사립을 들어설 때부터 뭔가 짐승의 그것과도 같은 이상스런 소리를 낑낑대고 있었다.

좁은 마루의 다른 한쪽 끝에는 마마상이 방금 무슨 말을 지껄이다 만 듯 색시의 표정을 슬금슬금 미심쩍은 얼굴로 곁눈질하고 앉아 있었다. 색시는 그 마마상의 존재 같은 건 이미 안중에도 남아 있지 않은 것 같았다. 내 발자국 기척에도 그녀는 전혀 별다른 반응을 보이지 않았다. 마마상이 무슨 소릴 지껄여댔는지 그녀는 그저 자기 설움에 겨워 넋을 잃고 있었다.

짐승의 앓는 소리와도 같은 그녀의 낑낑거림은 복받쳐 오르는 설움의 자기 하소연이 분명했다. 색시는 그 울음소리조차 발성이 온전치 못한 완연한 백치였다.

그녀는 이내 그 끼끼거리는 듯한 흐느낌 소리마저 참아 삼켜버렸다. 마루 기둥에 멍청하게 얼굴을 기댄 색시의 그 찌부러든 눈에서 흐리터분한 물기만 소리 없이 괴어 흐르고 있었다.

나는 색시의 가련스런 몰골을 보자 나도 모르게 그만 참을 수 없는 분노가 들끓어 오르기 시작했다. 그 색시의 가련스런 표정으로 보아 마마상이 그녀에게 무슨 소리를 지껄여댔는지는 묻지 않아도 짐작이 가고 남았다.

마마상이 미웠다. 이날따라 마마상이 그토록 뻔뻔스러워 보일 수 없었다.

나는 독기 가득한 눈초리로 한동안 말없이 마마상을 노려보았다. 그러다간 불시에 그 마마상에게로 달려들어 낚아채듯 사립 밖으로 끌고 나갔다.

하지만 마마상은 아직도 잘못을 뉘우치는 기색이 전혀 없었다. 수작을 들킨 것이 창피했기 때문일까. 집으로 돌아온 마마상은 오히려 막다른 골목에 몰린 무엇처럼 언동이 점점 더 뻔뻔스러워져갔다.

"왜 거긴 또 갔어!"

짐작은 하고 있었지만 집으로 돌아오자 나는 마마상에게 다시 묻지 않을 수 없었다. 마마상의 대꾸는 역시 예상했던 대로였다. 그 어조나 태도가 처음 예상보다 훨씬 더 대담하고 뻔뻔스러웠다.

"넌 또 거길 왜 갔니!"

마마상은 처음 내 쪽의 행동을 거꾸로 힐난하고 나설 기세였다. 하지만 계속되는 내 추궁에 마마상은 마침내 거짓탈을 벗기 시작했다.

"그래, 알고 싶으면 말해주마. 너네 두목이란 작자가 변통을 저질렀을까 봐 그게 걱정이 돼서 갔다, 왜. 네놈이 제 색시나 된 듯이 눈알 까뒤집고 쫓아다니는 그 봉사 계집이 걱정돼서 말이다."

언제나처럼 같은 구실, 같은 변명이었다.

"그래, 색시한텐 뭐라고 했어. 색시한테 무슨 쓸데없는 소릴 했길래 여자가 그렇게 맥이 빠져 울고 있었냔 말야."

"쓸데없는 소릴 하긴. 내가 무슨 소릴 했다구 그 야단발광이냐?"

"강남옥 색시 얘길 했지? 말해봐. 난 다 알고 있으니까. 마마상은 그 여자한테 강남옥 색시 얘기를 한 거지?"

"그래, 했다. 강남옥인가 뭔가 그 색시 얘길 해줬다."

"강남옥 색시 얘길 뭐라고 했어?"

"뭐라고 하긴. 느네 서방이 강남옥 년하고 팔자를 고치려고 하니 너무 방해를 놓으려 들지 마라, 괜히 너무 방해가 되었다간……"

두목이나 강남옥 중의 누군가가 아예 너를 죽이려 들지도 모른다고 조심스럽게 귀띔을 주었노라는 것이었다. 그리고 그런 귀띔을 해주는 것은 색시의 막다른 처지가 가엾어 그런 줄이나 미리 알고 있으라는 이웃 인정에서라고, 가당찮은 위로까지 덧붙이던 참이었노라는 것이다.

모든 게 짐작대로였다. 이미 짐작을 했던 일이지만, 마마상으로부터 직접 그런 소리를 듣고 보니 나는 또다시 걷잡을 수 없는 부아가 치밀어 오르기 시작했다.

색시가 마마상의 말을 어떻게 들었느냐가 문제였다. 아니 그것은 색시의 그 맥없이 슬픈 표정으로 보아 달리 상상할 여지조차 없는 일이었다. 마마상 역시 색시가 자기의 그런 말을 어떻게 들을지 짐작을 못했을 리 없었다. 색시의 속을 빤히 들여다보고 있으면서도 그녀를 위하는 척 못된 소리를 귀에 흘려 넣어준 마마상이 참을 수 없도록 가증스러웠다.

마마상은 아마도 그런 걸 다 계산에 넣고서 일부러 수작을 꾸민 것이었을 것이다. 그랬길래 내가 그토록 아픈 곳을 찔러대도 여전히 뻔뻔스러움만 더해가고 있었는지 모른다.

"왜 그런 소리를 해. 마마상이 무엇 때문에 함부로 그런 소릴 지껄여대느냐 말야. 그런 소리 들었다가 색시가 제풀에 자살이라도 하고 말면 누가 책임을 지려구. 마마상이 그 책임을 질 테야?"

걱정스레 덤벼드는 내 추궁 앞에 마마상은 숫제 오히려 그게 당연하지 않겠느냐는 태도였다.

"오냐, 그래. 나도 너보다 먼저 그런 소릴 해주긴 했다, 이놈아. 일을 당하기 전에 색시가 먼저 독한 맘을 한번 먹어버리면 옆에 남은 사람들 다칠 일이 없을 거라고 말이다. 계집 신세가 가엾긴 하지만 그게 어쩌면 당자에게도 더 맘 편한 길이 아닐 거나 싶어서……"

마마상이 두목의 색시를 걱정하고 있다는 것은 분명한 거짓말이었다. 마마상은 결국 두목이나 누가 색시를 해치기 전에 그녀 자신이 못 견디게 서럽거나 겁에 질려 제풀에 목숨을 끊게 되기를 바라고 있었다. 그리고 번번이 그 색시의 주위를 맴돌면서 그런 쪽으로 수작을 꾸며가고 있음에 틀림없었다.

알 수 없는 여자였다. 속을 알 순 없었지만, 내겐 어쨌든 그지없이 달갑잖은 방해꾼이었다. 그리고 두목의 색시에겐 위험스럽기 그지없는 협박꾼이었다.

두목의 색시는 이중의 위험을 마주친 셈이었다. 색시를 지켜내려는 나의 일 또한 이중의 주의와 노력이 필요했다.

나는 좀더 계획을 서두르지 않으면 안 되었다.

마마상은 물론 아직도 내 진짜 계획은 눈치를 채지 못하고 있었다. 하지만 그 마마상 이후부터 나는 어떤 급박한 위험이 시시각각 색시에게 가까이 다가들고 있음을 느꼈다.

무어라 분명한 증거를 말할 수는 없었다.

한번은 두목네 마루 끝에 놓인 조그만 종이 봉지가 기절을 하도록 나를 놀라게 한 일이 있었다. 봉지를 펴보니 그 속엔 노르께한 장어약 몇 줌이 들어 있었다. 두목은 원래 횟감 사냥 때에도 장어약은 잘 쓰지 않는 편이었고, 근래에는 그나마 게으름이 심해서 사냥약 따위를 손에 대는 일이 없었다. 집엘 자주 들러 가는 두목도 아니었다. 더구나 색시가 그런 물건을 함부로 손댔을 린 없었다. 누군가가 일부러 그런 곳에 약봉지를 놓아두고 간 것이었다.

약봉지뿐만이 아니었다. 한번은 또 마루 끝에 무심히 걸쳐 놓인 부엌칼이 까닭 없이 가슴을 섬뜩하게 해온 일도 있었다.

모두가 그저 우연일 순 있었다. 하지만 섬찟섬찟 가슴을 놀라게 하는 일들이 연잇고 보니 미상불 나는 그 모든 일들이 우연으로만 여겨지지가 않았다. 자꾸만 마마상이 수상쩍었다. 필시 마마상의 수작인 듯만 싶었다.

그야 나는 마마상이 그런 물건을 그런 곳에 놓아두는 것을 본 일도 없었고 더더구나 마마상이 그런 기미를 내게 내비쳐 보이는 일은 상상조차 해볼 수 없었다. 마마상도 차마 거기까지는 내 앞에서 당당해질 수가 없었을지 모른다. 거기까지는 마마상도 좀처럼 말을 하려 하지 않았다. 속을 좀 떠보려고 한두 마디 말을 넘겨짚고 들라치면 마마상은 오히려 화를 내며 한마디로 내 말목을 막아서버리곤 했다.

"미친 녀석! 날씨가 더워져가니까 대낮부터 생잠꼬대를 하는구만."

마마상의 짓이라는 증거는 없었다. 그런 물건이 반드시 두목의 색시를 해치우기 위한 것들이라는 증거도 없었다.

하지만 꺼림칙하고 불길스런 기분은 어쩔 수 없었다. 마마상이 자꾸 의심스러워진 것도 마찬가지였다. 불길한 기분이 짙으면 짙어져갈수록, 마마상이 의심스러우면 의심스러워져갈수록 나는 덮어놓고 마음이 자꾸 더 초조해져 나의 계획을 더욱 조급하게 서둘러대지 않을 수 없었다.

이 무렵 나는 또 한 가지 뜻하지 않은 사실을 알게 되었다. 강남옥 색시가 왠지 모르게 마마상을 몹시 미워하고 있다는 사실이었다. 그리고 두목 앞에서도 그 마마상을 자주 헐뜯는다는 사실이었다.

어느 월요일 저녁나절이었다. 주말의 북새통이 한바탕 턱거리를 휩쓸고 지나간 다음에는 항상 그렇듯이 이날도 나는 횟거리 사냥질엔 김이 잔뜩 빠져 있었다. 사냥 성적을 올려봐야 월요일엔 거래가 늘 시원칠 못한 편이기 때문이었다.

두목은 물론 아침결에 동굴로 올라가버린 다음부터 소식이 깜깜이었다. 그러지 않아도 사냥질에 차차 손이 게을러져온 두목이었다.

두목이 게을러진 건 그야 그 횟거리 사냥질뿐만이 아니었다. 강남옥이 나타난 다음부터는 서울 손님들과 술내기 시합을 벌이려 드는 일도 없었고 강물을 틀어막겠노라 날뛰던 그 미친 지랄기도 도수가 훨씬 뜸했다.

한마디로 두목은 도대체 쓸모가 없는 인간이 되어가는 느낌이었다. 심한 지랄기나 뚝심이 안 보였다. 싱싱한 뚝심이나 지랄기가 안 보이는 두목은 두목이 아니었다. 그런데도 위인은 늘 비실비실 술에 취해 강남옥 주변만 맴돌았다. 그렇게 보아 그런지 표정이나 거동까지 이상스럽게 자꾸 초라하고 음흉스러워져가고 있었다.

이래저래 두목은 그날도 아예 낮잠으로 해를 채울 모양이었다. 낮잠마저도 옛날처럼 숨을 식식거리며 미친 멧돼지꼴이 되어버리는 건 볼 수 없고, 조그만 기척에도 대번에 귓구멍이 뚫려버리는 숨 짧은 토끼잠뿐이었다.

하지만 두목의 이날 낮잠은 내겐 어쨌든 또 한 번의 기회였다. 당장 일을 저지르지 않는다 하더라도 두목의 잠은 될수록 자주 정확한 버릇을 알아둬야 했다.

나는 결국 횟거리 사냥물들을 강물 기슭에 담가둔 채 맨손으로 천천히 동굴 쪽을 향해 올라가기 시작했다. 요즘 와선 아주 버릇이 된 일이지만, 두목에게 기척을 들키지 않기 위해선 그렇게 늘 발소리를 조심스럽게 죽여야 했다.

이윽고 내가 그 동굴 입구까지 올라서서 굴 안 기미를 살피고 있을 때였다. 동굴 안에서 짐작조차 못했던 일이 벌어지고 있었다.

강남옥 색시가 어느 틈엔지 동굴까지 두목을 찾아 올라와 있었다. 아니 두목과 강남옥은 언제부턴가 거기서 그 해괴한 발장난질에 정신이 팔려 바깥 기척은 처음부터 아랑곳할 여지도 없었다. 발장난질에 넋이 빠져 있을 때의 그 독특하게 거칠어진 두목의 숨소리와 울음소리도 웃음소리도 아닌 여자의 괴상한 발작음이 눈치도 없이 굴 바깥까지 함부로 흘러나오고 있었다.

두목이 잠을 자고 있지 않으면 동굴까지 숲속을 기어 올라온 내 수고는 허사가 되고 만 셈이었다.

나는 다시 산을 내려가야 했다.

하지만 나는 발길을 돌리지 못했다. 굴에서 흘러나오는 소리에 자석에라도 달라붙은 듯 땅에서 발이 떨어지지 않았다. 소리에 넋이 팔려 나는 한참이나 그대로 거기 그냥 귀를 세우고 서 있었다. 동굴 속 기척에 따라 나까지 함께 숨결이 가빠져오는 것 같았다. 느닷없이 아랫도리가 찌뿌드드해오면서 오줌이 마려워오는 것도 그런 때마다 자주 겪는 귀찮은 버릇이었다.

—도대체 저 여자는 어느 틈에 여길 올라왔을꼬?

강남옥이 산을 올라가는 것을 보지 못한 것이 아무래도 이상스러웠다. 그녀가 아마 눈치채지 못하게 숲속으로만 몸을 숨겨간 모양이었다. 아니면 아예 우리가 강으로 나오기도 전부터 미리 그곳에서 두목을 기다리고 있었는지도 모른다.

어쨌거나 참을성이 대단스런 위인들이었다. 두 사람은 거기서도 한참 동안이나 더 사나운 뒤잽이질을 계속하는 기척이었다. 두목의 숨소리가 거칠어져가는 데 따라 여자의 발광기도 점점 더 가파른 고비를 치달아 오르고 있었다. 발장난질이 싸움이라면 한쪽은 벌써 피투성이가 되어 나자빠졌을 시간이었다.

"에이 빌어먹을 년! 햇덩이가 시뻘건 대낮부터…… 너같이 악착스런 년은 머리털 나고 첨 보겠다 원……"

이윽고 동굴 속의 소란이 한고비를 지나고 바람이 잦아들 듯 한동안 잔잔한 침묵이 계속되었다. 어디론가 몸을 풀썩 내던지는 기척 소리에 이어 두목의 불평 어린 욕설이 흘러나왔다.

"대낮이면 뭐 자긴 싫은 짓을 억지로 했나……"

이어 사내를 탓하는 여자의 목소리도 뒤따랐다. 맥이 빠진 소리였다. 두목도 이제 그런 여자의 시답잖은 소리엔 똑같이 맥이 빠진 모양이었다.

굴속에선 다시 한동안 조용한 침묵이 계속되었다. 발장난질이 한차례 끝나고 나면 두목은 으레 졸음기를 견디지 못했다. 배퉁이를 아무렇게나 까벌려놓은 채 쿠룩쿠룩 어느새 코를 골아대기 일쑤였다.

두목은 바야흐로 이제 그 바윗돌처럼 무거운 잠 속으로 떨어져 들어가고 있을 터이었다. 다른 기척이 없는 걸 보면 여자 쪽도 당장 굴을 나설 낌새가 아니었다. 두목과 함께 그냥 낮잠으로 해를 보낼 모양이었다.

나는 이제 그만 산을 내려가야겠다고 생각했다. 두목과 여자가 함께 붙어 있는 한 더 이상 굴 앞에서 어정거리고 있을 필요가 없었다.

그런데 그때, 굴 안으로부터 문득 다시 소리가 흘러나오기 시작했다.

"이봐요."

"응…… 왜 또 그래?"

"그 돌밴가 뭔가 하는 꼬마애 말이에요……"

"그게, 그 애가 어쨌다는 거야."

두목은 잠이 들려 하는데 강남옥이 두목을 곁에서 자꾸 집적여대는 소리였다. 마지못해 말대꾸를 하고 있는 듯한 두목의 목소리에는 분명히 심한 졸음기가 끼어 있었다.

나는 두 사람의 새삼스런 말소리에 돌아서려던 발길을 다시 멈춰 서고 말았다.

—그래 돌배다. 똘배가 여기 있다. 이 똘배가 도대체 어쨌다는

거냐.

두 사람은 웬일인지 자기들 이야기 속으로 나의 이름까지 끌어들이고 있었다. 하지만 이야기를 듣다 보니 여자가 말을 꺼낸 것은 내가 목적이 아닌 것 같았다.

"그 꼬마아이 아무래도 자기하고 성씨가 같은 것 같애."

"또 그 미친 소리…… 몇 번이나 아니라는데도 그런……"

"몇 번을 들었어도 믿을 수가 없는걸요."

"믿거나 말거나 그거야 제 맘이지…… 하지만 나이 차이를 봐. 그 애가 지금 몇 살이게?"

"……"

"잠 좀 자게 가만 놔둬주지 못하고 괜히 쓸데없는 소린."

"잠을 자고 싶으면 정직하게 대답을 해봐요. 양심적으로 정직하게. 이렇게 두 손을 가슴 위에다 얹고 말예요."

"정직하게 대답할래도 정직해질 게 있어야지."

"흥, 끝까지 시치밀 떼시는군. 그래 좋아요. 그럼 그 애하고 자기 사이에 아무 상관도 없다면 그 애네 마마상 앞에선 뭣 땜에 아직 기를 못 펴는 거지?"

"기를 못 펴긴 뭘?"

"난 뭐 동네 안에서 귀가 아주 멀어 지내는 줄 아는 모양이지!"

"귀가 멀지 않았으면?"

"나도 들을 소린 다 듣고 있단 말예요. 괜히 남들 앞에선 큰소리를 치고 야단인 척하지만 그걸 누구 곧이들을 사람이 있는 줄 알아요?"

강남옥은 계속 마마상의 이야기를 하고 있었다. 마마상 이야기 치고도 더 이상 기분이 나쁠 수 없는 소리들이었다. 한데다 여자의 이야기는 그 정도에서도 끝이 나지 않고 있었다. 이리저리 자꾸 말길을 피해 달아나려는 두목을 여자는 귀찮도록 끈질기게 좇아붙었다. 그리고 그럴수록 두 사람의 입에서는 여태까지 상상치도 못했던 사실들이 거침없이 흘러나왔다.

"그렇게 오매불망 맘에 두어온 사람이람 왜 여태까지 자길 홀딱 차지해버리지 못했을까. 나만 같았어도 버얼써……"

"그건 네가 몰라서 하는 소리야. 그 여잔 그래 봬도 너보단 훨씬 착한 데가 있거든……"

"이제사 겨우 실토를 하시는군. 알았어요."

"실토를 해? 그래 실토를 한 걸로 해둬라. 그랬으면 좀 어떠냐. 사내대장부가 꼬랑지 흔들고 덤비는 여자 한두 번 쓰다듬어주었기로……"

"여자 한두 번! 그래 한두 번이라도 좋아요. 어쨌든 실토를 한 건 한 거니까. 하지만 성품이 착한 계집은 제 좋아하는 사내를 곁에서 구경만 하고도 그걸로 모두 직성이 풀릴까? 한두 번 귀엽다고 쓰다듬어주는 걸로 그만이게?"

"그야 더 이상은 어떻게 할 수 없으니까 그렇지. 더 이상 욕심냈다간 되레 제 쪽이 먼저 상하게 될 줄 알 만한 여자니까."

두목과 강남옥 색시 사이의 말싸움은 거기서도 한동안이나 더 티격태격 시간을 끌고 있었다. 두목은 몇 번씩이나 졸음기 어린 목소리로 말을 피해 달아나려 했지만, 강남옥 쪽이 끈질기게 그 두목을 물고 늘어졌다. 말을 싫어하는 두목이 그토록 참을성을 베푼 것도 강남옥으로 해서 비로소 처음 보는 일이었다.

어쨌거나 기분이 좋은 일이 아니었다. 아니, 기분이 나쁜 것은 두목이 유독 강남옥에 대해서만 끈질긴 참을성을 보이고 있는 때문이 아니었다. 문제는 두 사람이 주고받은 마마상의 이야기였다. 두목은 차차 마마상과의 사이에도 언제부턴가 그렇고 그런 일이 있어왔다는 식으로 말이 자꾸 기울어져가고 있었다. 강남옥은 두목으로부터 그걸 시인시키고 싶어 하면서도 막상 사정이 그쯤 분명해져가자 느닷없이 마마상을 헐뜯어대기 시작했다. 강남옥 역시 어느 틈에 마마상의 그 수상쩍은 거동을 눈여겨보아오고 있었던 것일까. 아니면 마마상에 대한 참을 수 없는 미움 때문에 그냥 그런 억지소리를 꾸며대고 있는지도 모를 일이었다.

강남옥은 아마 마마상이 그런 소갈머리 얕은 아녀자의 계교로 두목에게서 아주 그의 색시를 밀어낼 기회라도 엿보고 있을지 모른다는 짐작이었다. 두목과의 사이가 마을에 알려진 뒤로 마마상이 자기를 대해오는 눈치만 해도 이만저만 수상쩍은 게 아니라는 푸념이었다.

강남옥의 그런 넋두리에 대한 두목의 반응 또한 나로서는 전혀 예상을 못하고 있던 쪽이었다. 두목 역시 마마상이 몰래 혼자 그의 집이나 색시의 주변을 맴도는 따위로 수상한 거동을 일삼아온 기미는 이미 다 눈치를 채고 있었던 것 같았다. 그러면서도 위인은 무슨 생각에선지 마마상의 그런 거동을 짐짓 모른 체해오고 있었던 것 같았다.

"알고 있어. 난 뭐 눈치코치도 없는 바본 줄 알아. 하지만 네년까지 괜히 그런 쓸데없는 일 아는 체하고 나설 건 없어. 그 여자도 알 건 다 알고 있으니까. 날 알고 있으면 아무도 함부로 섣부른 생각을 먹어서는 안 되는 줄도 알아야 하니까. 그 여잔 그걸 알고 있단 말야. 그래 내가 아까부터 제법 착한 여자랬지 않아. 너도 그건 마찬가지야. 너도 괜히 쓸데없는 수작을 꿈꿨다간 그걸로 그만인 줄 알란 말야. 당장 숨통을 눌러버릴 테니까. 알아들어?"

두목이 마마상의 속셈을 빤히 다 점치고 있는 것 같은 말투는 차라리 뜻밖이랄 수도 없는 일이었다. 강남옥으로 인하여 팔자를 고쳐 잡기 위해 자기 장님 색시를 죽이려 할지 모른다고 생각되던 두목이 오히려 마마상과 강남옥에게 그런 식으로 겁을 주고 있는 것은 아무래도 내게 믿어지기가 어려운 일이었다.

두목이 그의 색시를 죽이려 하기커녕 오히려 마마상이나 강남옥을 의심하고 있는 듯한 태도는 쉽사리 곧이들릴 수 없는 게 당연했다. 마마상은 두목이나 강남옥을 의심했고 두목은 거꾸로 그 마마상과 강남옥을 의심했고, 강남옥은 또 강남옥대로 마마상을 나름대로 의심하고 있었다. 서로서로 누군가를 의심하면서 제각기 두목의 색시를 걱정했다.

그렇다면 두목의 색시는 아무것도 걱정이 될 게 없었다. 그녀의 주변에는 모두가 그녀를 걱정해주는 사람뿐이었다.

하지만 나는 역시 안심이 되지 않았다. 오히려 위험이 점점 더 가까이 다가들어오고 있는 듯한 불길한 생각뿐이었다. 한결같이 색시를 걱정해주고 있는 것이 거꾸로 그런 내 의심을 깊게 했다. 색시의 주변에서 한결같이 그녀를 걱정하고 있다는 사실, 그것은 곧 그녀의 모든 주위 사람들의 마음속에도 누군가가 정말로 그녀를 해치려 덤빌지 모른다는 두려운 의심을 지니고 있는 증거였다.

색시를 해치려 덤빌 사람이 누군지가 밝혀지지 않고 있을 뿐이었다.

나는 두목을 믿을 수가 없었다. 마마상도 강남옥도 믿을 수 없었다. 누구라 할 것 없이 사람들이 두려웠다.

그리고 견딜 수 없도록 화가 치밀어올랐다. 더더구나 두목과 마마상 사이에서마저 그렇고 그런 일들이 지금까지 몰래 숨겨져오고 있었던 걸 생각하면 피가 온통 거꾸로 치솟아오르는 것 같았다.

그래도 만만한 건 마마상뿐이었다.

나는 우선 마마상부터 조져보기로 작정했다. 조져봐야 실토를 해올 마마상은 아니었다. 하지만 마마상에겐 그냥 화풀이로라도 이날 일을 어물어물 넘겨버릴 수가 없었다.

두목과 강남옥 색시의 말소리가 끊어지고 동굴 안이 이윽고 조용한 침묵 속으로 가라앉아 들어간 다음 나는 산을 내려왔다. 산을 내려오는 길로 횟거리고 뭐고 그냥 강물 속에 내팽개쳐둔 채 일찌감치 혼자 마을로 들어갔다.

"나 이제 마마상하곤 같이 안 산다!"

해도 떨어지기 전에 붉으락푸르락 불쑥 사립문을 들어서는 나를 보고 마마상은 처음 영문을 알 수 없어 표정이 잠시 어리둥절해졌다.

"내 참 더러워서! 어디 자기 입으로 말이나 좀 해보지. 이젠 다 들통이 나고 말았으니까!"

침까지 함부로 택택 뱉어대며 마구잡이로 내질러대는 소리에 마마상은 그러나 이내 심상찮은 기색을 알아차린 모양이었다.

"저 새끼가 오늘은 또 무얼 못 먹을 걸 처먹고 왔길래 저러누…… 너 지금 뭐라고 했냐. 뭐가 더럽고 뭐가 들통이 났다는 거냐. 어디 네놈부터 무슨 소릴 하고 싶은 건지 얘길 좀 들어보자꾸나!"

형세가 심상찮게 돌아간다 싶거나 말이 궁색해지면 누구 앞에서나 늘 그래 왔듯이 마마상은 덮어놓고 게거품부터 물고 덤볐다. 초장부터 나의 기세를 꺾어놓고 보자는 심산이었다. 나는 그런 마마상의 속셈을 알고 있었기 때문에 그런 때 마마상을 다루는 방법도 알고 있었다.

"흥…… 그만만 해도 찔리는 데가 있긴 한 모양이지. 얘기도 듣기 전에 지레 게거품부터 물고 나서게. 그래 게거품을 물고 나서면 누가 할 말을 그냥 참아줄 줄이나 알구?"

마마상의 화만 자꾸 더 돋워 올렸다.

"그래 이놈아, 내가 무슨 소릴 하고 싶으냐고 묻질 않으냐. 무에 어째서 나하곤 한집에서 살지도 못한다는 거냔 말이다."

마마상도 미상불 궁금증을 참을 수 없는 모양이었다. 목소리는 여전히 높았지만 나를 추궁하고 드는 어조가 아깟번보다 훨씬 기세를 누그러뜨리고 있었다. 그리고 은근한 조바심을 숨긴 얼굴로 나를 다그쳐댔다.

나는 이 뻔뻔스럽고도 불결스런 여자를 어떻게 해야 내 앞에서 다시 고개를 들지 못하도록 만들어놓을 수 있을지 한참 동안이나 첫마디를 망설이고 있었다. 그러자 마마상이 다시 나를 몰아세우고 나섰다.

"이놈아, 금방은 말을 참는다 못 참는다 발광이더니 이젠 또 갑자기 벙어리라도 되어버릴 참이냐. 왜 말을 못하고 어물쩡 기가 죽어?"

"기가 죽긴 누가 기가 죽어. 할 말이 하도 더러워서 그렇지!"

"말이 더럽다니……"

"마마상도 색시 노릇을 했다면서?"

할 수 없었다. 나는 되는대로 첫마디를 내갈겨버렸다. 말을 벼르다 보면 오히려 그렇게 단도직입 조가 되는 모양이었다.

마마상도 설마 내가 그런 식으로까지 나올 줄은 예상을 못한 모양이었다.

"색시 노릇? 누구한테?"

어이가 없어 하거나 화를 낼 틈도 없이 엉겁결에 그만 꼬리가 잡힐 소리를 되물어오고 있었다.

"마마상은 자기가 누구한테 색시 노릇을 한 줄도 몰라서 나한테 그런 걸 물어!"

"그래 몰라 묻는다. 색시 노릇 한 일이 없으면 그게 누구한텐지도 알 턱이 없지 않으냐. 하지만 네놈은 그걸 알고 있다니 한번 들어나 보자꾸나."

마마상은 뒤늦게 시치미를 떼는 시늉이었다. 하지만 마마상이 두목의 색시 노릇을 해온 것은 어쨌든 사실인 것 같았다. 마마상이 자꾸 내게 그 상대를 캐묻고 드는 것은 마마상과 두목 사이의 일에 대해 내가 어디쯤까지나 알고 있는지 그걸 시험해보려는 수작일시 분명했다.

나는 물론 사실을 숨길 필요가 없었다.

"누군 누구야 우리 두목이지……"

"너네 두목? 그래 내가 너네 두목 색시 노릇을……!"

"아니래도 소용없다, 이젠. 강남옥한테서 이 귀로 직접 들은 말이니까."

"강남옥이…… 그 강남옥 년이?"

"그래. 우리 두목도 그랬다 했구……"

마마상의 태도에서 분명해진 것은 그동안 마마상이 두목의 색시 노릇을 해온 것만이 아니었다. 마마상은 아마 욕을 먹는 한이 있더라도 터놓고 두목의 색시 노릇을 하고 싶어 할 거라던, 그래서 어쩌면 마마상이 그 두목의 장님 색시를 해치려 덤빌지도 모른다던 강남옥의 추측이나 걱정도 거의 다 사실에 가까운 것 같았다. 모든 이야기가 강남옥과 두목 자신의 입에서 나온 소리라고 말했을 때의 그 마마상의 태도에서 나는 그것을 분명히 알 수 있었다.

강남옥과 두목이 함께 입에 오르자 마마상은 아예 그 두 사람한테로만 관심이 잔뜩 기울어져버리고 있었다. 강남옥이 정말로 그런 소릴 하더냐, 너네 두목이 강남옥의 말을 정말로 곧이듣는 것 같더냐, 두목과 강남옥이 어디서 그런 소릴 하더냐, 그리고 그 두 사람이 전에도 그 동굴 안에서 함께 있은 적이 많았느냐…… 마마상은 파란 눈빛을 뻗치며 두 사람 사이의 일을 미주알고주알 캐고 들었다. 그리고 내 대꾸가 한마디씩 떨어질 때마다 분을 참느라고 한동안씩 입술을 푸들푸들 떨어댔다.

마마상은 분명히 두목을 원망하고 있었다. 그리고 강남옥을 저주하고 있었다. 강남옥의 생각처럼 두목의 색시가 되고 싶기 때문일 것이었다. 그런 속셈이 없다면 두목과 강남옥의 일에 그토록 신경을 곤두세우고 얼굴색이 야단스러워질 수가 없었다.

두목이나 강남옥 때문에 그의 색시가 걱정스럽다던 소리도 마마상의 공연한 허풍에 불과했다.

"하지만 뭐 그뿐인 줄 알아? 두목이나 강남옥은 마마상이 여차하면 두목네 색시를 해치려 들지도 모른다고 하던걸. 마마상도 전부터 늘 두목네 집을 엿보고 다녔잖아. 그런 마마상하고 어떻게 같이 한집에서 살아!"

두목의 색시가 되고 싶어 마마상이 그 두목네 장님 색시를 해치게 될지도 모른다고 하더라니까, 마마상은 이제 차라리 어이가 없다는 얼굴이었다.

"그래, 하긴 그런 소리가 나올 만도 하겠다. 강남옥 년하고 두목이 그렇게 배가 맞아 돌아간다면 말이다. 이놈아, 너도 이제부턴 눈깔 좀 크게 뜨고 다니거라. 두목인지 팔목인지 그 낮도깨비 같은 작자한테 속을 다 내주고 쫓아다니지만 말구. 까딱하다 네

놈 소원대로 정말 이 에미가 생죽음을 맞을라."

하더니 마마상은 그래도 아직 제법 인정이 있는 사람처럼 새삼스레 그 색시를 위한 넋두리를 시작했다.

"그나저나 큰일은 큰일이구나. 그 작자 맘이 거기까지 기울었다면 일은 이제 올 때까지 왔는데, 제 앞도 못 보는 딱한 신세가 차마 가엾어 어이 볼거나. 하기사 그것같이 박복하고 야박스런 신세라면 일찌감치 두 눈 감고 이것저것 안 보는 것이 맘속은 차라리 편할래라마는……"

그녀는 왠지 이제 두목의 색시가 정말 죽음을 피할 수 없게 되어버린 양 제물에 혼자 비탄에 겨워 눈물까지 몇 방울 찔끔거리고 있었다. 두목이나 강남옥이 그래 왔듯이, 그리고 마마상 자신이 지금까지 늘 그래 왔듯이, 그녀는 이번에도 또 두목과 강남옥 쪽을 핑계로 자기 쪽에서 오히려 두목의 색시 걱정을 하고 있는 것이었다.

하지만 그것은 물론 마마상의 흉물스런 계교에 불과했다. 나에게는 그게 그렇게만 보였다. 마마상에게도 두목과 강남옥에게서와 똑같은 흉계가 숨어 있었다. 마마상은 이제 나를 속일 수 없었다.

가엾은 것은 눈이 먼 두목의 색시뿐이었다.

문제는 두목네의 그 장님 색시 쪽 태도였다.

두목네 색시도 그새 뭔가 심상찮은 낌새를 알아차리고 있었던지 이날 저녁 거동이 영 예사롭지가 않았다.

이날 저녁엔 내게도 색시에게 갖다 줄 사냥거리가 없었다. 하지만 나는 왠지 마음이 놓이질 않아 어슬어슬 저녁 어둠이 내릴 무렵쯤 맨손으로 그녀의 오두막을 찾아갔다.

색시는 이날도 그 밤부엉이처럼 적막스런 모습으로 마루 끝에 나와 앉아 있다가 금세 나의 기척을 알아차렸다.

"오늘은 아무것도 가져오지 않았어요. 그냥 색시가 어쩌고 있는지나 보고 가려구……"

나는 그렇게 괜히 면구스런 한마디를 던지고 나서 색시가 앉아 있는 마룻장 근처를 잠시 서성거리다 말고 이내 다시 사립문 쪽으로 발길을 옮기기 시작했다. 가까이 다가가 기미를 살폈지만 색시에겐 별다른 일이 없는 것 같았기 때문이었다.

그런데 이날은 가져온 게 없노라는 내 소리에도 색시는 그저 여느 때처럼 그 보이지 않는 눈길을 돌각담 너머로 말없이 흘려보내고 있을 뿐이었다. 그녀의 그런 태도에는 여느 때의 그것과 조금도 다른 데가 없었다. 마음이 아주 놓여버린 건 아니었지만 그렇다고 밤이 어둡도록 남의 집안을 서성대고 있을 순 없었다.

"난 가요."

대꾸도 없는 그녀에게 다시 한마디 던지고 나서 나는 이내 사립문을 돌아나올 참이었다.

그런데 거기서부터가 기이했다.

등 뒤에서 이상한 인기척 같은 것이 느껴져와 얼핏 색시 쪽을 돌아다보니 그녀가 웬일인지 나를 조용히 손짓해 부르고 있었다.

그것은 참으로 뜻밖의 일이었다. 내 앞에선 한 번도 입을 열어 말을 해온 일이 없던 그녀였다. 말은커녕 제대로 사람을 알아보는 응대 한 번 제대로 해 보인 일이 없던 그녀였다. 이날도 물론 그녀가 입을 열어 말을 해온 건 아니었지만, 그만한 손짓이나마 그녀한테선 상상을 할 수 없었던 일이었다.

그녀는 계속 손짓을 멈추지 않고 있었다.

나는 영문을 알 수 없었다. 영문을 모른 채 엉거주춤 다시 발길을 그녀에게로 이끌어 다가갔다.

내가 다시 다가드는 기척을 느끼자 그녀는 내게 그녀의 곁으로 가까이 자리를 잡아 앉으라는 시늉을 했다. 나는 그녀가 시키는 대로 그녀의 곁 마룻장 위로 엉거주춤 몸을 걸치고 앉았다.

그런데 색시는 그때부터 정말 기상천외의 몸짓을 시작했다. 그녀가 갑자기 한 손으로 내 팔목을 힘껏 끌어쥐더니 다른 한 손으로 재빨리 자기 저고리 섶을 헤치며 허연 젖더미를 끌어내었다. 그리곤 다짜고짜 그 눈부시게 허연 젖더미를 내게로 디밀어대고는 자기 어린 아기에게 그러듯 젖을 빨라는 시늉을 했다.

나는 불시에 눈앞으로 디밀어진 젖더미에 놀라 잠시 정신을 제대로 가눌 수가 없었다. 팔목을 워낙 세게 붙들리고 있기도 했지만, 그녀의 그런 갑작스런 행동 때문에 나는 그걸 저지하거나 자리를 피해 달아날 엄두가 나지 않았다.

나는 잠시 어찌할 바를 몰라 멍청스런 눈길로 색시의 표정만 살피고 있었다.

도대체 여자들은 무엇 때문에 그토록 내게 젖을 먹이고 싶어 하는지 알 수 없었다. 언젠가는 그 강남옥 색시마저 은근히 내게 젖을 먹이고 싶어 하던 일이 불현듯 생각났다. 하지만 이번에는 이상하게도 내가 그녀의 젖을 먹는 일이 강남옥의 경우를 두고 그걸 상상했을 때처럼 불결스럽고 부끄럽게는 느껴지지가 않았다. 아마도 그것은 그것을 바라는 그녀의 표정이나 몸짓이 너무도 간절해 보였기 때문이었는지 모른다.

그녀는 한마디도 말을 하지 않았다. 그 대신 내 팔목을 끌어쥔 손목이 족쇄처럼 갈수록 단단해지고 있었다. 그것을 빠져 달아나기란 애당초 불가능한 일처럼 느껴졌다. 그녀를 빠져 도망치기커녕 나는 어느새 그녀의 품 안으로 몸뚱이가 통째로 끌려들고 있었다.

그런 그녀의 조용하고도 굳센 힘과 말 없는 몸짓에서 나는 그녀의 소망이 얼마나 깊고 간절한 것인지를 알 수 있었다. 나는 차라리 그녀의 아기가 되어버린 기분이었고, 그녀가 내게 바라고 있는 것도 그 비슷한 것이 틀림없을 거라 생각했다. 그래 그게 그 강남옥이 그런 말을 했을 때처럼 불결스러운 데가 느껴지지 않았다.

색시도 이젠 마치 자기 어린 아기에게 젖을 짜 먹이려는 시늉을 하고서 나를 기다리고 있었다.

나는 더 이상 망설이고 있을 수가 없었다. 두목의 모습이 머릿속에서 무섭게 부풀어 오르곤 했지만 그것도 끝내 내 결심을 막을 수가 없었다. 나는 마침내 그녀의 가슴께로 얼굴을 파묻으며 그녀의 작은 아기가 되어버렸다.

하지만 그녀의 그 커다란 젖더미에선 젖이 한 방울도 나오지 않았다. 그야 젖이 나올 리가 없었다.

색시도 아마 이내 그걸 알아차린 것 같았다. 그녀는 내게 마음껏 젖을 먹여줄 수 없는 게 안타까운 듯 이윽고 반대편 젖더미를 끌어 디밀었다.

그쪽에서도 물론 젖은 나오지 않았다.

하지만 나는 불평하지 않았다. 젖이 나오진 않았지만 나는 동작을 멈추지 않고 열심히 빨기를 계속했다. 젖이 나오지 않더라도 그렇게 해야만 할 것 같았고, 그게 싫지 않았기 때문이었다.

색시도 물론 그걸 알고 있었을 터였다. 그리고 그걸로 그냥 만족한 것 같았다. 젖이 나오지 않는 줄 알면서도 그녀는 계속 내게 젖을 물린 채 조용히 나를 기다려주고 있었다. 그리고 정말로 품속에서 젖을 빨고 있는 어린 아기를 다루듯 내 머리를 한 손으로 가만가만 쓰다듬고 있었다.

이윽고 나는 숨이 가빠 더 이상 참을 수 없어졌을 때 이제는 배가 부른 아기처럼 그녀의 가슴을 떨어져 나왔다.

그러자 그녀도 이젠 그것으로 모처럼 만에 그녀의 오랜 소망(그녀의 소망이 어떤 것인지는 똑똑히 알 수가 없었지만 아마도 두목 그자로 인하여 오랫동안 가슴속에 품어오고 있었음에 틀림없을)을 풀어내고 난 듯이 깊고 후련스런 한숨을 내쉬었다.

문득 눈을 들어보니 그녀의 두 볼 위엔 언제부턴지 그 보이지 않는 눈으로부터 두 줄기 눈물 자국이 길게 뻗어 흘러내리고 있었다.

하지만 그녀는 자신의 행동을 조금도 후회하는 기색이 없었다. 후회는커녕 그녀의 표정은 이제 지극히 평온하고 행복스러워 보이기까지 하였다. 두 눈엔 아직 눈물 줄기를 그치지 않고 있으면서도, 그녀는 이제 정말 자신의 아기에게 배불리 젖을 먹이고 난 여자처럼 지극히 깊고 잔잔한 웃음기 같은 걸 머금고 있었다.

그런데 실상 그런 그녀의 표정과 심상찮은 행동들이 이날 밤 나에겐 그녀의 신변에 대한 그 위험의 징조를 더욱 분명하게 느끼게 했다. 뿐더러 그 두목에 대한 내 두려움과 증오심도 더욱 부풀게 하였고, 위인에 대한 나의 그 위험스런 계획을 한층 더 조급히 서두르게 하였다.

회귀

두목의 장님 색시가 죽었을 때 그녀의 주위 사람들은 마침내 올 것이 왔을 뿐이라는 듯 그녀의 죽음을 오히려 당연스럽게 여기는 것 같았다.

그동안 마마상까지 몰래 두목의 색시 노릇을 해오고 있었다는 사실은 나를 견딜 수 없도록 망신스럽게 했다. 그 마마상이 터놓고 두목의 색시 노릇을 하고 싶어 그의 눈먼 색시를 해치게 될지도 모른다는 데에 이르러서는 몸이 부들부들 떨려오도록 무서운 의분감 같은 것이 치솟아 올랐다.

마마상을 용서할 수가 없었다. 변이 생기기 전에 미리 손을 써야 할 쪽은 두목이 아니라 마마상 쪽일지도 모른다는 생각이 들었다.

두목이고 마마상이고 도대체 믿을 인간들이 못 되었다. 강남옥도 물론 마찬가지였다.

나는 이제 더 이상 기다리고 있을 수가 없었다. 두목이고 누구고 수상한 기척만 걸려들면 그 당장 끝장을 내주리라 작정했다.

그동안 산을 오르내리며 봐둔 세모잽이 녀석들의 굴을 뒤져내다 마지막 거사의 준비를 서둘렀다. 세모잽이 중에서도 번쩍번쩍 윤기가 좋고 단단하게 빠진 놈 두 마리를 골라 한 마리는 두목 몰래 동굴 안 국냄비 속에다 뚜껑을 단단히 덮어 숨겨놓고 다른 한 마리는 또 마마상 몰래 빈 술병에 넣었다가 마마상의 눈길이 잘 닿지 않는 부엌 옆 나뭇단 속에 숨겨놓았다. 그리곤 두목과 마마상의 눈빛을 번갈아 살펴가며 기회를 기다렸다.

하지만 모든 것이 허사였다. 며칠 뒤 어느 날 저녁 두목의 색시 쪽에서 먼저 끝장이 나버렸기 때문이었다. 두목이나 마마상에게서 기회를 얻어내기 전에 색시 쪽에서 먼저 변을 당하고 만 것이다.

색시가 누구한테서 변을 당한 것인지, 그녀 스스로 끝장을 내버린 것인지 아직도 장담할 수 없는 일이었다. 색시는 그날 밤 겨울 횟거리 사냥용으로 구해다 놓은 꿩약을 제 손으로 털어 마시고 나서 몇 뼘뿐인 마룻장과 방 안을 두루 몸부림쳐 다니다가 마침내는 무슨 개짐승처럼 부엌 아궁이 속에 머리를 틀어박고 죽어 있었는데, 그녀의 그런 고통과 마지막 몸부림을 본 사람은 없었다.

그것은 내가 알기에도 사실이었다. 두목은 이날도 아침부터 골짜기 별장 동굴로 올라간 뒤 해가 진 다음까지도 강가나 마을 거리에는 코빼기조차 얼씬하지 않은 채였고, 마마상 역시 간밤 동안엔 허튼 외출이 없었던 터였다. 그날 밤 별장 동굴이 있는 상류쪽 물가에선 짐승 울음소리와도 같은 두목의 괴상한 고함 소리가 워워 어둠을 찢어댔는데, 그 역시 두목이 간밤 동안에 그의 색시나 집 부근을 가지 않았다는 증거가 될 수 있었다. 게다가 이튿날 아침 그 가엾은 색시가 부엌 아궁이 속에 머리를 틀어박은 채 숨이 끊어져 있는 것을 처음 발견한 사람 역시 두목 자신이었다.

색시의 마지막 순간은 본 사람이 없었다. 그걸 본 사람이 없다면 그녀에게 일부러 약을 먹였을 사람도 있을 수 없었다.

색시는 제 손으로 약을 먹은 게 분명했다. 그것은 그 며칠 전날 저녁 그녀가 내게 몹시 젖을 먹여주고 싶어 하던 이상스런 행동과도 상관이 있는 것 같았다.

하지만 그때 그 색시 곁에 아무도 사람이 없었다고 해서, 그리고 색시 스스로 약을 털어 마셨다고 해서 누구도 그녀의 죽음과 상관이 없다고 할 수 없었다. 마마상의 계교가 색시 스스로 약을 먹게 했을 수도 있었고 두목에 대한 두려움이, 또는 강남옥에 매달려 요즘 와선 아무것도 돌봄이 없는 그 두목에 대한 원망과 슬픔이 그녀에게 그런 결심을 하게 했을 수도 있었다. 무엇보다도 그 색시의 신상을 지레 염려하고 있던 품들이, 그리고 막상 일이 그런 식으로 터져버린 다음에는 으레 올 것이 왔노라는 듯한 태도들이 그녀의 죽음과는 절대로 무관하게 생각될 수 없었다.

하고 보면 두목은 또 어딘가 자기 색시에게 약을 먹게 한 사람이 누구라는 걸 벌써 다 알고 있는 것 같기도 했다. 그리고 위인이 맘속에 점을 찍고 있는 사람이 내 생각으론 역시 우리 마마상 쪽이 아닌가 하는 생각이 들기도 했다.

하지만 두목이 그런 기미를 누구에게 함부로 내색해 보인 일은 물론 없었다. 위인이 자기 색시의 죽음을 보고도 평소 그의 색시에게 무슨 변이 생기면 누구도 그냥 놔두지 않을 듯이 얼러 메고 다닐 때와는 달리 겉으로는 막상 놀라거나 당황해하는 빛이 거의 없었다.

그날 아침 마마상과 내가 느지막한 아침상을 마주하고 앉아 있을 때였다.

"종식아, 아침 먹었냐?"

좀처럼 해서 우리 집까지 걸음걸이를 하지 않던 두목이 이날은 또 웬일로 내 본디 이름까지 불러가며 아침 일찍 사립문을 들어섰다. 그리곤 미처 내가 대답도 하기 전에 어딘지 좀 넋이 빠져나간 사람처럼 흐느적흐느적 걸어오다 마루 끝에 펄썩 엉덩이를 주저앉혔다.

이젠 이미 마마상과 두목 사이의 일을 알고 있는 터이라 나는 전날처럼 두목을 반길 수도 말대꾸를 해줄 수도 없었다.

그 두목의 태도가 궁금한 푼수로는 마마상 역시 말을 제법 참고 있는 것 같았다. 위인이 왔거나 말았거나 마마상은 그저 소 닭 보듯 눈길을 외면한 채 아침상만 천천히 거두어 내가고 있었다.

두목이 뭔가 심사가 잔뜩 흐트러진 눈길로 마마상 쪽을 힐끗 한번 스쳐 보았다.

"너 아침 다 먹었으면 우리 집 좀 가볼래?"

나는 그 두목의 말이 어쩐지 내가 아닌 마마상 쪽에 하는 소리가 아닌가 싶어 대꾸를 잠시 망설이고 있으려니, 이번에는 그가 좀더 목소리를 높이며 다그쳐왔다.

"집에 좀 가봐라. 지금 금방 말이다. 가보면 일이 좀 생겼을 게다. 난 먼저 강으로 가 있을 테니까……"

그리고는 곧장 자리를 일어서서 흐느적흐느적 다시 사립문을 걸어 나가버리는 것이었다.

그게 색시의 죽음을 알리러 온 두목의 거동새였다. 무엇 때문에 자기 색시의 죽음을 내게 먼저 알리고 싶었는지는 알 수 없지만, 하여튼 두목은 자기 색시의 죽음을 두고도 마치 오래전부터 그런 경우를 각오해온 사람처럼 거동새나 말씨가 그렇듯 이상스럽게 차분했다.

나중에 안 일이지만 두목은 그러고 나서 곧장 강물로 가서 한동안 버릇이 뜸했던 그 강막이 미치광이 짓을 다시 시작하고 있었다는 거였다. 10리 밖 경찰지서에서 순경이 오고 보건소 의사가 오고 턱거리 안이 온통 색시의 죽음으로 술렁대기 시작하면서 그를 강으로 데리러 갔을 때까지도 두목은 멧돼지처럼 식식거리며 그 엉뚱한 돌등짐질에만 열이 올라 있더라는 것이다.

위인은 그렇듯 자기 색시의 죽음을 방금 눈앞에 본 사람치고는 거동새가 너무 침착하고 엉뚱스러웠다. 나는 그런 두목의 태도가 오히려 수상했다. 다른 사람들은 그렇더라도 두목만은 자기 색시를 잃은 사람 처지였다. 두목이 그토록 자기 색시의 죽음에 태연스러울 수 있는 것은 그 마음속에 뭔가 접어둔 생각이 있었기 때문일 것이었다. 그리고 그 색시의 죽음을 하필 우리 집으로 먼저 알리러 온 것도 그 마음속 생각과 상관이 없지 않았을 터였다. 두목은 맘속에 마마상을 접어두고 있기가 십상이었다.

하지만 그 색시의 죽음을 두고 그게 오히려 무슨 당연한 일처럼 여기려 들고 있는 것은 두목뿐만이 아니었다. 마마상도 그랬고 강남옥도 그랬다. 아니 턱거리의 가겟집 사람들 모두가 그랬다.

그래도 우리 마마상만은 어느새 그런 두목의 흉중을 넘겨짚고 지레 겁이 난 것이었을까. 색시의 죽음을 두고 그나마 유독 마음을 아파한 것은 예상치도 않은 우리 마마상뿐이었다.

끔찍스런 주검을 두목 다음으로 두번째로 목격한 것은 마을에서 제일 먼저 두목의 귀띔을 받은 마마상하고 나, 두 사람이었다. 무슨 예감이 있었던지 마마상이 두목의 집을 함께 쫓아 나섰기 때문이었다.

두목이 사립문을 나간 다음 마마상과 나는 걸음을 앞서거니 뒤서거니 단숨에 색시의 집으로 달려갔다.

색시는 부엌 아궁이 잿더미 속에 얼굴을 틀어박은 채 죽어 넘어져 있었다.

그런데 두목은 아직 그 색시의 주검에 손가락 하나 건드리지 않은 채였다.

한동안 아궁이에 불을 지핀 일이 없었던 거나 다행이랄까. 부엌 바닥으로 몸뚱아릴 끌어내놓고 보니 색시의 얼굴에선 불행 중 다행으로 불에 데거나 그을린 흔적 같은 건 찾아볼 수가 없었다.

그 대신 얼굴이 온통 목구멍을 넘어온 핏물과 잿더미가 한데 엉켜 붙어 사람의 형상이랄 수가 없었다.

—불쌍하고 가여운 인생…… 막막하고 서러운 인생…… 이런 인생을 뭣 하러 태어나서…… 이렇게 가는 것을. 이다지도 원통하게 거두어가고 마는 것을……

—이리 가나 저리 가나 한번 거두어가면 그만인 목숨, 불쌍타고 말을 한들 귀가 살아 들을 건가, 눈이 보여 한이 될까, 어야간에 끝날 인생 가고 말면 깜깜 절벽……

마마상은 색시의 주검 앞에 한동안 자기 설움에 겨운 넋두리를 끝없이 늘어놓았다. 그러다 그 가엾은 주검이나마 자기 손으로 거둬주겠다며 궂은일을 혼자서 도맡고 나섰다. 가겟거리에 소식을 알리고 마을 동장의 충고에 따라 10리 밖 경찰지서까지 사람을 보내 순경 한 사람과 보건소 의사를 불러오게 한 것도 모두가 마마상이 서둘러댄 일이었다.

마마상이 그토록 색시의 주검을 서둘러 거두는 일이란 내게는 아무래도 죽은 사람을 위해서라기보다 뭔가 자기 허물을 감추려는 공연한 서두름처럼 보였다. 마마상의 그 구성진 넋두리도 색시의 영혼을 위해서보다 자신의 흥에 겨운 가락처럼만 들렸다.

마마상도 물론 두목처럼 분명한 내심을 내보일 짓은 하지 않았다. 그 마마상의 행동에서조차 색시의 죽음을 미리 다짐 지어두고 있었던 것처럼 보이는 것이 당연스러울 뿐이었다. 무엇보다도 그 마마상에게조차 아무것도 추궁을 하려 들 기미가 안 보이는 두목의 태도부터가 그걸 그렇게 보이게 하였다.

두목은 전혀 마마상을 추궁하려 들 기미가 없었다. 하다 보니 두목이나 마마상이나 마을 사람들 모두가, 심지어는 일부러 먼 길을 달려온 지서 순경이나 보건소 의사마저도 색시의 죽음은 으레 그렇고 그런 자살 소동의 하나에 불과하다는 식으로 오래지 않아 귀찮고 시들한 표정들이 되어버렸다.

하지만 나는 사람들이 색시의 죽음을 그런 식으로 너무 당연한 것으로 생각하고 있었으므로 오히려 그 모든 사람들이 그녀의 죽음과 어떤 깊은 관계를 맺고 있는 것만 같았다. 그중의 누가 어느 정도로 어떻게 그런 상관을 맺고 있는지가 아직은 분명치 않을 뿐이었다.

하지만 색시의 죽음은 결국 아무것도 자세한 내막이 따져지지 않았다.

강에서 다시 마을로 불려 들어온 두목부터 사람이 영 달라져버린 것처럼 말이 없었다. 순경이나 보건소 의사가 묻는 말에조차 위인은 여간해서 입을 떼려 하지 않았다. 그는 마치 몸을 상한 짐승처럼 독이 오른 눈알만 디룩디룩 굴려댈 뿐이었다.

두목에게 별로 할 말이 있을 리도 없긴 했을 터였다. 찌뿌드드한 얼굴로 고집스럽게 입을 꾹 다물어버리고 있는 두목에겐 누가 조금만 잘못 건드려도 불시에 옆사람을 다치게 할 것 같은 위태로운 노기만 뿜어댈 뿐이었다.

하지만 아무도 그런 위인에게 함부로 범접을 할 수가 없었다. 순경이나 의사도 두목의 그런 태도가 꺼림칙했던지 그에게는 별로 말을 시키려 하지 않았다.

"이 친구, 아주 얼이 빠져나가버린 모양이군. 좋아요, 그럼……"

마마상과 마을 이웃들로부터 대신 이야기를 모아 듣고는 그 정도로 그냥 조사를 끝내고 길을 돌아가려고 했다. 순경은 뭐 번거롭게 시체 부검 따윈 해볼 필요도 없는 일이 아니냐고 했다.

하지만 그것만은 웬일인지 보건소 의사가 의견을 달리했다.

"어쨌든 속은 열어봐야지요. 여기선 당장 약물 검사도 어렵겠고……"

"그럼 시첼 함께 싣고 갈 참인가요?"

순경은 귀찮고 시들한 표정이었지만 의사의 말을 반대하고 나설 생각은 없는 것 같았다.

순경과 의사는 결국 턱거리로 들어올 때 타고 온 흰색 앰뷸런스에다 색시의 시신도 함께 싣고는 다시 마을을 떠나갔다.

두목도 물론 같은 차를 타고 순경과 의사와 함께 죽은 색시를 따라갔다. 색시가 무슨 약을 어떻게 먹고 죽었는지 배 속을 갈라 그걸 밝혀내기까지 두목도 늘 색시의 보호자로 그녀의 곁에 있어야 한다 했기 때문이었다. 그야 위인은 이날도 죽은 색시를 따라 나서기보다는 강으로 나가서 흐르는 물을 떠막고 싶었을지 모른다. 하지만 그는 순경과 의사가 시키는 대로 죄인처럼 말없이 차로 올라갔다. 그렇게 기가 죽어 마을을 떠나갔다. 일이 끝나면 오후 늦게나 죽은 색시의 몸뚱이를 찾아가지고 돌아오리라는 마을 사람들의 수군거림을 못 들은 척 뒤로한 채.

짐작대로 두목은 강가에 어스름이 내리기 시작한 저녁 무렵에야 다시 턱거리로 돌아왔다. 이번에는 차를 타지 않고 혼자서 터벅터벅 길을 걸어서였다.

아니 두목은 물론 이번에도 혼자가 아니었다. 죽은 색시를 등에 떠메고 오지 않은 것이 혼자서인 것처럼 보였을 뿐이었다.

하지만 그는 이번에도 색시와 함께였다. 어스름을 타고 턱거리로 돌아온 두목은 흰 상자곽을 하나 보자기에 싸들고 있었다. 색시를 아예 화장을 시켜가지고 온 것이었다.

그것만은 마마상도 누구도 미처 짐작을 못하고 있던 일이었다.

그러니까 두목이 언제 어떤 모습을 하고 마을로 돌아왔는지 나나 마마상은 실상 그걸 전혀 알지 못하고 있었다. 해가 설핏해질 때까지 두목이 돌아올 기미가 안 보이자 마마상과 나는 아예 두목네 집으로 가서 그를 기다리고 있었기 때문이었다.

"사람 죽어나간 집에 주변이라도 좀 개운하게 치워주는 게 좋겠다. 너네 두목이란 작자 집구석이라고 돌아와보면 이만저만 속이 뒤숭숭하지 않을 게다."

마마상은 앞장서 두목의 집을 향해 나서며 그런 식으로 말했다. 속셈이야 어찌 됐든 나쁠 건 없는 일이었다. 그러지 않아도 뒷소식이 좀 궁금한 참이라 나는 곧 마마상과 두목네 빈집으로 올라갔다. 그리고 마마상과 함께 집 안팎을 말끔히 치워놓고 두목이 돌아오기를 기다렸다.

그러나 두목은 우리가 기다리고 있는 자기 집으론 돌아오지 않고 마을로 들어서는 길로 곧 가겟거리에 몸을 주저앉히고 만 것이다. 저녁 어스름이 한창 짙어진 다음에야 그 두목이 가겟거리의 강남옥에 들어앉아 있다는 전갈이 전해져왔다.

그러니 위인이 하필 그 강남옥에 자리를 잡고 주저앉아버렸다는 소리에 마마상은 또 몹시 비위가 상했을 게 뻔했다. 마마상은 그길로 곧 집으로 돌아가고 나는 혼자 두목의 낌새를 살피러 강남옥으로 내려갔다.

두목은 과연 강남옥 술청 안에 도사리고 앉아 소주병을 차례로 비워내고 있었다.

술자리는 강남옥 술청 안을 통틀어 두목 혼자뿐이었다. 그 두목의 근처엔 강남옥 색시조차 얼씬을 못하고 있었다. 목마른 짐승처럼 벌컥벌컥 병소주를 들이켜대는 두목의 기세에 질려 미리 자리들을 피해버렸든지, 아니면 두목 자신이 아무도 그의 곁을 얼씬거리지 못하도록 사전 단도리를 해둔 모양이었다. 그 두목 앞 술탁자 한 모서리에 색시의 유골 상자로 보이는 흰 보자기 뭉치가 놓여 있을 뿐이었다.

그런데 두목 자신은 애초 그의 색시를 불태우게 한 사람을 그렇듯 저주하고 있었던 것일까. 두목은 술을 마시면서도 그 보자기 속의 상자에만 줄곧 눈길이 매달려 있었다. 그것은 차라리 그 상자를 지키고 앉아 있는 개짐승 형국 한가지였다. 누군가가 상자 가까이로 다가오거나 손끝을 잠깐 스치기만 해도 그 당장 덜미를 발기발기 물어 찢어놓을 것 같은 사나운 개짐승꼴 그대로였다.

술청문을 들어서는 나를 보고도 두목은 뭔가 잠깐 추궁을 하는 듯한 눈길로 나를 쏘아보다가는 이내 다시 탁자 위의 상자 쪽으로 시선을 돌려버렸다. 그리고는 마치 협박이라도 하듯이 무지스런 거동으로 술병을 하나 더 비워냈다.

그런 두목의 술은 끝이 없었다. 저녁 어스름께부터 시작된 술이 자정을 넘기고 새벽을 지나 이튿날 아침이 밝아올 때까지도 끝장이 나지 않았다. 한두 차례 용변을 보기 위해 잠깐씩 자리를 비웠을 뿐 위인은 그런 식으로 강남옥 술청 걸상에서 꼬박 밤을 지새웠다. 새벽녘에 잠깐씩 졸음기가 오는 듯 탁자에 이마를 대곤 한 적이 있었지만 그것도 그저 잠시 잠깐씩뿐, 주위의 기척이 조금만 이상해도 위인은 이내 정신이 말짱해져서 허겁지겁 상자 보자기를 둘러보고, 그리고 술잔을 찾아들었다.

두목을 어쩌겠다는 생각보다 그저 위인을 그렇게 혼자 떨쳐 놔두고 돌아서기가 뭣해 술청 한구석에 탁자를 모으고 드러누워 있던 내 쪽에서 먼저 기력이 지쳐나기 시작했다.

나는 제풀에 피곤기에 몰려 새벽녘부턴 으뭉자뭉 잠에 떨어지고 말았지만, 아침 선잠을 깨어보니 두목의 술은 아직도 여전했다.

두목의 술은 원래부터도 그렇게 지독하게 끈질긴 편이기는 했다. 하지만 경우가 경우인 만큼 두목의 술이 새날 아침 녘까지 이어지면서부터는 여기저기서 심상찮은 걱정들이 시작됐다.

— 저 작자 저러다 아주 어디가 돌아버리는 거 아닌가.

— 그것도 제 색시라고 할 노릇은 다하는군. 대관절 무작정 저렇게 술만 퍼마시고 있으면 어쩌겠다는 건가. 화장을 시켜온 건 백번 잘했지만, 그래 평생 동안 저렇게 유골 상자나 쳐다보고 살

판인가.

—아니 저 친구 혹시 보건소 의사나 누구한테 못 들을 소릴 듣고 온 거나 아닌지 몰라. 안 죽을 사람이 괜히 억울하게 죽은 줄로 말야. 아니면 누가 시켜서 제 색시한테 억지 화장을 시켜오기라도 해서 저러나……

가겟거리 사람들은 두목이 혹시 보건소 의사나 누구한테서 그의 색시의 죽음에 대한 엉뚱한 소리를 듣고 마을 사람들을 의심하고 있거나 그 마을 사람들에 대해 터무니없는 원한 같은 걸 품고 있지나 않은지 그걸 걱정했다. 두목의 술이 끝났다 하면 아무래도 무슨 상서롭지 못한 일이 벌어지고 말 것 같은 초조한 불안감에 휩싸이기 시작했다.

그러니 가겟거리 사람들은 더욱 그 두목에겐 가까이 다가가려 하질 않았다. 아무도 감히 두목을 간섭하고 나설 수가 없었다. 두목의 술이 제풀에 끝장이 나주기를 기다릴 뿐이었다.

"너 좋으라 그리 불쌍한 죽음이 났는데, 강남옥 너라도 들어가 마음을 좀 돌려먹도록 해보지 않고 그리 무정스레 구경만 하기냐……"

덕분에 그 이튿날 아침절엔 끝장을 기다리다 못한 마마상까지 강남옥으로 내려와 엉뚱한 소동을 벌이고 돌아갔다. 조바심이 난 마마상이 두목을 그렇게 만든 것이 마치 강남옥의 허물이나 된 것처럼 몰아세우고 나서자, 강남옥도 질세라 악을 악을 쓰며 마마상에게로 덤벼든 때문이었다. ……색시가 죽은 게 어째서 내 좋을 일이냐, 시치미 떼지 마라, 좋을 땐 내 사내고 궂을 땐 남이냐, 사람 도리가 그러는 게 아니다, 사람 죽은 걸로 좋은 일 있으면 네년이나 들어가 꼬릴 흔들어볼 일이지 공연한 사람은 왜 끌고 드느냐, 이년, 저년, 날잡년, 개잡년……

듣기에도 아슬아슬할 정도로 입에 담을 소리 못 담을 소릴 쉴 새 없이 주고받으며 소동을 한바탕 벌이고 갔지만, 두목에겐 아직도 그 모든 것이 담 넘어 남의 일에 불과했다.

두목은 그런 식으로 만 하룻밤과 하룻낮 동안을 누구의 간섭도 받지 않고 혼자서 조용히 술만 마셨다.

그런데 그가 그 색시의 유골 상자를 안고 강남옥 술청을 들어선 지 꼬박 하루가 지난 이튿날 저녁 어스름 녘이었다.

두목은 마침내 그의 술을 끝냈다.

그리고 아무도 모르게 슬그머니 그 색시의 유골 상자와 함께 강남옥 술청에서 자취를 감추고 말았다.

하니까 우리는 그 두목의 술이 언제 끝장이 났는지, 그리고 그가 어떤 모습으로 강남옥 술청을 빠져나갔는지 경위를 전혀 알지 못하고 있었다. 그가 강남옥 술청을 나서는 걸 본 사람이 아무도 없었다.

아마 해가 지고 난 어스름 녘부터 땅을 촉촉이 적셔 내리기 시작한 차분한 빗줄기 때문이었는지 모른다.

턱거리의 하늘은 이날사말고 아침부터 종일 찌뿌드드하게 흐려 있었다. 그러다 저녁 어스름이 내릴 무렵부터선 구름장들이 마침내 건너편 산봉우리 근처까지 낮게 내려왔다. 그리고 턱거리의 산과 강물과 가겟거리에 고루 비를 뿌리기 시작했다.

그 빗줄기가 점점 여름철답지 않게 고즈넉한 부슬비로 변해갔다.

나는 이날도 또 두목이 그 강남옥 가게 안에서 밤을 새울 거라 점치고 있었다. 청승맞게 고즈넉한 빗줄기가 두목의 기분을 더욱 못 견디게 하리라 생각했기 때문이었다.

하지만 나중에 알고 보니 이날 저녁 나는 그 두목을 번번이 반대로 점치고 있었다. 시장기를 때우러 서녁참에 짐깐 집엘 들렀다 내려가보니 두목의 모습이 보이지 않았다. 탁자 위에 놓여 있던 유골 상자도 온데간데없었다.

나는 곧 발길을 돌려 두목네 오두막으로 올라가보았다. 거기서도 두목의 기척은 엿보이지 않았다.

—어디로 간 것일까.

괴괴한 정적 속에 파묻힌 두목네 오두막을 돌아나오면서 나는 비로소 기분이 몹시 으스스해왔다.

하지만 나는 이내 다시 두목의 발길이 닿아 갔을 만한 곳이 한 곳 떠올랐다. 강남옥과 오두막을 빼놓고 두목의 발길이 미칠 만한 곳은 그 골짜기 별장 동굴뿐이었다. 유골 상자를 지닌 두목이라면, 게다가 그 상자 곁으로는 아무도 가까이 접근을 시키려 하지 않던 두목이었고 보면 인적이 없는 그 동굴 별장이야말로 두목과 색시의 유령을 위해선 더없이 안성맞춤인 곳이었다.

—동굴로 갔을 거야, 두목은…… 색시의 유골을 안고 혼자서 비를 맞으며 갔겠지.

나는 차츰 확신이 생겼다. 그리고 그 두목의 처지가 터무니없이 더욱 처량하게 느껴져오기 시작했다. 두목이 자기 색시의 유골 상자를 안고 비를 맞으며 외딴 동굴로 몸을 숨겨간 것이 갈수록 그다운 노릇 같기만 했다.

이유 같은 건 알 수 없었다. 두목에겐 다만 그런 행동이 오히려 그다워 보일 뿐이었고 그로서는 또 그럴 수밖에 다른 모습이나 거동을 상상할 수 없었을 뿐이었다.

나는 마침내 골짜기의 동굴로 두목을 뒤따라가보기로 작정했다. 기분이 더욱 으스스해왔지만 두목이 그 어둠과 유골 상자를 겁내지 않듯이 그쯤은 참고 견디는 수밖에 없었다.

나는 아직도 비가 그치지 않고 있는 강변길로 곧 어둠 속을 서둘러 거슬러 올라가기 시작했다.

그렇게 한참 모랫길을 따라 오르다 보니 상류 쪽 강기슭 어둠 속 어디쯤에선가부터 웬 물살 갈리는 소리가 들려오기 시작했다. 걸음을 재촉해 다가가보니 뜻밖에도 두목이 거기 있었다.

위인이 웬일로 가겟거리 근처에 매어둔 놀잇배 한 척을 상류 쪽으로 끌어올려가고 있었다. 물살이 세어 노질로는 배를 끌어올리기가 어려웠던 모양으로 위인은 물기슭으로 내려서서 뱃전을 밀면서 강을 거슬러 올라가고 있었지만, 그것도 여느 때에 비해선 형편없이 지치고 힘이 드는 모습이었다.

작자한테 또 무슨 지랄기가 발동을 한 걸까.

나는 까닭을 알 수 없었다. 이 우중에 설마 밤뱃놀이를 나선 건 아닐 터인데, 무엇 때문에 위인이 빈 배를 한사코 위쪽으로 끌어올려가려 하는지 알 수가 없었다.

하지만 그 두목을 섣불리 간섭하거나 방해를 하고 나설 수는 없었다. 작자는 마치 흐르는 강물을 떠막겠노라 미쳐날 때처럼 열심이었고, 또 비 오는 밤의 두목은 그 표정조차 가까이 살필 수 없기 때문이었다.

"거기 두목이야? 나 돌배다. 똘배가 왔다."

모습을 알아볼 수 있을 만큼 다가가 이쪽 기척을 보내봐도 두목 쪽에선 대꾸를 보내오지 않았다.

"배를 왜 끌고 올라가지? 빈 배를. 산에 가서 배를 잡아먹을 참이야?"

좀더 가까이 다가서 소릴 쳐보았지만 위인은 역시 마찬가지였다.

할 수 없었다. 그쯤 되면 새삼스레 두목에게서 무슨 소릴 듣기는 틀린 일이었다. 이 며칠 사이 두목의 음성을 들은 것은 기억에서마저 까마득할 정도였다. 나는 우선 두목에게 내가 해줄 수 있는 일이나 해주자고 생각했다.

두목이 너무 힘이 들어 하는 모습이, 한사코 상류 쪽으로 배를 끌어가려 하고 있는 두목의 그 집념 어린 노력이 나를 무작정 뱃전으로 달라붙게 했다. 그리고 영문도 모르면서 두목과 함께 계속 상류로 상류로 배를 끌어 올라가기 시작했다.

거기까지도 두목은 여전히 말이 없었다.

곁으로 달라붙어오는 나를 어둠 속으로 힐끗 한번 노려보는 시늉뿐 이내 기운이 꼴깍 지쳐난 듯 이마를 뱃전으로 얹어버렸다. 그리고는 내내 그렇게 뱃전 위에 이마를 실은 채 앞쪽은 살펴보지도 않고 어깨 힘만 버텨나갔다.

뱃길은 아예 나한테다 떠맡겨버린 꼴이었다.

배가 이윽고 별장 아래쪽 강폭이 꽤 넓은 곳까지 올라섰다.

강폭이 넓어지자 물살도 훨씬 순해졌다. 넓은 강상에 빗줄기 지는 소리가 한층 더 처연스러웠다.

그런데 그때— 뱃전에다 줄곧 이마를 기대고 있던 두목한테서 갑자기 심상찮은 소리가 흘러나오기 시작했다. 기척이 이상해 돌아다보니 두목이 뜻밖에 뱃전에 이마를 대고 엎드린 채 소리를 죽여 흐느껴 울고 있었다. 윗도리를 걸치지 않은 두목의 양쪽 어깻죽지가 빗줄기 속에 가늘게 들먹이고 있었다. 그 두목의 어깨 위로 어루만지듯 빗물이 줄기져 흐르고 있었다.

두목은 그러고 엎드려서 상체를 아주 뱃전에 실어버린 듯 두 다리마저 물살에 흐늘거리며 치솟는 울음소리를 억지로 참아 삼키고 있었다.

이상스런 일이었다. 두목이 우는 것은 처음 보는 일이었다. 아마 두목 자신도 머리털 돋고 나서 울음소리를 내본 것은 그것이 처음일 터였다. 이상스럽다기보다 무섭고 소름이 끼쳐지는 일이었다.

두목에게도 울음을 울 일이 있었을까. 색시의 죽음이 정말로 두목을 그토록 못 견디게 한 것일까. 색시가 무어길래? 눈앞조차 못 보고 살아온 그 장님 색시 따위가……

하지만 두목은 이제 웬일인지 내겐 그런 생각조차 길게 되뇌도록 버려놔두질 않았다.

"가!"

엎드려 있던 두목이 갑자기 발작이라도 일으키듯 상체를 번쩍 일으켜 세웠다. 그리곤 마치 몽유병 환자처럼 퀭한 눈길로 나를 멀거니 건너다보며 위협적이면서도 낮게 중얼거렸다.

"가지 않으면 죽여버릴 테다. 모두 다 물속에다 장사를 치러줄 테다."

어둠 속에 그러고 서 있는 두목을 보자 나는 금세 다시 가슴이 내려앉고 말았다.

어둠 속에 그렇게 비를 맞고 서 있는 두목의 모습은 흡사 미쳐버린 거인이었다. 아무래도 제정신을 지니지 못한 듯싶은 얼굴빛에다 몸짓마저 터무니없이 거대해지고 있었다.

그는 도대체 눈앞의 사람조차 제대로 알아보지 못하는 것 같았다. 사람을 알아보기커녕 금세 내 숨통을 끊으려 어정어정 두 팔을 벌리고 덤벼들어올 것 같았다.

나는 본능적으로 두목의 뱃전에서 몸을 비켜 나왔다. 몸을 비켜 나오면서 보니 뱃전 안 한구석에 색시의 유골 상자가 두목의 윗도리에 덮여 있는 것이 눈에 들어왔다.

알고 보니 두목은 이날 밤 색시의 유골을 장사지내기 위해 일부러 거기까지 배를 끌어 올려온 것이었다.

뱃전에서 내가 슬금슬금 몸을 피해 물러서자 두목은 그제야 뭔가 마음이 놓이는 듯 재빨리 물을 차고 배 위로 몸을 실어 올렸다. 그리고는 휘적휘적 조급하게 물살을 가르며 어두운 강심 쪽으로 배를 띄워 나가기 시작했다. 속모를 사람이라면 아닌 게 아니라 미친 밤뱃놀이로나 보기 십상이었다.

하지만 그건 실상 색시의 마지막 장례식이었다. 두목이 꾸며낸 이상스럽고도 슬픈 그녀의 장례식이었다.

두목은 아마 자기 색시의 육신을 화장시켜올 때부터 벌써 그런 장사 방법을 생각해두고 있었는지 모른다. 두목의 배가 거의 강심의 어둠 속으로 모습이 잠겨 들어갈 때쯤해서였다. 작자의 배에서 문득 또 이상스런 소리가 들려나오기 시작했다.

어둠이 낀 강상은 빗소리가 유난히 더 처연스러웠다. 그 어둠 속을 두목의 배가 이번엔 아래쪽 물살에 얹혀 유령선처럼 흘러내리기 시작했다. 그리고 그 가득한 빗소리 속으로 무슨 노랫가락 같은 위인의 소리가 들려 나왔다.

그것은 물론 노랫가락이 아니었다. 어떻게 들으면 워워 개가 달을 보고 짖는 소리 같기도 했고, 어떻게 들으면 그냥 가겟거리 여자들이나 마마상이 신세 한탄을 하면서 흥얼흥얼 내뱉는 긴 한숨 소리 같기도 했다. 그것도 가끔 물살 갈리는 소리와 강상을 가득 뒤덮은 빗소리에 파묻혀 물소린지 사람 소린지 분간이 가지 않을 때가 많았다.

두목은 이제 노를 놓아버리고 있는 게 분명했다. 뽀얀 빗줄기 사이로 그 두목의 배가 하류로 하류로 거침없이 흘러 내려가고 있었다.

강기슭을 따라 두목을 쫓다 보니 배에 오른 두목의 모습이 어둠속으로 어슴푸레 떠올라왔다. 위인은 이제 흐르는 물길에 배를 내맡겨버린 채 색시의 유골 상자를 옆구리에 끼고 앉은 모습이었다.

그 유골 상자에서 두목은 마치 밭이랑을 오가며 씨를 뿌리는 농사꾼처럼 색시의 유골 가루를 강물 위로 한 줌 한 줌 뿌려대고 있었다. 유골을 한 줌씩 수면으로 날려 보낼 때마다 그의 입에선 어허, 어허, 하염없이 비탄 같은 소리가 흘러나오고 있었다.

나는 이미 무서운 생각도 잊고 정신없이 두목의 배를 뒤쫓았다.

배는 강기슭으로 이만큼 가까이 밀려왔다간 벌어지고 밀어졌다가는 다시 강폭이 좁은 데선 손에 닿을 듯 불쑥 눈앞까지 다가들곤 하면서, 그리고 끊임없이 그 색시의 유골 가루와 두목의 비탄 소리를 뿌리면서 빗속을 흘러 내려갔다. 거기따라 두목의 노랫가락 비슷한 비탄 소리도 빗줄기 속을 오락가락 안타까운 단속을 계속했다.

이윽고 그 두목의 배가 마을의 가겟거리 근처까지 흘러갔을 때였다.

가겟거리 근처에선 강물기가 제법 가파른 굽이를 돌아 나가게 되어 있어 언제나 다른 곳보다는 물살이 빠른 편이었다. 그 마을 근처의 빠른 물살을 타기 시작한 두목의 배가 갑자기 속도를 더해갔다. 어둠 속으로 모습이 사라져 들어갔던 배가 짐작보다도 훨씬 아래쪽에서 기척을 나타내곤 했다.

나는 거의 물기슭을 달리다시피 배를 쫓아야 했다.

하지만 차츰 달음박질로도 배를 따를 수가 없게 돼갔다. 하류로 내려갈수록 두목의 배는 나를 훨씬 앞질러가면서 가물가물 어둠 속으로 형체를 숨겨 들어가곤 했다. 어허, 어허, 그 두목의 그 하염없는 비탄 소리도 시간이 갈수록 어둠 속 깊이 멀어져갔다.

드디어 나는 그 어둠 속으로 두목의 배를 놓치고 말았다.

그러나 나는 아직도 한동안이나 정신없이 강물을 쫓아 내려갔다. 까닭 없이 자꾸 뜨거운 눈물이 두 볼을 적셔내렸다. 두목의 노랫가락 같은 비탄 소리가 그토록 맘을 깊이 건드려온 것도 아니었는데, 두목의 색시가 몇 줌 재로 변해 강물로 뿌려지는 것을 새삼 슬퍼했던 것도 아닌데, 어찌 된 일인지 나는 영 솟아오르는 눈물을 참을 수가 없었다.

나는 울면서 빗속을 뛰고 있었다. 어떻게든지 두목의 배를 다시 찾아내야 했다.

하지만 이제 끝끝내 두목의 배는 다시 따라잡을 수가 없었다. 한번 어둠 속으로 멀어져가버린 두목의 배는 기척을 찾을 수가 없었다. 두목의 그 노랫가락 같은 비탄 소리도 다시는 귀에 들을 수 없었다. 마을 근처의 강굽이를 돌아나갈 때쯤 해서였던가. 강 아래쪽에서 우어 우어 하고 한두 번 짐승 짖어대는 소리 비슷한 두목의 소리가 들려온 것 같기도 하였다. 하지만 그것도 다만 그 한두 번뿐이었다.

사위는 이제 완전히 빗소리뿐이었다. 빗줄기의 뽀얀 장막과 어둠뿐이었다. 빗소리 속으로 아무리 귀를 기울여도 하류 쪽에선 아무 소리도 기척도 알아볼 수가 없었다.

어디선가 비! 비! 밤빗새 우는 소리가 까마득히 멀어져가고 있었다.

—어디까지 흘러갈 것인가. 어디까지……

나는 이제 어느새 걸음을 멈춰서 있었다. 그리고 잠시 정신을 가다듬고 나서 목청을 돋워 두목을 불러보았다.

"두목이요! 두목, 어디 있어요!"

두목 쪽에선 짐작대로 아무 대꾸가 없었다.

대꾸가 있을 리 없었다. 일부러 대꾸를 해오지 않을 수도 있었고 어쩌면 아주 소리를 들을 수 없을 만큼 멀리까지 강을 흘러 내려가버렸을 수도 있었다.

"두목이요! 두목, 두목 어딨어요. 나 돌배요. 똘배 종식이요. 들리거든 대답을 해봐요!"

다시 한 번 목청껏 소리를 질러보았으나 이번에도 반응이 마찬가지였다. 빗소리에 묻혀 사라져간 내 목소리에 공연히 기분만 섬찟해왔다. 나는 문득 겁이 나기 시작했다.

강물은 그새 물이 불어 흐름이 훨씬 거세어지고 있었다. 그 흐름이 언제까지나 끝남이 없을 것 같았다. 이 세상이 끝나는 데까지 어디든지 그 세상과 함께 흘러 내려갈 것 같았다. 그리고 한번 그 강을 타고 흘러 내려간 것은 아무것도 다시 강을 돌아올 수 없게 되어버릴 것 같았다.

그렇다면 두목도 아마 다시는 강을 돌아올 수 없을 것이었다. 두목도 강물이 흐르는 데까지 함께 흘러내려가 다시는 그걸 거슬러 올라올 수 없게 되어버린 것이었다. 그래서 두목은 한사코 자신이 그 강물을 틀어막으려 애를 썼던 것일까. 그리고 두목이 색시의 재를 뿌리며 하염없이 강물을 흘러 내려간 것은 자신의 힘으로는 이미 그 흐름을 막아내지 못할 것을 알고 지레 그 강물을 따라가버린 것이 아니었을까. 두목의 그 한숨기 섞인 노랫가락은 그것을 미리 알고 있는 사람의 슬픈 비탄이었음이 분명한 것 같았다.

뜨거운 눈물이 쉴 새 없이 다시 나와 내 두 볼을 적셔 내리고 있었다.

이튿날 아침엔 하늘이 거짓말처럼 다시 말끔히 걷혀 있었다.

비 뒤의 햇빛이 누리에 더욱 밝게 빛났다.

밤새 물이 불어오른 강은 우르릉우르릉 지층을 울리며 거대하게 골짜기를 굽이쳐 흘러 내려갔다.

흐름이 거대한 강물일수록 두목에겐 참을 수 없는 유혹거리였었다. 두목이 남아 있었다면 또 한차례 투지가 발동을 했을 그런 강물이었다.

하지만 두목은 돌아오지 않았다. 강물을 틀어막으려 덤벼들어야 할 두목은 오히려 그 강을 따라가버린 채 아침이 밝은 다음까지도 소식이 영 깜깜이었다. 아무도 두목이 다시 배를 저어 강을 거슬러오는 것을 본 사람이 없었다. 배를 버리고 물길을 걸어 돌아온 흔적도 안 보였다. 텃거리엔 어디서도 두목의 모습을 찾아볼 수 없었다. 위인은 영영 자기 색시의 재를 뿌리며 강을 따라 흘러가버린 것이었다. 어둠 속으로 흔적도 없이 사라져가버린 것이었다.

―쯧쯧…… 그 웬, 죽은 계집의 혼백에라도 홀려간 거 아니여? 꼭 무슨 옛날 얘기 같지 않아……

텃거리 사람들도 그 두목이 가버린 것을 알고 있었다. 그리고 누구나 그 두목이 다시는 마을로 돌아오지 못할 사람으로 생각한 듯 터무니없이 의기양양해져서 말했다. 강이 가까운 가겟거리 사람들 중엔 밤사이 그 빗소리 속으로 두목의 괴상스런 울부짖음 소리를 들었노라는 사람까지 몇 나타났다. 빗소리를 뚫고 들려온 두목의 소리에 위인들은 한결같이 소름을 끼치면서 그때 이미 두목에게 돌이킬 수 없는 변이 일어나고 있음을 짐작했노라는 것이었다.

하지만 마을 사람들은 누구도 그리 두목을 안되어하는 빛이 없었다. 두목은 당연히 그런 종말이 어울릴 사람이라는 듯, 일어나고 말 일이 일어난 것뿐이라는 말투들이었다.

— 위인이 워낙 괴물이었을까. 어느 하루 그 사람이 제정신 지니고 세상을 살아본 일이 있었나.

— 작잔 자기 끝장을 알고 있었던 게야. 자기 끝판이 어떤 거라는 걸 알고 미리 그리 되어버린 건지 모른단 말야.

— 그 뭐랄까…… 그 친군 그저 강물에서 강물의 넋을 타고 난 위인 같지 않았나. 강에서 난 자가 강으로 돌아갔으니 고향을 찾아간 셈이지 뭘……

동정보다는 수긍이 앞섰고, 기다림이나 궁금증보다는 가벼운 단념이 앞섰다. 두목의 실종을 누구나 신기하기 그지없는 옛날 사람의 이야기처럼 만들어버리려 했다. 그리고 이상하게 기분들이 홀가분해진 표정들이었다.

알 수 없는 일이었다. 가겟거리 사람들은 말할 것도 없고 강남옥 색시조차 그런 식이었다. 강남옥은 소문을 듣고 나서도 무슨 지긋지긋한 사람의 이름이라도 들은 듯, 그보다는 차라리 자신하곤 아무 상관도 없는 남의 소문이라도 이야기들은 듯, 매몰스럽고 냉랭한 표정을 해 보였을 뿐이었다.

두목의 일을 다른 사람들처럼 홀가분해하거나 입 벌어지는 대로 함부로 말하지 않으려 한 것은 그래도 마마상 한 사람뿐이었다. 두목의 소식에 대해 마마상은 다른 사람들처럼 홀가분한 표정이 되지도 않았고 예사로 불길한 소리를 지껄이려 하지도 않았다.

하지만 마마상도 두목이 다시 강을 돌아오기 어려우리라는 예감은 다른 사람들의 그것과 별 다름이 없어 보였다.

두목을 쫓다가 흠뻑 비에 젖어 돌아온 나를 보고 마마상은 그날 밤에 이미 모든 걸 짐작한 듯 아무 말도 더 캐어물으려 하지 않았다. 근심스런 숨소리 속에 뒤척뒤척 온밤을 지새우고 난 마마상은 이튿날 아침 부리나케 두목의 오두막까지 달려갔다 온 내 걱정을 전해 듣고는 아예 자리에서 몸을 일으키려고조차 하지 않았다. 무명천 보자기로 이마를 질끈 동여맨 몰골을 하고 자리에 누워버린 마마상은 아침밥도 잊은 채 두목을 원망하고 죽은 색시를 원망하고 그리고 강남옥을 저주하기 시작했다.

―미욱하고 요령 없는 위인, 앞도 없고 뒤도 없는 물항아리 같은 위인, 부으면 차오르기나 하고 메치면 깨질 줄이나 알고……

―눈이 먼 것도 색시라고, 장님 세상도 사람 사는 세상이라고, 허망하고 모진 인간 팔자를 고치랬지 끝장을 내랬던가. 그런 것도 팔자 고침이 되는 줄 알았던가……

—만사는 그것이 오고부터였나 보다. 만사는 그 독물 같은 강남옥 년이 찾아들고부터…… 세상 없이 단단하던 사내가 하룻밤새에 짚동 무너지듯 그 백여우한테 홀려들어……

마마상은 역시 두목의 색시가 죽어간 사연에 대해서도 뭔가 분명한 비밀을 알고 있는 듯한 투였다.

하지만 색시의 죽음으로 인해 두목에게서까지 그처럼 엄청난 변이 일 줄은 마마상도 미처 예상을 못하고 있었던 것 같았다.

마마상은 뭔가 후회를 하고 있었다. 그러면서도 일의 허물이 하나같이 그 강남옥한테서만 연유한 것처럼 끊임없이 그녀를 저주해대고 있었다.

마마상의 그런 자포자기 어린 넋두리는 점심때가 지나고 저녁나절로 들어서도 아직 끝장이 나지 않고 있었다. 두목의 실종이 마마상에겐 그만큼 심한 충격과 실망을 안겨준 게 분명했다.

나는 물론 그런 마마상을 아는 체할 수 없었다. 아는 체를 해보일 틈도 없었고 그러기도 싫었다. 두목의 색시가 죽고 난 다음부터는 그러지 않아도 늘 마마상의 앞뒤 거동이 꺼림칙하게 걸려 있던 참이었다. 대놓고 들이댈 증거는 없었지만 아무래도 마마상의 속셈을 안심해버릴 수가 없었다. 색시의 죽음은 두목이나 강남옥보다 마마상 쪽이 훨씬 깊은 비밀을 알고 있을 것 같았다. 의심이 씻어질 수 없고 보니 대수롭지 않은 행동이나 말 한마디에도 왈칵 미움부터 치솟곤 하던 마마상이었다. 마마상의 그런 넋두리 따윈 나를 더 견딜 수 없도록 짜증스럽게 할 뿐이었다.

두목의 소식이 문제였다. 이상스럽게도 두목이 다시 배를 저어 강을 돌아오리라는 기대는 상상조차도 해볼 수 없었다.

하지만 어떤 식이 되든지 소식만은 있어야 했다.

마을 사람들은 두목이 정말 강에서 왔다가 다시 영영 강으로 가버린 사람처럼 여전히 뒷소식을 궁금해하는 빛들이 없었다.

하지만 두목은 역시 거인이었다. 두목은 평소에도 늘 엉뚱한 짓으로 사람을 불쑥불쑥 놀라게 하는 일이 많은 위인이었다. 두목에 대한 갑작스럽고도 불가사의한 경험들이 내겐 그가 가끔 진짜 거인처럼 느껴지게 하는 이유였다. 거인의 종말이 그런 식으로 허망할 수는 없었다.

두목이 뜻밖에 다시 턱거리로 돌아왔다.

소식이 전해져온 것이 아니라 그가 직접 강을 거슬러 마을로 돌아온 것이다.

기대만큼 거인다운 모습은 아니었다.

그의 빈 오두막을 찾아간 것도 아니었다. 아니 보다 더 정확하게 말하면 그가 언제 어떤 모습으로 강을 거슬러 돌아왔는지 자기 눈으로 그것을 목격한 사람은 아무도 없었다. 두목이 돌아오는 것을 본 것이 아니라 우리는 다만 그가 돌아와 있는 것을 찾아낸 것뿐이었다.

그건 역시 두목에게서나 있을 수 있는 수수께끼 같은 노릇이었다.

어느 날 아침 — 그러니까 그것은 그날 밤 두목이 빗속으로 강을 따라가버린 날로부터 사흘째 되던 날이었다.

마마상은 계속 거동이 시원찮은 눈치였지만, 나는 무작정 두목의 소식만 기다리고 있을 수가 없었다. 혼자서라도 횟거리 사냥을 다시 시작해야 했다. 횟거리 사냥을 위해 다시 강으로 나간 것이 그 사흘째 되던 날 아침 녘이었다. 두목과 함께 드나들던 동굴 별장을 둘러볼 겸해 사냥 도구들을 챙기러 산을 올라간 것도 같은 날 아침 절이었다.

동굴을 올라가보니 두목이 돌아와 있었다. 동굴 입구를 들어설 때까지도 전혀 상상을 못했을 만큼 뜻밖의 일이었다. 사람이 들어선 기척을 찾아볼 수도 없었거니와 두목이 하필 그런 곳에다 몰래 몸을 들어앉히고 있을 줄은 아무도 짐작할 수 없던 노릇이었다.

무심코 동굴을 들어서려다 보니 어둑한 발밑으로 무슨 나무토막 같은 것이 하나 길쭉하게 늘어져 있었다. 숨이 훅 꺼져 들어갈 듯 놀랐지만 잠시 후 눈길을 다시 가다듬고 보니 그게 두목이었다.

나는 그것이 두목이라는 것을 알고 나서도 한동안은 아직 그 두목이 살아 있는 건지 죽어 누워 있는 시체인지조차 분간을 할 수가 없었다. 내가 동굴 문을 들어서다 놀라는 기척에도 위인이 몸을 전혀 움직이지 않고 가만히 같은 자세만 하고 있었기 때문이었다.

겉모양은 영락없이 죽은 사람의 그것이었다. 하지만 등골이 오싹오싹 으스스한 기분을 참으며 조심스럽게 살펴보니 위인은 다행히 아직 숨이 끊어져 죽은 사람은 아니었다.

두목은 눈을 뜨고 있었다. 넋이 나간 사람처럼 멀거니 동굴 천장만 뚫어지게 바라보고 있었지만 두목은 어쨌든 눈을 뜨고 있었다.

두목이 그런 모습으로라도 다시 돌아와준 것은 무엇보다 우선 반가운 일이 아닐 수 없었다. 그리고 그가 지금 죽은 시체로 동굴 속에 누워 있는 게 아니라는 사실은 더 이상 위인으로부터 음산한 무서움증을 느낄 필요가 없게 했다.

하지만 나는 아직도 안심이 되지 않았다. 숨을 쉬는 두목은 안심이 되기커녕 죽은 시체보다도 나를 더욱 두렵게 했다.

두목은 전에도 한두 번 사람이 들고나는 줄도 모르는 듯 혼자서 깊은 생각에 빠져 누워 있은 적이 있었다. 그러다 위인은 잠이라도 들어 있는 줄 알고 조심스럽게 기척을 죽이며 동굴을 되돌아나가려고 할 즈음에야 갑자기 등 뒤로 말을 건네와 나를 소스라치게 한 일이 있었다. 그런 땐 물론 처음부터 두목이 눈을 감고 잠이 들어 있는 척해 보인 것뿐이었다.

하지만 이날의 두목은 그때처럼 눈을 감고 있지 않았다. 나를 의식하고 있는 것 같지도 않았다. 내 거동을 엿보려 일부러 넋이 빠진 척하고 있는 몰골이 아니었다. 남의 거동을 엿보려 하기보다 작자의 의식 속에선 이미 자신의 존재조차 까마득히 잊어버리고 있는 듯한 그런 허탈스런 모습이었다.

그것은 차라리 며칠 전 그가 강남옥 술청에 들어앉아 무한정 자기 색시의 유골 상자만 들여다보고 있을 때의 그 고집스럽도록 멍청스런 모습을 연상케 했다. 아니 위인은 그보다 눈만 뻥하니 뜨고 있었지 육신에선 이미 사람의 넋이 빠져나가버린 시체 한가지 몰골이었다.

나를 알아보았거나 말소리가 귀청에 닿는 기색이 도무지 안 보였다. 언제 어떻게 동굴로 돌아와 있었느냐 해도 대꾸가 없었고, 무엇 때문에 이런 꼴로 이런 곳에 누워 있느냐 물어도 반응이 없었다. 배가 고프지 않느냐고, 아픈 데가 있느냐고, 이런 식으로 정말 기력이 말라붙어 죽어버리기라도 할 참이냐고 귀에 대고 소릴 질러봐도 소용이 없었다. 나를 알아볼 수가 없느냐고, 내 말소리가 귀에 들리지 않느냐고 몸을 마구 흔들어봐도 역시 마찬가지였다.

나는 새삼스럽게 다시 그 두목이 무서워지기 시작했다.

이번에야말로 두목은 진짜 끝장을 내고 말 것 같았다. 까닭을 알 수는 없었지만 두목을 가만히 내버려두면 영락없이 일이 그렇게 되고 말 것 같았다.

우선은 두목의 목숨부터 구해놓고 볼 일이었다.

혼자서는 어떻게 손을 쓸 방도가 없었다. 무섭고 조급하기만 했다.

나는 곧 동굴을 뛰쳐나와 마을로 달려 내려갔다.

마을에선 여태까지 우리의 그 동굴 별장이 비밀로 되어 있었다는 사실도 잊어버리고 만나는 사람마다 그 두목의 소식을 알렸다.

— 두목이 돌아왔어요. 우리 동굴 별장으로들 가보세요.

— 빨리들 가보세요. 지금 곧 쫓아가지 않음 큰일이 나요.

— 두목이 여태 밥도 굶고 죽으려고 누워 있어요.

가겟거리 사람들에게도, 강남옥 색시에게도, 그리고 마지막엔 집으로 쫓아가서 아직도 보기 싫게 머리를 동여매고 다니는 마마상에게도 빠짐없이 두목의 소식을 전했다.

그런데 이상스러운 것은 이번에도 그 두목이 돌아왔다는 소식을 들은 마을 사람들의 반응이었다.

— 너네 두목이 돌아왔다구? 그래 벌써 물귀신이라도 되어 왔단 말이냐? 어디서 네가 작자를 보았다는 거지?

가겟거리 사람들은 도무지 곧이를 들으려 하지 않았다. 공연히 떨떠름한 표정으로 나를 짐짓 못 미더워하는 얼굴들이었다. 위인이 되돌아온 것이 반갑기는커녕 오히려 무슨 꺼림칙한 두려움 같은 것을 느끼고 있는 표정들이었다.

강남옥은 숫제 낯빛부터 홱 달라지며 나 몰라라 식으로 가겟문 안으로 몸을 사려 들어가버렸다.

두목이 되돌아왔노라는 소식에 그래도 좀 반갑고 놀라워하는 빛을 감추지 못한 것은 이번 역시 마마상뿐이었다. 두목이 동굴 속에 돌아와 있다는 소식에 마마상은 아닌 게 아니라 죽었던 사람이 되살아오기라도 한 듯 순식간에 기운이 펄펄 살아나기 시작했다.

— 그래, 그게 정말이냐. 너네 두목이란 작자가 정말로 아직 살아서 돌아와 있더란 말이냐.

— 그게 어디냐. 위인이 자기 집을 찾아들지 않았다면 그럼 이번에도 또 강남옥 술청에라도 들앉아 있더란 말이냐.

그리고 그 두목이 어떤 몰골을 하고 돌아와 있는지 몸이 크게 상한 데라도 없는지, 위인의 형편을 꼬치꼬치 캐어묻고 작자의 신상에 대해 제법 진정이 어린 근심기를 나타내 보인 것도 역시 마마상뿐이었다.

두목의 일을 손에 맞잡아줄 사람은 뭐니 뭐니 해도 우선은 그 마마상뿐이었다.

나는 마마상에게 자초지종을 숨김없이 다 털어놓았다. 동굴 속에 드러누워 있는 두목의 몰골을 설명하고 입도 귀도 다 멀어버린 듯 반응이라곤 전혀 없던 작자의 위태로운 형편을 설명하고 그리고 그 두목에겐 아마 무엇보다도 우선 굶은 입을 다시게 해줄 것부터 마련해 가야 하리라고 다급한 주문을 쏟아놓았다.

말을 듣고 난 마마상은 나보다도 더 마음이 급해졌다.

마마상은 댓바람에 미음을 끓이고 더운 국물도 마련해냈다.

두목이 들어앉아 있는 동굴 별장을 찾는 데도 마마상은 전혀 남의 눈길 따윌 멋쩍어할 겨를이 없었다.

이번만은 나로서도 그런 마마상을 마다할 수가 없었다. 마마상과 나는 앞을 다투듯 다시 두목이 있는 동굴 별장으로 쫓아갔다.

하지만 그 마마상이 왔다고 두목의 기미가 금세 달라질 수는 없었다. 두목은 내가 산을 내려갈 때 그대로 멀건 눈길을 허공에 못박은 채 전혀 사람을 알아보는 기미를 안 보였다.

"두목이요! 내가 왔어요. 여기 마마상하구 함께요."

두려움과 실망 때문에 어쩔 줄을 모르고 서 있는 마마상을 밀치고 내가 두목 곁으로 다가앉으며 귀가 먼 사람에게처럼 큰 소리로 말을 건넸다.

"두목이요. 내 말이 들리면 대답을 좀 하라구요. 여기 이렇게 마마상도 같이 와 있다니까요. 두목한테 줄 죽을 쒀가지고 말예요."

두목은 역시 눈동자 하나 까딱하는 빛이 없었다.

"에이, 천하에 모진 인간 같으니라구!"

그러자 마침내는 더 이상 참을 수가 없어진 듯 느닷없이 마마상의 저주가 쏟아지기 시작했다.

"그래, 이 몹쓸 위인아. 임자가 대관절 살아 있는 인간인가 죽어 있는 등신인가. 어린것이 그만큼 산을 오르내리며 혼자 애를 쓰는 줄 알면 사람을 알아보는 시늉이나 해줘야제. 눈이 아직 열렸으면 사람을 알아보는 시늉이나 해주든지, 귀가 아직 열렸으면 귀청 뚫린 흔적이나 보이든지…… 인간이 한번 사내대장부로 났으면 마음부터 대장부다운 주변이 있으련만…… 위인이 그래 오죽이나 협량이면 계집 하나 간 것에 저토록 맘을 상하고 말았을까……"

두목이 소리를 알아듣거나 말거나 그 두목의 머리 위로 몸을 주저앉힌 마마상은 마치 제 흥에 입이 풀린 사람처럼 원망기가 완연한 저주를 퍼부어댔다.

그래도 두목은 여전히 반응이 없었다.

마마상은 이제 그런 두목을 더욱 견디기가 어려워진 듯 나중엔 정말 뜻하지도 않게 죽은 색시의 푸념까지 대신하고 나섰다.

"위인이 막상 이리 될 줄 알았으면 저승으로 죽어간 년은 뭣 땀시 갔을꼬. 죽어서도 원통해서 눈도 편히 못 감을라. 그래 어떤 못난 년은 그리도 맘이 모질어 제 명을 끊었을까. 그래도 그런 쪽이 연명보단 편해 갔제. 불쌍하고 서러워도 그 팔자가 나아 갔제. 너도 알고 나도 알고 그래 서로 못 말렸제…… 그래 누구는 그걸 몰라 뒷날에 이리 혼자 원통해할꼬……"

짐작해왔던 대로 두목의 색시는 사는 것이 죽음만 못한 팔자였노라는 마마상의 넋두리였다. 죽는 게 서럽고 모진 일이더라도 그게 그 여자에게는 차라리 마음이 편해질 일이었으리라는 소리였다. 두목도 이미 그런 그녈 알고 있었던 일이 아니냐는 푸념이었다. 그러고도 그런 색시의 죽음을 두고 뒷날사 청승은 웬 청승이냐는 힐난이었다.

나는 처음부터 색시의 죽음과 관련한 마마상의 허물이 있음을 알고 있었다. 색시를 죽였거나 죽게 한 것이 아마도 마마상일 거라는 것이 내 짐작이었다.

마마상의 넋두리를 듣다 보니 그런 내 짐작에 더한층 믿음이 더해갔다. 마마상은 색시의 속맘을 자신의 일처럼 속속들이 알고 있었다. 그리고 그것이 자기 이야기나 되는 것처럼 자신 있게 두목을 몰아세우고 있었다. 막판에는 아예 자신도 그 색시의 죽음을 알고 있었으며 색시의 신상엔 그쪽이 차라리 이로워 보였길래 말릴 생각이 없었노라는 실토였다.

마마상이 색시를 죽였거나 적어도 그녀를 죽게 했다는 것은 이제 더 의심을 할 여지가 없었다.

하지만 두목은 아직도 영 귀가 뚫리지 않은 탓이었을까. 혹은 위인 역시 처음부터 그 마마상의 허물을 알고 있었기 때문인지도 모른다. 아니 두목은 이미 마마상의 말을 다 알아듣고 있으면서도 그 역시 미리부터 색시의 죽음을 알고 있었으리라는 마마상의 추궁에 은근히 속을 찔린 때문이었을지도 모른다. 그는 그 마마상의 혹심한 힐책에도 여전히 반응을 보이지 않고 있었다. 마마상이 거의 자신의 허물을 실토하고 있는데도 그녀를 추궁하고 나서려는 빛이 없었다.

그것이 오히려 마마상에게는 더욱 참을 수 없는 고문이 되고 있었다. 자기 허물을 드러내 보이는데도 그 허물을 추궁해오지 않는 것은 상대방이 전혀 그 허물을 용서하려 하지 않는 것 한가지였다.

마마상은 그런 두목이 더욱더 두렵고 견딜 수 없어진 것 같았다. 두목이 자신을 용서하려는 기미가 안 보이자 마마상은 점점 더 안달이 나서 이번엔 그 색시가 죽어간 숨은 허물까지 자청해가며 거꾸로 자기 허물을 변명하려 들고 있었다.

"그야, 임자가 말을 해도 알고 안 해도 알 일인데, 말이 없다고 임자 속을 모를까. 임잔 지금 여자 죽은 일로 원망도 많고 후회도 많겠제. 그래 그 원망을 쏟을 곳을 찾고 싶어 이런다면 내라도 임자의 여잘 죽인 년이 되어줌세여. 자, 그러니 이제 남은 원망은 내게다 모두 쏟아버리고 맘을 돌리는 기척이나 좀 보자요."

"……"

"하기야 여자가 어떻게 간 것을 알면 뭣하고, 원망을 쏟을 델 찾으면 뭘 할까. 불쌍하고 가엾은 것, 아프고 서러울 전정을 생각해서 내 비록 내 손으로 그 길을 보냈대도 후회도 없고 부끄럼도 없겠네. 그게 차라리 제 팔잘 사간 줄 모를 사람이 하나도 없는 것을. 자, 임자도 그걸 알았으면 이제 누굴 더 원망하고 누굴 더 저주할까?"

마마상은 누가 됐든 여자를 죽게 한 것이 그 여자의 전정을 덜 불쌍하게 해주는 길이라는 소리였다. 두목이 정 자기 여자의 원망을 풀 곳을 찾고 싶다면 자신이 그녀를 죽인 사람이 되어주어도 좋다며, 그러나 그게 그 여자의 전정을 위해 주는 일이므로 부끄럼도 후회도 없다는 식이었다.

하지만 두목이 그런 마마상의 수작에 쉽게 넘어갈 리가 없었다. 두목은 끝끝내 대꾸가 없었다. 그럴수록 두목은 더욱 마마상을 용서하지 않을 작정인 것이었다.

그런 두목을 두고는 마마상도 이젠 더 속수무책일 수밖에 없었다. 그녀는 마침내 침이라도 뱉고 싶은 얼굴로 자리를 훌쩍 일어서버렸다.

하지만 마마상은 그래도 차마 거기서 두목을 단념하고 돌아서 버릴 수가 없었던 모양이었다.

"할 수 없다. 네가 마을엘 한 번 더 내려갔다 오는 수밖에 없겠다."

이윽고 마마상은 다시 낭패감 가득한 얼굴로 힘없이 말했다.

"마을엔 왜?"

그녀에게 필시 어떤 새로운 계교가 떠오르고 있는 듯싶어 내가 물으니 마마상은 역시,

"그건 내게 다 생각이 있으니 시키는 대로만 해라. 가겟거리로

내려가선 강남옥을 찾아야 한다."

이젠 그 강남옥에게라도 마지막 희망을 걸어볼 수밖에 없다는 투로 짜증스럽게 말했다.

나는 더 이상 마마상만 따져들고 있을 수가 없었다. 이젠 나 역시 그 강남옥에게라도 마지막 기대를 걸어보는 수밖에 없었다.

"강남옥을 찾아선?"

"색시를 이리로 데려오기만 하면 된다. 두목이란 작자 곁을 뱅뱅 맴돌아다니던 강남옥 년을 말이다."

"……"

"년이 혹 쉽게 따라서주지 않을지도 모르니 네가 알아서 말을 잘해줘라. 사람의 목숨이 달린 일이라구."

짐작이 가는 소리였다. 두목과 거래가 깊은 강남옥을 불러다 작자를 낚아내보자는 생각일시 분명했다. 마마상으로선 아마 좀처럼 마음이 내켜오지 않았겠지만 사정이 다급하다 보니 그밖엔 이제 어쩔 수가 없었을 터. 강남옥으로 두목을 끌어낼 수 있을지 어떨지는 아직 미지수였지만 방법은 어쨌든 이제 그것뿐이었다.

나는 곧 마마상과 동굴을 떠나 마을 가겟거리로 달려 내려갔다.

가겟거리로 들어서는 길로 곧 강남옥으로 뛰어들어 부리나케 색시를 찾았다.

그런데 이날 일은 어찌 된 심판인지 갈수록 낭패뿐이었다.

강남옥은 이미 턱거리를 떠나간 다음이었다. 두목이 되돌아왔다는 소문을 전해 들은 강남옥은 그길로 허둥지둥 봇짐을 싸들고 가겟거리를 떠나가버린 것이었다. 집을 잠깐 옮겨 앉은 것이 아니라 때마침 마을을 나가는 차를 타고 아주 턱거리를 떠나가버렸다는 것이었다.

"그 아가씨, 니네 두목님한테 몹쓸 죄깨나 지은 모양이더라. 느네 두목이 돌아왔다는 소문 듣고 얼굴이 다 파래지도록 겁을 먹은 것 같던걸. 근데 그 여잔 왜 찾니? 느네 두목님이 그 아가씨가 보고 싶다고 데려다 달래기라도 하든?"

강남옥의 다른 색시들이 놀려대듯이 지껄여댄 소리였다.

나는 맥이 탁 풀리고 말았다. 이런 때 하필 강남옥까지 마을을 떠나가버리다니.

그야 물론 일이 우연히 그렇게 된 건 아닐 터였다. 아침 녘에 그 두목의 소식을 전했을 때부터도 그랬지만, 강남옥은 두목에게 이상스럽게 너무 겁을 먹고 있었던 것 같았다. 두목이 돌아왔다는 소리에 겁을 먹고 냉큼 마을을 떠나가버렸음이 분명했다. 강남옥의 다른 색시들 말마따나 그녀는 두목의 색시가 죽은 것만으로도 두목에게 이만저만 몹쓸 죄를 지어버린 처지가 아니었을 테니까.

어쨌거나 강남옥까지 마을을 떠나가버리고 말았으니 마마상의 계획도 이젠 그것으로 끝장이 난 셈이었다.

나는 생각을 달리 먹는 수밖에 없었다. 마을 장정이라도 몇 사람 데리고 가 두목을 달래보는 수밖에 다른 도리가 없었다.

나는 남정네가 있는 가게들을 돌아다니며 일일이 도움을 간청했다.

그러나 사정을 알고 보니 두목에게 겁을 먹고 있는 건 강남옥 색시뿐만이 아니었다. 마마상 한 사람을 제외한 가겟거리 사람들 모두가 마찬가지였다.

좀처럼 사람이 구해지지 않았다.

— 너네 두목이 마마상도 상댈 해주지 않더라 이거지? 하기야 이런 삼복더위엔 땅굴에 푹 드러눠 쉬는 것보다 나을 덴 없으니까.

— 하지만 뭐 네가 그리 안달이 나서 걱정을 할 일은 없을 게다. 너네 마마상이 아직 작자하고 한 굴속에 숨어 있다면 마마상한테도 다 생각이 있어 그럴 텐데, 작자한테 설마 나쁜 일이야 생기겠냐, 하하…… 걱정도 말아라……

모두가 내 말을 우스개로만 들으려 했다. 땀을 뻘뻘 흘리며 쫓아다니는 나를 오히려 무슨 놀잇감처럼 놀려대기만 했다.

그 모두가 두목을 두려워하고 있는 증거였다. 두목이 두렵기 때문에 일부러 실없는 소리들만 하고 있는 꼴이었다. 말을 일부러 허투루 들은 척, 재미있는 우스갯거리나 만난 듯 본심들을 숨기려 하는 짓거리였다.

두목의 일엔 너나없이 섣부른 간섭을 피하려고만 한 것이었다.

강남옥 색시가 마을을 떠나간 게 무리가 아니었다.

나는 결국 해가 거의 다 저물어갈 무렵까지도 손을 빌릴 만한 사람을 하나도 구할 수가 없었다. 아니 해가 저물어 산그늘이 강물을 검게 덮어온 다음부터는 더 이상 힘들게 사람을 구하러 다닐 필요도 없게 되고 말았다. 마마상이 기다리다 못해 산을 내려와버렸기 때문이었다.

일단은 모든 걸 단념할 수밖에 없었다. 밤을 지내고 나서 다음 날 아침 다시 동굴로 올라가보는 수밖에 없었다.

"오늘은 그만 집으로 가자. 집에 가서 나도 저녁이나 먹고 좀 쉬어야 살겠다. 살고 싶은 사람부터 우선 살아놓고 봐야 할 게 아니냐."

마을 입구에서 나를 만나 자초지종을 듣고 난 마마상이 자포자기하듯 씨부렁거렸다.

나는 마마상이 하자는 대로 집으로 돌아가서 시장기부터 꺼 치웠다.

그리고는 지친 사지를 내던진 채 다음 날 아침 두목을 위해 해야 할 일들을 궁리하다 말고 순식간에 깊은 잠 속으로 가라앉아 들어갔다.

그런데 어느 때쯤 해서였을까.

뜻밖의 일이 벌어졌다.

일을 알아차린 것은 마마상이 먼저였다. 잠결에 누군가 팔을 몹시 흔드는 바람에 눈을 떠보니 마마상이 다급하게 나를 깨워대고 있었다.

"어서 빨리 밖으로 좀 나와봐라. 큰일 났다. 큰일이 났어!"

마마상은 미처 나를 기다리지도 못하고 자신이 먼저 방문을 급히 뛰쳐나갔다.

영문도 모른 채 나는 반사적으로 마마상을 뒤쫓아 방을 나섰다. 문을 나서고 보니 사정을 대충 짐작할 것 같았다.

웬 불빛이 마을 일대를 온통 훤히 밝히고 있었다. 짚불 타는 노린내가 코를 찔러왔다.

불빛이 솟아오르고 있는 곳은 강물 뒤쪽 두목네 집이 있는 근방이었다.

두목네 오두막이 타고 있는 게 분명했다. 길을 그쯤 올라간 거리라면 그건 두목네 오두막뿐이었다. 마마상이 그토록 허둥대고 있는것도 그것이 벌써 두목네 오두막이라는 걸 알고 있기 때문이었다.

— 작자가 어느새 또 저런 짓거리까지?

나는 더 주저할 것도 없이 불기둥이 치솟고 있는 쪽으로 골목을 내닫기 시작했다. 마마상도 뒤에서 숨을 헐떡이며 나를 쫓아오고 있었다.

이상스런 것은 두목의 집에 불을 지른 것이 누구인지가 처음부터 분명해져 있는 것 같은 예감이었다.

그건 물론 두목의 짓일 수밖에 없었다. 무엇 때문에 위인이 자기 집에다 불을 놓는 따위의 못된 짓까지 저질렀는지는 나로서도 분명한 이유를 알 수 없었다. 하지만 두목이라면 능히 그럴 수 있는 위인이었다. 자기 집을 불길로 깡그리 쓸어 없애려는 생각이었대도 두목에겐 그것이 그럴듯해 보이는 곳이 있었다.

— 그렇다면 작자가 또 혹시?

그러자 나는 갈수록 더 불길한 예감에 휩싸여 들기 시작했다. 두목이 자기 집에 불을 놓은 장본인이라면 이번에는 작자가 아예 그 불길 속에 몸을 들앉혀 버리고 말았을지도 모른다는 생각이 들어왔다. 그 역시 두목으로선 능히 그럴 수 있는 일이었고 또 그럴듯한 대목이 있어 보이는 일이기 때문이었다.

나는 갈수록 마음이 조급했다.

화광이 치솟고 있는 곳 부근엘 당도해보니 불이 타고 있는 것은 역시 두목네 오두막이었다.

오두막은 이미 커다란 불화로를 품은 것처럼 벌겋게 달아올라 화염을 사방으로 푹푹 쏟아내고 있었다. 조그만 오두막 하나 타오르는데 어디서 그런 세찬 불길이 솟아오르는지 알 수 없었다. 헛간과 부엌 쪽에서 기세 좋게 쏟아져 나온 검은 연기 사이로 뱀의 혓바닥처럼 무섭게 너울대던 불길이 순식간에 훌쩍 처마를 타고 올라가 지붕 전체를 무시무시한 불더미로 만들어버렸다.

불이 타고 있는 집 근처 골목에는 밤잠을 깨고 쫓아 올라온 동네 사람들이 우글우글 진을 치고 있었다. 아무도 불길을 잡기 위해 손을 쓰러 나서는 사람은 없었다. 불길이 이미 손을 쓸 수 없을 만큼 크게 번져버린 탓도 있었지만, 그나마 어떻게 손을 좀 써보려 해도 이젠 화염이 뜨거워 불 근처로는 몸을 접근해갈 수가 없었다. 인접한 집이 없어 불길이 다른 데로 옮겨 붙을 염려가 없는 것만도 불행 중 다행이었다.

그 검붉은 화염 속에 두목의 모습이 크게 어른거리고 있는 것 같았다. 두목의 그림자가 너울대는 화염을 따라 백 가지 천 가지로 모습을 바꾸고 있는 것 같았다.

우하하하—

타오르는 불길 속에서 금세 두목의 우악스런 웃음소리가 쏟아져 나올 것 같기도 했다.

일이 워낙 위태롭기는 했지만 마을 사람들이 아예 불길을 잡으러 나설 생각을 하지 않고 있는 데에는 그럴 만한 이유가 있었다. 마을 사람들 역시 두목의 집에 불을 놓은 장본인이 누구라는 것을 분명히 짐작하고 있었다. 마마상도 그랬고 불구경을 나온 가겟거리 색시들조차도 그것을 알고 있었다.

— 귀신이 곡을 할 노릇이구만. 그 왜 작자는 아까 저녁때까지도 땅굴 속에 드러누워 있었다지 않던가베. 어쨌거나 이젠 끝장이 가까워지다 보니 남의 정신으로 저지른 노릇이 아닐라구.

— 그런데 이자가 지금이라도 또 어딜 가서 무슨 짓을 저지르고 있는 건 아닌지 몰라. 여태까지 작자의 코빼기를 볼 수가 없으니 말여. 처음부터 아마도 작자를 본 사람이 없었다지 아마?

모두가 두목을 두고 하는 소리들이었다.

보나 마나 두목이 산을 내려와 저지르고 달아난 것으로 여기는 눈치들이었다.

— 구경거리도 좋지만 이젠 이런 소동도 마을에서 그만 끝장이 나얄 텐데 말씀야……

아닌 게 아니라 그 두목은 어디서도 모습을 찾아볼 수가 없었다. 어디선가 타오르는 불길을 보고 마귀처럼 심통스런 웃음을 쏟고 있을지도 혹은 알 수 없었다. 불을 놓은 다음 감쪽같이 다시 산으로 몸을 숨겨 들어가버렸을 수도 있었다.

하지만 그런 상상 속에 불을 끄러 들 생각은 아예 엄두조차 내지 않고 있는 사람들도 한 가지는 아직 모르고 있었다. 불을 놓은 것이 다름 아닌 두목 자신임을 믿고 있는 사람들도 그 한 가지 사실만은 아직 상상을 못하고 있었다. 불길 속에 몸을 들어앉히고 있을지 모르는 두목을 걱정하는 사람은 없었다.

"불 속에서 우리 두목을 본 사람 없어요? 두목은 어쩜 저 불더미 속에 있을 거예요. 불 속에서 아주 몸이 타서 없어져버리려 하고 있을지 몰라요."

안타깝게 허둥대는 나에게 오히려 힘 팔리는 핀잔들만 주고 있었다.

"뭐라구? 느네 두목이 저 불집 속에 들앉아 있을 거라고? 에라 이 녀석아, 허튼소리 좀 작작 해라. 너네 두목이 무슨 불을 먹는 불귀신이냐? 저런 불 속에 들앉아서 불놀음을 놀고 있게?"

그야 두목이 정말로 그 불길 속에 몸을 담고 타고 있다고 해도 이제 와선 별다른 도리가 있는 일은 아니었다. 집이 다 타서 제풀에 불길이 숙어들 때를 기다리는 수밖엔 뾰족한 방법이 없었다. 불에 탄 흔적마저 찾아볼 수가 없다면 밝은 날 동굴 별장이라도 찾아가볼 밖에 없었다.

하지만 나는 아무래도 예감이 불길했다. 너울거리는 화염 속으로 두목의 얼굴이 수없이 어른거리고 지나갔다.

우하하— 두목의 그 불사신 같은 웃음소리가 갑자기 귀청을 멍멍하게 울리고 지나가곤 했다. 두목은 역시 그 불길 속에 있을 것 같았다.

어느새 동녘 하늘이 희부옇게 밝아오기 시작했다.

불길이 완전히 죽은 것은 새벽하늘의 별들이 그 희부연 아침 기운에 서서히 빛을 잃고 사라져 들어간 다음이었다. 어둠 속 불빛에 또렷또렷 익은 얼굴들이 아침 기운 속에선 외려 기운을 잃고 맥없이 늘어진 모습들이었다. 제풀에 기운들이 빠져 불길이 가라앉는 것을 보기도 전에 잠자리로 돌아가버린 사람도 많았다.

하지만 가겟거리의 남자들만은 그래도 상갓집 밤새기꾼처럼 끝끝내 아침을 기다렸다. 그리고 불길이 완전히 사그라들고 나자 사람들은 이 말썽스런 소동의 소굴을 흔적조차 쓸어 없애버릴 것처럼 손길을 서둘러대기 시작했다.

오두막은 이제 몇 줌의 보잘것없는 잿더미로 폭삭 주저앉아 있었다. 어느 쪽이 방이고 어느 쪽이 부엌칸이었는지조차 분간해낼 여지가 없었다. 가재도구 하나, 타다 만 나무기둥 하나 형체가 남아난 것이 없었다.

두목이 그 불더미 속으로 뛰어들었을지 모른다는 내 걱정이 그래도 얼마간은 사람들의 마음을 꺼림칙하게 해주었던 것일까. 사람들은 누가 시키기도 전에 저마다 그 잿더미 속을 빈틈없이 차근차근 헤집어나갔다. 말들은 없어도 두목을 찾고 있는 것이었다.

다행인지 불행인지 잿더미를 모조리 뒤집어엎고 나도 두목이 타 죽은 흔적은 나타나지 않았다.

"젠장 맞을…… 이 쬐꼬만 물생쥐 녀석한테 속아서 공연히 싱거운 짓을 한 모양이구만그래."

사람들은 마침내 내게로 허물을 돌리기 시작했다.

나는 이제 어른들의 핀잔 따위는 문제도 아니었다. 내가 사람들을 속인 것이 아니라 두목이 나를 속인 것이었다.

두목은 요즘 번번이 나를 속이고 있었다. 그날 밤 두목이 어둠 속으로 강을 따라 내려가버렸을 때도 그랬고, 동굴 속에 사지를 늘어뜨리고 누워 언제까지나 넋이 돌아올 것 같지 않던 그 깜깜스런 모습도 그랬고, 그리고 어젯밤 그 돌연스런 불길 속에 커다랗게 너울거리는 두목의 그림자를 보고 위인의 그 불사신 같은 웃음소리를 헛들은 것도 그랬다.

하지만 어쨌거나 잿더미 속에서 두목의 흔적이 나타나지 않은 것은 작자가 아직 이 세상 어느 구석에선가 산 사람의 숨을 쉬고 있다는 사실을 말해주고 있었다.

그곳은 동굴 별장이 틀림없었다. 밤중에 불을 놓은 것이 두목일시 분명하다면, 불을 놓고 그가 다시 몸을 숨겨갔을 만한 곳은 그 동굴 별장 한 곳뿐이었다.

동굴을 가보지 않을 수 없었다.

그러고 보니 어느새 또 마마상이 눈에 보이질 않았다. 나는 더욱 조급한 예감에 쫓기기 시작했다. 그길로 집에까지 쫓아가봤지만 마마상은 이미 거기에서도 자취가 사라지고 없었다. 나는 곧 선걸음에 가겟거리를 버리고 동굴 별장을 향해 걸음을 재촉해 나섰다.

동굴로 올라가는 숲길은 7월의 아침 햇살이 피곤한 눈을 몹시 부시게 해왔다. 비탈을 돌아 흐르는 강물 역시 언제나처럼 새로운 힘에 넘치고 있었다. 그것은 결코 흐름이 끝나지 않는 크고 영원한 생명이었다. 그 흐름이 끝나지 않는 것처럼 강에서 태어나고 그 강이 태어나게 한 것들도 영원히 그 생명이 끝날 수 없을 것 같았다. 강에서 태어나 다시 강으로 돌아간 것들이라 하더라도 그 힘찬 흐름 속에 새로운 기운을 얻어 영원한 생명으로 다 같이 다시 함께 숨 쉬고 있는 것 같았다.

그것은 무덤이 아니라 새로운 생명의 집이었다. 나는 길을 오르다 말고 눈부신 아침 햇살 사이로 한참 동안 그 늠름한 강의 흐름에 넋이 팔려 서 있었다.

기분이 한결 맑고 차분해졌다. 두목의 죽음이 몇 번이나 나를 속인 것 같았던 그 어이없는 배신감도 강물의 흐름과 함께 거짓말처럼 말끔히 씻겨 흘러갔다.

강물의 흐름이 끝나지 않는 한 두목의 생명도 별안간 흐름을 멈춰버릴 것 같지 않았다.

두목이 강물을 틀어막아 흐름을 멈추게 하지 못하는 한은 그의 생명도 흐름을 멈출 수 없는 것이었다. 두목이 가끔 광기가 나서 강물의 흐름을 끊어놓고 싶어 날뛰는 것은 바로 그 자신의 흐름을 끝냄으로써 새로운 강물의 생명을 얻어 흐르고 싶은, 그래 그 두목 자신이 강이 되고 싶은 소망과 충동 때문일 수 있었다.

두목의 죽음이 나를 속인 것이 아니라 내가 내 상상에 속은 것뿐이었다.

나는 다시 발길을 재촉하여 동굴로 올라갔다.

그런데 내가 마침내 그 별장 입구에 이르러 조심조심 발소리 기척을 죽이며 동굴 안으로 들어섰을 때 거기엔 참으로 뜻밖의 광경이 벌어져 있었다.

동굴엔 짐작대로 마마상이 먼저 두목을 찾아 올라와 있었다. 그런데 아마도 이 세상 여자들은 누구나 그게 참을 수 없는 소망이 되고 있는 것인가. 여자들은 누구나 사내들에게 그렇게 자기의 젖을 먹여주고 싶은 갈망을 지니고 사는 것인가. 내가 발소리를 죽이며 조심조심 동굴 안으로 들어갔을 때 마마상은 그 여름이 시작될 무렵 강남옥이 내게 그러기를 원했던 것처럼, 그리고 어느 날 저녁 두목의 색시가 그걸 그토록 갈망해왔던 것처럼, 이번에는 마마상이 두목에게 그녀의 젖을 먹이고 있었다. 마치도 어린애를 잠재우듯 두목의 커다란 머리통을 무릎 위로 깊숙이 껴안은 채 말이다.

그렇게 열심히 젖을 먹고 먹이느라고 두목이나 마마상은 미처 내가 동굴을 들어서고 있는 것도 모르는 것 같았다. 마마상의 젖가슴에 묻혀 눈을 감고 있는 두목은 그렇더라도 두 눈 멀거니 뜨고 앉아 있는 마마상 쪽은 내가 온 것을 알아볼 수 있었으련만 그녀조차도 내 쪽엔 전혀 아랑곳을 않는 기미였다. 아니 마마상은 그때 두목의 색시가 그날 저녁 내게 젖을 물리고 나서 그랬던 것처럼 그녀도 그 멀건 두 눈에 까닭 모를 눈물을 가득 담아 내리고 있었는데, 그 넋 없이 허공에 매달린 그녀의 눈길은 정말로 나를 알아차리지 못하고 있는 것 같기도 하였다.

나는 차라리 그런 두 사람의 모습에 기분이 몹시 섬찟했다. 더 이상 두 사람을 지켜보고 있을 수가 없었다.

나는 그만 내 쪽에서 먼저 기분이 머쓱해져서 제물에 혼자 발소리를 죽이며 슬그머니 동굴을 빠져나오고 말았다.

그런 일이 있은 뒤부터 두목은 다시 마을로 모습을 나타내는 일이 없었다. 낮이나 밤이나 혼자서 그 동굴 별장 아랫목 강물 근처에서만 지냈다. 두목이 생식을 시작한 것도 그러니까 그날 일이 있은 이후부터였다. 마을로는 들어오지 않고 혼자 강물에서 횟거리를 건져다 날고기로 주린 배를 채우며 물가에서만 살고 있었다……

두목이 마을에 들어온 일도 없고 산이나 물가에서 불을 지피는 기미도 알아볼 수 없으니까 가겟거리 사람들은 그런 식으로 지레 짐작들을 하였다.

나도 이제 동굴 쪽으로는 사냥을 나다니지 않았기 때문에 그런 두목의 행작을 눈으로 직접 지켜본 일은 없었다. 하지만 두목에 관한 일이라면 가겟거리 근처에서도 얼마든지 소문을 들을 수 있었다. 두목이 생식으로 주린 배를 달래며 물가에서 혼자 지내고 있다는 것도 물론 그 가겟거리 사람들에게서 소문으로 들은 소리였다.

가겟거리 근처엔 두목에 관한 그런 소문들이 그칠 날이 없었다. 그리고 그 사람들도 이젠 어느새 흐름을 그치고 죽어버린 강과 흐름을 멈추게 하려는 두목에 대해 제법 그럴듯한 말을 하게끔 되었다.

— 작자가 또 강물의 흐름을 끊어 막는다구 발광이 났다며?

하지만 그 가겟거리 사람들은 정작 그런 두목의 심사를 속속들이 모두 이해하지는 못했다.

— 그 작자 한동안 끼니까지 굶고 지낸다더니 이젠 아예 정신

이 홀랑 돌아버린 게 아닌가?

사람들은 아예 두목을 미친 사람 취급이거나 오래지 않아 강귀신이 되어갈 것을 믿고 있는 눈치들이었다. 두목의 됨됨이를 이해하지 못하는 사람들이 그 강물의 흐름을 끊어 막는 일인들 이해를 할 리 없는 노릇이었다. 가겟거리 사람들은 그저 그 두목을 비웃기만 했다.

게다가 두목은 다시 무슨 새 힘을 태여 받은 사람처럼 무서운 발광이 시작되고 있었다. 어떤 날은 온종일 강물만 오르락내리락 갈아엎고 다닐 때도 있었고, 어떤 날은 멋모르고 물가에 술자리를 펴고 앉은 외지 손님들 좌중으로 덤벼들어 와선 염치없이 남의 술을 깡그리 바닥내고 가기도 한다는 것이었다. 애써 잡은 횟거리를 그물까지 몽땅 물속으로 털어 던져버리기도 하고, 때로는 해가 저물어버린 강가에서 초상집 아낙처럼 워워 땅을 치며 괴상한 통곡소리 같은 걸 터뜨리고 있기도 한다 했다. 한번은 술손님을 따라 강가로 나간 가겟거리 색시 하나가 때마침 부풀어온 용변기에 숲속을 잘못 찾아들어섰다가 거기서 그만 뱀 만난 개구리 새끼처럼 두목의 갑작스런 완력에 짓눌려 불의의 곤욕을 당하고 돌아온 일까지 있다 했다.

두목의 광기가 마지막 고비에 달해가는 느낌이었다.

하지만 두목에 관한 그런 모든 소문들은 어느 것 하나 분명한 출처가 밝혀진 것이 없었다. 누가 그런 두목을 보았는지 내로라 투철하게 장담을 하고 나서는 사람이 없었다. 모두들 남의 이야기로 남의 말만 기대는 소리들을 했다.

아무도 두목을 가까이하고 싶어 한 사람이 없었기 때문이었다. 아무도 그를 만나 두목의 진짜 흉중을 알아보고 싶어 한 사람이 없었기 때문이었다.

어쩌다 그저 먼 곳에서 두목의 그림자만 보고 와서도 제 맘대로 허튼 소문들을 지어 퍼뜨렸다.

덕분에 두목은 마치 그런 소문들을 먹고 자라가는 거인처럼 날이 갈수록 점점 어떤 불가사의한 두려움기 같은 것을 지녀가고 있었다.

가겟거리 사람들은 자기들이 소문을 지어 퍼뜨려놓고, 그 자기들 소문 속에 어마어마한 거인으로 변해가는 그 보이지도 않는 두목의 모습에 제풀에들 기가 질려가고 있었다.

그렇거나 저렇거나 두목에게 다시 그 옛날의 무서운 뚝심이 되살아나고 있는 것은 분명했다. 굶주리고 지쳤을망정 그것은 그 두목의 살아 있음의 증거였다. 두목은 언제나 그 강물로 하여 생명의 힘을 얻고 그것을 자랑해온 위인이었다.

강물을 다시 끊어 막겠다는 두목의 광태는 그러니까 이를테면 쇠약해질 대로 쇠약해진 그의 생명과 광기의 마지막 발작일 수도 있었다. 마치도 하루가 끝나고 저녁 어둠이 오기 전에 마지막으로 한번 하늘의 노을이 고운 것처럼.

하지만 나는 그날의 일이 있은 후로는 한동안 두목을 찾아가지 않았다. 한동안은 그냥 가겟거리 근처에서 위인의 소문만 듣고 있었다.

웬일인지 두목을 보기가 싫었다. 아니 위인이 그냥 보기 싫어진 것만도 아니었다. 그의 색시가 그날 저녁 내게 젖을 먹여주고 나서 그런 일이 생겼기 때문이었을까. 그리고 그 색시의 죽음이 내겐 문득 그 마마상의 그것을 예감시키고 있어 그랬는지도 모른다. 나는 그날 아침 혼자 동굴을 내려오면서 두목의 죽음을 생각하고 있었다.

나는 또다시 두목을 죽일 작정을 다지고 있었다. 그러지 않으면 마마상이 먼저 색시의 꼴이 되어갈 것 같았다. 그런 나의 다짐은 산을 가지 않은 그 며칠 동안에도 변함이 없었다.

그건 결코 우리 마마상을 살리고 싶어서가 아니었다.

젖을 먹고 먹여주는 일로 두목과 마마상은 이제 서로를 깡그리 용서해버리고 있는 것 같았다. 마마상이 다시 두목을 저주하거나 원망하는 일이 없었다. 그 대신 이제는 두목에 대해 터무니없이 관대하고 허물없어하였다.

"너네 두목이란 사람 말이다…… 그래도 이 턱거리 안에선 그중 살 만한 사내대장분데, 아무래도 그 위인한테 몹쓸 귀신이 들씌운 것 같구나……"

눈치고 뭐고 보이는 것이 없는 듯 내 앞에 자주 그 두목을 추어올리고 작자의 일을 걱정했다. 두목에게 그 젖을 먹여주는 일로 그에게서 구할 수 있는 모든 용서를 얻어내고, 그녀가 그에게 해줄 수 있는 모든 일을 끝내버린 사람처럼 느긋해하였다. 두목의 일이 궁금해 위인을 만나러 혼자 다시 산으로 가는 일도 없었고, 더욱이 그 두목네 집을 불태우고 만 화재 사건에 대해선 입도 뻥긋한 일이 없었다.

나는 그런 두목과 마마상 사이의 일을 견딜 수가 없었다.

색시의 죽음이 내게 또 누군가의 죽음을 떠오르게 해왔을 뿐이었다. 아니 그날의 그 동굴 속 광경이 내겐 어쩐지 그럴 수밖에 없도록 만들고 있었다.

나는 두목을 죽여야 했다.

나는 기회를 기다리고 있었다.

하루하루 자꾸만 마음이 조급해지고 있었다.

모른 척하고 있기는 했지만, 마마상도 미상불 두목의 소식이 궁금하긴 했을 텐데 그녀는 그 겉표정이 늘 밉살스럽도록 태연스럽기만 했다. 나는 그 마마상 때문에도 본때 있게 한번 일을 끝내주고 싶었다. 한데다 나중엔 두목의 기미마저 나를 더욱 조급하게 해왔다.

무엇보다도 두목은 이제 오래지 않아 스스로 그 마지막 광기를 끝내고 말 것 같은 징조가 엿보였다. 두목에게 그 마지막 광기가 그치고, 그가 그 강물로 다시 살아 돌아가 더욱더 길고 오랜 세월을 그 강물로 함께 흐르게 될 날이 가까이 다가오고 있는 것 같았다. 무슨 낌새를 알아챘을 리는 없었지만, 이젠 두목 쪽에서 외려 그걸 서두르고 있는 것 같았다.

일이 그렇게 끝나서는 안 되었다. 두목이 정말로 강물의 흐름을 멈추게 할 것인지, 어느 순간 어떤 모양으로 그가 비로소 그의 강을 따라 흐르게 될 것인지, 그런 것을 모두 내 눈으로 직접 보아두어야 하였다.

나는 하루하루 가슴을 조이며 동굴 안 냄비 속에 숨겨둔 세모잽이놈들만 생각하고 있었다.

그리고 어느 날 오후, 마침내 나는 마음을 굳게 다지고 두목을 찾아 집을 나섰다.

집을 나서자 나는 곧장 두목의 동굴이 있는 산비탈께의 강가로 걸음을 재촉해 올라갔다.

강가에선 쉽사리 두목의 모습을 찾아낼 수 없었다. 한낮이 훨씬 지났는데도 두목은 아직 강을 찾아 내려와 있지 않았다. 다시 동굴로 올라가 보았으나 그 동굴 안에서도 두목의 모습을 찾아볼 수가 없었다.

나는 한동안 두목을 기다렸다. 기다리면서 그 굴 안쪽 벽 아래에 쌓아놓은 내 사냥 도구들 틈새로 전날에 몰래 숨겨둔 양은냄비를 다시 유심히 살펴봤다.

냄비엔 그새 두목의 손길이 닿은 흔적이 없었다.

두목은 아직까지 혼자서 취사를 한 일이 없었으므로 솥단지로 눌러놓은 냄비 뚜껑이 전날 그대로 얌전하게 덮여 있었다. 그 냄비 속엔 작자의 색시가 살아 있을 때부터 작자를 해치우기 위해 잡아다 숨겨놓은 세모잽이 녀석이 아직 나를 기다리고 있을 것이었다. 나는 그 냄비를 끌어내어 뚜껑을 잠깐 열어볼까도 싶었지만, 뚜껑 눌린 냄비 속에서 흉하게 야위어 있을 녀석을 상상하곤 그대로 그냥 안심을 해두기로 하였다.

두목은 좀처럼 돌아올 기미가 안 보였다.

한동안 시간을 허비한 끝에 나는 다시 동굴을 나왔다.

내가 다시 동굴을 나와 두목을 찾아낸 것은 뜻밖에도 숲속의 한 바위 그늘 아래에서였다.

모처럼 작정한 일에 허탕을 치고 맥없이 산을 내려오다 보니 건너편 산비탈의 한 바위 그늘 속에 문득 사람의 모습이 앉아 있는 게 보였다. 바위벽에다 비스듬히 등을 기대 앉은 두목이 이쪽 기척은 눈치조차 채지 못한 채 혼자서 뭔가 괴상한 작업에 열중해 있었다.

나는 제물에 자신도 모르게 몸을 숲속으로 감추며 위인의 동정을 살피기 시작했다. 한동안 그렇게 눈을 부릅뜨고 자세히 살펴보니 두목은 참으로 기괴한 행사를 치르고 있는 중이었다.

— 아니 두목이 이젠 저런 짓까지?

나는 처음 눈이 의심스러울 지경이었다. 다름 아니라 두목은 바야흐로 그가 언젠가 내게 가르쳐준 해괴한 손장난질에 자신이 취해들고 있던 참이었다. 가랑이 사이를 부벼대어 난처하게 숨을 허덕거리게 했던, 그리고 다음부턴 나 혼자서도 곧잘 숨을 헉헉거리지 않을 수 없게 만들었던 그 은밀스럽고 부끄러운 육신의 행사를 두목 자신이 벌이고 있는 것이었다.

맘만 내키면 뱀 개구리 덮치듯 가겟거리 색시들을 함부로 덮쳐 채어가던 두목이었다. 흐르는 강물을 떠막아 그 흐름을 죽여놓겠노라던 두목이었다. 짐승처럼 산을 찌렁찌렁 울리며 무서운 고함 소리를 내지르던 두목이었다. 세모잽이고 메기 할망구고 다른 사람들은 엄두조차 못 낼 횟거리를 고추장도 없이 날것으로 씹어 조지던 두목이었다. 그런 두목한테선 일찍이 상상도 못해본 꼴이었다.

해괴한 노릇이었다. 그러나 눈앞의 일은 사실이었다.

나는 까닭 없이 그 두목이 가여워지기 시작했다. 지루하리만큼 긴 시간 동안 이따금씩 망연스레 먼 산까지 바라보아가면서 그 어울리지 않는 행사에 넋이 빠져 있는 두목의 모습이 그토록 외롭고 눈물겨워 보일 수가 없었다.

하지만 그럴수록 나는 또 이상스럽게 마음이 더욱 조급해졌다. 두목을 하루 빨리 해치우지 않으면 안 된다는 생각이 자꾸만 머릿속을 가득 채웠다.

그러나 이날은 아무래도 일이 어려울 것 같았다. 두목이 좀처럼 별장으로 올라가 줄 낌새가 없었다.

그 해괴한 행사를 끝내고 나서도 두목은 이상스럽게 외롭고 적막스런 모습으로 끝없이 하늘을 우러러보고 있었다. 위인은 참으로 믿을 수 없을 만큼 긴 시간 동안 그렇게 넋이 나간 사람처럼 똑같은 자세로 앉아 있었다. 그것은 흡사 기다리는 사람, 하늘로부터 무엇인가를 애타게 기다리고 있는 사람의 모습이었다.

이날은 아무래도 일을 치르기 어려울 것 같았다. 나는 마침내 내 쪽에서 먼저 맥이 풀려 산을 내려오고 말았다.

그리고 다음 날 나는 그 두목의 하루 기력이 거의 다 지쳐났을 만한 저녁때를 기다려 다시 동굴로 위인을 찾아 올라갔다.

이날은 두목도 마침 나의 예상대로 힘이 지쳐날 대로 지쳐나서 동굴 바닥에다 사지를 번듯이 늘이고 누워 있었다. 사람이 동굴을 들어서는 기척조차 알아보지 못하는 듯싶어 자세히 살펴보니 두목은 아예 그렇게 잠이 들어 있는 것 같았다. 여위고 지친 모습으로 눈이 감겨 있는 위인의 모습이 더없이 외롭고 적막스러워 보였다.

나는 바로 이때다 싶었다.

두목은 어쩌면 아직 잠이 들어 있지 않을 수도 있었다. 위인이 언제나 그랬던 것처럼 그렇게 잠이 든 척 내 거동을 몰래 엿보고 있을 수 있었다.

하지만 기회는 이때뿐이었다. 기회를 더 이상 미룰 수 없었다.

나는 이윽고 조심조심 두목 곁을 지나 동굴 안쪽 벽 아래 쌓인 취사도구들 곁으로 다가갔다. 그리고 조마조마한 기분을 눌러 참으며 솥단지 밑으로 뚜껑이 눌린 냄비를 조용히 꺼내 들었다.

냄비는 마치 속이 비어 있는 것처럼 무게가 없었다.

나는 그 냄비를 조심조심 두목의 발치께로 옮겨갔다. 천장을 향해 누운 두목을 두고 그 두목의 목줄기 쪽으로는 차마 그것을 놓아줄 수가 없었다.

나는 두목의 발치로부터 두어 발짝쯤 떨어진 곳에다 냄비를 놓고 뚜껑을 열었다.

순간, 나는 그 냄비 속에 들어 있는 것을 보자 자신도 모르게 숨을 한번 크게 삼켰다.

뱀은 아직 그 속에 있었다. 그것도 물론 죽지 않고 살아 있는 뱀이었다. 하지만 그것은 내가 붙잡아다 냄비 속에 가둬놓은 그 놈이 아니었다. 녀석은 그동안 몸피가 몰라보게 졸아들어 냄비 바닥에 실처럼 힘없이 깔려 붙어 있었다. 목숨을 지니고 살아 있는 것의 몸피가 어떻게 그처럼 모습을 변해 지닐 수 있는지 몰랐다. 어떻게 그토록 가늘고 작아질 수 있는지 알 수 없었다.

하지만 어쨌거나 뱀은 아직 살아 있었다. 냄비 시울을 타고 오를 힘도 달려 보이는 녀석이었지만 아직도 살아 느릿느릿 몸을 꾸물럭대고 있었다.

나는 그만 온몸에 소름이 쫙 끼쳤다. 지독한 놈이었다. 녀석이 아직도 저런 꼴로 숨이 붙어 살아 있다니.

그런데 그때 뜻밖의 일이 일어났다.

"세모잽이구나."

두목은 역시 잠이 든 척 은밀히 내 동정을 엿보고 있었는지 모른다. 잠이 든 줄만 알았던 두목의 목소리가 문득 내 귀청을 울려왔다.

나는 또 한 번 숨을 안으로 훅 들이켜며 두목의 머리통 쪽으로 눈을 돌렸다.

말을 한 것은 분명히 두목이었다. 녹이 슨 나사못처럼 두목의 목줄기가 비적비적 천천히 냄비 쪽을 향해 움직이고 있었다. 참으로 오랜만에 입을 연 두목이었고, 그리고 오랜만에 들어보는 두목의 목소리였다.

하지만 두목은 오직 그 한마디밖에 다시 말이 없었다. 냄비를 열어놓고 엉거주춤 어쩔 줄 모르고 있는 나를 보고도 책망을 해오는 빛조차 없었다. 그새 이미 모든 것을 짐작하고 있는 사람처럼, 그리고 모든 것을 체념해버린 사람처럼 힘없이 퀭한 눈길로 냄비 쪽만 가만히 지켜보고 있었다.

나는 그런 두목이 더욱 두려웠다. 이젠 끝장이구나 하는 생각뿐이었다.

이러지도 저러지도 못하고 쩔쩔매고 있는 내게 이윽고 좀더 분명한 두목의 두번째 목소리가 들려왔다.

"걱정 마라. 난 다 알고 있으니까……"

말을 하고 나서 두목이 이번에는 뭔가 내게 묻고 싶은 것이 있는 듯한 눈길로 조용히 나를 건너다보았다.

그 두목의 눈길이 내게 분명 무엇인가를 묻고 있었다.

나는 대답을 하지 않았다. 대답할 수가 없었다. 두목의 눈길을 슬그머니 비켜낸 것으로 내가 할 수 있는 대답을 대신했다.

두목은 그것으로 내 대답을 알아들은 모양이었다. 또는 냄비 속에 뱀을 숨긴 사실을 알았을 때부터 정말로 모든 사정을 짐작하고 있었는지 모른다.

위인은 마치 고개라도 떨구듯 나로부터 다시 눈길을 힘없이 거두어갔다. 그리고는 냄비 밑바닥에서 서서히 움직임을 계속하고 있는 세모잽이놈 쪽으로 그 지친 눈길을 던지면서 천천히 혼자 말을 이어나가기 시작했다.

"말하지 않아도 상관없어. 난 종식이 니가 날 미워하지 않는다는 걸 알고 있으니까…… 종식인 다만 아무것도 갚아주려고 하지 않는 사람들이 원망스러웠던 거지. 사람들은 벌써 세상을 태어난 것만으로도 갚아야 할 것을 지니는 건데 말야…… 사람 사는 것이 모두 그렇게 빚을 지는 일이거든. 거기서도 난 유독 더 갚을 것이 많았지. 한데도 갚을 것은 너무 적었구 말이다…… 그래 종식인 내게 세모잽일 가지고 온 거야……"

어느 날 아침 자기 색시의 죽음을 알리러 왔을 때처럼 두목은 이제 자신이 내게 지어 붙여준 별명까지 까맣게 잊어먹은 듯 새삼스럽게 자꾸 종식이 종식이 하고 본디 이름을 부르고 있었다. 굴 바깥에선 언제부턴지 우르릉우르릉 요란스런 우렛소리가 설쳐댔다. 입구 쪽을 얼핏 내다보니 산을 올라올 때만 해도 말짱하던 하늘에 시커먼 구름장들이 무서운 기세로 몰려닥치고 있었다. 우렛소리와 함께 구름장들을 발기발기 찢어대는 것 같은 번갯불이 굴 문 앞까지 마구 퍼렇게 뻗쳐 내려왔다. 후드득후드득……

지나가는 소나기려니 싶던 빗방울이 마침내는 물통을 들어붓듯 세찬 폭우로 변하면서 골짜기가 순식간에 뿌연 빗줄기에 가로막혀 건너편 산봉우리조차 모습이 희미하게 멀어져갔다. 알 수 없는 조화였다.

그것은 불시에 터져 나온 하늘의 노여움과도 같은 기세였다. 그런 노여움을 살 만한 누군가의 몹쓸 저주가 있었던 것만 같았다. 손에 잡힐 듯 내려 뻗치는 번갯불과 우렛소리에 금세라도 동굴이 무너질 것 같았다.

두목은 그런 요란스런 바깥의 소란에도 아랑곳없이 그 뜻을 알아들을 수 없는 소리들을 혼잣말처럼 조용조용 이어나갔다.

"그래 난 참으로 갚아야 할 것이 너무도 많았어. 한데도 갚을 것이 너무 아무것도 없었구…… 그런데 이제 종식이 네가 내게 그걸 갚게 해주러 온 거야. 이런 식으론 아무리 가도 갚는 것이 너무 적을 테니까…… 내가 아무리 배를 주리고 산을 내려가지 않는대도 말이다…… 죽음은…… 그래, 사람이 목숨을 끊어 죽는다는 것은 우리가 세상을 살면서 얻은 것들을 모두 다 그 세상으로 되돌려 갚아주는 것이 되지. 그 길밖엔 없어. 내가 갚을 길은 다만 그 길밖에……"

두목은 조금씩 숨이 차오르고 있었다. 숨이 차오르는 가운데도 놀랍도록 침착하고 온순한 두목의 목소리였다.

하지만 나는 그 두목의 말이 뭐가 뭔지 도무지 분명한 뜻을 알아들을 수가 없었다. 내가 두목의 말이나 표정에서 알아들을 수 있는 것은 다만 위인이 이미 내 마음속 계획을 환히 다 알고 있었다는 것과, 그러면서도 그가 정말 내게 화를 내지 않고 있다는 것 정도였다.

"종식이가 옳은 거야. 그리고 난 화내지 않아. 난 종식이가 날 미워하지 않는다는 걸 아니까…… 그리고 난 갚아야 할 게 너무도 많은 사람이거든……"

두목이 마지막으로 다시 그걸 확인해주었다. 그리고 그도 이젠 더 기력이 부쳐 견딜 수가 없는지 거기서 말을 끝내고 말았다.

나는 왠지 눈물을 참을 수가 없었다. 두목을 죽일 생각 같은 건 머릿속에서 이미 사라진 지 오래였다. 두목의 모든 걸 용서해버리고 싶었다. 아니 두목에겐 처음부터 내가 그를 용서하고 말고 할 일도 없었던 것 같았다.

하지만 나는 이제 내 힘과 뜻으로는 그 두목에게 아무것도 해보일 수가 없었다. 손발이 말을 듣지 않았다. 나는 마치 두목에게 내 모든 것을 빼앗겨버린 빈껍데기처럼 그 자리에 꼼짝 못하고

서 있기만 하였다.

두목도 더 이상 말을 해오지 않았다. 마지막 말을 끝내고 난 두목은 이제부터 내 하고 싶은 대로 하라는 듯 뻥한 눈길을 어두운 허공에 매달아버렸다. 그리곤 다시 그 외롭고 고통스러운 자기 형벌의 자세로 돌아가버렸다.

그러나 두목의 그 길고 긴 기다림은 그것으로 이내 끝장이 나고 말았다.

두목은 오래지 않아 다시 기력이 되살아났다. 그리고 제물에 벌떡 자리를 박차고 일어나 무서운 기세로 동굴을 뛰쳐나갔다.

두목을 그렇게 만든 것은 세모잽이 놈이었다. 냄비 속에 졸아붙어 있던 그 세모잽이 독사였다. 냄비 시울을 기어오르다간 기력을 잃고 바닥으로 떨어져나가고, 바닥으로 떨어져 내렸다간 이내 또 서서히 머리를 간들거리며 시울로 목을 뽑아 올라오곤 하던 세모잽이 녀석이 드디어는 그 냄비 시울을 걸쳐 넘는 데 재수 좋게 성공을 하고 있었다.

스르륵스르륵…… 녀석이 냄비 시울을 기어 넘는 기척에 두목의 눈길이 다시 천천히 그쪽으로 옮겨갔다.

세모잽이 녀석은 그 꼿꼿한 머리통이 시울을 넘어서자 꼬리 쪽은 이제 문제가 되지 않았다. 끌려나오듯 냄비 시울을 길게 흘러 넘어온 녀석은 동굴 바닥에 배가 닿은 순간부터 이상스럽게 몸뚱아리에 힘이 태어들기 시작했다. 실처럼 보잘것없이 졸아붙어 있던 놈의 몸뚱이가 땅에 닿은 순간부터는 그래도 제법 단단한 힘과 굴곡이 지어지고 있었다. 땅을 기는 짐승이라 땅김이 오른 모양이었다.

두목은 녀석의 접근에도 놈을 쫓으려는 기색이 없었다. 녀석의 작은 움직임 하나까지 놓치지 않으려는 듯 묘하게 긴장한 눈초리로 계속 놈의 몸짓을 침착하게 지켜보고 있을 뿐이었다. 그 눈길에 이따금 어떤 참을 수 없는 충동과 아슬아슬 위태로운 유혹의 빛발 같은 것이 지그시 스쳐 지나가곤 할 뿐이었다.

하지만 그런 두목보다 이상스러운 것은 그 세모잽이 놈의 거동새였다. 녀석 쪽에서도 마치 그 두목과의 사이에 무슨 은밀한 교감이 오가고 있는 듯 서서히 그쪽을 향해 몸을 풀어나가고 있었다. 동작이 민첩하지 못한 녀석의 전진은 그러니까 어떤 필사적인 의지마저 엿보이고 있었다. 그리고 거기 따라 두목의 긴장기도 갈수록 더 고조되어갔다.

그런데 마침내 놈의 그 머리통이 땅바닥에 그대로 늘어져 있는 두목의 팔꿈치를 찍으려 들 순간이었다.

두목이 별안간 백 미터 경주의 출발 신호라도 울린 것처럼 자리에서 벌떡 몸을 일으켜 세웠다. 그리고는 며칠씩 입을 굶으며 기력이 잦아든 사람으로는 상상도 못할 만큼 재빠른 동작으로 정신없이 굴을 뛰쳐나갔다.

"강물이 멈췄구나! 강이 죽었구나! 죽은 강물이 통곡을 한다! 흘러가게 해라. 강이 다시 흐르게 해라!"

그것이 그때 두목이 굴을 뛰쳐나가며 다시 광기가 도진 미친 사람처럼 겁에 질린 목소리로 외쳐대던 소리였다. 뱀의 머리가 몸에 닿는 순간에 위인은 돌연 어떤 이상스런 환각에 빠지고 만 것 같았다. 그리고 그 환각은 강물이 마침내 흐름을 멈춰버린 그런 어떤 것이었음이 분명했다.

하지만 그건 실상 두목이 오랫동안 바라고 기다려온 일이었다. 그리고 두목이 마침내 그 흐름을 멈춰버린 강물 때문에 겁에 질린 소리를 내지른 데도 그럴 만한 까닭이 있었다. 강물이 스스로 그 흐름을 멈추고 죽어버린 때문이었다.

두목은 언제나 그 자신의 힘으로 강물의 흐름을 멈추게 하고 싶어 했다. 그 흐름을 멈추게 하려는 싸움이, 그 미친 지랄기가, 두목에겐 세상을 사는 방법이었고 보람이었고 힘의 근원이었다. 그리고 그는 자신이 그 흐름을 멈추게 하고 싶은 바람만큼이나 언젠가는 그 스스로 강이 되어 강의 생명을 영원히 살아 흐르고 싶어 해왔었다.

강이 죽으면 두목의 삶도 그 힘찬 싸움이 끝나는 것이었다. 강물이 흐름을 정지하는 것은 바로 두목 자신의 생명이 정지하는 것이었다.

강물이 흐름을 멈춰버린 것을 보고 두목이 그의 생명의 정지를 보았는지, 아니면 필사적인 힘으로 그를 노리고 기어든 세모잽이 놈으로부터 돌연 누군가의 피할 수 없는 살의를 예감하고 그의 강이 함께 흐름을 멈춰버리는 것을 보았는지 순서는 물론 분명치가 않았다. 어쨌거나 두목이 그때 자기도 모르게 겁에 질린 소리를 내지른 것은 필시 그가 그 강물의 정지와 자기 생명의 정지를 거의 동시에 보고 있었기 때문임이 틀림없을 것 같았다.

하지만 그것들은 모두가 물론 두목의 환각 속의 일들일 뿐이었다.

나는 곧 두목을 뒤좇아 동굴을 뛰쳐나갔다.

동굴을 나와 보니 두목은 벌써 빗줄기에 가려 뽀얗게 멀어진 강물을 향해 정신없이 숲속을 내닫고 있었다. 번갯불이 이따금 그의 머리 위에서 무서운 굉음을 쏟고 지나갔다. 두목이 뭐라고 마구 강을 향해 소리를 질러대고 있는 것 같았지만, 그때는 벌써 그 소리를 알아들을 수 없을 만큼 동굴에서 거리가 멀어져 있었다.

강물은 물론 내가 숲길을 올라올 때와 마찬가지로 여전히 거대하고 늠름한 흐름이었다. 그 강물이 아마 두목에겐 아직도 흐름을 멈추고 죽어 누운 것으로만 보이고 있는 것 같았다. 환각을 깨어날 수가 없는 모양이었다.

두목은 이제 자기 힘으로 그 흐름을 다시 계속하게 할 작정인 것 같았다. 그는 강가에 다다르자 주저 없이 곧 물속으로 뛰어 들어가 사지를 허우적거리기 시작했다. 강물이 죽어 있어 헤엄도 제대로 쳐지지 않는 형국이었다. 지나가는 번갯불에 빗줄기를 뚫고 희미하게 떠오른 두목의 모습이 흡사 그 죽어버린 강으로 다시 흐름의 문을 열고 들어가려는 필사적인 몸부림을 쳐대고 있는 것 같았다.

나는 그냥 한동안 동굴 입구에 발을 멈추고 서서 무슨 구경거리라도 되는 것처럼 발치로 멍청하게 두목의 그 모든 행작들을 지켜보고 있었다.

그리고 그게 사실은 내가 마지막으로 두목을 본 작자의 모습이었다.

빗줄기가 너무 세찼기 때문에 나는 마침내 그 빗속을 뚫고 정신없이 산을 달려 내려가버렸기 때문이었다.

산을 내려오면서 마지막으로 한번 다시 그를 건너다보았을 때도 두목은 여전히 세찬 빗줄기 속에 그 미친 발광질을 계속하고 있었지만.

거인의 전설

다음 날 아침부터 두목은 턱거리 일대의 어디에서도 다시 모습을 찾아볼 수 없었다.

두목을 다시 볼 수 없게 되리라는 것은 사실 나로서도 이미 그날 저녁때 산을 내려오면서 어렴풋이 예감한 일이었다.

나는 강물이 죽은 것을 본 일이 없었다. 강물이 정말로 흐름을 멈춘 것을 본 일이 없었다. 그런 일이 정말로 일어날 수 있다고 생각한 일도 없었다. 그건 미친 지랄기가 한창 성해날 때 두목의 머릿속에서나 가능한 일이었다. 그런데 그때 나는 산을 내려와 강기슭을 달리면서 정말로 강이 꿈틀꿈틀 다시 흐름을 이어 흐르기 시작하고 있는 것을 본 것이다. 빗속에서 그 강이 소리치면서, 물깃을 펄럭펄럭 모랫벌을 밀어 덮치며 힘차고 늠름한 흐름을 시작하고 있었다.

강이 죽은 것은 보지 못했지만, 바야흐로 그 강이 되살아나 새로운 흐름을 시작하고 있는 것은 볼 수가 있었다.

"강이 살아났다. 강이 다시 흐르기 시작한다!"

강물을 바라보던 내 입에서 부지중 그런 소리가 흘러나왔다.

두목이 마침내 죽었던 강을 다시 살려낸 거라 생각되기 시작했다. 이날의 폭우와 천둥도 하늘이 그 두목을 위해 강물을 다시 살려내려는 조화였음이 분명했다. 두목이 하늘을 부린 게 틀림없었다.

강물이 흐름을 멈춘 순간은 두목에게 그 강을 함께 흐를 영원한 생명의 문을 열어준 때였다. 두목은 빗속을 달려 내려가 그 하늘의 힘으로 강물의 흐름을 살려내곤, 그 순간에 이미 그의 눈앞에 넓게 문을 열고 그를 기다리고 있는 강물에 취해 정신없이 날뛰어댄 것이었다. 그리고 그 황홀하고 벅찬 감격 속에 자신의 생명도 마침내 다시 흐름이 시작된 그 강물을 따라 함께 흐를 채비를 차리고 있었던 것이다. 강물이 다시 살아나 그 흐름의 문을 열어 보이면 두목도 이젠 그 강으로 함께 따라 흘러가야 할 사람이었기 때문이다. 오랫동안 그것을 기다려온 사람이었기 때문이다.

아마도 다시는 두목을 볼 수 없게 될지 모른다는 예감은 그때 이미 나의 가슴속에 분명히 자리 잡기 시작했다.

강물은 아닌 게 아니라 너무도 힘차게 되살아나 가슴이 떨리도록 무섭고 거대한 흐름을 자랑했다. 빗줄기 또한 어둠이 내리는 저녁 무렵 천둥이 가라앉은 다음까지도 좀처럼 기세가 꺾이지 않았다. 산과 강이, 강가의 가겟거리 집들이 온통 그 가지런한 빗줄기 속으로 뽀얗게 가라앉아 들어갔다.

그런 비의 세례가 새벽녘이 가까울 무렵까지 계속되었다. 그리고 비가 그치지 않는 한은 두목도 언제까지나 그 강가 문 앞에 비를 맞으며 날뛰고 있을 것 같았다. 빗소리 속에 그 두목의 모습이 지워지질 않고 있었다. 구르릉구르릉…… 거대하게 불어난 강물의 흐름 소리가 갈수록 가깝게 골짜기를 울려오고, 이따금 그 강가의 가겟거리 쪽에서는 사람들의 낭자한 아우성 소리 같은 것이 빗속을 뚫고 올라왔다. 두목의 모습은 구르릉거리는 강물 소리와 그 아득하게 낭자한 아우성 소리 속에도 있었다.

마침내 서서히 아침 날이 밝기 시작했다.

그리고 아침이 되자 하늘은 다시 한 번 그 변화무쌍한 날씨의 조화를 행해 보였다.

하늘이 어느새 다시 거짓말처럼 활짝 걷혀 있었다.

비 뒤의 아침 햇살이 유난히 눈부시게 빛나기 시작했다.

가겟거리는 밤사이 무참스런 재난을 겪고 있었다. 밤사이에 강물이 불어나 가겟집들 마루까지 질펀하게 차 올라와 있었다. 물가에 지저분하게 늘어져 있던 천막과 칸막이 가게 터들은 아예 흔적도 없이 강물에 휩쓸려가고 없었다. 빗속을 뚫고 들려오던 그 간밤의 낭자한 아우성 소리는 강물이 무섭게 부풀어 오르는 소동 때문이었다.

강물은 그 모든 것을 간단히 휩쓸어 삼킨 채 더욱더 힘차고 우람스럽게 골짜기를 굽이쳐 흐르고 있었다. 재난을 입은 사람들의 원망이나 소동 같은 건 아랑곳을 않은 채 거대하고 늠름한 흐름만을 자랑하고 있었다.

강은 이제 그런 모습으로 다시 살아나 있었다.

그러자 나는 문득 두목에 대해 이상스럽게 무기력한 체념 조가 되어갔다. 그리고 새삼 조급스런 예감에 쫓겨 그길로 곧 산으로 올라갔다.

짐작했던 대로 강에서는 두목의 모습을 볼 수 없었다. 전날 오후 빗속으로 뽀얗게 멀어져가던 강심에서도 두목의 모습은 흔적을 찾을 수 없었다. 마지막으로 우리의 동굴 별장까지 올라가보았지만, 거기에서도 위인은 그림자를 찾아볼 수가 없었다. 사람의 기척이 사라진 동굴에선 흡사 땅꾼이 지나간 세모잽이 굴처럼 을씨년스런 침묵기만 느껴져올 뿐이었다. 으스스한 기분을 참고 굴속까지 들어가 보았지만, 그곳 역시 별로 달라진 것이 없었다. 사냥 도구와 취사 용기들이 전날처럼 벽 아래 그대로 얌전히 놓여 있었고, 하다못해 세모잽이 녀석을 가뒀던 냄비 뚜껑 하나까지도 전날에 내가 손을 스치다 만 그 모양 그대로 바닥에 흩어져 뒹굴고 있었다. 실처럼 흉하게 졸아붙어가던 세모잽이놈만이 어디론가 자취를 감춰버리고 없었다.

두목은 모든 것을 그대로 놓아둔 채 어디론가 잠깐 굴을 비우고 나갔다 돌아올 사람처럼 그렇게 고스란히 그곳을 나가고 없었다.

—강으로 갔을 거야. 두목은 마침내 강으로 가고 말았어.

따지고 보면 아직도 두목이 이 턱거리를 버리고 강을 따라 영영 그의 강으로 가버린 증거는 아무것도 없었다.

그는 어쩌면 턱거리에서도 더 깊은 골짜기 쪽으로 멀리 강줄기를 따라 올라갔거나, 아니면 안개 낀 산봉우리를 넘어 끝없는 숲 속으로 깊이 모습을 숨겨 들어가버린 것인지도 알 수 없었다. 빗줄기를 얼굴에 받으며 간절하게 하늘을 우러르다 그 하늘로 그냥 한 마리 용이 되어 날아 올라가버렸을 수도 있었다.

그러나 두목은 역시 강을 떠날 수가 없는 사람이었다.

—강으로 갔을 거야. 두목은 강으로 가서 강으로 다시 살아 흘러야 할 사람이니까.

두목이 없는 산골은 적막감만 감돌았다.

동굴도 이제는 마지막이었다. 두목이 없는 숲속 동굴을 혼자 찾아다니기는 싫었다.

나는 다시 굴속으로 기어 들어가 두목과 내가 써오던 사냥 도구와 취사 용기들을 끌어냈다. 그리고 칡덩굴을 뜯어다가 한 덩이로 짐을 묶었다.

하산 준비를 끝내고 나니 마음속이 새삼 허전했다.

동굴 앞에 버티고 서서 한동안 하염없는 생각에 젖어 있었다.

"두목! 난 이제 간다아……"

이윽고 나는 그 허전스런 기분을 털어버리기 위해 마지막으로 한번 더 목청을 돋워 소리쳐 보았다. 의연스런 침묵에 싸여 서 있는 봉우리 쪽을 향해 목청껏 고함을 질렀다.

아무런 대꾸도 돌아오지 않았다. 숲에 덮인 산봉우리가 늦여름 더위 속에 묵연히 입을 다물고 있었다. 끝 간 데 없이 먼 하늘이 그 봉우리 너머로 무심히 비껴 흐를 뿐이었다.

아르르…… 아르르…… 등성이를 기어오르다 발이 미끄러진 메아리가 골짜기 아래로 천천히 잦아들어갔다.

"가면 다시 안 온다! 이젠 똘배도 그만이다."

이번에는 눈앞을 가로질러 흐르는 강을 향해 외쳐보았다.

강에서도 대꾸가 돌아오지 않았다. 강 건너 맞은편 산등성이를 메아리 소리가 천천히 맴돌아 사라져갈 뿐이었다.

두목의 응답을 느낄 수 있는 것이라면 소리를 칠 때마다 메아리의 꼬리를 타고 희미하게 멀어져가고 있는 두목의 환각이 잠깐씩 나타났다 사라져간 것뿐이었다.

— 그렇지만 두목은 내가 부르는 소리를 듣고 있을 거야.

나는 또 눈물이 나올 것 같았다.

두목이 내 부름을 듣고 그때마다 대꾸를 보내오고 있는지도 알 수 없었다. 내 귀가 그 두목의 소리를 듣지 못한 것인지도 알 수 없었다.

하지만 나는 언제까지나 그렇게 들리지도 않는 두목의 응답을 기다리고 있을 수는 없었다.

이윽고 나는 칡덩굴로 묶은 짐들을 챙겨 둘러메고 산을 내려오기 시작했다.

"어떻게 이젠 아예 산엔 가지 않을 작정을 한 게로구나? 굴 살림을 몽땅 다 짊어지고 내려왔게?"

짐을 챙겨 지고 온 나를 보고 마마상은 예상했던 대로 표정이 대뜸 달라졌다.

마마상의 표정이 달라진 것은 물론 내가 산을 다시 가지 않으리라는 것 때문이 아니었다. 마마상은 아직 두목의 소식을 알지 못하고 있었다. 두목의 소식을 묻고 있는 것이었다. 두목을 어떻게 하고 동굴 살림살이를 몽땅 끌어내려 왔느냐는 물음이었다.

"그래, 이제 산엔 다시 가지 않는다. 두목도 가버렸으니까. 두목이 어젯밤 비가 올 때 혼자서 강으로 가고 말았단 말이다."

나는 마마상이 내게 묻고 있는 것을 알고 있었으므로 볼멘 목소리로 그의 소식부터 일러줬다.

이상스런 일이 일어나기 시작한 것은 그때부터였다. 두목의 죽음에 대한 거짓말들이 나 자신도 믿을 수 없을 만큼 자연스럽게 술술 입술을 흘러나오기 시작한 것이다.

아니 그것은 거짓말이 아니었다. 그저 거짓말로 생각되지가 않았다. 나는 거짓말을 꾸미려고 생각한 일도 없었고, 거짓말을 하고 있다고 자신을 의심해본 일도 없었다. 두목의 죽음에 관해서는 무엇이나 입만 열면 지금까지 죽 내 눈으로 직접 그것들을 지켜보아온 것처럼 이야기가 자연스럽게 흘러나왔고, 말을 하고 나면 그 순간에 그것들은 내 머릿속에서도 모두 실제의 사실처럼 되어버리고 있었다.

나는 자신의 말을 믿지 않을 수 없었다. 그래 그 말이 내게 시키는 대로 그것이 지니고 있는 사실들을 자신 있게 이야기하기 시작한 것이다.

"너네 두목이 가버렸다고? 지금 너 무슨 이야기를 하고 있는 거냐?"

내 말뜻을 얼른 알아듣지 못한 마마상이 어리둥절한 표정으로 되물었다.

"그래, 그럼 이제 너네 두목도 굴을 떠나고 없다는 소리냐, 무슨 소리냐?"

"동굴엔 무슨! 강으로 가버렸다니까. 어젯밤에 그 강으로……"

"그러니까 그 강으로 갔다는 말이 무슨 소리냔 말이다. 사람이 강으로 가다니……"

"우리 두목은 강을 따라 강물과 함께 살아 흐르기를 기다리고 있었거든. 그런데 어젯밤에 그 강이 두목을 기다려주었어. 강이 갑자기 흐름을 그쳤지. 강물이 흐름을 그친 순간에 두목은 빗속을 뚫고 강으로 갔어. 그리고 그가 오자 강물이 다시 흐르기 시작했어. 두목은 강으로 가서 강물과 함께 흐르기 시작한 거야……"

도대체 앞뒤 사리를 따져 생각해볼 겨를이 없었다. 마마상이 알아듣거나 말거나 신들린 사람처럼 말이 저 혼자 입을 들추고 흘러나오는 식이었다.

한데 그보다 더욱 이상스러운 것은 그때의 마마상의 반응이었다.

"사람이 강으로 갔다…… 그 사람이 강으로 가서……"

마마상이 의외로 간단히 내 말을 곧이듣기 시작한 것이다. 중얼중얼 혼잣소리를 지껄이면서 지그시 눈을 감고 있기도 하고, 이따금은 고개까지 깊숙이 주억여 보이기도 하면서 묘하게 감동스런 표정을 짓고 있는 모습이 마마상도 차츰 내 말을 믿기 시작한 눈치였다.

"그래, 너네 두목이 강으로 가는 것을 네 눈으로 보았어?"

"보았어."

"강이 정말로 흐름을 그치는 것도? 너네 두목이 강으로 가서 강물과 함께 흐르기 시작하는 것도?"

마마상은 홀려든 듯이 자신의 믿음을 더욱 분명히 하고 싶은 얼굴로 자꾸 내게 같은 말을 재우쳐 물었다.

그럴수록 내 말투에도 확신이 깃들고 있었다.

"어제저녁 비가 쏟아질 때 나는 두목이 그 빗속에서 기다리고 있는 것을 보았어. 그리고 그가 강물로 갔을 때 흐름을 멈추고 기다리던 강물이 그를 맞아 다시 흐르기 시작하는 것을 이 두 눈으로 똑똑히 보았단 말이야. 두목은 강으로 간 거야. 오늘은 강물이 흐르는 소리에서 두목의 목소리까지 들은걸. 두목을 부르면 두목의 목소리가 강물로 대답을 해오곤 하는 거야. 다른 사람들은 그걸 알아들을 수가 없겠지만……"

두목의 죽음에는 확실히 사람을 홀리는 마력 같은 것이 있었다. 생각지도 않았던 일에서마저 나는 말이 막히는 일이 없었고 그러는 나를 마마상 역시 의심을 하려 드는 빛이 없었다. 두목에 관한 이야기는 무엇이나 정말로 믿어버렸다. 흐르는 물에서 두목의 소리를 들을 수 있으며 그와 내가 그 은밀스런 강의 말을 주고받았다는 소리에도 마마상은 그저 놀랍고 신기하고 감동스런 얼굴빛을 감추지 못할 뿐이었다.

하지만 마마상이 내 말을 고스란히 믿고 있는 증거는 무엇보다도 이제 그것으로 두목의 소식을 더 이상 기다리지 않게 되어버린 점이었다. 마마상은 두목의 시신이나마 위인의 죽음에 대한 무슨 분명한 흔적이 보고 싶은 것 같지가 않았다. 마마상에게서도 두목은 이제 이 세상 사람이 아니었다. 강으로 가서 강물로 되살아 흐르고 있는 사람이었다. 소식을 기다리는 일도 없었고 그렇다고 시신의 행방을 궁금해하지도 않았다.

아니, 그보다도 마마상은 이제 자기 발로 가겟거리를 찾아 내려가 자신도 잘 이해가 가지 않을 그 수수께끼 같은 두목의 소문을 퍼뜨리고 다니기 시작했다. 두목이 빗속을 뚫고 강으로 가자 흐름을 그친 채 두목을 기다리고 있던 강물이 그를 맞아 그와 함께 흐르기를 시작했노라고. 귀가 밝은 사람들은, 마마상의 말을 믿는 사람들은 아마 그 두목이 다시 강물로 살아 흐르며 속삭이는 말소리를 들을 수도 있을 것이라고. 마마상은 마치 자기 눈으로 모든 것을 직접 보고 난 사람처럼, 또는 자기 귀로 그 두목의 목소리를 들은 사람처럼 의기양양 자신 있게 장담을 하고 다녔다.

가겟거리에 두목의 마지막 소문이 퍼지기 시작한 것이다.

들고나는 사람이 많은 턱거리 사람들은 너나없이 원래 소문을 좋아했다. 유독히나 그 두목의 소문에는 오랫동안 버릇들이 들어 있었다.

소문다운 소문은 확실한 진원을 밝힐 수가 없는 법이었다. 진원이 밝혀지면 소문은 소문다운 재미를 잃게 마련이었다. 진위가 밝혀져서도 안 되었다. 턱거리 사람들은 소문을 즐기는 법을 알고 있었다. 소문을 소문답게 다뤄나가고 그것을 즐길 줄도 아는 지혜를 갖고 있었다.

사람들은 마마상의 말을 깊이 따지려 들지 않았다. 그것으로 두목의 마지막을 모두 그런 식으로 믿어버린 거라고 말할 수는 없지만, 그렇다고 굳이 정색을 하고 그런 소문의 진원이나 진위를 따지려 드는 사람도 없었다.

사람들은 대체로 두목에 관한 또 다른 소문을 기다리고 있는 식이었다. 두목이 직접 모습을 드러내고 나서거나 그에 대한 또 다른 소문이 꼬리를 잇게 되면 앞서의 소문들은 필시 제풀에 자취를 감춰가게 마련이었다.

하지만 이번에는 경우가 달랐다. 두목에 관한 다른 소식이 전해져올 리 없었다. 턱거리에 두목의 모습이 나타날 수도 없었다. 턱거리에 두목의 모습이 나타날 리 없고 그에 관한 다른 소식이 전해져올 리도 없고 보니 가겟거리는 온통 그의 죽음에 대한 마지막 소문의 독무대가 되고 있었다.

그리고 차츰 그것은 소문 아닌 진짜 사실로 변해가기 시작했다.

두목에 대한 다른 소식이 전해져올 수 없는 한 그에 관한 마지막 소문은 그의 죽음을 설명할 진짜 사실로 행세될 수 있었다. 그리고 그 두목의 죽음은 그 마지막 소문으로밖에 설명될 수가 없었다.

턱거리 사람들은 이제 정말로 두목의 죽음을 믿기 시작했다. 그의 죽음에 관한 수수께끼 같은 소문들도 날이 갈수록 사실처럼 믿어지기 시작했다. 사람들 마음속까지 뿌리를 내린 소문의 나무는 하루하루 무성한 가지를 뻗어나갔다. 그 무성한 소문의 가지들처럼 마을 사람들의 마음속에선 그 보이지 않는 두목의 모습이 무럭무럭 자라가고 있었다.

무엇보다 사람들은 이제 그 두목의 죽음을 두고 뒤질세라 서로 아는 체들을 하고 나섰다.

— 물에서만 살더니 결국엔 강물로 돌아갔구만.

— 색시 죽고 집을 불태워 없앴을 때부터 아마 작정을 하고 있었을 게야.

— 살아서도 늘 강물을 떠막는다고 발광기를 부리곤 하더니 이를테면 소망을 이루어간 셈인가.

— 죽기 전에 강물이 흐름을 그치고 그를 기다렸다지 않아.

어떤 사람은 그날 밤 두목이 정말로 배도 없이 몸을 덩그라니 세우고 앉아 유령처럼 물 위를 흘러가는 것을 보았노라고 했고, 또 어떤 사람은 두목의 혼백이 어느 날 밤 어두운 강상을 흘러내리면서 구슬픈 목소리로 턱거리 사람들을 애타게 불러대는 소리를 들었노라고도 했다.

— 어쨌거나 살아 있을 때도 두루 흔히 볼 수 없는 별종이었으니까. 드문 거인이었지.

생전의 두목을 말하면서 새삼스럽게 그의 내력이나 행적들을 더듬어대기도 했다.

가겟거리의 그런 이야기들 가운데는 두목에 대해 공연히 아는 체를 하려는 허풍만이 아니라 나로서는 처음 듣는 오랜 비밀의 해답 같은 게 뜻밖에 쉽게 지껄여지고 있을 때가 있었다.

—세상을 나온 내력부터 예사는 아니었어. 아비가 어쩌면 의부였다지 아마? 위인을 기른 어미는 진짜 생모가 틀림없었지만, 의부를 만나기 전의 생부는 작자의 생모조차 성자 한 자 제대로 기억해둘 수 없는 사정이었다니까.

—생모도 뭐 작자를 길렀다곤 말할 수가 없을 테지. 의붓아비를 얻고 나선 위인이 곧 집을 도망쳐 나가 기지촌으로 들어가버렸다니까. 하지만 그냥 외톨박이로나마 그 기지촌에서만 살았더라도 작자의 성정이 뒷날처럼 크게 달라지지는 않았을 거라더군 그래.

기지촌에서 그는 언젠가 그의 생모가 불의에 세상을 떠났다는 소식을 듣게 되었다고 했다. 그래 그는 곧 의붓아비를 쫓아나섰댔다. 생모의 죽음이 슬퍼서가 아니라 의붓아비가 그 생모를 죽게 했다는 괴이한 소문 때문이었다. 그리고 그 의붓아비를 찾고 보니 불행히도 그게 헛소문이 아니더라는 것이었다.

가겟거리 사람들이 알고 있는 두목의 내력은 의외로 제법 자상한 데가 있었다…… 무지한 사내의 손아귀에 어미가 비명에 죽어간 사실을 알게 되자 두목은 어미의 원한을 갚기 위해 의붓아비를 죽일 결심을 했다고 했다.

그러나 그는 의붓아비를 죽일 수가 없었다. 잠든 아비의 목을 허리띠로 졸라매려 덤벼들었다가 거꾸로 그 허리띠에 자신의 허리가 묶여 천장에 매달리고 말았기 때문이었다. 밥까지 굶은 채 하루 한나절 동안 천장에 매달려 있던 두목이 무서운 의붓아비의 손아귀를 빠져나올 수 있었던 것은 순전히 그 사내의 어린 딸아이 때문이었다고. 의붓아비 집에는 그때 본처 소생의 어린 계집아이 하나가 있었는데, 사내가 자리를 비운 사이 두목은 용케도 그 아이를 구슬러 허리띠를 끊고 죽음의 소굴을 도망쳐 나올 수가 있었다고.

두목은 그때 사내 대신 그를 풀어준 계집아이를 기지촌까지 끌고 가 눈을 멀게 한 다음 나중에는 자신의 색시로까지 삼게 되는데, 그 원부의 씨앗을 자신의 색시로 삼게 되는 데에서만은 사람따라 이야기가 조금씩 달랐다. 사람들은 대개 계집아이 눈을 멀게 한 것이 두목 자신일 거라고들 했다. 두목이 그의 의붓아비를 해치지 못한 대신 계집아이에게 약을 놓아 자신과 함께 기지촌 두더지 노릇을 하게 만들었을 거라고, 그러다 나중엔 그것도 부족하여 눈까지 멀게 해 평생을 자기 색시로 곁에 두고 죽음의 두려움을 지고 살게 했으리라고.

하지만 마마상은 얘기가 달랐다.

마마상도 알고 보니 두목의 내력에 대해 알 만큼은 이미 다 알고 있었다. 마마상은 계집아이의 눈을 멀게 한 것이 두목의 고의에서가 아니라 주사약의 실수 때문이었을 거라고 단정했다. 실수로 잘못 눈을 멀게 했기 때문에 위인은 그때까지 늘 계집아이를 괴롭힐 생각만 하다가 갑자기 마음이 달라져 그 눈이 먼 계집아이를 평생 동안 자기 색시로 돌봐줄 마음을 먹게 됐을 거라는 거였다. 아마 그런 사연 때문에 두목은 늘상 그의 색시를 곱게 돌봐주려 하는데도 색시 쪽에선 오히려 누군가가 끊임없이 자신을 해치려 하고 있는 것 같은 살의에 떨고 있었을 거랬다. 그리고 그런 색시에 지쳐버린 두목은 마침내 오랫동안 마음속에 잠들고 있던 그 의붓아비에 대한 복수심이 새삼 되살아나서 이번에는 정말로 그녀를 죽이고 싶은 생각이 들게 됐을지 모르는 일이라고.

당사자가 나타나 분명한 사실을 증거할 수 없게 된 이상 사람들은 그 두목에 대해 얼마든지 그럴듯한 말들을 꾸며댈 수 있었다.

그 마마상이나 가겟거리 사람들의 이야기는 따지고 보면 결국 눈이 먼 두목의 색시를 죽게 한 것이나 그의 집에 불을 지른 것 모두가 자신의 종말이 가까워지고 있음을 알아차린 두목 자신의 짓이었을 것이라는 식이었다. 그리고 자신의 마지막이 다가오고 있음을 알아차리고 미리부터 그런 식으로 주변을 다스려놓은 것이나, 평소의 소원대로 강물의 흐름을 끊어 세워 그 기나긴 흐름 속에 자신의 마지막을 맡겨가버린 두목의 최후야말로 참으로 그의 그 거인다운 죽음이 되고 남을 거라는 식이었다.

그러니까 이제는 그 가겟거리의 말썽꾼이 눈앞에서 아주 사라져 없어지게 된 일에 사람들은 그만큼 안심이 된 탓인가. 또는 걸핏하면 가겟거리 색시들을 덮쳐 채가고, 생뱀과 횟거리들을 질근질근 씹고 다니며 그 우악스럽고 살인적인 주량으로 턱거리의 술꾼들을 괴롭혀대던 두목을 다시 보지 않게 된 것이 그런 아량을 지니게 한 것인가. 어쨌거나 사람들은 이제 두목이 강물의 흐름을 끊어 강으로 갔다는 그 불가사의한 소문의 말들을 누구나 서슴없이 입에 담기에 이른 것이었다. 그리고 두목의 생시 행투와 죽음들을 한결같이 다 거인의 그것으로 떠받들고 나서기에 이른 것이었다.

그것은 적어도 마을에서 영영 자취를 감춰 가버린 두목을 위해서나 가겟거리 사람들 자신을 위해서나 해로울 것이 없으리라는 영리한 타산 속에서만은 아닐 수도 있었다. 턱거리의 사람들은 이제 누구나 그 두목의 거인다운 최후를 말하면서 강물의 흐름을 끊어 세운 그의 그 불가사의한 힘을 의심하는 일이 없었기 때문이다. 그리고 어느새 두목은 그 불사신 같은 힘으로 턱거리의 강을 지키고 마을을 지키는 오랜 이야기 속의 거인이 되어가고 있었기 때문이다.

그런데 아직도 알 수 없는 일이 있었다.

알 수 없는 건 다름이 아니었다. 사실을 말하자면 나는 언제부턴가 그 소문에 취한 가겟거리 사람들이 차츰 견딜 수 없게 되어가고 있었다.

그것은 내가 두목의 거짓 소문에서 비로소 제정신이 들어와선 아니었다. 나는 아직도 내가 말을 시작한 두목의 거인다운 마지막을 믿고 있었다. 마을 사람들 못지않게 나에게서도 두목은 그 우람스런 거인의 모습으로 우뚝 살아 있는 게 사실이었다.

하지만 나는 이제 어찌 된 일인지 두목을 말하는 그 마을 사람들을 견딜 수가 없었다. 두목의 소문에 취해 있는 사람들이 얄밉고 간특스런 느낌뿐이었다. 까닭 없는 후회와 실망감이 못 견디게 나를 피곤하게 만들었다.

두목의 생시에는 아무도 마음속으로부터 그를 용납하지 않고 있었다는 사실을 나는 알고 있었다. 하지만 나의 후회와 실망은 두목의 그런 생시의 일 때문이 아니었다. 그가 없어지고 나자 마을 사람들이 너무 간단히 그의 수수께끼 같은 행적들을 믿어버린 일이나, 이제는 숫제 마을의 수호신처럼 그를 떠받들고 나서는 변덕 때문도 아니었다. 그런 것도 물론 이유의 일부가 될 수는 있었다. 하지만 진짜 문제는 그 두목과 마을 사람들이 아니라 나 자신에 있었다.

나 자신에게 보다 큰 이유가 숨겨져 있었다. 어느 날 나는 다시 강물로 나갔다가 이번에는 나 자신이 불현듯 그 강물의 흐름을 틀어막고 싶은 심한 충동을 느꼈다. 그리고 바로 그때 나는 비로소 그것을 깨달을 수 있었다……

두목 이후로 비워 버려뒀던 골짜기의 별장 동굴을 다시 찾기 시작한 것은 갑자기 내가 그 강물의 흐름을 틀어막고 싶어진 그날 이후부터의 일이었다. 그리고 여름이 끝나기도 전에 손을 개고 있던 횟거리 사냥을 새로 시작한 것도 그날의 그 이상스런 충동을 경험하고 난 다음부터의 일이었다.

나는 이제 두목이 없이도 혼자서 다시 횟거리 사냥을 시작한 것이다. 그리고 그 골짜기의 동굴을 다시 오르내리며 혼자만의 자유롭고 풍성한 생활을 따로 마련하기 시작한 것이다.

"작자의 넋이 들씌었나. 무섭지도 않아서 그런 덴 다시 기어들려고 나서게?"

동굴 살림살이를 새로 꾸리고 나서는 나를 보고 마마상은 기분이 몹시 언짢은 얼굴로 나무랐다.

"대가 났어. 작자의 대를 똘배가 이으려는 게냐. 녀석도 이젠 지네 옛날 두목 흉내를 내어 어른 노릇을 좀 해보고 싶은 게지."

가겟거리를 지날 땐 마을 어른들이 나를 놀려댔다.

하지만 나는 아예 그런 건 아랑곳도 하지 않았다. 두목의 흉내를 내려는 것도 아니었고 어른 노릇을 해보고 싶어서도 아니었다. 강물을 틀어막고 싶은 충동이 나를 다시 그곳으로 끌어낸 것뿐이었다. 그리고 그 편이 의뭉스럽고 간특한 가겟거리 사람들 속에서보다 모든 것이 자유롭고 풍성했기 때문이었다. 견딜 수 없는 사람들까지도 거기선 오히려 그들에게로 의연하게 되돌아가 참을 힘이 생겼기 때문이었다.

마마상의 걱정처럼 동굴이 무섭다거나 꺼림칙스러운 것도 아니었다. 동굴에서 혼자 밤을 새울 수도 있었고, 이제는 그 메기 할망구와 뱀장어 횟거리 같은 것을 고추장이 없이 맨입으로 먹어치울 수도 있었다. 동굴에서 밤을 지내도 무섭지가 않았고 고추장 없는 횟거리를 씹어 삼켜도 비위가 받쳐 오르질 않았다. 두목의 시절에는 그토록 징그럽고 끔찍스럽기만 하던 세모잽이 사냥거리도 이젠 아무 스스럼없이 닥치는 대로 껍질을 벗겨낼 수 있었다.

강물을 틀어막고 싶은 그 느닷없는 충동이 지나간 다음부터 내게서는 모든 것이 그렇듯 달라져간 것이다. 모든 것을 허락하기 시작한 것이다.

나는 날이 갈수록 내 몸 속에 어떤 참기 어려운 힘이 쌓이는 것을 느꼈다. 날이 갈수록 그 흐름을 틀어막고 싶은 강물에의 세찬 충동이 나를 사정없이 휘둘러대기 시작했다.

그것은 마치 그 의연스럽고 늠름한 강물이 내 몸속을 거대하게 굽이쳐 흐르고 있는 듯한 황홀하고도 감격스런 생명력의 체험이었다.

오래지 않아 강물을 상대로 한 그 끝없는 싸움이 내게서 다시 시작되려는 징조였다.

강물이 거기 그렇게 흐르고 있는 한 아마도 그 싸움은 끝끝내 피할 길이 없을 것 같았다.

(1979)

해설

불행한 인간의 자기 증명

조연정
(문학평론가)

1

예순의 나이를 맞는 해에 이루어진 한 좌담에서 이청준은 "작으나마 나 자신의 문학사를 갖고 싶다"[1]는 욕망을 품었었다고 말한 적이 있다. 문학사 속에 자신이 어떤 자리를 차지할 수 있는지의 문제에 매달리기보다 '나 자신의 숲'을 이루고 싶다고 말한 이청준의 이러한 욕망이 의미하는 바는 무엇일까. 나름의 독특한 스타일을 갱신하며 문학사에 대체 불가능한 고유명으로 남기보다는, 끊임없는 변화의 노력 속에서 다양한 주제와 스타일을 선보이는 대가 작가로 기억되고 싶다는 포부를 밝힌 것이 아니었을까. 언어에 대한 치열한 탐색으로부터 신화적 세계에 대한 천착에 이르기까지, 혹은 사회적 존재로서의 부자유한 인간에 대

1) 이청준·권오룡, 대담 「시대의 고통에서 영혼의 비상까지」, 『이청준 깊이 읽기』, 문학과지성사, 1999, p. 33.

한 성찰로부터 예술적 존재로서의 충동적 인간에 대한 묘사에 이르기까지, 아닌 게 아니라 이청준 소설의 스펙트럼은 깔끔한 분류를 선호하는 연구자들을 곤란하게 할 지경으로 실로 방대하고 복잡하다고 할 수 있다. 그가 욕망했던 '나 자신의 숲'으로서의 이청준 문학사는 이미 완성된 것인지도 모른다.

그런데 이청준의 이러한 발언은 앞뒤 맥락과 더불어 이해해볼 때 작가로서의 일반적 포부를 밝힌 것으로 단순화할 수만은 없다. 앞의 좌담에서 그는 한국문학사에 대한 나름의 불만을 토로해보기도 한다. 정치적 억압에 저항한 갖가지 형태의 문학들이 등장했음에도 불구하고 1960, 70년대의 문학사가 그저 김지하의 『오적』 하나로 정리되어버리는 것이나 1980년대의 문학이 소위 민중주의의 기치 아래 획일화되기도 했던 것에 대해 불편함을 내비치며, 그는 이러한 문단의 경향과는 무관하게 자신만이 할 수 있는 것을 하겠다는 욕망을 실천해왔다고 말한다. 문학의 두 가지 방향성을 '창조성으로서의 방향'과 '운동성으로서의 방향'으로 나눌 수 있다면 자신은 주로 전자에 몰두했었다는 것이다. 이러한 욕망의 반대편에서 문학의 사회적 책임을 나름의 방식으로 실천하기 위해, "현장 부재의 죄의식"을 다룬 「시간의 문」이나 "용서가 불가능한 상황 윤리"를 다룬 「벌레 이야기」를 쓰기도 했다고 그는 덧붙인다.[2)]

개인에게 부과된 다양한 억압을 주로 '말을 하는 인간'이라는

---

2) 같은 글.

관점에서 치밀하게 다루고 있다는 점에서, 이청준 소설은 기존의 사회 비판형 소설들의 폭과 넓이를 확장시켰다고 평가된다. 그가 문학의 운동성보다는 창조성에 방점을 두었다고는 하지만 그의 관심이 결국 다양한 상황 속에서 억압받는 개인의 문제로 수렴된다는 점에서, 이청준 문학이 소위 '운동성으로서의 방향'을 의식적으로 취했던 문학들과 전혀 다른 출발점을 지닌다고 볼 수만은 없는 것이다. 그러한 그가 1980년대 민중주의와 단호히 선을 그으며 '나만이 할 수 있는 것'을 해왔다고 힘주어 말할 때, 그 논리는 꽤 선명하다. "근본적으로 민중주의는 익명주의라 할 수 있겠으나 소설은 운명적으로 익명화될 수 없는 것이 아니겠어요? 나는 사람이 하나의 기능으로 존재하거나 역할하는 것을 용납하기가 싫어요. 사회의 부분이나 인자로서의 기능에 삶이 규정당하는 것을 혐오해요." 이러한 이청준의 언급에서 우리는 문학을 대하는 그의 기본적인 태도와 더불어 이청준 문학의 변치 않는 문제의식을 다음과 같이 선명히 확인하게 된다. 인간은 어떤 사회 안에서든 하나의 기능으로 존재할 수도, 그러한 역할을 강요당할 수도 없다. 인간은 결코 사회의 부분으로 익명화될 수 없다. 물론, 그러한 인간을 다루는 한, 문학 역시 인간과 똑같은 운명을 공유하게 된다.

방대한 스펙트럼을 지니고 있기는 하지만 유사한 주제와 모티프를 반복하면서도 그가 쉼 없이 창작을 지속했던 것은 어쩌면 단일한 기능으로 한정될 수도, 익명화될 수도 없는 소설의 운명 때문이기도 할 것이다. 세상에 존재하는 인간의 수만큼, 그리고 그들이 만들어내는 무수한 관계의 수만큼, 그만큼 무한한 이야기가 존재해야 한다는 사실을, 그러한 이야기들이 쉼 없이 모여들어야 온전한 '숲'으로서의 문학사가 가능해진다는 사실을 그는 일찌감치 깨우쳤던 듯하다. 결국 이청준에게 소설 쓰기란 인간도, 소설도 결코 익명화될 수 없다는 사실에의 확인, 그 자체인지도 모른다.

2

어떠한 사정 속에서도 인간이 사회의 부분으로 익명화되거나 기능화할 수 없다는 것은 사실 명제이기보다는 당위명제에 가깝다. 인간은 공동체 안에서 그저 그런 개인으로 잊히기 십상이며 그러한 상황을 돌파하기 힘든 억압적 조건 자체가, 아니 그러한 불가능을 쉽게 인정할 수도 없는 불행한 인식 자체가 인간에게는 피할 수 없는 숙명이 된다. 이청준 소설이 치열하게 탐구한 것은 이 같은 인간의 불행한 숙명에 관한 것이다. 일찍이 김윤식이 김현과 이청준을 함께 읽으며 '노예와 주인의 변증법'을 통해 이청준 글쓰기의 기원을 '가난에 대한 부끄러움'과 '자기 구원의 형식으로서의 복수심'으로 설명했듯,[3] 혹은 「지배와 해방」에서 이청준 스스로 자기 글쓰기의 기원에 패배, 복수, 지배, 자유, 해방과

3) 김윤식, 「미백의 사상 또는 이청준의 글쓰기의 기원에 대하여」, 같은 책, p. 113.

같은 단어들을 부려놓았듯,[4] 이청준에게 소설 쓰기란 현실에서의 어떤 패배를 극복하기 위한 가장 적극적인 시도였던 셈이다.

현실에서의 패배 혹은 관계에서의 억압이라는 말로 설명했지만, 인간의 이러한 불행한 숙명은 이청준의 많은 소설에서 '한'이라는 말로 명명된 것이기도 하다. 「남도 사람」 연작 등에서는 회복될 수 없는 개인의 고유한 상처가 이른바 예술혼으로 승화되는 과정 속에서 '한'이 묘사되곤 한다. 개인의 특수한 상처로부터 생성된 것이자 결국 특별한 예술적 재능으로 변모된다는 점에서, 이때의 '한'은 고통만이 아닌 축복이 된다. 나아가 '한'이란 모두에게 보편적인 정서가 아니라 누군가에게만 특별한 소명이기도 하다.

이청준 소설에 등장하는 '한'을 이렇게만 이해해도 될까. "비정상적인 힘에 의해 자기가 있어야 할 자리에서 누릴 것을 누리지 못하는 삶의 아픔"[5]으로 그가 '한'을 정의하는 한, 그것은 비단 예술혼으로 승화되는 원한을 넘어 체제와 불화하는 근대적 개인의 불행한 의식을 설명하는 '진정성'의 개념으로까지 확장될 수 있다. "진정성은 개인주의적 가치를 내면화한 근대적 인간이 공동체로부터 주어지는 역할 모델과 자신의 '진정한' 욕망 사이에 괴리를 발견하고 이를 주체적으로 극복하는 과정에서 등장하는 새로운 이상"[6]이라고 정리되는 개념이다. 자신의 '진정한' 자

---

4) 우찬제, 「자유의 질서, 말의 꿈, 반성적 탐색」, 같은 책, p. 194.

5) 이청준·권오룡, 앞의 글, p. 35.

6) 김홍중, 『마음의 사회학』, 문학동네, 2009, p. 26.

리를 빼앗긴 자가 그것을 되찾기 위해 고투하는 것이 이청준 소설의 반복되는 테마라면, 흔히 한국문학사에서 1990년대의 소설을 해명하기 위해 동원되곤 했던 '진정성'의 개념은 이청준 소설의 기본적 동력을 설명하기에도 꽤 적절한 것이 될 수 있다.

이청준 소설이 자신의 '진정한' 자리 찾기에 관한 것이라는 점을 잘 보여주는 작품이 바로 같은 해에 발표된 「살아 있는 늪」(1979)과 「빈방」(1979)이다. 「살아 있는 늪」이 적당치 못한 자리에서 느끼는 수모의 감정을 다룬다면, 「빈방」은 있어야 할 자리에 있지 못했다는 부끄러움의 감정을 다룬다. 자기가 있어야 할 자리에 있지 못했다고 느낀다는 점에서 이들의 수치는 이청준이 정의한 '한'의 다른 이름이다.

「살아 있는 늪」은 고향집을 방문했던 '내'가 어머니의 만류에도 불구하고 서둘러 집을 나서 버스를 타는 장면으로부터 시작된다. 쉽사리 고장이 나기도 하고 한 번 고장이 나면 발이 묶일 수밖에 없는 새벽차임에도 불구하고 '내'가 굳이 그 차를 고집한 것은 한시라도 빨리 고향집에서 벗어나고 싶었던 욕망 때문이다. 누추한 길갓집에 20년째 노모를 방치하고 있는 "원죄 의식"(p. 111)으로부터 자유로워지고 싶었던 것이다. '나'는 비 오는 새벽의 첫차를 간신히 타고 나서야 비로소 가슴이 트여오는 기분을 느낀다. "새벽차의 빠른 속도감은 거기에 정비례해서 시골 오두막에 대한 찜찜스런 기분들을 재빨리 씻어갔다"(p. 111). 「살아 있는 늪」의 이러한 설정은 자전소설로 잘 알려진 「눈길」(1977)과 자연스럽게 이어지며, 이 소설 역시 작가의 체험과 무관하지 않다는 짐작을 하게 한다.

한갓진 새벽의 텅 빈 버스를 타고 고향집으로부터 신속히 멀어지고 싶었던 '나'의 욕망은 그러나 얼마 못 가 좌절된다. 새벽차를 노린 장사꾼들과 예비군 청년들이 차례로 버스에 오르며 버스 안은 점점 혼잡해진다. 설상가상으로 고향집을 출발한 지 한 시간 만에 버스는 고장 나 멈춰 선다. 꼼짝없이 다음 버스를 기다려야 하는 상황이 발생한 것이다. 두 시간을 기다려 바꿔 탄 버스도 얼마 못 가, 도로 확장 공사가 진행 중인 비포장 흙길에 처박혀 버린 삼륜차에 막혀 오도 가도 못할 신세가 되어버린다. 예비군 청년들부터 한복을 차려입는 노인까지, 승객들은 버스를 막고 선 삼륜차를 움직여볼 요량으로 비를 쫄딱 맞아가며 안간힘을 쓰고, 버스 운전사는 날이 밝을 때까지 기다리는 수밖에 없다며 태평하게 자기 자리를 지킨다. 이러한 소동들이 벌어지는 사이 '나'는 "목구멍에서 무언가 뜨거운 것이 마구 치솟아올라"(p. 130)오는 듯한 갑갑함을 느낀다. 삼륜차를 움직여보겠다며 이성을 잃은 듯 일사불란하고도 저돌적으로 행동하는 사람들에게서는 "어떤 두려움"(p. 145)마저 느낀다. 그들의 모든 시도가 다 허사로 돌아가고 그저 자리를 지키고 기다릴 수밖에 없게 된 상황 속에서 '나'는 마침내 바닥을 가늠할 수 없는 깊은 늪으로 빨려들어가고 있다는 "절망감"(p. 150)마저 느끼게 된다. 이 절망감의 정체는 무엇일까.

마침내 '나'의 분노가 폭발하게 된 것은 버스 안에 엿판이 벌어지고 난 직후이다. 날이 밝기를 기다리는 지루함과 허기를 달래기 위해 버스 안의 승객들은 너나없이 엿장수로부터 엿덩이를 받아 든다. 사방에 엿 이기는 소리가 찐덕거리고 '나'는 "눅적지근하고 거북스러운 기분"(p. 153)을 참을 수 없는 지경이 된다. 결국 '나'는 승객들을 향해 훈계조의 힐난을 늘어놓고 만다. "사람 몰골을 하고 태어났으면 시늉이라도 좀 사람값을 해보려 해야지, 그래 이게 어디 사람 몰골로 당하고 앉아 있기만 할 경우들이냔 말이오"(p. 156)라며 고성을 질러보지만 승객들은 어리둥절해할 뿐이다. "이 꼴 저 꼴 다 참아 넘기고 사는 사람도 있다오"(p. 160)라는 그들의 여전한 태평스런 대답에 '나'는 "허망스런 무력감"(p. 161)만을 느낀다. 버스 안에서 '나'는 철저히 이방인이었던 셈이다.

지독하게도 운이 나빴던 어느 날의 해프닝을 그린 것 같은 소설이지만 「살아 있는 늪」에서도 이청준 소설 특유의 상세한 심리 묘사는 돋보인다. 흥미로운 점은 '내'가 느낀 분노의 대부분을 차지하는 것이 바로 '수모'의 감정이라는 점이다. 제 돈 주고 탄 버스에서 승객으로서 누려야 할 최소한의 권리도 누리지 못했다는 단순한 억울함이, 왜 이렇게까지 심각한 수모의 감정으로 이어지는 것일까. 단지 참을성이 부족한 탓일까. 이는 '나'와 같은 취급을 받고 있는 버스 승객들의 이해 못 할 행태 때문이기도 하다. 버스 기사에게 제대로 항의조차 못 하고 억울한 상황을 체념하는 승객들이 '나'에게는 "자아망실증"(p. 155)의 인간들처럼 느껴진 것이다. 그렇다면 이들을 그저 조롱하고 말면 될 일, 이들을 바라보는 '나'는 왜 절망에 가까운 수모감을 느끼는 것일까.

그들의 처지나 '나'의 처지나 별반 다를 것이 없다고 생각되기 때문이 아닐까. 버스 전체를 휩싸고 있는 눅눅한 습기와 엿 씹는 찐덕거리는 소리는 사실 그들과 내가 분리될 수 없는 한몸이라는 인정하고 싶지 않은 사실과 대면하도록 한다.

> 그러자 문득 어떤 견딜 수 없는 수모감 같은 것이 온몸을 휩싸왔다. 나는 언제부턴가 거기 그 꼴로 참을 수 없는 모욕을 당하고 앉아 있는 것 같았다. 어디서부터 그런 수모가 행해져오고, 누구로부터 그런 모욕을 당하고 있는지 상대를 정확히 집어낼 순 없었다. 〔……〕
>
> 나는 금세 피가 거꾸로 치솟아올랐다. 무슨 염치나 자존심커녕 그건 아예 사람이 사람에게 할 수 있는 노릇이 아니었다. 나는 자신이 역겹고 저주스러웠다. 역겹고 무기력한 자기 수모감을 더 참아 넘길 수가 없었다. 목구멍에서 무언가 뜨거운 것이 마구 치솟아올랐다. (pp. 153~55)

스스로가 역겹고 저주스럽게 느껴질 정도의 자기 수모감이라면, 멈춰선 버스 안에서 느낄 만한 기분이라고 하기에는 도가 지나치다. 이 같은 이해 불가능한 심각한 자기 수모감은 이 버스가 어디에서 출발해 어디로 가는 중이었는가,라는 사실과 관련해 해석되어야 한다. 우선 이러한 자기 수모감은 '내'가 한심하게 지켜본 승객들의 "자아망실증"과도 통할 것이다. 나아가 이는 이 버스가 출발한 지점, 즉 고향의 허름한 길갓집으로, 그곳에

20년째 방치되어 있는 노모의 자리로까지 이어진다. "언젠가부터 거기 그 꼴로 참을 수 없이 모욕을 당하고 있는 것"은 바로 고향집의 노모의 모습이기도 하다. 물론 이러한 사정은 자신의 무기력과 무책임을 환기한다. 결국 멈춰 선 버스에서 '내'가 느낀 깊고도 거대한 늪에 빠진 듯한 절망감과 허무감은 불가항력의 가난에 대한 원한과 맞닿게 되는 것이다. "어디서부터 그런 수모가 행해져오고, 누구로부터 그런 모욕을 당하고 있는지 상대를 정확히 집어낼" 수도 없는 이 같은 부조리한 삶에 대한 예민한 자의식, 그 자체가 이청준 소설의 동력이 되고 있음을 재차 증명하는 것이 「살아 있는 늪」인 셈이다.

그렇다면 「빈방」은 어떤가. 이 소설의 주인공 역시 있어야 할 자리에 있지 못했다는 부끄러움으로 괴로워하는 인물이다. "웬 사람이 계속 딸꾹질을 하고 있데요"(p. 43)라는 문장으로 시작되는 「빈방」은 딸꾹질을 멈추지 못하는 지승호라는 인물을 동숙인으로 맞이하게 된 '내'가 수수께끼를 풀 듯 그 증상의 기원을 탐색해가는 이청준 특유의 탐문형 소설이다. 그가 준 힌트에 의하면 지승호의 딸꾹질은 3년 전의 "어떤 사소하고도 우스꽝스런 소동"(p. 52)을 계기로 나타나기 시작했다. 그 소동을 계기로 그는 회사를 그만두고 이후 회사로부터 일종의 '용돈'을 받아 생활해오고 있다. 잠을 잘 때와 밥을 먹을 때뿐 아니라, 흥미롭게도 말하기에 몰두하고 있을 때 그 증세가 일시적으로 사라진다는 사실을 관찰을 통해 알게 된 '나'는, 지승호의 딸꾹질을 멈추게 할 가장 적당한 처방이 '말'일 것이라고 판단하여 매일 밤 그에게 말을 건다. 이야기의 뿌리를 뽑는다면 딸꾹질 증세의 뿌리도 뽑힐 것이라 생각한 것이다. 그러나 더 이상 할 말이 없어질 정도로 모든 이야기를 다 소진해버린 뒤에도 그의 증세는 호전되지 않는다.

사실 지승호의 딸꾹질 증세는 그가 말했던 그 '사소하고도 우스꽝스런 소동'으로부터 비롯된 것이다. 그 소동이란 무엇인가. 전자제품 회사의 생산부에서 일하던 여자아이들의 알몸 농성을 진압하는 과정에서, 사측은 그 아이들은 우글거리는 기숙사 방안에 소방 호스로 찬물을 쏟아 넣었고, 11월 늦가을의 날씨에 알몸에 찬 물벼락을 맞게 된 여자아이들은 복도로 우르르 몰려나와 엉겨 붙어 대성통곡을 했다. 그 처참한 소동 속에서 지승호는 "서야 할 편에 서 있질 않았"(p. 87)다. 회사 측으로부터 조합의 책임자로 지목된 지승호는 여자아이들을 설득하기 위해 "방문 바깥 복도"(p. 93) 쪽에 있었는데 알몸으로 부둥켜 안고 대성통곡하던 그녀들에게 지승호는 '배신자'이자 '가해자'가 될 수밖에 없었던 것이다. 이때 알몸으로 떨고 있던 여자아이들의 몰골에서 느꼈던 "이상스런 한기"(p. 97)가 지승호의 딸꾹질 증세를 만들어낸다. 요컨대 지승호의 딸꾹질은 「살아 있는 늪」의 '내'가 느낀 갑갑함처럼 자신의 무책임과 무력감에 대한 수치심이 만들어낸 신체적 증상에 다름 아닌 것이다.

자신의 딸꾹질 증세의 비밀을 지승호가 '내'게 순순히 털어놓은 것은 궁금증을 이기지 못한 '내'가 지승호의 회사를 방문한 직후의 일이다. 중요한 사실은 지승호는 이미 자기 증세의 원인을 알고 있었으며, 나아가 그러한 '앎'이 그 증세를 뿌리 뽑는 데 아무런 역할을 하지 못한다는 사실조차 알고 있었다는 점이다. 그의 딸꾹질은 단순히 어떤 충격적 사태에 대한 체험에서 생겨난 일시적 증상이 아니라, 그 충격적인 사태에서 벗어날 수 없는 심리적 부자유에서 기인한 것이기 때문이다. 모든 것을 다 알고 있는 지승호는 그렇다면 왜 '나'를 찾아왔으며, '나'에게 수수께끼 같은 이야기 게임을 걸어보았던 것일까. 언젠가 "아무래도 모르겠군요. 그래 도대체 비밀이 무업니까"(p. 80)라고 묻는 '나'에게 지승호는 "글쎄요, 난 그냥 아무것도 생각하지 않고 있었으니까요, 딸꾹!"(p. 81)이라고 답한 적이 있다. 추리서사의 목적이 결국 정해진 비밀을 푸는 것이 아니라 애초에 비밀 같은 것은 없다는 사실을 알아가는 과정 그 자체에 있다고 할 때, 지승호의 이러한 대답은 의미심장하다. 애초에 숨겨야 할 것은 없다. 그렇다면 지승호는 왜 '나'를 찾아왔을까. 「빈방」이 던지는 중요한 질문은 바로 이것이다.

지승호가 '내' 방을 떠나며 남긴 편지에는 "바라고 싶은 것은 다만 제 증세와 관련된 답답한 일들을 윤 선생께서나마 쉬 잊어주실 수 있게 되었으면 하는 것뿐입니다"(p. 106)라는 문장이 적혀 있다. 그러나 이 문장이 오히려 족쇄가 된 듯 '나'는 오히려 더 답답한 마음이 되어버린다. 지승호에 대한 갖가지 궁금증은 이미 다 풀렸고 자신의 방에 고요가 찾아왔음에도 불구하고 '나'는 마음이 편치 못한 것이다.

하지만 참으로 기이한 일이었다.

나는 지승호 씨의 글을 읽고도 아직 마음이 가벼워지질 않았다.

마음이 가벼워지기는커녕 오히려 어떤 무거운 절망기 같은 것이 가슴속 밑바닥 깊은 곳으로부터 서서히 호흡을 방해해오고 있었다.

그리고 아직도 어디선가 그 답답한 딸꾹질을 무한정 계속하고 있을 지승호 씨의 참담한 모습이 뇌리에 떠오르자, 나는 자신도 모르게 숨길을 딸꾹 끊어내고 있었다. 마치도 내가 여태까지 그것을 위인과 함께 힘들게 견디어오고 있었기라도 하듯이. 그리고 그가 떠나가버린 지금에 와서는 그것을 아예 내 것으로 옮겨 받기라도 했듯이 말이다. (pp.106~07)

'나'는 왜 지승호의 딸꾹질을 옮겨 받은 것 같은 답답함과 무거운 절망을 느끼고 있는 것일까. 이것이 바로 지승호가 '나'를 방문한 진짜 목적이 아니었을까. 그 "사소하고도 우스꽝스러운 소동"에서 벗어날 수 없는 만년 딸꾹질쟁이 지승호는 신문기자인 '나'에게 심리적 부자유를 건네주고 있는 것이다. 지승호의 비밀을 알아가는 과정에서 '나'는 3년 전의 그 비인간적인 소동이 전혀 보도되지 못했다는 사실 또한 알게 된다. 입사 전의 일이기는 하지만 이러한 사실로 인해 '내'가 어떤 수치와 무력감에 노출될 수밖에 없다는 것은 자명하다. 자신이 있어야 할 자리에 있지 못했다는 죄책감은 지승호의 것에서 이제 '나'의 것으로 전이되고 있는 것이다. 「살아 있는 늪」이 누구의 책임도 아닌 누군가의 수모에 대해 이야기한다면 「빈방」은 관점을 조금 달리하여 의도치 않게 누군가에게 수모를 준 일에 대한 책임을 말한다. 이청준의 소설에서는 이처럼 가해와 피해의 관계가 모호하다. 우리는 가해자 없이도 피해자가 될 수 있고, 의도치 않게 누군가에게 가해자가 될 수도 있다. 인간은 누구나 억울하고 누구나 부끄럽다. 이청준 소설이 말하려는 것은 이처럼 부조리한 삶에 관한 것, 관계 속에서 부자유한 인간의 불행에 관한 것이라 할 수 있다. 적당한 자리에 있다고 안심하는 사람은 사실 거의 없다. 그것이 인간의 불행한 숙명이라고 이청준은 말하고 있다.

3

「남도 사람」 연작의 인물들이 한곳에 머물지 못하고 자꾸만 어딘가로 떠나는 것 역시, 어떤 인간도 마땅한 자기 자리를 누리기가 힘들다는 사실에 대한 방증일지 모른다. 「남도 사람」 연작의 세번째 이야기인 「선학동 나그네」는 30여 년 만에 전라남도 회진 근처의 선학동을 다시 찾은 한 사내의 이야기이다. 「빈방」과 마찬가지로 이 소설에서도 사내의 사연은 인물들 간의 대화를 통해 소개된다. 사내가 30여 년 만에 선학동을 다시 찾은 이유는 무엇일까.

선학동은 뒷산의 산세가 법승의 자태를 닮아 마치 법승의 장삼자락에 안겨든 것처럼 보이는 곳이었다. 마을 앞 포구에 밀물이 차오르면 법승이 북을 울려대는 듯한 신기한 지령음(地靈音)이

들리기도 하고, 물에 비친 관음봉 그림자가 마치 비상학처럼 보인다고 하여 예전부터 상서로운 곳으로 여겨지기도 했다. "선학동은 날아오르는 학의 품 안에 안긴 마을인 셈이었다"(p. 13). 모든 조건이 완벽한 명당이 아닐 수 없었다. 그러나 사내가 30여 년 만에 다시 찾은 선학동은 포구에 물길이 막혀 지령음도 들을 수 없고 비상학의 모습도 볼 수 없는 곳이 되어 있다.

적잖이 실망한 그에게 길가 주막집의 주인 사내는 "포구 물이 말랐다고 학이 아주 못 나는 것은 아니라오"(p. 17)라며 말을 건넨다. 주인 사내는 '그'가 선학동을 찾은 이유를 다 알고 있다는 듯, 얼마 전 아버지의 유골과 함께 고을을 찾아왔던 한 여자에 대해 이야기한다. 주인 사내의 이야기를 요약하면 이렇다. 30여 년 전 한 소리꾼 부녀가 이 마을에 찾아들었다. 늙은 아비는 어린 딸아이의 소리에 비상학의 풍경을 심어주려 했던 듯, 딸아이의 소리가 몇 달 만에 더 장중해졌다고 느껴질 무렵 홀연 주막을 떠났다. 그리고 바로 두 해 전 예전의 그 딸아이는 아버지의 유골과 함께 선학동을 다시 찾았고 그 유골을 선학동의 명당자리에 매장한 뒤 또다시 홀연히 그곳을 떠났다. 주인 사내는 '그'가 선학동을 찾은 것이 바로 이 여자의 종적을 찾기 위해서라는 것, 여자와 사내가 의붓 남매 지간이라는 것, 어렸을 적 소리꾼 부녀가 이 마을에 찾아들었을 때는 여자의 의붓 오빠도 함께였으나 의붓아비에 대한 원망과 복수심을 차마 이기지 못한 어린 소년이 그들 곁을 홀로 떠났었다는 사실까지도 모두 알고 있는 채로, 일종의 의무감에 여자의 이야기를 '그'에게 전해주고 있는 것이다. 주인 사내가 마지막으로 '그'에게 건넨 말은 "더 이상 자기 종적을 알려고 하지 말아달라"(p. 37)는 여자의 전언이다.

「선학동 나그네」는 이미 고전의 반열에 오른 이른바 이청준 소설의 대표작이자 나아가 한국문학의 대표작이라 할 만하다. 「서편제」(1976)와 「소리의 빛」(1978) 그리고 「선학동 나그네」로 이어지는 「남도 사람」 연작의 대표 3부작에 대해서는, 원한의 승화로서의 신성화한 예술혼에 대한 탐색, 근대화로 훼손된 공동체 신화의 부활, 헤맴이라는 삶의 형식을 재현한 여로형 서사 등 다양한 방식의 해석이 제출되어 있다. 소리꾼 아비의 맹목적 예술혼이 어린 딸의 눈을 멀게 한 설정이라든가, 간척사업으로 인해 물길이 막혀 상서로움이 사라진 마을에 소리꾼 여자의 목소리가 비상학의 신화를 부활시키는 설정이나, 어린 시절의 원한에 매여 한평생 떠나고 돌아오기를 반복하는 삶을 체념적으로 받아들이는 설정 등은 '한'이라는 정서와 더불어 예술을 신비화하고 낭만화하기에 충분한 장치들이라고 할 수 있다.

그러나 이청준이 '한'이라는 정서를 "자기가 있어야 할 자리에서 누릴 것을 누리지 못하는 삶의 아픔"으로 정의했던 것을 다시 한 번 떠올리면, 「선학동 나그네」에서 환기되는 '한'의 감정 역시 예술을 신성화하기 위해 동원되는 특권적 감정이기 이전에 자신의 마땅한 자리를 찾기 위해 고투하는 보편적 인간의 불행한 의식과 맞닿는다고 할 수 있을지 모른다. 「선학동 나그네」는 소리에 집착하는 아비에 의해 불행한 운명을 떠안게 된 한 남자와 한 여자의 이야기라고 정리될 수도 있다. 여자는 소리를, 남자는 떠돕을 운명으로 받아들인다. 그것은 그들에게 마땅한 자리였을까. 살아서는 소리, 즉 예술이라는 형식과 완벽히 동일시하고 죽어서 역시 지령음이 들려오는 명당의 자리를 차지한 아비의 삶에 비한다면, 남매의 삶은 너무나 인간적이고 너무나 평범하다. 스스로가 선택하지 않은 자리에서 끝없이 제자리를 찾아 헤매는 삶이기 때문이다.

남매의 삶이 인간적이라 했거니와 정확히 말한다면 예술의 자리에서 체념을 체화하고 마침내 "홀연 종적을 감춰"(p. 38)버린 여자의 삶보다는 남자의 삶이 훨씬 더 '인간적'이다. 이청준의 많은 소설이 불행한 인간의 자기 증명의 과정으로 이해될 수 있다고 할 때, 그가 그리는 인간 주체가 어느 정도는 '남성적 주체'에 한정되어 있는 셈이라고 달리 말해볼 수도 있는 것이다. 인물 설정에 있어 「남도 사람」 연작과 어느 정도 유사성을 띠고 있는 「흐르지 않는 강」에서 남성 인물과 여성 인물의 이러한 대비는 극명해 보인다. 폭력성을 내재한 남성 인물의 알 수 없는 광기가 불행한 운명이라는 말로 용인되고 미화될 때, 여성 인물들은 죽거나 사라지거나 방치된다.

이청준의 연구자들에게 이제껏 큰 관심의 대상이 되지는 못했던 「흐르지 않는 강」은 「남도 사람」 연작과 "의붓아비에 대한 복수심"(p. 368)이라는 테마를 공유하는 소설이다. 턱거리 마을의 횟거리 사냥꾼인 덕재의 기행(奇行)을 주로 다루는 이 소설은 그의 어린 "동업"자 종식의 시선에서 이야기가 전개된다. 서로를 "두목"과 "돌배"로 칭하는 이들의 관계는 단순한 동업 관계나 횟거리 사냥법을 전수하고 전수받는 사제 관계를 넘어 부자 관계로 암시된다. 두목에 대한 돌배의 심리 변화가 주를 이루는 이 소설에서 돌배에게 두목은 주로 두려움의 대상이자 선망의 대상으로 그려진다. 강의 흐름을 막겠다는 "미친 지랄기"(p. 186)를 주체할 수 없어 수시로 강으로 뛰어들고 동굴 생활과 생식을 즐기며, 횟집의 여자들을 독점하고 살인적인 주량과 "비위짱"(p. 176)으로 서울에서 온 술꾼들을 괴롭히는 악취미를 지닌 두목은 신화적 아버지의 전형처럼 그려진다. 프로이트의 '원초적 아버지'의 이미지를 반영하고 있기도 하다.[7)]

두목에 대한 돌배의 적개심이 마침내 극에 달해 그를 죽일 결심을 하게 되는 것은 강남옥 색시라고 하는 여자가 등장하고 나서부터이다. 밤낮으로 동굴에서 이 여자와 은밀한 행위에 몰두하느라 횟거리 사냥에도, 같은 집에 기거하는 장님 색시에게도 소홀해진 두목에게 복수를 하겠다는 생각으로 돌배는 그를 죽일 기회만을 엿본다. 계획이 번번이 실패하던 어느 날, 장님 색시는 스스로 목숨을 끊어버리고, 이후 두목의 "무서운 발광"(p. 338)은 극에 달해 마침내 강의 흐름을 끊겠다면서 강 속으로 사라져 버린다. 그 이후 두목에 대한 다양한 소문들, 이를테면 "무지한 사내의 손아귀에 어미가 비명에 죽어간 사실을 알게 되자 두목은 어미의 원한을 갚기 위해 의붓아비를 죽일 결심을 했다"(p. 366)라든가, 함께 살던 장님 색시는 의붓아비의 친딸로 그녀가 장님

7) 이수형, 『이청준과 교환의 서사』, 역락, 2013, p. 183.

이 된 것은 의붓아비에 대한 두목의 복수심과 관련이 있다든가 하는 소문들이 생겨나고, 그러한 소문들에 취한 마을 사람들은 사라진 그를 "숯제 마을의 수호신처럼"(p. 370) 신화화하기에 이른다.

두목의 '미친 지랄기'와 '무서운 발광'은 생모를 죽게 한 의붓아비에 대한 원한과 한몸이다. 장님 여자가 그의 곁에 존재하는 한, 그 원한의 감정과 그에 따른 죄책의 감정은 쉽사리 해소될 수 없다. 즉, 장님 여자와 동거하는 한 두목은 '아비에 대한 복수심'이 천형이 되어버린 삶에서 해방될 수가 없는 것이다. 이 소설은 장님 여자를 지키기 위해 두목을 죽이려는 돌배와, 장님 여자를 죽게 하고 두목을 차지하려는 돌배 엄마 사이의 기이한 심리전이라고도 정리할 수 있는바, 마침내 장님 여자가 사라져버리자 '지랄과 발광'을 멈추기는커녕 오히려 강과 한몸이 되어 사라지는 두목의 모습을 통해 우리는 원한과 죄책감이 결국 그의 삶을 지탱하는 결정적 요인이었음을 확인하게 된다. 장님 여자의 죽음은 의붓아비에 대한 복수의 완성일 수 있지만, 복수의 완성은 오히려 삶 그 자체의 상실로 이어지는 것이다. 이 소설에서도 재차 확인되는바 이청준 소설에서 '한'이란 누군가에게 예술혼이라는 이름으로 허락되는 특권적 감정이기보다는 인간의 삶 그 자체를 지탱하는 근원적 감정이라 볼 수 있는 것이다. 따라서 두목이 사라지더라도 그 원한의 감정이 대를 이어 돌배에게 전달되는 마지막 장면은 너무나도 자연스럽다.

나는 날이 갈수록 내 몸 속에 어떤 참기 어려운 힘이 쌓이는 것을 느꼈다. 날이 갈수록 그 흐름을 틀어막고 싶은 강물에의 세찬 충동이 나를 사정없이 휘둘러대기 시작했다.

그것은 마치 그 의연스럽고 늠름한 강물이 내 몸 속을 거대하게 굽이쳐 흐르고 있는 듯한 황홀하고도 감격스런 생명력의 체험이었다.

오래지 않아 강물을 상대로 한 그 끝없는 싸움이 내게서 다시 시작되려는 징조였다. 강물이 거기 그렇게 흐르고 있는 한 아마도 그 싸움은 끝끝내 피할 길이 없을 것 같았다. (pp. 371~72)

원한이란 "황홀하고도 감격스런 생명력의 체험"이다. 그것은 인간을 죽게 하는 것이 아니라 살게 하는 동력이다. 원한이 체념이 될 때 오히려 인간은 살기를 멈추고 예술이나 신화의 세계로 사라져간다.

4

사실 이 글에서 내가 정작 하고 싶었던 말은 따로 있었던 것인지도 모른다는 고백을 하며 글을 마쳐야 할 것 같다. 이청준 소설의 장황한 심리 묘사나 관념적 서술들은 지식인 특유의 과도한 자의식의 발현으로 여겨지기도 한다. 그런데 우리가 이청준 소설을 읽으며 간혹 불편함을 느끼기도 한다면, 그것을 그저 지식인의 과도한 자의식 탓으로 이해해버리면 그만일까. 『선학동 나그네』라는 타이틀로 묶인 네 편의 중단편들에서 인간 존재의 자기 증명이 치열하게 그려지고 있다고 할 때, 그 인간이 결국 '남성-인간'으로밖에는 보이지 않는다는 사실, 그것이 바로 그의 소설을 읽는 우리를 간혹 불편하게 만드는 결정적 요인인 건 아닐까. 이청준 소설에 등장하는 여성 인물들은 '남성-인간'들의 힘겨운 자기 증명의 과정 속에서 눈이 멀거나 죽거나 사라지거나 신화가 된다. 「흐르지 않는 강」이 사실은 이러한 사정을 확인시키는 전형적 소설이라고 말하지 않을 도리는 없다. 남성 인물들의 자기 증명의 서사 속에서 너무 쉽게 훼손되거나 신화화되는 이청준 소설의 여성 인물들에 대해서는 그간 충분히 말해지지는 못한 듯하다.

이청준의 말대로 인간과 더불어 소설 역시 하나의 기능으로 고정될 수 없는 것이라면, 미래의 이청준 독자들에게 남은 과제는 그의 소설이 말한 것과 말하지 못한 것, 그가 본 것과 보지 못한 것을 새롭게 발굴하는 과정 속에서 이청준 소설의 기능을 무한히 갱신하는 일이 되어야 할 것이다. 이러한 작업을 통해 이청준 소설이 이룬 것과 이루지 못한 것이 온전히 드러나고, 더불어 작품이 배태된 시대의 성과와 한계마저 분명해질 때, 우리는 마침내 진정한 이청준 문학사를 완성할 수 있을 것이다. 이청준의 소설은 다양한 방식으로 더 많이 읽혀야 한다.

〔2017〕

자료

텍스트의 변모와 상호 관계

이윤옥
(문학평론가)

「선학동 나그네」

| **발표** | 『문학과지성』 1979년 여름호.

| **최초의 단행본 수록** | 『살아 있는 늪』, 홍성사, 1980.

1. 실증적 정보

1) 「남도 사람」 연작: 「선학동 나그네」는 「남도 사람」 연작의 세번째 작품이다. 모두 다섯 편인 이 연작의 배경은 주인공 사내의 행적에 따라 변한다. 그는 첫 작품 「서편제」에서 보성을 시작으로 점점 남쪽으로 들어가, 두번째 작품 「소리의 빛」에서는 강진과 장흥을 거치며, 마침내 「선학동 나그네」에서 회진에 이른다. 남도 끝자락 바닷가 마을 회진은 이청준의 고향이다. 사내는 회진에서 더 나아가지 못하고 발길을 돌이킨다. 「남도 사람」 연작은 사내가 긴 세월에 걸쳐 회진까지 들어갔다 나오는 이

---

* 텍스트의 변모 과정을 밝히면서는 원전의 띄어쓰기 및 맞춤법을 그대로 살렸다.

야기로, 「선학동 나그네」는 이 연작의 한가운데, 반환점에 있다. 장흥에서는 포구를 막아 농지를 만드는 간척공사가 실제 있었다. 이청준은 이 간척공사 장면을 여러 작품에서 다뤘다.

2) 수필 「우리의 영혼 위에 날아오르는 학」: 1979년 쓴 이 수필이 1998년 단행본에서 「선학동 나그네」의 작가 노트로 실린다.

2. 텍스트의 변모

1) 『문학과지성』(1979년 여름호)에서 『살아 있는 늪』(홍성사, 1980)으로

－15쪽 16행: 아낙의 태도는 웬일인지 늘상 그런 식이었다. → 알고 보니 아낙은 웬일인지 이날 밤 태도가 늘상 그런 식이었다.

2) 『살아 있는 늪』(홍성사, 1980)에서 『남도 사람』(문학과비평사, 1988)으로

－9쪽 23행: 붕── → 〔삽입〕

－14쪽 2행: 발아래로 → 〔삭제〕

－15쪽 16행: 알고 보니 아낙은 웬일인지 이날 밤 태도가 늘상 그런 식이었다. → 아낙의 태도는 웬일인지 늘상 그런 식이었다.

3) 『남도 사람』(문학과비평사, 1988)에서 『서편제』(열림원, 1998)로

* '노형'이 대부분 '주인장'으로 바뀐다.

－7쪽 15행: 칠팔 명 → 일고여덟

－11쪽 12행: 포구에 물이 없으니 선학(仙鶴)은 처음부터 날아오를 수가 없었다. → 〔삭제〕

－17쪽 1행: 구정물을 버리러 나와서야 새삼 사내의 푸념에 알은 척을 해왔다. → 〔삭제〕

－27쪽 8행: 이십 년이 넘은 → 수년이 지난

－31쪽 9행: 무연스레 → 다소간 방심스레

－32쪽 20행: 완전히 끝난 → 제법 만족스러워진

–33쪽 1행: 그녀가 그 아비와 함께 이곳을 왔을 때라 하더라도 그녀가 정작으로 물이나 산그림자를 보았을 리 없었다. → 게다가 여자는 어렸을 적 그 아비의 소망처럼 그 물이나 산그림자의 형용을 깊이 눈여겨보았을 리 없었다.

–36쪽 2행: 앞 못 보는 누이 → 어린 누이

–39쪽 15행: 3년 → 두어 해

3. 소재 및 주제

1) 피곤기: 삶의 피로는 견디기 어려운 현실의 무게와 그런 삶을 살아온 내력에서 온다. 이청준의 소설에는 「선학동 나그네」의 사내처럼 피곤기에 젖은 사람들이 많다. 대부분 고향을 떠나 떠돌거나, 타향에서 뿌리 뽑힌 삶을 살아가는 그들에게, 피로감은 외로움과 같은 말이다. 그래서 그들에게는 무거운 삶을 지속하기 위해서라도 피곤기를 씻을 고향이나 고향 같은 사람이 절실하게 필요하다. 사내에게는 선학동과 여자가 그런 곳, 그런 사람이다(8쪽 15행).

–「가면의 꿈」: i) 비로소 관심이 가기 시작한 일이었지만, 사무실에서 돌아오는 그의 얼굴은 딱할 정도로 피곤해져 있곤 했다. ii) 그녀에게는 명식이 맨얼굴로 대문을 들어설 때의 표정이야말로 영락없이 가면을 쓰고 있는 것처럼 뻣뻣하고 변화 없고 그리고 모종 뻔뻔스런 피곤기 같은 것이 온통 그를 가리고 있는 듯한 느낌이 들곤 했다.

–「꽃과 뱀」: 집으로 돌아온 나는 몹시 피곤했습니다. 오후에 아내와 교대하여 가게를 지키고 앉아 있으려니 피로감이 더 겹겹이 밀려들었습니다. 꽃 가게라곤 하지만, 생기를 뿜는 생화가 한 송이도 없는 조화 더미 속이 되어 그런지, 나의 피곤기를 조금도 덜어주지 못했습니다.

–「가수」: 자기도 잘 모르지만 무슨 피로감이나 외로움 같은 것 때문에 그랬을 거라고요. 그는 외로움과 피로감이란 말을 같은 뜻으로 쓰고 있었어요.

–『이제 우리들의 잔을』: 피곤해지는 일이 없는 사람에게 마음으로 찾고 싶은 고향이 있을 리 없었다.

2) 버섯 같은 집: 이청준은 종종 집을 버섯에 비유했다. 물길이 막힌 곳에 남은 주막은 버섯 중에서도 마른 버섯일 수밖에 없다(14쪽 16행).

–「석화촌」: 거기 50여 채의 초가들이 마치 장마 뒤의 고목나무 밑동에 돋아난 버섯처럼 오르르 모여 앉아 있었다.

–「매잡이」: i) 마을이라기엔 좀 뭣한 데가 있을 만큼 40호가량의 초가집들이 산비탈을 타고 버섯처럼 돋아나 있는 작은 산촌이었다. ii) 아까 마을로 들어와서부터 지금까지 보아온 것, 이 버섯 떼 같은 초가 마을의 풍경이라든가, 〔……〕

–「자서전들 쓰십시다」: 버섯처럼 옹기종기 모여 앉은 도로변의 초가집들이나 햇볕에도 녹지 않고 하얗게 반짝이는 잔설 속의 산골짜기들, 그리고 벌판 건너 먼 산등성이 너머로 비껴 흘러간 무연스런 겨울 하늘들이 지욱의 기분을 갈수록 포근하게 감싸왔다.

–「눈길」: 집이라고 생긴 게 꼭 습지에 돋아오른 여름 버섯 형상을 닮아 있었다.

3) 학: 이청준의 소설에는 죽어서 학처럼 새가 된 영혼이 여럿 있다. 「마지막 선물」「섬」「흰철쭉」 등(38쪽, 40쪽, 42쪽).

–「학」: 그러더니 이윽고 학이 된 그의 어머니는 커다랗고 흰 날개를 활짝 펴며 스스로 공중으로 날아올라갔다. 그리고 지붕 위를 서서히 한 바퀴 맴돌고 나서는 높푸른 하늘로 멀리멀리 하얗게 날아가버렸다. 그는 눈물이 글썽해져서 그 어머니 학이 하얗게 사라져 간 하늘을 집 마당가에서 하염없이 바라보고 서 있었다.

–『인간인』: 나는 죽어서 새가 될란다. 넋이라도 새가 되어 대원사 절골로 날아가 못다 한 소리를 마저 다 뿌리고 다닐란다…… 그 어머니의 넋이 새가 되어 쟁쟁한 소리로 나를 예까지 이끌어온 거란 말이네.

「빈방」

| **발표** | 『문예중앙』 1979년 여름호.

| **최초의 단행본 수록** | 『살아 있는 늪』, 홍성사, 1980.

1. 실증적 정보

1) 초고: 작품의 일부가 육필 초고로 남아 있다. 지승호는 초고에서 지성호이다.

2) ○○방직 노조탄압사건: 이 소설은 1976년 7월 25일과 1978년 2월 21일에 일어난 ○○방직 노조탄압사건을 바탕으로 했다.

3) 하숙생활: 이청준은 대학 졸업 후 결혼 전까지 신촌에서 하숙생활을 했다. 과부댁 아주머니와 딸은 당시 그가 살던 하숙집 가족 상황과 일치한다.

2. 텍스트의 변모

1)『문예중앙』(1979년 여름호)에서『살아 있는 늪』(홍성사, 1980)으로

* 부제(혹은 딸꾹질주의보)가 붙는다.

* 지승호와 '나'가 말하는 재담 내용이 다르다.

-55쪽 21행: 행여나 제가 그걸로 해서 민망스러워하지나 않을까 해서 말입니다. → 딸꾹……

-68쪽 20행: 「이선생, 어느 식인종 아비가 배가 고파 그 아들을 잡아 먹으려고 차에 태워서 데려가는데 말야요…… 딸꾹!」 → 「이선생, 어느 식인종 둘이 산을 올라가 세상 구경을 하는데 말야요…… 딸꾹!」

-69쪽 1행: 「아비가 마침내 으슥한 산기슭 근방에 이르러 아들을 데리고 차를 내리는데, 차비를 한 사람치밖에 내질 않았어요. 그래서 차장이 두 사람 차비를 내라고 했지요. 하지만 아비는 한 사람 차비만 내면 된다며 오히

려 차장을 나무래는 거예요…… 그런데 이선생 그 때 그 아비가 차장을 보고 나무랜 말이 뭐랬는지 아세요?」→「그때 저쪽 산아래 쪽으로 사람을 가득 태운 기차가 지나가고 있었어요. 그래 한 식인종이 저게 뭐냐고 물으니까, 다른 식인종이 그것을 모르냐고 대답해줬지요. 그런데 그때 그 식인종의 대답이 뭐랬는지 아세요?」
－69쪽 18행:「그 아비는 이렇게 말했지요. 난 지금 식사를 하러 가는 중이야. 제 점심 도시락 차비 내는 거 봤어?」→「그 식인종은 이렇게 말했지요. 이 바보야 저건 바로 김밥이란 거다, 김밥!」
－69쪽 23행:「그럼, 이번엔 내가 하나 묻지요…… 망망대해중에 배가 파선을 하여 남자 선원들만 몇 명이서 무인도에 상륙을 했어요. 무인도에서 며칠을 지내다 보니 선원들은 배가 고파 죽을 지경이 되었지요. 그래 한 사람이 제안을 했어요. 우리 몸 가운데서 가장 쓸모없는 부분부터 잘라 내어 우선 허기를 메꾸자구요. 조난자들은 모두 동의를 했어요…. 그럼 지선생 그런 경우 남자의 인체 가운데서 가장 필요가 없는 부분이 어디가 되겠어요?」/「그야 물론 남자의 생식기였겠지요. 무인도엔 여자가 없었을 테니까요. 딸꾹!」/ 지승호씨는 얼른 대답을 하고 나서 문제가 너무 쉽다는 듯 싱거운 웃음을 흘리고 있었다. / 나는 작자가 너무 쉽게 해답을 말해 버린 데에 실망을 했다는 듯 핀잔 섞인 어조로 다시 말을 이었다. /「맞았어요. 하지만 제가 물으려는 건 그게 아니예요. 사실은 거기에 더 좋은 묘안이 있었거든요…… 조난자들이 각자 자기 물건을 꺼내들고 잘라 내려는 참이었어요. 그 중에 한 사람이 갑자기 잠깐 기다리라고 소리를 쳤지요. 그리곤 바로 희한스런 묘안을 말하는 것이었어요. 그러면 지선생, 그 때 그 자가 내놓은 묘안이라는 게 도대체 어떤 것이었겠어요?」「그럼, 이번엔 내가 하나 같은 식인종 시리즈로 묻지요…… 식인종 하나가 거리를 지나가는데 〈목욕탕〉이라 써붙인 곳이 있었어요. 그래 그 식인종은 문을 열고 들어갔는데, 금새 다시 그 곳을 나오면서 불평을 하는 거예요. 그럼 지선생, 그때 그 식

인종이 뭐라고 불평을 했는지 아세요?」

－70쪽 5행 : 「무인도 시리즈」→〈식인종 시리즈〉

－70쪽 8행 : 「그는 이렇게 소리쳤어요—기왕이면 우리 불쿼서 먹자구! 그리고는 작자가 먼저 시범으로 자기 물건을 꺼내 쥐고는 세차게 흔들어 대기 시작하는 거였지요」→「그는 이렇게 투덜댔어요. 젠장 목욕탕인 줄 알고 들어갔더니 식당이잖아!」

－78쪽 1행 : 그리고 그 수수께끼 놀이가 발전한 스무고개 놀이였다. → 그것도 물론 케케묵은 옛날식 수수께끼가 아니라 근자에 세간에 떠돌아다니는 우스개 말장난 놀음 같은 것이었다. 세종대왕의 현대판 직업은—조폐공사 전속모델. 세상에서 제일 고약한 패륜아는 프랑스의 에밀 졸라. 우리는 그런 식으로 한동안 엉터리 수수께끼 풀이로 시간을 보냈다. 그리고 그 우스개 수수께끼 풀이는 오래지 않아 다시 스무고개놀이로 발전을 거듭했다.

－105쪽 17행 : 사연은 좀더 계속되었다. →〔삽입〕

2) 『살아 있는 늪』(홍성사, 1980)에서 『자서전들 쓰십시다』(열림원, 2000)로

＊ '나'의 성이 '이'에서 '윤'으로 바뀌고, 3장이 둘로 나뉘어 총 7장이 된다. '작자'가 대부분 '위인'으로 바뀐다.

－49쪽 1행 : 발설해 버립디까? → 말한 모양이지요?

－52쪽 10행 : 아닌 게 아니라 → 과연 짐작했던 대로

－75쪽 15행 : 철저한 절망감 때문에 → 말못할 사정이나 심적 갈등 때문에 내 앞에

－80쪽 4행 : 딸꾹 →〔삭제〕

－87쪽 20행 : 나의 예상대로 적중해 들고 있었다. → 내 예상을 빗나가지 않았다.

–97쪽 19행: 나는 아직도 좀더 질문을 계속해 나갔다. → 〔삭제〕

–99쪽 23행: 딸꾹 → 〔삽입〕

–100쪽 11행: 한 회사 → 한 작은 회사

–104쪽 14행: 별 기대감은 없었지만 → 〔삽입〕

3. 인물형

–지승호: 「소문의 벽」의 박준, 「빵소니 사고」의 배영섭처럼 진술 욕구가 차단당해 고통받는 인물이다.

4. 소재 및 주제

1) 진술 욕구: 「빈방」은 '말'에 대한 소설로 말이 억압된 사회, 진실을 말할 수 없는 사회의 문제를 보여준다. 이청준은 「금지곡 시대」에서 '임금님의 귀' 설화를 통해 '금계망의 절대화'를 비판했다. 「소문의 벽」에 나오는 「벌거벗은 임금님」도 이 설화의 변형이라 할 수 있다. 지승호는 설화의 인물처럼 보지 말아야 할 것을 본 뒤, 그것을 말할 수 없어 괴롭다. 이청준의 여러 작품에 나오는 전짓불은 양심적인 선택과 그에 따른 정직한 자기진술을 불가능하게 만드는 폭력의 원형이다. 전짓불은 그의 소설 속 작가들이 점점 글을 쓰지 못하게 만드는 이유이기도 하다. 이 작품에서 글쓰기와 말하기를 억압하는 전짓불로 기능하는 것이 무엇인지 생각해봐야 한다(56쪽 23행, 63쪽).

–「빵소니 사고」: i) 하지만 어떤 식으로든 양진욱이 그때의 일을 증언할 수 없다는 사실은 배영섭에게 크나큰 충격이었다. 이제 세상에서 진실을 알고 있는 사람은 다만 그 혼자뿐이었다. 양진욱이 그 지경이고 보면 현 사장은 더 말할 것도 없었다. 일파 선생의 스승이란 분도 이젠 이미 세상을 뜨시고 안 계셨다. 이제부터는 나 혼자 견뎌야 한다. 혼자서는 견디어낼 자신이 없었다. 그는 두렵고 외로웠다. 그는 이번에야말로 사실을 말하지 않

을 수 없게 되어버리고 있었다. ii) 하지만 그 자유나 역사라는 것이 진실을 말해서는 안 될 구실이 되어서는 안 되겠지요. 진실은 그 자유나 역사를 위해서 더욱 분명하게 말해져야 하니까요.

–「소문의 벽」: 이 작품에서 박준이 하고 싶은 이야기란 결국 우리들에게 옛날 이발쟁이 경우에서와 같은 '구원의 숲'이 있을 수 없다는 것, 그러기 때문에 어떤 진실을 목도하고도 그것을 어떤 다른 이해관계나 간섭 때문에 말하지 않으려고 한다면, 그것은 곧 보다 큰 파국을 초래하는 자기부정의 비극을 낳게 한다는 뜻이 아니었을까.

–「금지곡 시대」: '보았던 사실을 말해서는 안 된다'는 간단한 금지와 우리 인간의 본성에 관련하여 저 시대와 양의 동서를 넘어서 인구에 회자해온 '임금님의 귀' 설화는, 다른 한면으로 우리 인류의 그 같은 끈질긴 노력의 한 실례가 될 것이다. 그것은 바로 한 가지 본성에 대한 금계의 압력이 우리의 삶을 어떻게 왜곡시키고 파괴하며, 거기 길들지 않으려는 본성의 저항이 얼마나 집요하고 끈질긴 것인가를 보여준다 할 것이다.

2) 주의보: 「빈방」이 창작집에 처음 수록될 때, 발표작에 없던 부제 〈딸꾹질주의보〉가 붙는다. 이청준은 이 작품 이전에 「안질주의보」를 썼다. 딸꾹질주의보는 눈에 이어 입이 왜곡되고 차단된 사회에 대한 고발이라 할 수 있다.

「살아 있는 늪」

| **발표** | 『한국문학』 1979년 8월호.

| **최초의 단행본 수록** | 『살아 있는 늪』, 홍성사, 1980.

1. 실증적 정보

–대홍: 대홍은 이청준이 고향 장흥군 대덕면에서 한자씩 취해 만든 지명

이다. 대흥은 「안질주의보」「줄뺨」「들꽃 씨앗 하나」에도 나온다.

–「안질주의보」: 전 다시 종점이지요. 종점입니다, 종점. 사람들은 이번에도 제 근처에는 서 있지도 않으려 하지요. 하기야 장산에서도 아직 바닷가 대흥면 면소 종점까지는 1백 리가 넘는 거리니까요……

–「줄뺨」: 노령의용학도대 장산군지구대대 대흥면 중대(蘆嶺義勇學徒隊 長山郡地區大隊 大興面 中隊).

2. 텍스트의 변모

1)『한국문학』(1979년 8월호)에서 『살아 있는 늪』(홍성사, 1980)으로

–120쪽 17행: 귀비고 좆비고 베낼 것 죄다 베내뿔고 나먼 남은 둥치는 머 졌냐 말이여. →〔삽입〕

2)『살아 있는 늪』(홍성사, 1980)에서 『남도사람』(문학과비평사, 1988)으로

–116쪽 22행: 소리가 들리는 → 탄성이 토해지고 있는

–128쪽 10행: 염려말고 가만히 앉아 기다리고들 있어요. →〔삭제〕

3)『남도 사람』(문학과비평사, 1988)에서 『눈길』(열림원, 2000)로

–117쪽 19행: 행신들 → 행작들

–120쪽 10행: 심보 → 행투

–123쪽 7행: 젊은 운전수는 → 30대의 젊은 운전사는

–146쪽 3행: 사람들 가운데선 →〔삭제〕

–146쪽 6행: 그들이 전부였기 때문이었다. → 그랬다.

–149쪽 20행: 무분별한 저돌성과 → 저돌적인

–150쪽 8행: 거인 → 달인

–157쪽 7행: 기분은 어쩌면 내겐 차가 가고 못 가고 보다도 더욱 소중스런 일이었는 지도 모른다. 나는 이제 → 기분엔, 내겐 어쩌면

–157쪽 14행: 어딘지 → 무언가

–157쪽 17행: 누군가가 조심스럽게 지껄여대는 → 누군지 혼자소리처럼 중얼거리는

–158쪽 3행: 험한 → 듣기 거북한

3. 소재 및 주제

1) 부끄러움: 삶의 원죄성인 부끄러움은 사는 것 자체에서 비롯된다. 이청준에게 부끄러움은 특히 고향과 깊은 관련이 있다. 그래서 그는 힘겨운 연습을 거친 뒤에야 귀향할 수 있다(111쪽 8행).

–「눈길」: 더구나 동네에선 아침 짓는 연기가 한창인디 그렇게 시린 눈을 해갖고는 그 햇살이 부끄러워 차마 어떻게 동네 골목을 들어설 수가 있더냐. 그놈의 말간 햇살이 부끄러워져서 그럴 엄두가 안 생겨나더구나. 시린 눈이라도 좀 가라앉히자고 그래 그러고 앉아 있었더니라……

–수필 「삶으로 맺고 소리로 풀고」: 그렇다면 또 무슨 까닭으로 귀향에 그런 연습(졸작 〈귀향연습〉)까지 필요한가. 사실은 그게 바로 부끄러움과 두려움 때문이다.

2) 달빛 속을 달리는 버스: 『인문주의자 무소작 씨의 종생기』에도 달빛 속을 달리는 버스가 나온다(114쪽).

3) 젖은 옷 입고 말리기: 부끄러움을 견디며 남루한 삶을 끌어안는 것이 바로 젖은 옷 입고 말리기다(147쪽 16행).

–수필 「부끄러움 견디기의 소설질」: 내 소설들은 한마디로 제 삶의 부끄러움 때문에 씌어지기 시작했고, 그러므로 그 소설쓰기는 젖은 속옷과도 같은 제 괴로운 삶의 부끄러움을 자신의 인내로 감내해 벗어나 보려는 일에 다름아니었을 듯싶다.

4) 달인: 이청준은 2000년 단행본에서 '거인'을 '달인'으로 바꾼다. 그의 작품에서 거인은 불사조처럼 신화가 된 인물들, 장인들, 투철한 신념가들, 현실적인 가치기준을 넘어서는 키 작은 자유인들 등 다양하다. 「살

아 있는 늪」의 버스 속 사람들은 그런 거인들과 좀 다르다(150쪽 8행).

5) 자아망실증: 「살아 있는 늪」에서는 가볍게 쓰였지만, '자아망실증'은 첫 작품 「퇴원」부터 이청준의 초기작을 지배하는 정서다. 자아망실증은 자기망각증, 환부 없는 아픔, 얼굴 없음과 동의어다. 자아망실증에 시달리는 인물들은 필연적으로 자아회복, 환부 찾기, 얼굴 찾기로 나아갈 수밖에 없다(154쪽 4행, 155쪽 22행).

–「퇴원」: 위궤양이 싫으시담 더 멋진 병명을 붙여드릴 수도 있을 거예요. 가령 자아망실증 환자라든지……

「흐르지 않는 강」

| **발표** | 1979년 10월.

1. 실증적 정보

1) 초고: 대학 노트 세 권에 나눠 쓴 육필 초고가 남아 있다. 초고에는 '강은 강으로 돌아가고 흙은 흙으로 돌아가고'라는 메모가 있다. 「흐르지 않는 강」의 극히 일부분이 인쇄된 인쇄물이 초고에 포함되어 있다. 이청준은 이 인쇄물 아래 날짜를 기록했다. '67. 11. 13.' 그가 이 시기에 「흐르지 않는 강」의 일부를 작품화해 발표했던 것으로 여겨진다.

2) 표제에 강이 들어간 작품들: 「더러운 강」「따뜻한 강」「흐르지 않는 강」. 그중 「더러운 강」과 「흐르지 않는 강」은 서로 닮은 점이 있다.

3) 『6월의 신화』: 『6월의 신화』는 1969년 월간 『아세아』에 연재 중 잡지의 폐간으로 중단된 미완성 장편소설이다. 이 소설의 서장은 '잃어버린 신화'이고, 이어지는 1장이 '흐르지 않는 강'이다. 환웅이 등장하는 서장에서 강은 이미 생명의 흐름을 멈추고 죽는데, 『6월의 신화』는 「흐르지 않는 강」과 관련해 신화적 인물과 흐르는 강의 의미 등을 살펴볼 수

있게 해주는 작품이다.

2. 텍스트의 변모

1) 『흐르지 않는 강』(도서출판 문장, 1979)에서 『흐르지 않는 강, 여름의 추상』(홍성사, 1984)으로

* 강남옥이 돌배를 부르는 호칭이 '총각'에서 '너'로 바뀌며 존댓말도 반말로 바뀐다.

예: 총각하고 친구예요? → 너하고 친구니?

–165쪽 3행: 두목네 강가 오두막 → 강물 뒤켠 두목네 오두막

–167쪽 19행: 행동 → 짓거리들

–168쪽 2행: 혼자 발길을 → 혼자 상류 쪽으로 발길을

–172쪽 13행: 돌배라든가 → 돌배(가끔은 그게 똘배로도 되지만)라든가

–176쪽 12행: 즐겨 → 찾아

–180쪽 16행: 뽑혀야지. → 되셔야지.

–182쪽 3행: 그 색시는 → 그 색시의 첫날 잠자리는

–206쪽 4행: 두목이 제일 먼저 점을 찍어낸 것은 이번에도 그 미남형의 남방 신사였다. → 두목이 그 미남형의 남방셔츠 신사를 제일 먼저 점찍어 내었다.

–212쪽 2행: 약한텐 못 당하니까요. → 약한테 당해 낼 장사는 없으니까요.

–212쪽 3행: 두더지 시절 이야기라면 나도 물론 아는 이야기였다. → [삭제]

–212쪽 18행: 괜히 무서웠다. → 그렇게 무서울 수가 없었다.

–263쪽 6행: 고맙고 시원스런 말이었다. → 그럴듯하고 고마운 말이었다.

–296쪽 16행: 해부를 해서 → 뱃속을 갈라

–329쪽 5행: 마을 → 강물

2)『흐르지 않는 강, 여름의 추상』(홍성사, 1984)에서『이어도』(열림원, 1998)로

– 170쪽 8행: 하지만 이 5월달로 들어서면서 연한 산색이 차차 → 하지만 하루하루 그 연한 산색이

– 196쪽 14행: 서울 손님들 한 잔에 자기도 한 잔씩. → 〔삽입〕

– 196쪽 20행: 그것도 한 바퀴가 돌고나면 다시 처음부터 새 차례가 시작되는 식이었다. → 〔삽입〕

– 197쪽 4행: 그것은 물론 그 강남옥 색시보다 서울 손님들에 대한 은근한 다그침일시 분명했다. → 〔삽입〕

– 220쪽 9행: 시샘이라도 하듯 → 위협하듯

– 233쪽 14행: 하지만 나는 오히려 그런 내심의 갈망과는 반대로 금방 자리를 일어서 버리고 말았다. → 〔삭제〕

– 249쪽 22행: 짐승 → 괴물

– 251쪽 23행: 두목은 이미 내가 그를 죽이려 하고 있는 것을 알고 있었음에 틀림없었다. → 삭제

– 258쪽 10행: 것이었다. → 그 무서운 생각 그대로—.

– 269쪽 13행: 대꾸를 잘라 버리곤 했다. → 내 말목을 막아서 버리곤 했다.

– 288쪽 7행: 그리고 이날 밤 그녀의 그런 기이한 표정과 행동들은, → 뿐더러

– 289쪽 4행: 마마상이고 → 누구고

– 296쪽 22행: 것이었다. → 마을 사람들의 수군거림을 못 들은 척 뒤로 한 채.

– 297쪽 18행: 두목의 집으로 가자면서 → 앞장서 두목의 집을 향해 나서며

– 298쪽 17행: 한데 두목 자신은 애초 그의 색시를 불태우는 것을 원하지 않았던 것일까. → 그런데 두목 자신은 애초 그의 색시를 불태우게 한 사람을 그렇듯 저주하고 있었던 것일까.

-299쪽 16행: 피곤기에 몰려 새벽녘에 잠깐 눈을 붙였다가 깨어나 보니 → 나는 제풀에 피곤기에 몰려 새벽녘부턴 으뭉자뭉 잠에 떨어지고 말았지만, 아침 선잠을 깨어보니

-326쪽 15행: 알 수 없는 일이었다. →〔삭제〕

-332쪽 1행: 그런 상상을 하는 사람들도 → 그런 상상 속에 불을 끄러 들 생각은 엄두조차 내지 않고 있는 사람들도

-342쪽 12행: 나는 굴 안쪽 벽 아래 쌓아 놓은 사냥 도구들 사이에서 남비 하나를 유심히 살폈다. → 그 굴 안쪽 벽 아래에 쌓아놓은 내 사냥 도구들 틈새로 전날에 몰래 숨겨둔 양은냄비를 다시 유심히 살펴봤다.

-342쪽 19행: 들어 있을 것이었다. → 아직 나를 기다리고 있을 것이었다.

-345쪽 23행: 녀석은 몸이 실처럼 바싹 말라붙어서 기운 없이 남비 바닥에 달라붙어 있었다. → 녀석은 그 동안 몸피가 몰라보게 졸아들어 냄비 바닥에 실처럼 힘없이 깔려 붙어 있었다.

-346쪽 3행: 그것은 내가 두목을 처치하기 위해 붙잡아다 넣은 뱀이 아니라 그 뱀의 귀신과도 같았다. →〔삭제〕

-351쪽 6행: 두목의 얼굴은 마치 녀석한테서 무슨 참을 수 없는 충동이라도 느끼고 있는 듯 심한 긴장기를 띠고 있었고, 그의 눈길 역시 세찬 빛방울을 내쏘기 시작했다. → 그 눈길에 이따금 어떤 참을 수 없는 충동과 아슬아슬 위태로운 유혹의 빛발 같은 것이 지그시 스쳐 지나가곤 할 뿐이었다.

-365쪽 4행: 이제 마음 놓고 그 무성한 가지들을 뻗어 나가고 있었다. → 하루하루 무성한 가지를 뻗어나갔다.

-365쪽 20행: 흔히들 볼 수 없는 유령이었으니까. → 두루 흔히 볼 수 없는 별종이었으니까.

-369쪽 19행: 그렇게 믿지 않을 수가 없었다. →〔삭제〕

-371쪽 22행: 강물이 마침내 모든 것을 내게 허락한 것이었다. →〔삭제〕

3. 인물형

1) 「남도 사람」 연작의 인물들: 「남도 사람」 연작의 '사내-의붓아비-배다른 눈 먼 누이'라는 인물 구조가 「흐르지 않는 강」에서 반복된다.

2) 뱀잡이: 「퇴원」의 '나'도 두목처럼 뱀을 잘 잡아 뱀잡이라는 별명을 얻었다.

4. 소재 및 주제

1) 눈: 눈이 멀면 세상을 볼 수 없고, 사시는 세상을 바르게 보기 어렵다. 「아이 밴 남자」에서 사팔뜨기 누이 눈은 현희의 맑은 눈과 대조를 이룬다.

–「아이 밴 남자」: i) 사팔뜨기 주제에 시집갈 생각을 한 년이 우습기만 했다. 년과의 혈육 인연을 저주하는 터에, 그 핏덩이의 임자를 따질 필요는 없었다. 못난 짓을 골라 한 것은 누이년이니까. 속게 마련이었다. 항상 헛눈만 파는 눈이 그랬다. 아니, 속는다는 것보다 그 눈이 먼저 보고 싶어 하는 것에서 비뚤어져버렸다. 누이란 년은 그런 눈깔에서 오히려 자기 진실을 만난 비극의 주인공 행세를 하는 것이다. ii) 나는 견딜 수가 없었다. 현희를 위해서, 그 맑은 눈동자를 지켜주기 위해서, 그날 밤 나의 결정은 백 번이라도 옳았던 것이다.

2) 강: 강은 힘차게 흐르는 원시적 생명의 상징이다. 그렇기 때문에 흐르지 않는 강은 죽은 강이다. 이청준은 이 소설의 작가 노트 '여름 강의 꿈'에서, 도시는 '인간 자체와 그 생명력을 놀랍게 빠른 속도로 마모시켜 나간다'며 이렇게 말한다. "그 육중한 생명의 마모감이 내게 때때로 강을 생각하게 한다. 흐름이 영원히 끝나지 않는 강, 내 생명이 그 속에서 함께 숨쉬고 춤추며 흘러갈 힘차고 거대한 강, 내 생명의 모든 것이 그의 거대한 힘과 빛 속으로, 영원의 불멸성 속으로 귀의해가기를 바라는 소망의 강, 그런 소망과 생명의 강을 나는 때때로 꿈꾸곤 하였다."

3) 젖 먹이기: 『당신들의 천국』「예언자」「오마니」에도 어머니가 아닌 여인이 사내에게 젖을 먹이는 장면이 있다(336쪽).

4) 술과 잠: 엄청난 양의 술과 잠은, 『신화의 시대』의 장굴처럼 신화적 인물이 지닌 한 특성이다.

5) 거인: 이 소설은 신화적 인물인 거인의 탄생 이야기다. 그런 점에서 동굴의 상징성을 눈여겨볼 필요가 있다. 같은 계열의 이야기로 「용소고」 등이 있다. 용은 거인을 뜻하는 다른 이름이라 할 수 있다(358쪽 7행).

6) 옛날이야기: 여기서 옛날이야기는 꿈과 소망을 담은 이야기로 설화, 신화의 다른 이름이다(312쪽 1행, 369쪽 11행).

7) 소문과 두려움: 소문은 사실이 드러나 확정될 때까지 점점 커져 큰 힘을 갖게 된다. 이런 소문의 속성은 대부분 부정적으로 작용한다. 이청준은 「소문과 두려움」이라는 소설을 쓰기도 했다. 하지만 때로는 드러난 사실에서 사실성이 제거되고 이야기만 남아 소문이 신화가 되기도 한다.